KENDRA LEIGH CASTLE

Erben des Blutes

DUNKLER FLUCH

Roman

D1870047

Ins Deutsche übertragen von
Katrin Mrugalla und Richard Betzenbichler

LYX
EGMONT

Die Originalausgabe des Romans erschien 2011
unter dem Titel *Dark Awakening*
bei Forever, Hachette Book Group USA, New York.
Forever is an imprint of Grand Central Publishing.

Deutschsprachige Erstausgabe März 2013 bei LYX
verlegt durch EGMONT Verlagsgesellschaften mbH,
Gertrudenstraße 30–36, 50667 Köln
Copyright © 2011 by Kendra Leigh Castle
This edition published by arrangement with Grand Central Publishing,
New York, NY, USA. All rights reserved.
Dieses Werk wurde vermittelt durch die Literarische Agentur
Thomas Schlück GmbH, 30827 Garbsen.
Copyright © der deutschsprachigen Ausgabe 2013
bei EGMONT Verlagsgesellschaften mbH
Alle Rechte vorbehalten

1. Auflage
Redaktion: Nicola Härms
Satz: Greiner & Reichel, Köln
Printed in Germany (670421)
ISBN 978-3-8025-8652-1

www.egmont-lyx.de

Die EGMONT Verlagsgesellschaften gehören als Teil der EGMONT-Gruppe zur **EGMONT Foundation** – einer gemeinnützigen Stiftung, deren Ziel es ist, die sozialen, kulturellen und gesundheitlichen Lebensumstände von Kindern und Jugendlichen zu verbessern. Weitere ausführliche Informationen zur EGMONT Foundation unter:
www.egmont.com

Für meine Schwester Kyra – weil du immer
meine Freundin warst und weil du es immer
mit den Vampirbarbies ausgehalten hast.
Dieses Buch ist für dich.

Die dunklen Dynastien

In den Vereinigten Staaten bekannte Abstammungslinien

DIE PTOLEMY
Anführerin: Königin Arsinöe
Ursprung: das alte Ägypten und die Göttin Sekhmet
Hochburgen: die Städte der östlichen Vereinigten Staaten, vor allem am mittleren Atlantik
Fähigkeiten: können sich blitzschnell bewegen

DIE CAIT SITH
Anführer: niemand; werden als Unterschicht-vampire betrachtet, trotz ihres reinen Mals
Ursprung: keltische Linie, stammen von Feen ab
Hochburgen: keine; dienen den Ptolemy oder vegetieren in Armut dahin
Fähigkeiten: können Katzengestalt annehmen

DIE DRACUL
Anführer: Vlad Dracul
Ursprung: die Göttin Nyx
Hochburgen: nördliche Vereinigte Staaten, Chicago (das sie sich laut einer Vereinbarung mit den Empusae teilen)
Fähigkeiten: können Fledermausgestalt annehmen

DIE GRIGORI
Anführer: Sariel
Ursprung: unbekannt
Hochburgen: die Wüsten im Westen der Vereinigten Staaten
Fähigkeiten: können angeblich fliegen; es gibt allerdings keinen Beweis

DIE EMPUSAE
Anführerin: Empusa
Ursprung: die Göttin Hecate
Hochburgen: südliche Vereinigte Staaten, Chicago (gemeinsam mit den Dracul)
Fähigkeiten: können sich in Rauch verwandeln

Prolog

Der Ballsaal war in sanftes Kerzenlicht getaucht, winzige Flammen tanzten und spiegelten sich in den Augen derer, die sich zu der Zeremonie zusammengefunden hatten. Die junge Frau, die Auserwählte, trat unsicher in ihre Mitte, ohne dass ihre nackten Füße auf dem dunklen, glänzenden Holzboden auch nur das leiseste Geräusch verursacht hätten. Die überirdische Schönheit der eleganten, anmutigen Gestalten mit der blassen Haut raubte ihr schier den Atem. Sie alle waren gekommen, um an diesem Ereignis teilzunehmen, das der bedeutendste Moment im Leben der jungen Frau werden sollte.

Und der letzte ihres von der Natur vorherbestimmten Lebens.

Zwar hatte sie gelegentlich einen Blick auf ähnliche Gestalten wie ihren Liebhaber werfen können, aber so viele auf einmal hatte sie noch nie gesehen. Es war beeindruckend, überwältigend … und ein klein wenig beängstigend.

Rosalyn. Es klang, als würden alle um sie herum ihren Namen flüstern, doch nicht ein einziger Mund bewegte sich. Bald würde sie die Gedanken der Anwesenden genauso lesen können wie diese ihre. Diese Gestalten würden ab jetzt ihre Familie sein, eine Familie, die in direkter Linie von einer pharaonischen Göttin abstammte. Sie alle gehörten zum Geschlecht der Ptolemy, dem höchste Verehrung gebührte.

Den Anweisungen folgend war sie nur mit einem hauchdünnen, blütenweißen Seidenkleid bekleidet zu dem imposanten Herrenhaus irgendwo im Niemandsland gekommen. Schon bald, das war Rosalyn klar, würde dieses Kleid verschwunden sein. Ihr neues Leben würde sie genauso beginnen wie ihr erstes, nackt und rein. Ängstlich suchte sie den Raum mit den Augen nach ihrem Liebsten ab, demjenigen, der all dies möglich gemacht hatte und der sie so sehr liebte, dass er sie für immer an seiner Seite wissen wollte. Doch sie waren ihr allesamt unbekannt, diese Gesichter mit den im Halbdunkel unnatürlich funkelnden Augen. Manche der Gestalten betrachteten sie voller Interesse, andere mit unverhohlenem Hunger. Wenigstens sind nicht alle unfreundlich, tröstete sie sich, dennoch konnte sie nicht verhindern, dass ihr ein Schauder über den Rücken lief.

Denn keins der Gesichter gehörte ihrem Jeremy.

Rosalyn holte tief Luft und schritt weiter, fest entschlossen, sich nicht von der Angst vor dem Unbekannten überwältigen zu lassen. Jeremy hatte Schritt für Schritt den vorgeschriebenen Weg befolgt, und dazu hatte auch gehört, dass sie von einem Abgesandten von Arsinöe höchstpersönlich befragt worden war. Erst dann hatte sie den unerlässlichen Segen der Königin und somit auch die Erlaubnis erhalten, Mitglied des geheiligten Geschlechts der Ptolemy zu werden. Die letzte Woche hatte sie damit verbracht, Vorbereitungen zu treffen und sich von ihrer angestammten Familie zu verabschieden, die noch gar nicht recht begriff, wie endgültig dieser Abschied war. Der Schritt in ihr neues Leben bedeutete den endgültigen Bruch mit dem alten, und darüber hatte sie durchaus mehr als nur eine Träne vergossen. Trotzdem – der Gewinn war größer als der Verlust. Nicht länger würde sie bloß eine von vielen menschlichen Geliebten im Harem eines Vampirs sein, wo sie – wenn auch wohl versorgt – lediglich zur häufigen Blutentnahme diente.

Jetzt würde sie für immer Jeremys Lebensgefährtin sein. Zum ersten Mal würde auch sie sich von ihm nähren können. Sobald die Zeremonie vorbei und ihre Hand mit dem Zeichen gebrandmarkt war, das sie für immer an die alte, von Sekhmet gesegnete Dynastie band, würde sie – da war Rosalyn sich vollkommen sicher – ohne Reue in ihr neues Leben treten, Hand in Hand mit ihrem Liebsten. Dann würde sie Rosalyn aus dem Geschlecht der Ptolemy sein.

Nur ... wo steckte Jeremy?

Die etwa dreißig Zeugen bildeten einen weiten Kreis um sie herum, sodass sie allein und schutzlos in der Mitte stand. Sie waren unerträglich still, wie es ihrer Gattung entsprach, doch Rosalyn hatte Anweisung bekommen, erst zu reden, wenn sie angesprochen wurde. Also wartete sie geduldig, drückte die Schultern durch und reckte das Kinn vor. Man hatte sie für würdig befunden. Daran hielt sie sich fest, und ansonsten konnte sie nur hoffen, dass sie diese Würde auch ausstrahlte. Ihr langes glattes Haar hatte sie gebürstet, bis es glänzend wie gesponnenes Gold auf ihre Schultern herabfiel, aber ihr zartes Gesicht hatte sie ungeschminkt gelassen, weil es Jeremy so besser gefiel. Nach diesem Abend, dachte Rosalyn beim Anblick der umwerfend schönen Frauen um sie herum, werde ich mich sowieso nie wieder schminken müssen.

Vampirische Schönheit war unvergleichlich – und unvergänglich.

Dann lief ein leises Murmeln durch die Menge, und plötzlich war er da und trat zu ihr in den Kreis. Groß war er, ihr Jeremy, hellblond und auf jungenhafte Art schön. Er nahm ihre Hände in seine, und wie immer durchlief Rosalyn beim ersten Kontakt mit der kalten Haut ein Schauder. Aber die Wärme in seinen dunkelblauen, von innen heraus strahlenden Augen war Entschädigung genug. Als er sich nah zu ihr beugte, stieg ihr sein leichter Moschusgeruch in die Nase.

»Bist du bereit?«, fragte er leise, und sein warmer Atem strich an ihrem Ohr entlang.

Sie nickte. »Immer.«

Er lächelte, und seine scharfen, spitzen Schneidezähne glänzten weiß zwischen seinen dunkelroten Lippen. Einen Moment lang wandte er den Blick von ihr ab, und schon trat eine dritte Person in den Kreis, ein großer, eindrucksvoller Mann in einem schlichten schwarzen Anzug. Der Mann hielt sich sehr gerade. Als er mit ernster Miene zu sprechen begann, lag in seiner Stimme eine Kraft, die auf hohes Alter hindeutete, obwohl er kaum älter als vierzig aussah.

Das war der Zeremonienmeister, einer von Arsinöes Abgesandten, der das alte Ritual überwachen und die Verbindung für rechtens erklären sollte.

Die erste Frage richtete er an Jeremy. »Wie lautet dein Name, Bittsteller?«

Wie aus der Pistole geschossen und voller Stolz antwortete Jeremy: »Jeremy Rothburn aus dem Geschlecht der Ptolemy.«

»Und worum bittest du uns in dieser Vollmondnacht?«

»Ich bitte darum, diese Frau, Rosalyn DeVore, in das geheiligte Geschlecht der Ptolemy aufzunehmen und sie mit dem dunklen Geschenk an uns zu binden, damit ich für immer mit ihr zusammen sein kann.«

Der Gesandte richtete den Blick seiner blassen Augen auf Rosalyn. »Und du, Rosalyn DeVore? Worum bittest du das Geschlecht der Ptolemy?«

Einen schrecklichen Moment lang fürchtete sie, die Worte vergessen zu haben. Doch dann sprudelten sie wie von selbst aus ihr heraus. »Ich bitte darum, in dieses Geschlecht aufgenommen zu werden, Teil zu werden der ruhmreichen Nachkommen von Sekhmet, der Löwin, der Kriegsgöttin, von Arsinöe, von dem unsterblichen Pharao und von allen, denen das Glück die Gunst erweist, das Blut der größten aller Vampirdynastien zu trinken. Ich bitte darum, Jeremy Rothburn vom Geschlecht der Ptolemy mein Blut und mein Leben geben zu dürfen, auf dass auch er sein Blut und sein Leben mit mir teilt.«

Jeremy drückte beruhigend ihre Hände. Der Zeremonienmeister nickte ernst und bestätigte damit, dass ihr Anliegen angenommen war. Dann wandte er sich mit lauter und beeindruckend kräftiger Stimme an die Anwesenden.

»Ihr alle, die ihr hier versammelt seid, geschätzte Hüter der dunklen Flamme, in deren Adern das Blut der Göttin fließt, ihr habt die Bitte vernommen. Wie äußert ihr euch dazu?«

Das vielstimmige Ja ließ Rosalyns Herz schneller schlagen. Es war geschafft. Man hatte sie aufgenommen. Jetzt lag nur noch eine Hürde vor ihr … und die fürchtete sie am meisten. Denn bevor die Zeremonie abgeschlossen war, musste sie dem Tod ins Auge sehen, wenn auch nur, um sich für immer von ihm abzuwenden.

Als der Abgesandte die Aufmerksamkeit wieder auf Jeremy richtete, spielte um seine Lippen wahrhaftig die Andeutung eines Lächelns.

»Mach sie zu deiner Frau. Mach sie zu einer von uns.«

Mit diesen Worten trat er aus dem Kreis zurück und verschmolz mit der Menge. Jetzt standen wieder nur sie beide in der Mitte. Rosalyn betrachtete ihren Geliebten. Sie war sich der Bedeutung des Moments außerordentlich bewusst – schließlich waren dies ihre letzten Atemzüge als menschliches Wesen.

Mit einer geübten Handbewegung öffnete Jeremy ihr Kleid. Es glitt von ihren Schultern und fiel zu Boden. Nackt stand sie vor ihm, vor ihnen allen, schrecklich, wundervoll entblößt. Als er ganz nah an sie herantrat, strahlten seine Augen voller Liebe, und sofort vergaß sie die Menge. Eigentlich waren hier nur sie beide. Und die ganze Ewigkeit lag noch vor ihnen.

Seine kalten Hände glitten über ihre Haut und strichen über ihre Brustwarzen, die sich in der kühlen Luft aufgerichtet hatten.

Ihr Magen war in Aufruhr vor Angst und Aufregung, unter die sich zu ihrer Überraschung auch Begierde mischte. Dann strich er ihr das Haar über die Schulter zurück und entblößte so ihre Kehle, an der ihr Puls in rasendem Tempo klopfte. Seine Augen veränderten sich, wurden die eines wilden Tiers und funkelten blendend hell. Als er die Zähne bleckte, glänzten sie wie Dolche.

Er hatte auch vorher schon von ihr getrunken. Sie fürchtete weder seine Zähne noch den Schmerz, der sich so schnell in Lust verwandelte. Aber diesmal musste er sie an die Schwelle zum Tod führen. Und dann würde er sie zurückholen, indem er sie zum ersten Mal von seinem Blut trinken lassen würde.

Als sich seine Zähne in ihre Haut bohrten, schnappte sie nach Luft. Sie hörte, wie die Menge um sie herum aufseufzte. Dann war plötzlich alles andere ausgeblendet, sie spürte nur noch Jeremy und gab sich ganz dem Gefühl hin, in einem Meer aus Lust zu versinken. Die Wirklichkeit begann, sich zu einem einzigen hellen Punkt zu verdichten, der sich immer weiter entfernte. Sie spürte, wie sie matter und matter wurde, dennoch trank Jeremy weiter, saugte das Leben aus ihr heraus und verleibte es sich ein. Als sie zu Boden sank, folgte er ihr, zog sie eng an sich und saugte weiter.

Ihr Herz schlug langsamer … langsamer. Während Rosalyn immer tiefer in die Schwärze hinabglitt, wartete sie darauf, sein Handgelenk an ihren Lippen zu spüren. Schon so lange sehnte sie sich danach, sein Blut zu schmecken, und mit diesem Akt würde die Zeremonie dann ihren Höhepunkt erreichen.

Stattdessen drangen von weit her Schreie an ihr Ohr.

Zunächst war es nur ein einzelnes erschrecktes Aufkreischen, das sofort unterdrückt wurde. Dann ertönte ein lauter Schrei, gefolgt von vielen weiteren, bis der riesige Raum von Lauten der Angst und des Schmerzes widerhallte. Mühsam versuchte Rosalyn die Augen aufzureißen. Jeremy zog die Zähne aus ihrer

Kehle und hob den Kopf, um zu sehen, in was für ein Schreckensszenario sich Rosalyns Aufnahmezeremonie verwandelt hatte. Über die Schreie hinweg hörte sie, wie die Anwesenden hin und her rannten und gegen Türen trommelten, die fest verschlossen waren.

Und in all das mischte sich ein feuchtes Schmatzen, wie es nur beim Zerreißen von Fleisch entsteht, gefolgt von einem Geräusch, als würden größere Mengen Flüssigkeit verspritzt, dann schien etwas – jemand – durch die Luft zu fliegen, als würde er achtlos beiseitegeworfen, damit der Angreifer sich auf den Nächsten stürzen konnte.

Das Geräusch weggeworfener lebloser Körper kam immer näher.

»Wo ist es?«, kreischte eine völlig verängstigt klingende weibliche Stimme. »Ich kann es nicht sehen.« Eine Fensterscheibe barst.

Jeremy sah auf sie hinunter, und hätte sie die Kraft dazu gehabt, hätte auch sie laut aufgeschrien. Denn in seinem Blick lag nicht länger das Versprechen auf ewiges Leben.

Sondern nur noch der Tod.

»Es tut mir so leid«, konnte er gerade noch sagen, bevor sein Kopf gewaltsam von seinem Rumpf getrennt wurde und quer durch den Raum davonflog. Blut spritzte über ihren nackten bleichen Körper. Jetzt schrie sie doch, auch wenn es nur ein kaum hörbarer Laut war, der aus den Tiefen ihrer schwindenden Seele aufstieg. Aber sie konnte nicht davonlaufen – sie konnte sich kaum noch rühren. Dunkelheit umfing sie, und es sah nicht danach aus, als könne es für sie eine Rückkehr geben.

Die Schreie um sie herum wurden leiser, und es roch plötzlich nach Rauch.

Das Letzte, was Rosalyn hörte, war bösartiges, glucksendes Gelächter.

1

Tipton, Massachusetts
Acht Monate später

Tynan MacGillivray hockte in einer dunklen Ecke des kleinen Gartens, hörte den Sterblichen zu, die geräuschvoll in der muffigen alten Villa herumwuselten, und versuchte, sich auf ihre Gerüche und Töne zu konzentrieren. Er hoffte auf irgendeine Schwingung, die darauf hindeutete, dass sich unter diesen sogenannten Geisterjägern eine Seherin befand, doch bisher hatte ihm das alles nichts eingebracht – außer Kopfschmerzen.

In diese lächerliche Kleinstadt zu fahren, war nur ein verzweifelter Versuch gewesen, das war ihm durchaus klar. Aber in den letzten acht Monaten hatte er bereits alles abgeklappert, von Goth-Clubs in New York City bis zu Hexenzirkeln in Los Angeles. Er war überall gewesen, wo vielleicht ein Hauch von Fähigkeiten jenseits der Norm zu erwarten gewesen wäre. Doch in der ganzen Zeit hatte er nicht den kleinsten Hinweis auf eine Seherin entdeckt oder auch nur eine Spur von Paranormalität. Nur eine Horde menschlicher Wesen, die sich verkleideten, weil sie unbedingt anders sein wollten.

Er fragte sich, wie sie sich wohl fühlen würden, wenn sie aus Versehen in einen echten Vampirclub gerieten. Vermutlich wären die meisten von ihnen zu blöd, um in den wenigen Sekunden, die ihr Leben an solch einem Ort noch dauern würde, ein Gespür für die drohende Gefahr zu entwickeln. Aber vielleicht würden sie noch feststellen, dass es bei den Untoten nicht mal ansatzweise so viel schwarzes Leder und Sadomasoausrüstung gab, wie sie offensichtlich glaubten.

Ty kam auf die Beine – auf alle vier – und streckte den Rücken durch, der ganz steif vom langen nächtlichen Herumhocken war. Seine Katzengestalt war das Erbe seines Stammbaums, allerdings half sie ihm an Orten wie diesem nur bedingt. Das Haus, das er gerade ausspionierte, lag nicht weit vom Stadtkern, und die paar armseligen Berberitzen boten so gut wie keinen Schutz. Sein Fell war schwarz, das schon, und verschmolz gut mit der Dunkelheit, aber hundegroße Katzen lösten bei Spaziergängern nicht unbedingt das Bedürfnis aus, ein paar Streicheleinheiten auszuteilen.

Verdammt. Das führt zu nichts. Frustriert knurrend gestand Ty sich ein, dass auch dieser Abstecher ein Schuss in den Ofen war. Er hatte Esoterikmessen abgeklappert und sämtliche amerikanischen Orte, an denen es angeblich spukte, in der Hoffnung, dorthin würde es ein menschliches Wesen ziehen, wie er es so verzweifelt suchte. Aber schon bald – sehr bald – würde er Arsinöe die schlechte Nachricht überbringen müssen, dass Seher höchstwahrscheinlich ausgestorben waren. Zum ersten Mal nach dreihundert Jahren in ihren Diensten würde er eingestehen müssen, dass er versagt hatte.

Und der Mulo, der Zigeunerfluch, der langsam all jene tötete, die Ty zu beschützen hatte, würde weiter sein Unwesen treiben, bis niemand mehr von der Ptolemy-Dynastie übrig war, dem ältesten und mächtigsten Geschlecht der gesamten Vampirgesellschaft, das bis in jene Zeit zurückreichte, als Arsinöe durch den dunklen Kuss einer Göttin das ewige Leben eingehaucht worden war. Keine andere Dynastie konnte einen solchen Beginn, eine solche Gebieterin aufweisen. Aber wenn es so weiterging, würde den anderen Dynastien, die seit jeher neidisch auf die Macht, die Abstammung und den Einfluss der Ptolemy waren, nicht mal mehr eine Leiche bleiben, die sie fleddern konnten.

Der unsichtbare Terror hatte noch zwei weitere Male zugeschlagen, beide Male während heiliger Initiationsriten, und beide Male war nur ein einziger Vampir gerade eben mit dem Leben davongekommen und hatte berichten können, was passiert war. Oder, im Fall des ersten Angriffs, eine fast schon verwandelte menschliche Frau. Rosalyn hatte sie geheißen, wie er sich mit einem Anflug von Widerwillen erinnerte. Sie hatten sie zu ihrer Siedlung zurückgebracht, blutüberströmt und verstümmelt, und hatten ihr so viele Informationen wie möglich entlockt, bevor sie sie einen sehr menschlichen Tod hatten sterben lassen. Er bezweifelte, dass ihr bewusst gewesen war, wie viel Glück sie hatte.

Ty, der es gewohnt war, mit den Schatten zu verschmelzen und zuzuhören, wusste, dass sich alle in Arsinöes engstem Kreis einig waren: Es war nur eine Frage der Zeit, dass die Königin höchstpersönlich zum Angriffsziel wurde.

Ohne seine starke ägyptische Königin würde das Geschlecht der Ptolemy nicht überleben. Vielleicht kam das Ende nicht gleich, aber es gab niemanden, der Arsinöe hätte ersetzen können, es sei denn, Sekhmet würde noch einmal in Erscheinung treten und einem der Ptolemy ihre Gnade gewähren. Falls es die Göttin überhaupt noch gab. Wahrscheinlicher war, dass es zu einem blutigen Machtkampf unter den Ptolemy kommen würde, an dessen Ende nur noch eine blasse Erinnerung an das bleiben würde, was einst gewesen war. Dieser kurzsichtige interne Machtkampf würde die Letzten erledigen, die der Mulo noch am Leben gelassen hatte – falls es dann überhaupt noch welche gab. Und die Cait Sith, Vampire wie er, die nur in den Diensten der Ptolemy standen, weil ihr Blut mit Feenblut durchmischt war, würden der zweifelhaften Gnade der verbliebenen die Nacht beherrschenden Dynastien ausgeliefert sein.

Das konnte er genauso wenig zulassen, wie er sich der Sonne aussetzen konnte.

Ty schob die düsteren Gedanken zur Seite und fragte sich, ob er für den Rest der Nacht in sein Hotelzimmer zurückkehren und auf dem Weg dorthin in einer Bar haltmachen sollte, um einem der wehrlosen Betrunkenen rasch ein wenig Blut abzuzapfen. In diesem Moment ging eine der hinteren Türen auf, und eine Frau trat in die kalte Nachtluft hinaus.

Zunächst blieb er aus reiner Neugier. Dann fing sich das Mondlicht in ihren rotbraunen Haaren, und als sie sich in seine Richtung wandte, konnte er den Blick nicht mehr von ihr abwenden. Ohne sich seiner Gegenwart bewusst zu sein, legte sie den Kopf in den Nacken und badete das Gesicht im Mondlicht. Um ihre Lippen spielte das leise Lächeln einer Frau, die es sehr zu schätzen wusste, eine Herbstnacht wie diese genießen zu dürfen.

Er hörte sie seufzen und sah, wie die warme Luft, die sie ausatmete, gemächlich wie Nebel nach oben stieg. Für ihn, der wie verzaubert dastand, schien sich alles wie in Zeitlupe abzuspielen. Ihr Atem bildete sekundenlang eine kleine Wolke oberhalb ihres Munds, als hätte sie der Nacht einen glänzenden Teil ihrer Seele geschenkt. Über dem Kragen ihres Mantels lockte ihr langer, blasser Hals, und der winzige Pulsschlag an ihrer Kehle schien sich tausendfach zu verstärken, bis Ty schließlich jenes einzigartige Schlagen und Pulsieren hören konnte, das ihr Leben ausmachte, bis es nur noch diesen Klang in seinem Universum gab. Ein kalter Windstoß blies ihren Geruch, einen leichten, exotischen Vanilleduft, in seine Nasenlöcher, und jeglicher Gedanke, von einem namen- und gesichtslosen Fremden zu trinken, löste sich in Wohlgefallen auf.

Ty wollte *sie*. Und obwohl es in seinem Leben eine Reihe klarer Einschränkungen gab, würde er sich diesen Genuss nicht entgehen lassen. Schon jetzt konnte er nur noch daran denken, wie ihr Blut wohl schmecken würde. Würde es so süß sein, wie sie roch? Oder hatte es eher den kräftigen Geschmack nach reifen Beeren? Jeder Mensch schmeckte anders – das wusste er inzwischen –, und dieser Geschmack erzählte Bände, mehr, als die Menschen jemals ahnen würden.

Die Frau blieb nur noch einen kurzen Moment stehen, doch ihr schönes, herzförmiges Gesicht mit den großen, ausdrucksvollen Augen, die er unbedingt aus der Nähe sehen musste, brannte sich in ihm ein, wie er das noch nie zuvor erlebt hatte. Ty war viel zu benebelt, um über seine seltsame Reaktion auf sie nachzudenken, aber er wusste, später würde er an nichts anderes mehr denken können.

Später. Sobald er sie geschmeckt hatte.

Als sie sich umdrehte und er nur noch die glänzenden Locken sehen konnte, die über den schwarzen Kragen ihres Mantels herabflossen, konnte er sich wenigstens wieder rühren, und das tat er mit den sparsamen Bewegungen des geübten Jägers. Wie ein Raubtier, das die Fährte seiner Beute aufgenommen hat, ließ er sie nicht aus den Augen, auch nicht, als er sich aufrichtete und sich seine katzenartige Gestalt ausdehnte und veränderte, bis er auf zwei Beinen zwischen den vereinzelten Büschen stand.

Ty holte tief Luft und sog voller Vorfreude den einzigartigen Duft ein.

Dann stellte er den Kragen seines Mantels auf und begab sich auf die Jagd.

Mit einem Seufzer der Erleichterung bog Lily um die Ecke des Hauses.

Vermutlich hätte sie sich schuldig fühlen sollen, weil sie sich vor der alljährlichen Geisterjagd in der Bonner-Villa drückte – und zwar, bevor irgendetwas Interessantes passiert wäre. Bisher hatte sie lediglich eine Gruppe übereifriger Amateur-Geisterjäger gesehen, die jedes Insekt für einen unberechenbaren Geist hielten. Und dann das Paar, das sich im Schrank einquartiert und die Tür hinter sich zugezogen hatte. Lily grinste. Die Erfahrungen, die die beiden machen wollten, waren mit Sicherheit alles andere als übernatürlich.

Wie Bay es geschafft hatte, sie hierherzulocken, war Lily ein Rätsel. Schön und gut, dass sie sich einmal die Woche trafen, um sich im Fernsehen die Serie *Ghost Hunters* anzusehen. Aber deswegen wollte sie *jetzt* noch lange nicht in einem alten, schimmeligen und angeblich von einem Geist heimgesuchten Haus herumlaufen. Glücklicherweise war der heiße Typ von der »Gesellschaft für übernatürliche Phänomene im Bonner County« gerade noch rechtzeitig aufgetaucht. Lily hätte nicht mit Sicherheit sagen können, was die Augen ihrer Freundin mehr zum Leuchten gebracht hatte – die enge Jeans oder die Wärmebildkamera. Wie auch immer – Lily hatte das zum Anlass genommen, sich wegen einer angeblichen Kopfschmerzattacke zu entschuldigen, was die Gruppe vermutlich gar nicht richtig mitbekommen hatte. Bay allerdings hatte gegrinst, und es war ein durchaus dankbares Grinsen gewesen.

Lily hob den Arm, um auf die Uhr zu schauen. Sie musste sie dicht vor die Augen halten, um in der Dunkelheit etwas erkennen zu können. Es war viertel vor zwölf.

»Schon wieder ein Freitagabend dahin«, murmelte sie. Trotzdem musste der Abend ja kein völliger Reinfall werden. Vielleicht würde sie noch etwas ganz Verrücktes machen und sich mit einem Gerard-Butler-Film und einer Schüssel Popcorn die Nacht um die Ohren schlagen.

Anarchische Zeiten in Lily Quinns Haus. Aber besser, auf jeden Fall besser als schlafen. Sie brauchte keine blödsinnige Geisterjagd, um sich zu gruseln. Nichts konnte beängstigender sein als das, was sie sah, sobald sie die Augen schloss.

Lily ging eine Weile durch das raschelnde Laub, dann blieb sie stehen und betrachtete stirnrunzelnd die nackten Bäume und, etwas weiter dahinter, den schmiedeeisernen Zaun, der das Grundstück begrenzte. Die Bonner-Villa lag zwar ganz in der Nähe des Stadtzentrums, war aber ein Stück von der Straße zurückversetzt. Der Historischen Gesellschaft war es gelungen, einen Teil des ursprünglichen Geländes vor dem Verkauf zu retten, sodass zu dem Haus noch ein recht großes Grundstück gehörte. Allerdings hatte man – als Zugeständnis an die Moderne – einen Teil davon in einen Parkplatz umgewandelt.

Und der lag, wie Lily erst jetzt bewusst wurde, auf der Rückseite des Hauses. Sie legte den Kopf in den Nacken, schloss die Augen und stöhnte.

Ihr völlig unterentwickelter Orientierungssinn hatte mal wieder ganze Arbeit geleistet.

Lily fluchte eine Weile lautlos vor sich hin, dann schob sie die Hände tiefer in die Taschen und machte sich auf den – diesmal hoffentlich richtigen – Weg. Ihr mangelnder Orientierungssinn war genauso typisch für sie wie ihre unerklärliche Abneigung gegen adäquate Männer. Wenn sie doch bloß einen wohlerzogenen, Shakespeare zitierenden Mann finden könnte, der gleichzeitig ein Bösewicht war, mit einer Vorliebe für sexy Tattoos und einem Hang zum Lederfetischismus. Dann hätte sie eventuell eine Chance, nicht als verrücktes altes Weibchen zu enden.

Vielleicht nur eine geringe Chance, aber immerhin eine Chance.

Wenigstens ist heute eine herrliche Nacht, dachte Lily und atmete tief ein. Oktobernächte hatten ihren ganz eigenen Geruch, vor allem in diesem Teil Neuenglands. Lily liebte den erdigen, intensiven Geruch verfaulender Blätter, in den sich der Rauch aus irgendeinem Holzofen mischte, wobei gleichzeitig die erste Kälte für klare, reine Luft sorgte.

Lily sah sich ausgiebig um, während sie zurückging. Im schwachen Schein der Straßenlaternen sah die Bonner-Villa wirklich wie ein Gespensterhaus aus, hatte aber trotzdem nichts Beängstigendes an sich. Sie wirkte eher wie der richtige Ort für eine düstere Liebesgeschichte voller Schatten und sinnlicher Geheimnisse.

Amüsiert grinste Lily in sich hinein. Sie unterrichtete englische Literatur, weil sie die Möglichkeiten, die die Fantasie bot, der oftmals unerfreulichen Wirklichkeit immer vorgezogen hatte. Und das bedeutete auch, dass ein Freitagabend mit dem *Phantom der Oper* vielleicht genau das Richtige für sie war. *Und das, obwohl der Film nie so endet, wie ich das will*, dachte sie und lächelte, *egal wie oft ich Christine dazu zu bewegen versuche, das dunkle, verwundete Phantom zu heilen, statt ihre Zeit mit dem langweiligen alten Raoul zu verplempern.*

Was für eine Wahnsinnsliebesszene das gegeben hätte!

Plötzlich stellten sich Lily sämtliche Nackenhaare auf. Adrenalin schoss durch ihre Adern. Hinter ihr war jemand, das wusste sie, ohne die Person zu sehen. Sie spürte Augen auf sich ruhen, die einen Moment zuvor noch nicht da gewesen waren.

Aber als sie herumwirbelte, war dort niemand. Weder auf dem Rasen mit seinen vereinzelten, blattlosen Bäumen noch auf der Bank und auch nicht beim Haus. Nichts.

Und hier gab es auch kein Versteck.

Lilys Herz schlug schneller, und ihr Atem wurde flacher. Sie ließ den Blick über das Gelände schweifen, in der Hoffnung, irgendetwas Auffälliges zu entdecken. Es musste doch eine Erklärung dafür geben, dass sie so eindeutig die Anwesenheit eines anderen Menschen spürte.

So ein Quatsch!, sagte sie sich. *Diese Horrorfilmkulisse hier hat einfach deine Fantasie beflügelt. Das ist alles.*

Lily wusste, dass das die wahrscheinlichste Erklärung war, aber sie wollte trotzdem so schnell wie möglich zu ihrem Wagen, und dann nichts wie weg. Glücklicherweise waren im Haus jede Menge Leute, die sie, falls doch etwas passierte, schreien hören würden. Sie machte sich wieder auf den Weg, warf jedoch vorsichtshalber alle paar Schritte einen Blick über die Schulter.

Der fast volle Mond hing hoch über ihr am Nachthimmel, und die Luft war noch immer mit all den Gerüchen getränkt, die sie eben noch so genossen hatte. Doch ihr Vergnügen war jenem eindringlichen Instinkt gewichen, der Menschen über Millionen Jahre hinweg das Leben auf der Erde ermöglicht hatte: Flucht.

»He, alles in Ordnung?«

Den leisen Aufschrei konnte sie einfach nicht unterdrücken, zu plötzlich war der Fremde vor ihr aufgetaucht.

Er hob die Hände und zog die Augenbrauen hoch, als wolle er zeigen, dass er genauso erschrocken war wie sie. »Oh. Bitte, nicht schreien. Ich bin kein Geist oder irgend so was. Du kannst ruhig weiteratmen.« Eine seiner Augenbrauen glitt noch weiter nach oben. »Bitte?«

Seine Stimme klang sowohl besorgt als auch amüsiert, und so wagte sie es, vorsichtig wieder einzuatmen. Dennoch schaute sie sich rasch um, um ihre Fluchtmöglichkeiten abzuschätzen.

»Schau, es tut mir leid«, fuhr der Mann fort und lenkte damit Lilys Aufmerksamkeit wieder zurück auf sich. »Ich musste da unbedingt mal raus. Zu viele Leute, nicht genug Geister, wenn du verstehst, was ich meine.«

»Ich … ja.« Lily war sich noch immer nicht ganz schlüssig, wie sie mit der Situation umgehen sollte. War er ebenfalls da drin gewesen? Sie war sich nicht sicher … Es waren eine Menge Leute gewesen, und nicht alle waren zur gleichen Zeit eingetroffen. Möglich war es also. Aber als sie ihn sich genauer ansah, war sie sofort überzeugt, dass sie sich jemanden wie ihn bestimmt gemerkt hätte.

»Fangen wir noch mal von vorn an«, schlug er vor.

Seine leise Stimme war tief und rau, und jetzt fiel ihr auch sein singender Tonfall auf. Konnte gut sein, dass er Schotte war.

Er streckte ihr die Hand hin. »Ich bin Tynan MacGillivray.«

Viel schottischer konnte ein Name kaum sein. Lily zögerte den Bruchteil einer Sekunde, bevor ihr ausgeprägtes Gespür für Höflichkeit die Oberhand gewann. Zögernd legte sie ihre Hand in seine.

»Ich heiße Lily. Lily Quinn«, erwiderte sie. Seine Hand fühlte sich überraschend kühl und samten an. Doch jetzt wurde sie rasch warm, genau wie ihr selbst auf einmal ganz warm wurde, weil ihr plötzlich auffiel, wie unglaublich gut Tynan MacGillivray aussah.

Schön ist er nicht, dachte sie. Das Wort passte nicht zu ihm, obwohl manche Leute ihn sicher als schön bezeichnet hätten. Er war eher … bezwingend. Sie musterte das scharf geschnittene, kantige Gesicht mit der langen, geraden Nase und den dunklen, auffälligen Augenbrauen. Sein Mund war das Einzige, was auf eine gewisse Weichheit hindeutete, und seine volle Unterlippe war so einladend, dass Lily ihr mehr Aufmerksamkeit schenkte, als unter diesen Umständen angebracht war. Seine Haut war sehr hell, fast schon bleich, was seine seltsame Anziehungskraft allerdings eher noch verstärkte, genau wie seine ein wenig zotteligen langen dunkelbraunen Haare, die er hinter die Ohren gestrichen hatte.

Am meisten aber faszinierten sie seine Augen. Sie waren hellgrau und glänzten silbern im Mondlicht. Tynan beobachtete sie, ohne zu blinzeln. Sie hätte ihm gern geglaubt, dass er ihr nichts Böses wollte. Aber die Intensität, die in seinem Blick lag, beunruhigte sie. *Ich sollte abhauen*, dachte Lily. Sie fühlte sich wie ein Reh, das den Geruch eines Raubtiers wittert.

Aber sein Blick hielt sie gefangen, und es gelang ihr nicht, wegzusehen. Als er, ohne ihre Hand loszulassen, einen Schritt näher auf sie zutrat, schnappte sie zitternd nach Luft.

Nein, dachte sie, aber ihre Beine weigerten sich zu gehorchen. Und gleich der nächste Gedanke war: *Ja*.

»Lily«, sagte er, und das klang unglaublich sinnlich. »Was für ein schöner Name. Und so passend.«

Noch nie hatte jemand ihren Namen so ausgesprochen, so, als würde er ihn sich genüsslich auf der Zunge zergehen lassen. Tief in ihrem Bauch entwickelte sich ein Verlangen, unerwartet, unerwünscht, aber auch unleugbar. Sie überlegte verzweifelt, was sie sagen sollte, um diesen seltsamen Bann zu brechen, aber ihr fiel nichts ein. Es gab nur noch diesen düsteren Fremden. Alles andere schien zu verblassen, wurde unwichtig.

»Du zitterst ja«, sagte er. »Du solltest bei dieser Kälte nicht ganz allein hier draußen sein.«

»Nein, ich … vermutlich hast du recht«, murmelte sie, ein wenig überrascht, dass sie nicht einmal bemerkt hatte, wie sehr sie zitterte. Kalt war ihr mit Sicherheit nicht mehr. Und aus irgendeinem Grund war es plötzlich schwierig, ihre Gedanken in einen vernünftigen Satz zusammenzufassen. »Ich war … gerade auf dem Weg zu meinem Wagen.«

Seine Augen, dachte sie, überwältigt von einem Schauder von Begierde, der sie von Kopf bis Fuß durchlief und ihr jegliches Gefühl für die Temperatur hier draußen raubte. Seine Augen waren wirklich silberfarben, das konnte sie jetzt deutlich sehen. Silberfarben und glänzend wie der Mond. Seltsame, schöne Augen.

»Darf ich dich begleiten?«, fragte er.

Die Worte drangen kaum in ihr Bewusstsein vor. Als sie sie endlich kapierte, nickte sie automatisch. Auto. Begleiten. Ja. Vermutlich keine schlechte Idee. »Ja. Das wäre nett.«

Tynan lächelte, und dieses Lächeln wirkte äußerst sinnlich. Es schien das Natürlichste auf Erden, dass sich – ganz im Gegensatz zu dem, was sie beide gesagt hatten – keiner von ihnen von der Stelle rührte. Stattdessen glitt seine freie Hand, die sich an ihrer warmen Haut wie kühler Marmor anfühlte, über ihre Wange hinab bis zu ihrem Mund. Sanft strich er mit dem Daumen über ihre Unterlippe.

Lilys Antwort bestand darin, die Lippen zu öffnen, die Augen zu schließen und einen leisen Seufzer auszustoßen. Noch nie hatte solch eine zarte Berührung ihr so viel Vergnügen bereitet. Alles, woran sie denken konnte, alles, was sie wollte, war, dass es nicht aufhören sollte.

»Lily«, flüsterte er schmeichelnd. »Wie wunderschön du bist.«

»Mmm«, war alles, was sie herausbrachte. Als seine Finger ihr durch das Haar strichen, als er die Hand aus ihrer löste, um sie ihr um die Taille zu legen, als er ganz nah an sie herantrat, da konnte sie gar nicht anders, als sich an ihn zu schmiegen. Es war, als würde sie in einen düsteren Traum hinabgleiten, ein Gefühl, dem sie sich widerstandslos hingab. Sie fuhr mit den Händen über seine Brust, verschränkte sie dann hinter seinem Rücken und zog ihn an sich.

Sie war sich nicht sicher, was sie sich von ihm wünschte – aber bei Tynans Berührung war etwas in ihr erwacht, eine Sehnsucht, die lange in ihr geschlummert hatte und sich jetzt wie gerade aus dem Schlaf erwacht dehnte und streckte und eine fast schon schmerzhafte Begierde in ihr auslöste. Als sie den Kopf in den Nacken legte, war das wie eine wortlose Einladung. Sie spürte, wie sein warmer, unregelmäßiger Atem über ihr Gesicht strich, wie sein Herz an ihrer Brust pulsierte, und trotz des seltsamen Nebelschleiers, der sie einzuschließen schien, überlief sie ein Schauder.

»Lily«, sagte er abermals, und diesmal klang es fast schon ehrfürchtig.

Er beugte den Kopf herab, und Lily öffnete erwartungsvoll die Lippen. Noch nie hatte sie sich so verzweifelt nach dem Kuss eines Mannes gesehnt – ihr ganzes Wesen schien vor Begierde zu vibrieren. Atemlos wartete sie darauf, seine Lippen auf ihren zu spüren. Aber statt anzunehmen, was sie ihm anbot, glitt sein Mund nur über ihre Wange, während er die Finger an ihr Kinn legte und ihren Kopf zur Seite bog.

Lily gab ein leises, frustriertes Stöhnen von sich, das ihren Folterer auflachen ließ.

»Geduld, mein Schatz«, sagte er sanft tadelnd. Sein Dialekt klang jetzt sehr viel deutlicher durch. »Zu große Eile verdirbt nur alles.«

Tynan bedeckte ihr Kinn von einem Ohr zum anderen mit Küssen. Seine eher kühlen Lippen auf ihrer warmen, empfindlichen Haut zu spüren, bereitete ihr ein unerwartetes Vergnügen. Lily wand sich in seinen Armen, um ihm noch näherzukommen. Sie sehnte sich nach einem namenlosen »Mehr«, das sie nicht genauer hätte beschreiben können. Tynan dagegen schien sich völlig unter Kontrolle zu haben, und nur sein unregelmäßiger Atem deutete daraufhin, dass er vielleicht genauso aufgelöst war wie sie. Dann hörte sie seine Stimme, und es war, als würde sie direkt in ihrem Kopf erklingen.

Lass mich dich schmecken.

Unfähig, etwas anderes zu tun, als zu gehorchen, ließ Lily unterwürfig den Kopf nach hinten sinken. Er sollte nicht aufhören, sie zu berühren, sollte sich nehmen, was er wollte. Irgendwo in ihrem Hinterkopf tauchte der Gedanke auf, dass diese ganze Situation völlig verrückt, wenn nicht gar selbstmörderisch war. Aber je mehr sie versuchte, einen klaren Gedanken zu fassen, desto schneller schien er sich in Luft aufzulösen. Und war es nicht viel einfacher, sich Tynan einfach hinzugeben? Als wolle Tynan ihr in diesem Punkt recht geben, küsste er zärtlich ihr Ohr und fuhr mit der Zunge über ihr empfindsames Ohrläppchen.

»Bitte«, stöhnte Lily und presste sich unruhig gegen ihn, ohne dass sie so recht wusste, um was sie eigentlich bat. Dann strich er ihr das Haar über die Schultern zurück und legte ihren Kopf auf die Seite, um besser an ihren Hals heranzukommen. Er zog den Kragen ihrer Bluse hinunter, bis ihr Schlüsselbein der kalten Nachtluft ausgesetzt war. Lily ließ alles mit sich geschehen. Sie wollte nur wieder seine Lippen auf ihrer Haut spüren und ihm alles geben, was er sich wünschte. Die Welt hatte aufgehört zu existieren, es gab nur noch Tynan. Sein Griff war jetzt fester geworden, und dabei zitterten seine Hände, als wären seine Bedürfnisse noch drängender als ihre.

Plötzlich hielt er inne, versteifte sich und atmete einmal heftig aus. Völlig versunken in ihrer sexuellen Gier grub Lily die Hände in Tynans dicken Wollmantel und stöhnte gequält auf. Wieso hörte er einfach auf? Sie brauchte … sie *brauchte unbedingt* …

Alles, was sie zu hören bekam, war ein Fluch in einer ihr unbekannten Sprache.

Dann ein plötzlicher kühler Luftzug. Langsam öffnete Lily die Augen. Erst ganz allmählich wurde ihr klar, wo sie war und was sie getan hatte. Ihre geballten Hände umschlossen nichts als kalte Luft. Lily blinzelte ein paarmal, dann stolperte sie einen Schritt zurück. Ein erdrückendes, wenn auch unsinniges Verlustgefühl überkam sie. Sie drehte sich suchend einmal um sich selbst, irgendwo musste er doch sein. Er konnte nicht einfach fort sein. Niemand konnte sich einfach in Luft auflösen.

Aber wer immer – oder was immer – Tynan MacGillivray auch war, Lily musste sich schon bald die Wahrheit eingestehen.

Er war fort.

2

Ty duckte sich leise auf einen Ast und beobachtete, ohne auch nur einmal mit den silbernen Augen zu blinzeln, wie Lily Quinn zu ihrem Auto ging. Sie wirkte noch immer wie betäubt, auch wenn sie, bis sie bei ihrem Wagen ankam, wieder zu einem sicheren und schnellen Gang gefunden hatte. Furchtsam warf sie noch einmal einen Blick über die Schulter, bevor sie einstieg und davonfuhr.

Was er sich einbildete gesehen zu haben, konnte einfach nicht stimmen, das wusste Ty. Das Licht musste ihm einen Streich gespielt haben, zusammen mit seinem von Blutlust vernebelten Hirn. Vermutlich handelte es sich um ein Muttermal, vielleicht auch um eine Tätowierung, eine böse kleine Überraschung, verborgen hinter dem schicken Outfit. Ein Sterblicher konnte kein Vampirmal haben, und Lily war eindeutig eine Sterbliche. Aber genauso sicher war auch, dass sie … mehr als das war.

Meine Güte, hatte er jemals derart heftig auf den Blutgeruch einer Frau reagiert?

Die Erinnerung daran, wie sie sich an ihn gepresst hatte, wie sich ihre Haut unter seinen Händen angefühlt hatte, war so überwältigend, dass er ihr beinahe hinterhergelaufen wäre, um zu Ende zu bringen, was sie begonnen hatten. Stattdessen krallte er die Klauen in den Ast und versuchte verzweifelt, seine Selbstbeherrschung wiederzufinden. Das Fell auf seinem Rücken hatte sich aufgestellt, Ausdruck des uralten Kampfs, der sich in ihm abspielte. Er brauchte Nahrung, und zwar bald – auch wenn das bedeutete, dass er schon wieder ein gesichts- und namenloses Opfer anzapfen musste.

Mal wieder typisch für ihn, dass er eine Frau begehrte, die er niemals würde schmecken dürfen.

Grimmig knurrend sprang Ty vom Baum. Noch bevor er auf dem Boden ankam, hatte er sich bereits wieder in einen Mann verwandelt. Rasch machte er sich auf den Weg ins Stadtzentrum. Eigentlich sollte er dankbar sein, dass ihn *irgendetwas* davon abgehalten hatte, die Zähne in Lily Quinns Hals zu versenken. Hätte er das getan, hätte er seine vermutlich einzige Chance vergeben, seine Mission doch noch erfolgreich zu Ende zu bringen.

Dass er die Gedanken dieser Frau nicht mal ansatzweise lesen konnte, hätte ihm schon auffallen müssen, bevor er ihr so nahe kam, dass er nur noch an ihren Hals denken konnte. Ein Gehirn, in das man nicht eindringen konnte, war ein untrügliches Zeichen für einen Seher. Lilys außerordentliche Schönheit war nur eine Zugabe, und eher eine ungute. Hätte er sie gebissen, hätte sie all die Fähigkeiten verloren, die er so dringend suchte.

Er musste sich unbedingt wieder auf das Wesentliche konzentrieren.

Mit übernatürlich schnellem Schritt eilte Ty weiter. Ohne stehen zu bleiben, zog er das Handy heraus und rief die einzige Frau an, der er sich wirklich verpflichtet fühlte. Die Gnade seiner Königin hatte ihn weit über das hinausgehoben, was jemand mit seinem minderwertigen Blut normalerweise erwarten konnte. Sie hatte ihn in den inneren Kreis ihrer Vertrauten aufgenommen, wo man noch nie zuvor jemanden seiner Abstammung geduldet hatte. Wobei die anderen ihn nur äußerst widerwillig duldeten, und so hatte er schon früh gelernt, sich die Informationen, die er brauchte, notfalls auch durch Täuschungsmanöver zu besorgen. Dennoch – die Tatsache, dass er einen direkten Telefondraht zu einer Vampirkönigin hatte, konnte ihn, zumindest im Moment, nicht dafür entschädigen, dass er allein war. Wieder einmal. Und hungrig auf eine Art, die er irgendwie befriedigen musste.

Arsinöe hob bereits nach dem ersten Klingeln ab. Ihr freundlicher Tonfall konnte ihre Erbitterung nicht verschleiern, und ihm stellten sich die Haare an Armen und Nacken auf. Er würde sehr vorsichtig vorgehen müssen.

Diese Frau war eine Naturgewalt. Und wenn sie in Wut geriet, konnte sie alles und jeden zerstören, der ihren Weg kreuzte.

»Tynan. Ich nehme an, du willst mir von einem weiteren ereignislosen Abenteuer berichten?«

Ihre Stimme war ein sanftes Schnurren, und Tynan konnte sich gut vorstellen, wie sie sich auf ihrer Chaiselongue zurücklehnte, die mit Kajal umrandeten Augen zusammenkniff und mit den langen roten Nägeln auf dem Stoff herumtrommelte. Auf ihre Art war sie immer nett zu ihm gewesen, auch wenn er oft genug miterlebt hatte, wie brutal sie sein konnte. Ohne das ging es nicht, wenn man Herrscherin der größten Vampirdynastie sein wollte. Aber in letzter Zeit hatte er eine Veränderung bei ihr gespürt, Anspannung und kaum verhüllte Wut, die er den Morden zuschrieb und ihrer Unfähigkeit, sie aufzuhalten. Ty hoffte, das würde sich ändern, jetzt, wo er Lily entdeckt hatte … falls sie tatsächlich eine Seherin war.

Eigentlich hätte er in diesem Punkt ganz zuversichtlich sein können – wäre da nicht diese seltsame kleine Verzierung auf ihrer Haut gewesen.

»Diesmal nicht«, erwiderte er, trat auf den Bürgersteig und machte sich auf den Weg in die hell erleuchtete Innenstadt. Er ging jetzt ein wenig langsamer, weil er hier, wo keine Menschen unterwegs waren, ungestörter reden konnte. Dieses Gespräch war nicht für andere Ohren bestimmt.

»Erzähl.« Sofort klang ihre Stimme anders, äußerst interessiert und gleichzeitig fast schon verzweifelt. Ty fragte sich, was seit ihrem letzten Gespräch alles passiert sein mochte. Vermutlich hatte es weitere Tote gegeben. Ty konnte kein großes Mitleid empfinden. Den meisten Ptolemy hätte er nicht mal näherkommen wollen, wenn sie keinen großen Bogen um ihn gemacht hätten. Und das taten sie, weil sein Geschlecht dafür bekannt war, dass es eiskalte Mörder hervorbrachte. Die Cait Sith waren Vampire niedrigster Rangordnung, gnadenlose Jäger ohne Anführer und ohne Skrupel, was ihnen eine Aura der Unnahbarkeit verlieh. Ty war das nur recht. Blaublütler waren ein nervtötender Haufen mit ausgeprägtem Besitzstandsdenken, dem es Spaß machte, auf andere hinabzusehen – auf Promenadenmischungen wie ihn.

»Es gibt hier eine Frau«, fuhr Ty leise fort. »Ich kann ihre Gedanken nicht lesen. Ich höre nicht das Geringste, und Ihr wisst ja, dass ich das sonst sehr gut kann.«

»Schön und gut, aber hat sie seherische Fähigkeiten?«

Der aggressive Ton, in dem sie das sagte, verwunderte ihn. Eigentlich hatte er mit ein paar anerkennenden Worten für seine monatelange Suche gerechnet. Andererseits – die Königin hatte sich seit dem Mulo sehr verändert. *Vielleicht*, dachte Ty frustriert, *wird das jetzt immer so bleiben.*

Vielleicht war sie aber auch immer schon so, und du hast es nur nicht sehen wollen.

Er schob die verräterischen Gedanken beiseite und konzentrierte sich wieder auf das Gespräch.

»Da bin ich mir noch nicht sicher«, gab er widerstrebend zu, froh, so weit außerhalb der Reichweite von Arsinöes gefährlichen Klauen zu sein. »Aber eine wie sie habe ich bisher noch nie gefunden.« Wieder musste er an das seltsame Mal an Lilys Hals denken, und beinahe hätte er es Arsinöe gegenüber erwähnt. Doch irgendetwas hielt ihn zurück. Vor seinem geistigen Auge tauchte Lilys unschuldiges, offenes Gesicht mit den geschlossenen Augen und den einladend geöffneten Lippen auf. Einen kurzen Moment lang verspürte Ty das Bedürfnis, sie zu beschützen, als würde ein alter, bislang unbekannter Instinkt in ihm erwachen.

Ein Instinkt, der einen Vampir wie ihn das Leben kosten konnte.

Daher hielt er den Mund. Ein weiterer Blick auf Lilys erotische kleine Tätowierung würde mit Sicherheit zeigen, dass sie völlig harmlos war. Und falls er sich irrte – nun, damit würde er sich auseinandersetzen, falls das wirklich nötig würde.

»Tynan«, sagte die Frau am anderen Ende der Leitung.

Die Anspannung in ihrer Stimme ging ihm nun doch nahe. Arsinöe und er kannten sich schon sehr lange. Trotz des Klassenunterschieds hatten sie sich immer gemocht. Und für all das, was sie für ihn getan hatte, schuldete er ihr so manches.

»Natürlich freue ich mich, dass du glaubst, jemanden gefunden zu haben«, fuhr sie fort. »Aber letzte Woche haben wir fünfzig Angehörige unserer Dynastie verloren, ganz zu schweigen von einer Reihe unbezahlbarer Kunstgegenstände. Der Mulo muss gestoppt werden, und ich befürchte, dass uns die Zeit davonläuft. Möglichkeiten reichen mir nicht, ich brauche Tatsachen. Vergewissere dich erst, bevor du sie herbringst. Meine Leute sterben, da kann ich kein weiteres hübsches Spielzeug brauchen. Wie lange wirst du brauchen?«

»Kommt darauf an«, erwiderte er. »Wollt Ihr, dass sie freiwillig mitkommt?«

»Du solltest doch allmählich wissen, dass mir das völlig egal ist«, entgegnete sie herablassend.

Wieder beschlich ihn ein ungutes Gefühl. Die Dinge an Arsinöes Hof hatten sich gewaltig verändert. Und irgendetwas fühlte sich seltsam an, aber er wusste nicht, ob es an ihr lag oder einfach daran, dass er jetzt schon so lange von allem abgeschnitten war. Genau deswegen war er nicht sonderlich begeistert gewesen, als sie ihn für diese Jagd ausgewählt hatte. Obwohl sie sie ihm als etwas Besonderes dargestellt hatte, war er sich vorgekommen, als würde man ihn ausstoßen.

Natürlich hatte sie großes Aufheben um diesen Auftrag gemacht, hatte ihm geschmeichelt, wie viel zuverlässiger als die anderen seiner Herkunft er sei und wie viel fähiger, diese Nadel im Heuhaufen zu finden, als die meisten ihrer Höflinge, die das bequeme Leben am Hof zu Nichtsnutzen gemacht hatte. Das war einerseits ein großes Lob, andererseits eine schallende Ohrfeige für seine zutiefst verhasste Dynastie – aber daran war Ty natürlich gewöhnt. Das waren alle Cait Sith. Trotz Arsinöes Lobhudelei hatte man ihn nie mehr zu Besprechungen dazugerufen und ihn nie mehr mit einbezogen. Nach all den Jahrhunderten, in denen er alles für sie getan hatte, schob Arsinöe ihn nun mehr und mehr ab.

Und die Ptolemy-Höflinge, die im Laufe der Jahre, die er unter ihnen verbracht hatte, immer verbitterter und bösartiger geworden waren, hatten keinen Hehl aus ihrer Freude über seine Abreise gemacht. Dass diese minderwertige Kreatur, die es irgendwie geschafft hatte, sich in ihre exklusive Gesellschaft einzuschleichen, ausgestoßen wurde, riss sie zu regelrechten Begeisterungsstürmen hin.

Um sich selbst machte Ty sich keine großen Sorgen, aber darum, wie es seinen Blutsbrüdern und -schwestern in seiner Abwesenheit ergehen würde. Im Lauf der Jahre war Arsinöe den Cait Sith gegenüber, die sie in ihre Dienste berufen hatte, immer toleranter geworden, vor allem im Vergleich dazu, wie schlecht es noch zur Zeit seiner eigenen Zeugung ausgesehen hatte. Doch auch wenn die Königin eine starke Frau war, gegen die Einflüsterungen der Blaublütler in ihrem Umfeld war sie nicht immun. Und er selbst hatte ja dermaßen die Schnauze voll von Politik!

»Eine Woche, höchstens zwei«, antwortete Ty nach kurzem Überlegen. »Im Moment weiß ich nichts über sie. Und Leuten ein Gefühl von Geborgenheit zu geben, ist nicht gerade meine Stärke. Aber da sie vermutlich nicht den ganzen Tag nur rumsitzt und Visionen hat, werde ich mir wohl ein paar zwischenmenschliche Fähigkeiten aneignen müssen.«

Er hatte das witzig gemeint, aber Arsinöe war nicht in der Stimmung für Witze.

»Zwei Wochen ist zu lang«, sagte sie. In ihrer Stimme schwang ein drohender Unterton mit. »Und wenn sie ist, was du vermutest, wird sie tun, was ihr befohlen wird. Natürlich erhält sie eine Entschädigung. Sag ihr, sie kann anschließend wieder nach Hause. Sag ihr, wenn sie mir diesen Dienst erweist, wird hinterher wieder alles wie vorher. Und wenn das nicht reicht, biete ihr zusätzlich Geld an. Das wirkt immer.«

»Ihr würdet sie hinterher wieder gehen lassen?«, fragte Ty überrascht.

»Natürlich nicht. Aber das heißt nicht, dass ich sie nicht gut behandeln werde. Vielleicht kommt sie uns ganz gelegen, wer weiß. Aber das kann dir schließlich egal sein, Tynan.« Arsinöes beiläufige Herabsetzung traf ihn bis ins Mark. Schon viele Jahre hatte sie nicht mehr offen auf seine niedere Herkunft angespielt.

Die Monate, die er jetzt schon fort war, fühlten sich allmählich wie Jahre an. Was war bloß passiert?

Sie schien nicht vorzuhaben, ihm das zu erzählen. Stattdessen schaltete sie übergangslos auf die Rolle um, die sie häufig sowohl Dienern als auch Höflingen gegenüber spielte: die neckische Verführerin. »Ist sie hübsch, deine Neuentdeckung?«, fragte sie, und Ty konnte sich gut vorstellen, wie sie durchtrieben lächelte.

Ty fuhr sich mit den Fingern durch das Haar und sah zum sternenübersäten Himmel hinauf. *Sie weiß Bescheid.* Natürlich tat sie das. Diese Frau war uralt, war geboren, um zu herrschen, Menschen zu manipulieren, ihre Motive zu verstehen und sie sich zunutze zu machen. Seine drei Jahrhunderte auf Erden dagegen hatten ihn nicht viele Tricks gelehrt. Normalerweise war ihm das egal, und so überraschte es ihn, wie sehr es ihm missfiel, dass Arsinöe sein Interesse an Lily bemerkt hatte. Arsinöe hatte ihn nie zu ihrem Liebhaber gemacht, aber sie war von Natur aus eifersüchtig. Immer musste sie die Einzige sein, selbst für ihn, ihren Jäger aus der Unterschicht.

Was leicht zu erfüllen war, da keine Vampirin mit auch nur ein bisschen Selbstachtung einen Cait Sith mehr als einmal in ihr Bett ließ.

»Sie sieht recht gut aus, würde ich sagen«, erwiderte er möglichst unbeteiligt, weil ihm das sinnvoller schien, als bei einer Lüge erwischt zu werden. Niemand, der Lily Quinn sah, würde ihm glauben, dass er sie für unattraktiv hielt.

»Hmm«, sagte Arsinöe. »Vielleicht sollte ich dir jemanden zur Verstärkung schicken, damit du nicht abgelenkt wirst.«

Ty runzelte die Stirn. Er wusste nur zu gut, dass sie nicht ganz unrecht hatte. »Wenn Ihr jemanden schicken wollt, dann am besten Jaden.« Jaden war sein engster Blutsbruder, ein nur wenige Jahre jüngerer Cait Sith. Er war nicht der sympathischste Vampir, aber er war außerordentlich zuverlässig.

Als Arsinöe leise lachte, stellten sich ihm erneut die Haare im Nacken auf. Sie schien andere Pläne zu haben.

»Du bist schon eine ganze Weile auf der Jagd, nicht wahr?«

»Ist irgendwas nicht in Ordnung?«, fragte er zurück und biss die Zähne zusammen. Er hatte heute Abend wirklich keine Lust auf Spielchen, zumal Arsinöe gerade etwas gefährlich Unberechenbares an sich hatte.

»Frag Jaden, wenn du ihn siehst«, erwiderte sie leichthin – zu leichthin. »Aber ich bezweifle, dass du ihn sehen wirst. Er hat uns verlassen.«

Jaden, du Dummkopf. Egal, wie sehr die Ptolemy die Dienste der Cait Sith schätzten, sie blieben immer nur Diener. Und die Möglichkeit, die Arbeit aufzukündigen, bestand für Diener nicht. Genauso gut konnte man Selbstmord begehen.

Noch etwas, worüber Ty sich Sorgen machen musste. Aber nicht jetzt. Im Moment war nur wichtig, dass er keine Hilfe von einem Blutsbruder bekommen würde – die einzige Hilfe, die er vielleicht angenommen hätte.

Als ob die Königin seine Gedanken lesen könne, fuhr sie fort: »Ich habe an Nero gedacht. Er wird rasch mit ihr fertig werden, so oder so.«

Ty kniff die Augen zusammen und blieb stehen. Allmählich wurde ihm klar, was los war. *Aha*, dachte er. *So läuft die Sache also.* Während seiner Zeit am Hof hatte Arsinöe nur selten jemanden zu ihrem Liebhaber gemacht, aber jedes Mal hatte das eine Herausforderung bedeutet. Nero war allerdings mehr als das. Ty hatte schon lange die Vermutung gehegt, dass das eiskalte, berechnende Ptolemy-Blaublut nicht nur Arsinöe wollte, sondern auch ihre Macht. Und Nero hatte nie ein Geheimnis daraus gemacht, dass er sich auf den Tag freute, an dem die Cait Sith endlich wie Sklaven niedrigsten Ranges behandelt würden. Wenn Arsinöe ihn jetzt auf diese Weise ins Spiel brachte, konnte das nur bedeuten, dass Nero es endlich geschafft hatte, sie auf sich aufmerksam zu machen. Und das bedeutete auch, dass er Einfluss auf sie hatte. Alle Zweifel, die sie jemals gehegt haben mochte, was Tynans Anwesenheit in ihrem Kreis anging, würde Nero genährt und verstärkt haben. Seit Monaten.

Ty fühlte sich plötzlich richtig krank.

»Wieso wollt Ihr einen Blaublütigen losschicken? Ihr habt doch deutlich zum Ausdruck gebracht, dass ein Jäger dieser Aufgabe besser gewachsen ist, außerdem macht Nero sich nicht gern die Hände schmutzig.« Ty zwang sich, nicht noch mehr zu sagen, so gern er das auch getan hätte. Bis zu einem gewissen Grad würde sich die Königin Widerspruch von ihm gefallen lassen, aber er durfte nicht zu weit gehen – und er war sich plötzlich nicht mehr sicher, wo für ihn die Grenze lag.

»Ich habe einen Jäger losgeschickt«, fuhr sie ihn an. »Und Monate später – unzählige wertvolle Leben später – stehe ich noch immer mit leeren Händen da. Für manche Aufgaben sind Blaublütige einfach besser geeignet, Tynan. Und allmählich glaube ich, in diesem Fall trifft das auch zu.«

Seine Kehle schmerzte von all den Worten, die er ihr am liebsten an den Kopf geworfen und für die man ihn sofort umgebracht hätte, wenn ein Blaublütler anwesend gewesen wäre – egal, wer dieser Blaublütler war. Aber er hatte diese Welt nicht geschaffen, rief er sich ins Gedächtnis. Er konnte nur zusehen, dass er in ihr überlebte. Und das würde er auch weiterhin, egal was für unsägliche Dämpfer dies für die Überreste seines Stolzes bedeuten würde.

»Wie lange gebt Ihr mir noch, Hoheit?«, fragte er mit rauer Stimme. Diese offizielle Anrede, die er schon seit vielen Jahren nicht mehr benutzt hatte, schien sie endlich zu berühren.

»Eine Woche, Tynan«, sagte sie leise, um dann mit einer Wärme, die er während des gesamten Gesprächs vermisst hatte, hinzuzufügen: »Eine Woche, dann gebe ich Nero den Auftrag. Aber ich weiß, dass du mich nicht enttäuschen wirst. Das hast du noch nie.«

Tynan gab sich zufrieden mit dem, was man als liebevoll gemeinte Worte durchgehen lassen konnte, und machte sich wieder auf den Weg Richtung Stadtzentrum. Doch seine Wut war noch nicht verflogen, und er wusste nicht, wohin mit ihr. Er hatte wissen wollen, was in seiner Abwesenheit passiert war, aber jetzt, wo er es wusste, fühlte er sich auch nicht gerade besser. An einem großen Hof voll gelangweiltem Vampirhochadel, der genauso durchschaubar wie gewalttätig war, konnte man sich auf eins immer verlassen: auf den ständigen Machtkampf unter den blaublütigen Hofschranzen, die als Höflinge, Ratgeber und gelegentlich auch als Liebhaber dienten.

Wie es aussah, hatte Nero es endlich an die Spitze geschafft. Ty hatte nicht die geringste Ahnung, wie er den Schaden wiedergutmachen sollte, den der clevere Ptolemy mit Sicherheit bereits angerichtet hatte.

Verdammte Blaublütler.

Am Rand der weitgehend menschenleeren Straße entdeckte Tynan einen erstklassigen Ort für ein Abendessen, eine zwielichtige kleine Kneipe namens *Jasper's*, aus der gelegentlich ein Gast in die kalte Nacht hinauswankte. Jedes Mal, wenn die Schwingtür aufgestoßen wurde, dröhnte mittelmäßiger 80er-Jahre-Rock aus dem dunklen Innenraum heraus. Tys Jagdinstinkt nahm all dies wahr, aber seine Gedanken waren noch immer bei Nero. Wie der ehrgeizige Ptolemy vorging, war ihm durchaus bekannt. Und was er über Vampire der unteren Klasse und ihre Rolle auf Erden dachte, wusste er ebenfalls nur zu gut.

Schnapp dir das Mädchen und fahr nach Hause, sagte er sich. Lily Quinn würde entweder mit den Ptolemy zurechtkommen oder eben nicht. Ihn ging das nichts an. Ihn hatte lediglich zu interessieren, dass die wenigen seiner Rasse, die noch unter dem Kommando der Ptolemy-Dynastie lebten, nicht endeten wie der Rest: tot, oder so gut wie.

Als er die Kneipe betrat, schlugen ihm ein Schwall warmer Luft und der Geruch nach schalem Bier und billigem Parfüm entgegen. Einen Moment lang – nur einen einzigen Moment – erlaubte er es sich, seine ganze Existenz zu verachten und sich zu wünschen, er wäre in jener lange zurückliegenden Nacht gestorben. Er wünschte sich, seine Königin hätte ihn nicht bemerkt, sondern ihn einfach seinem Schicksal überlassen.

Aber das hatte sie nicht getan. Er war noch am Leben, und seinem Schicksal konnte er nicht entfliehen.

Und er war schon viel zu lange unterwegs.

Stunden später, um die Zeit, wenn die Welt in Erwartung der Morgendämmerung den Atem anzuhalten scheint, sah Tynan auf die Frau hinab, die ihm schon so viel Schwierigkeiten bereitet hatte und ihm, wie er fürchtete, auch noch einige mehr bereiten würde.

Seinen Hunger hatte er längst gestillt, an einer unattraktiven kleinen Wasserstoffblondine, die so betrunken gewesen war, dass sie kaum mitbekommen hatte, wie er sie gebissen, ausgesaugt und anschließend in ein Taxi nach Hause gesetzt hatte. Das mit reichlich Alkohol angereicherte Blut hatte ihm einen angenehmen Kick gegeben. Dennoch musste er ganz zu seinem Missfallen feststellen, dass der liebliche Duft, den Lilys Haut verströmte, seinen ewigen Hunger rasch wieder entfachte. Dass er sich satt getrunken hatte, änderte nichts an der seltsamen Anziehungskraft, die sie auf ihn ausübte.

Allmählich wünschte er sich, er hätte sie nicht so schnell gefunden, hier in dem kleinen, alten viktorianischen Haus in der Nähe des College, an dem sie unterrichtete. Aber sie war ganz leicht aufzuspüren gewesen. Einen Moment lang tat sie ihm leid, weil er ihr Leben bald komplett auf den Kopf stellen würde – unabhängig davon, wie lange dieses Leben noch dauern würde.

Lily bewegte sich im Schlaf und seufzte tief, als wolle sie ihm zustimmen. Sie lag auf der Seite und hatte die Knie unter der Steppdecke hochgezogen, sodass ihr Körper ein S formte. Die zarten Hände hatte sie unter das Kinn gestemmt, und ihr dichtes, glänzendes Haar, das er im Mondlicht so sehr bewundert hatte, hob sich blutrot von ihrem weißen Kissen ab. Ihre langen Wimpern ruhten übereinander, und ihre Lippen, die er die ganze Nacht vergeblich zu vergessen versucht hatte, waren leicht geöffnet.

Wie schön sie ist, dachte Tynan mit einem ihm bisher unbekannten Gefühl, das immer stärker wurde. Und er musste eine

Möglichkeit finden, sie so schnell wie möglich mitzunehmen. Dass er sie verraten würde, ihr vermutlich auch wehtun würde, war unvermeidlich. Dagegen würde er sich nicht groß auflehnen. Wenn er nicht tat, was man ihm befahl, würde er sterben, und dazu war er nicht bereit.

Bevor ihm bewusst wurde, was er da tat, hatte er schon mit einem seiner langen, schlanken Finger über Lilys nackte Schulter gestrichen. Ihre helle Haut war genauso weich, wie sie aussah. Die sanfte Berührung ging ihm durch und durch und weckte etwas in ihm, das ihm nur hinderlich sein konnte. Auch Lily durchlief ein Schauder, als würde sie spüren, welche Wendung seine Gedanken nahmen.

Er wollte sie. Aber Lily war ihm – wie so vieles andere – jetzt verboten.

Vorsichtig strich Ty die Haare von ihrem Schlüsselbein weg und beugte sich so nah zu ihr hinunter, wie das möglich war, ohne sie aufzuwecken. Eigentlich wollte er es gar nicht sehen – es war, als wüsste ein Teil von ihm, dass er sich vorhin nicht getäuscht hatte.

Ein hellgrünes Pentagramm, um das sich eine einzelne Schlange wand, glitzerte schwach in der Dunkelheit.

Ohne sich dessen bewusst zu sein, rieb Ty über sein eigenes Mal, das schwarze keltische Knäuel aus Katzen, verwoben mit dem Anch, dem ägyptischen Kreuz der Ptolemy. Als die Königin ihn ausgewählt hatte, hatte sie ihn eigenhändig gebrandmarkt, indem sie ihm einen einzigen Tropfen ihres Bluts auf die Zunge geträufelt hatte. Sie war so alt und so mächtig, dass ein Tropfen ausgereicht hatte, damit sich das Anch der Ptolemy in sein ursprüngliches Mal mit hineinmischte und ihn für immer als Diener und Sklaven kennzeichnete.

Jetzt war er die glücklichste und bemitleidenswerteste aller Katzen.

Blut ist gleich Schicksal, dachte Ty. Das Glaubensbekenntnis der Vampire. Von dem Moment an, in dem man gezeugt wurde, bestimmte das Mal den Weg: das Leben, das man führte, die Kreise, in denen man sich bewegte. Der Platz, den man im Reich der Nacht einnahm, war so festgelegt und starr wie der der Sonne, die er niemals wiedersehen würde.

Er hatte nicht mehr den geringsten Zweifel. Lily Quinn trug solch ein Mal. Aber wieso und warum und was es bedeutete, musste er unbedingt herausfinden, bevor er sie in die Höhle der Löwin schleppte. Er würde nicht riskieren, sich Arsinöes Zorn zuzuziehen – nicht jetzt, wo er wusste, wie viel auf dem Spiel stand.

Ich werde nicht zulassen, dass diese Frau in Stücke gerissen wird, nur weil ich einen Fehler gemacht habe.

Das war ein dummer Gedanke, der sich da ungebeten in seinen Kopf schlich, und den er – ein wenig peinlich berührt – sofort beiseiteschob. Dass Lily Quinn von einer wütenden Königin in Stücke gerissen wurde, war im Moment die geringste seiner Sorgen. Und er würde weiß Gott nie wieder versuchen, einen Menschen zu beschützen. Das war beim letzten Mal nicht gerade gut ausgegangen.

Ty legte Lilys Haar wieder über das Mal und warf rasch einen Blick aus dem Fenster hinter ihm. Er spürte nichts, aber solange er nicht wusste, was das Mal bedeutete, würde er kein Risiko eingehen. Er kannte die Male der Dynastien und die der Unterschichten, die ihnen dienten, genauso wie die Male, mit denen die elenden Nachtkriecher gekennzeichnet waren, die sich am Rand der Gesellschaft herumtrieben, wo sie jagten und gejagt wurden.

Das Mal entsprach keinem von ihnen.

»In was hast du mich da reingezogen, Lily Quinn?«, fragte er leise und erhob sich. Aber natürlich bekam er keine Antwort. Als er spürte, wie ihn die Müdigkeit überkam, mit der sich für ihn das Tageslicht ankündigte, verließ er ihr Schlafzimmer, verwandelte sich noch in der Tür in eine Katze und schlich auf leisen Pfoten den Flur hinunter. Im Keller gab es genügend Verstecke, und er hatte nicht vor, sich weit zu entfernen.

Er würde sie auch bewachen, während er schlief.

Denn er hatte das ungute Gefühl, dass Lily, bis all dies vorüber war, allen Schutz brauchen würde, den er ihr bieten konnte.

In ihren Träumen wanderte Lily durch die Ruine eines Tempels, der schwarz und verkohlt war von dem Feuer, das sie so oft gesehen hatte. Sie war auf der Suche nach jemandem, aber sie wusste nicht, nach wem. Sie wusste nur, sie hatte diese Menschen für immer verloren. Sie waren Vergangenheit, genau wie das Feuer.

Traurig und verwirrt hielt Lily Ausschau nach etwas, das nie mehr zurückkehren würde. Der Wind trug die Stimme eines Manns heran. Er flüsterte ihren Namen. Lily drehte sich um, denn das einfache Wort war wie eine sanfte Berührung.

Und das Mal auf ihrer Haut begann zu brennen.

3

Als Lilys letzte Unterrichtsstunde am Montag endlich ihrem Ende entgegenging, blieb ihr nichts anderes übrig, als sich die Wahrheit einzugestehen: Sie war besessen. Und es handelte sich nicht um ihre übliche Allerweltsbesessenheit. Sie war eine Meisterin darin, sich Sorgen zu machen, selbst über lächerlich kleine Dinge – aber eine Stehgreif-Liebesszene mit einem Mann, der sich einfach in Luft auflöste, fühlte sich nicht gerade klein an.

»Okay, meine Lieben, das war's für heute. Legen Sie Ihre Aufsätze beim Rausgehen auf den Schreibtisch, und fangen Sie für das nächste Mal mit Spensers *The Faerie Queene* an. Höre ich da jemanden stöhnen? In meiner Einführung in die englische Literatur gibt es nichts zu stöhnen.«

Höchstens für mich, dachte Lily und betrachtete den wachsenden Papierstapel. Sie nahm ihren Becher vom Pult, von wo aus sie eine Stunde lang ihre Vorlesung gehalten hatte, und trank den restlichen Kaffee aus. Trotz der Thermosumhüllung mit der Superisolierschicht war der Kaffee so gut wie kalt. Aber sie hoffte, sie könnte – sobald der Koffeinspiegel den kritischen Punkt überschritt – vielleicht dieses seltsame, nagende Gefühl abschütteln, das sie einfach nicht loslassen wollte. Tynan MacGillivray war vermutlich ein Serienmörder. Ein total attraktiver Serienmörder. Mit hübschen silberfarbenen Augen und einem Mund, der sich anfühlte wie –

»Meine Güte, du siehst aus, als hättest du die ganze Nacht durchgemacht. Hoffentlich war der Grund dafür wenigstens attraktiv.«

Lily riss erschrocken die Augen auf. Während sie ihren Tagträumen nachgehangen war, hatte sich der Hörsaal vollständig geleert.

Und ihr war das nicht mal aufgefallen.

Das muss aufhören, sagte sie sich und zauberte ein Lächeln auf ihre Lippen für die Frau, die gerade durch den Mittelgang auf sie zukam. Bailey Harper hatte große Ähnlichkeit mit einem Kobold, der sich kürzlich mit einem Werwolf gebalgt hatte, was nur bedeuten konnte, dass sie direkt von der Arbeit kam. Bays lockiges blondes Haar versuchte verzweifelt, dem Pferdeschwanz zu entkommen, in den sie es gezwungen hatte, und die abgetragene Jeans und das T-Shirt waren von oben bis unten voller Hundehaare in allen Farbschattierungen. Lily ließ den Blick zu Bays Turnschuhen hinunterwandern, um zu sehen, ob vor Kurzem auf ihnen herumgekaut worden war – vermutlich, während ihre Füße noch drin steckten, so wie Lily Bays Klientel einschätzte.

»Richtet dich eigentlich jeder Hund so zu, den du badest?«, fragte Lily und zog die Stirn in Falten, weil auf Bays Nikes wahrhaftig frische Bissspuren zu sehen waren.

Bay, die inzwischen bei ihr angelangt war, kniff die Augen zusammen. »So ziemlich jeder. Und nachdem du meine Frage nicht beantwortest, muss ich wohl davon ausgehen, dass mir die Antwort nicht gefallen würde. Verdammt, Lily, geh endlich in eine Schlafklinik, du fällst eines Tages noch tot um vor Erschöpfung.«

Lily seufzte und strich sich eine Locke aus dem Gesicht. Sie hatte schon in den Anfängen ihrer Freundschaft mit Bay kapiert, dass es nichts brachte, mit ihr zu streiten. Die gute Frau war klein und niedlich, aber eine menschliche Dampfwalze, wenn sie glaubte, im Recht zu sein, und das glaubte sie fast immer. Das Einzige, was Lily davon abhielt, ihr ab und zu eine zu kleben, war die Tatsache, dass Bay das Herz unverrückbar am rechten Fleck hatte.

»Mir geht's gut, Bay. Ich hatte schon länger kein Stelldichein mehr mit Prinz Schlaflos, also war sein Besuch wohl mal wieder fällig. Er hat sich nicht verändert – nur leere Worte, keine Taten.« Lily hatte beschlossen, dass Humor im Umgang mit diesem Dauerthema die beste Methode war.

»Ha.« Ihre Freundin sah sie ausdruckslos an. »Lily, ich weiß, von Mode habe ich keinen blassen Schimmer, aber diese dunklen Ringe unter deinen Augen stehen dir einfach nicht. Genauso wenig wie mir übrigens. Ich mache mir Sorgen. Du bist seit Freitagabend so komisch. War wirklich alles in Ordnung, als du von der Geisterjagd weggefahren bist? Hat dich irgendwas in Panik versetzt, und du willst es mir nur nicht sagen?«

Lily verbarg ihr Unbehagen hinter einem amüsierten Lächeln. Bay kam der Wahrheit sehr viel näher, als ihr lieb war, und sie wollte noch nicht darüber reden – falls sie das überhaupt jemals wollen würde.

»Du meinst, abgesehen von dem Paar, das es in dem Schrank getrieben hat? Nein. Ich glaube immer noch, dass die Behauptung, die Villa wäre verhext, nur ein Werbegag ist. Lokalkolorit. Übrigens – wie geht es denn dem niedlichen Technofreak?«

Bay spitzte die Lippen und kniff die Augen zusammen. »Du lenkst schon wieder ab. Dieses Gespräch ist noch nicht beendet, Lily Quinn. Aber da ich ihn dir zu verdanken habe ... Dem niedlichen Technofreak – er heißt übrigens Alex – geht es gut. Glaube ich jedenfalls. Am Wochenende konnten wir uns nicht treffen, aber ich bin mit ihm zum Essen verabredet in ...« Sie warf einen Blick auf ihre Uhr und riss entsetzt die Augen auf. »... Meine Güte, in einer Stunde.« Sie blickte an sich hinunter. Überall waren Hundehaare. Mit einem schelmischen Funkeln in den Augen sah sie wieder zu Lily hoch. »Beim ersten Date sollte er mein wahres Ich noch nicht kennenlernen, meinst du nicht auch?«

»Dein wahres Ich ist großartig«, erwiderte Lily. »Ich hoffe nur, er ist nicht allergisch gegen Tierhaare.« Sie lehnte sich an den schweren Metalltisch, der neben dem Pult stand. Die Erschöpfung, die schon das ganze Wochenende wie ein Geier über ihr gekreist hatte, stürzte sich jetzt gnadenlos auf sie. In einem Punkt hatte Lily ihre Freundin nicht angelogen. Ihre sogenannte Schlaflosigkeit hatte sie schon längere Zeit nicht mehr gequält. Was Bay nicht wusste – und was Lily auch nicht vorhatte, ihr zu verraten – war, dass ihre Schlaflosigkeit volle Absicht und reine Selbstverteidigung war. Sogar diese in alle Knochen kriechende Müdigkeit war besser als der Albtraum von der Frau im Tempel, der sich immer und immer wiederholte. Nur einmal hatte sie darüber gesprochen, und sie würde es nie wieder tun.

Letztlich war das Ergebnis immer das gleiche. Das ganze Wochenende hatte sie nicht mehr als fünf Stunden geschlafen, und an diesem Punkt kamen ihr Körper und ihr Kopf normalerweise zu dem gemeinsamen Beschluss, dass es Zeit war, ins Bett und in tiefen Schlaf zu fallen. Aber Bay, hartnäckig wie sie nun mal war, war nicht bereit, die Sache auf sich beruhen zu lassen.

Die Augenbrauen ihrer Freundin waren so nah zusammengerückt, dass sich auf ihrer Stirn eine steile Falte gebildet hatte, die Lily wohlvertraut war.

»Ist wirklich alles in Ordnung, Lily? Ich meine es ernst. Du bist viel zu blass.«

Lily lächelte sie mit ehrlicher Zuneigung an. »Du machst dir zu viel Sorgen, Bay.«

»Irgendjemand muss das ja tun. Ich kann echt nicht verstehen, wie du es so lange aushältst ohne …« Sie bekam den Mund gerade noch zu, bevor ihr die Worte entschlüpften.

Aber Lily wusste genau, was sie hatte sagen wollen. *Ohne eine*

Familie. Ohne jemanden, dem du wichtig bist. Auch unausgesprochen taten die Worte weh. Es gab in Lilys Leben vieles, was sie sich gewünscht, aber nicht bekommen hatte. Mitleid gehörte allerdings nicht dazu.

»Ich kann selbst auf mich aufpassen«, erwiderte Lily kurz angebunden. »Das sollte dir doch allmählich klar sein.« Sie wollte sich weder mit Bay streiten noch sie mit irgendwelchen blöden Allgemeinplätzen abspeisen. Aber sie war nicht in der Stimmung, über ihre Familie oder besser deren Nichtexistenz zu debattieren. Nicht jetzt. Am liebsten nie. Sie wandte den Blick ab und begann steif, ihre Sachen zusammenzusammeln.

Als Bay ihr sanft und entschuldigend die Hand auf die Schulter legte, hielt sie inne, blickte Bay jedoch nicht an. Sie wollte nicht, dass Bay die Tränen sah, die ihr plötzlich in den Augen standen. *Meine Güte, muss ich erschöpft sein*, dachte sie. Normalerweise gingen ihr Bemerkungen über ihr beschissenes elternloses Leben nicht so an die Nieren.

Andererseits fühlte sie sich immer, wenn sie derart müde war, auch entsetzlich allein.

»Es tut mir leid, Lily. Ich weiß, dass du selbst auf dich aufpassen kannst. Aber bin ich ein schlechter Mensch, nur weil ich mir wünsche, du hättest das nicht schon so lange tun müssen?«

Lily seufzte. Ihre Schultern sackten herab. »Nein. Ich kann es nur nicht ab, wenn man mich wie das arme kleine Waisenkind behandelt, das niemand wollte. Das ist so erbärmlich.«

»Nein. Erbärmlich ist es, wenn man ein Kind adoptiert und es in dem Moment fallen lässt, in dem diese aufgespritzte und abgesaugte Pseudo-Schönheit doch noch selbst schwanger wird. Erbärmlich ist es, wenn einem das Aussehen wichtiger ist als das Kind selbst.«

Bay klang zornig, und dafür liebte Lily sie. Aber es wurde höchste Zeit, dieses Gespräch zu beenden. Sie wollte sich nicht mehr den Kopf zergrübeln über die Familie, die sie rausgeworfen hatte, oder über den Grund, warum sie das getan hatte.

Sie blinzelte die Tränen weg, richtete sich auf und wandte sich zu ihrer Freundin um. »Sie spielen keine Rolle, Bay. Schon lange nicht mehr. Trotzdem weiß ich es zu schätzen, dass du ihnen am liebsten stellvertretend für mich den Hintern versohlen würdest. Aber ich bin total müde, und das bedeutet, Prinz Schlaflos hat sich endlich verkrümelt. Ein paar Stunden Schlaf, und alles ist wieder bestens.«

Bay nahm die Hand weg und trat einen Schritt zurück, aber die steile Falte zwischen ihren Augenbrauen blieb. »Bist du sicher?« Besorgt sah sie Lily aus ihren großen blauen Augen an. »Alles okay zwischen uns?«

»Alles okay. Versprochen. Geh und amüsier dich. Und ruf mich morgen an, und erzähl mir alles bis ins letzte Detail.«

Bay runzelte die Stirn. »Wie detailliert hättest du es denn gern? Etwa Sex inklusive?«

Lily zog die Nase kraus. »Nein, eher ob er noch bei seiner Mama lebt und Actionfiguren sammelt.«

Sie lachten beide.

»Sollst du haben«, sagte Bay und schlang die Arme um Lily. An diese spontanen Umarmungen hatte Lily sich erst gewöhnen müssen, doch für Bay waren sie so natürlich wie Atmen. Lily beneidete ihre Freundin um diesen unkomplizierten Umgang mit körperlichen Liebesbezeugungen. In Lilys Leben hatte es so etwas so selten gegeben, dass sie immer noch erschrocken erstarrte, wenn jemand sie freundlich umarmte.

Außer natürlich, wenn dieser Jemand ein Mann war, der nur aus Mondlicht und Schatten zu bestehen schien.

»Pass gut auf, wenn du nach Hause fährst. Ich würde dir ja anbieten, dich mitzunehmen, aber ich weiß genau, was ich dann zu hören kriege.«

»Endlich hast du es kapiert.« Lily drückte Bay kurz die Hand und zog sie dann rasch zurück. Es nervte sie, dass sie schon wieder an Tynan gedacht hatte. Sie brauchte dringend Schlaf. Jede Menge Schlaf. Sie konnte wirklich gut selbst auf sich aufpassen, genau wie sie Bay gesagt hatte. Und mit ihr stimmte auch alles.

»Ich komme morgen in den Laden und bringe ein paar Hamburger mit, dann kannst du mir alles erzählen«, sagte Lily und zwang sich, es fröhlich klingen zu lassen.

»Klingt gut«, erwiderte Bay und nickte. »Vermutlich kann ich moralische Unterstützung brauchen. Moses kommt morgen.«

Lily schauderte verständnisvoll. Bay besaß einen erfolgreichen Hundesalon, und den Erfolg hatte sie vor allem der Tatsache zu verdanken, dass sie so ziemlich alles liebte, was ein Fell hatte, selbst wenn es aggressiv war. Sogar Moses liebte sie, den nervösen Bernhardiner, der zwar harmlos war, aber unter so etwas wie dem Hunde-Pendant zum menschlichen Aufmerksamkeitsdefizitsyndrom zu leiden schien. Außerdem sabberte er pausenlos.

»Also abgemacht, Burger von Frank's«, sagte Lily. »Wir finden bestimmt irgendein winziges Fleckchen zum Essen, das nicht vollgesabbert ist.«

»Dein Wort in Gottes Ohr«, erwiderte Bay. »Und da wir gerade von Sabber sprechen – ich glaube, ich muss mich jetzt für den niedlichen Technofreak schick machen. Drück mir die Daumen!«

Lily sah ihrer Freundin hinterher, wie sie den Gang entlangging und den Hörsaal verließ. Als die Tür hinter ihr ins Schloss fiel, erstarb Lilys Lächeln. Langsam sammelte sie den Rest ihrer Sachen ein. Sie war so erschöpft, dass sie sich fühlte, als hingen an allen ihren Gliedern Sandsäcke. Sie beschloss, gar nicht mehr ins Büro, sondern gleich zum Auto zu gehen, mit offenem Fenster nach Hause zu fahren, um unterwegs nicht einzuschlafen, und auf der Stelle ins Bett zu fallen.

Sie konnte nur hoffen, dass sie nette Dinge träumen oder sich zumindest beim Wachwerden nicht mehr an ihre Träume erinnern würde. Beides war besser, als wieder mit ansehen zu müssen, wie die Frau mit dem roten Haar brutal ermordet wurde und ihr Blut ihr grünes Seidenkleid schwarz färbte, während ihr Baby irgendwo in der Dunkelheit schrie und die Welt in Flammen aufging.

Besser, als aufzuwachen, weil die seltsame Tätowierung wie wahnsinnig brannte.

Schon beim Gedanken daran fing die Tätowierung an zu kribbeln, und Lily lief ein Schauder über den Rücken. Sie schob die beunruhigenden Gedanken beiseite und konzentrierte sich auf das, was sie als Nächstes zu tun hatte. Sie legte die Aufsätze in ihre Umhängetasche, zusammen mit den Unterlagen, die sie für die heutige Vorlesung gebraucht hatte, dann zog sie die weiche Lederjacke an, die sie sich für den kühlen Herbst gekauft hatte. Sie hängte sich die Tasche über die Schulter, packte ihren Thermosbecher und machte sich auf den Weg. Einige Studenten winkten ihr zu, als sie Dingby Hall verließ und den Weg hinunterging, der zu einem der kleineren Parkplätze hinter den Hörsälen führte.

Sie atmete die frische Herbstluft ein und stellte überrascht fest, wie früh es inzwischen dunkel wurde. Die Sonne war bereits untergegangen, und im Westen hatte sich der Himmel dunkelrot verfärbt. Rasch ging sie Richtung Parkplatz. Außer dem Geräusch, das ihre Stiefel mit den niedrigen Absätzen auf dem Asphalt verursachten, waren nur gelegentlich in der Ferne Gesprächsfetzen zu hören. Eine Studentin, der einzige Mensch in der Nähe, stieg gerade in ihr Auto und fuhr davon. Auf einmal hatte Lily ein ungutes Gefühl im Bauch. Was tat sie da gerade?

Fantasierte sie sich in die Rolle der jungen Frau, die das Böse magisch anzog?

»Ich bin nicht die dumme Tussi, die in Horrorfilmen immer als Erste stirbt«, sagte sie laut. »Dafür sind meine Titten nicht groß genug.«

Bei dem Gedanken musste sie lächeln. Trotzdem ging sie schneller, als ihr Auto in Sicht kam, das auf einem inzwischen weitgehend leeren Parkplatz stand. Sie nahm gerade den Schlüssel aus der Tasche, als sich die Haare in ihrem Nacken plötzlich aufstellten. Sie beschleunigte ihren Schritt. Instinktiv wusste sie, dass sie nicht mehr allein war – sondern genauestens beobachtet wurde. Bei jedem Schritt. Bei jedem rasenden Herzschlag.

Lily schluckte und schnappte nach Luft. Ohne den Kopf zu drehen wusste sie, um wen es sich handelte. Ihre Begegnung mit Tynan MacGillivray mochte sie durcheinandergebracht und leicht benebelt zurückgelassen haben, und vielleicht hatte sich dieser Nebel auch noch nicht ganz aufgelöst – dennoch würde sie niemals vergessen, wie sie sich in seiner Gegenwart gefühlt hatte: wie ein winziger, unbedeutender Planet, der unerbittlich in die Umlaufbahn eines mächtigen und vielleicht sogar tödlichen Sterns gesogen wird.

Im Laufe der vergangenen Tage war es ihr fast schon gelungen, sich einzureden, dass ihre Begegnung gar nicht so seltsam gewesen war. Aber jetzt, wo sie sich eingestehen musste, dass jede Zelle ihres Körpers in seiner Nähe zu prickeln anfing, dass ihr normalerweise eiserner Wille immer schwächer wurde und sie bald ganz im Stich zu lassen drohte, wurde ihr klar, dass ihr erster Instinkt richtig gewesen war.

Mit diesem Mann stimmte etwas nicht. Er war gefährlich. Dennoch wandte sie sich in die Richtung, wo er – wie sie genau wusste – stand, weil sie sein Gesicht unbedingt noch einmal sehen musste.

Er stand am Rand des verlassenen Parkplatzes jenseits der Straßenlaternen, die die wenigen Wagen beleuchteten. Er sah aus, als wäre er ihren geheimsten Wünschen entsprungen und zu Fleisch und Blut geworden. Eigentlich gab es so gut wie keine dunklen Stellen zwischen den hell fluoreszierenden Lampen, aber irgendwie schaffte er es doch, im Dunkeln zu stehen. *Oder*, dachte Lily, während sie ihn hingerissen anstarrte, *vielleicht schaffen sich Männer wie Tynan auch ihre eigene Dunkelheit.* Das war verrückt … aber auch nicht verrückter als alles andere an dieser Situation.

»Lily. Wir müssen reden.«

Seine Stimme klang genau so, wie sie sie in Erinnerung hatte: tief und ein wenig rau. Als er sie ansprach, musste sie ihre ganze Willenskraft aufbringen, um nicht zu ihm hinzulaufen. Jedes Wort, das er sagte, schien nur eine Bedeutung zu haben: *Komm zu mir.* Aber diesmal war die Situation eine andere. Sie hatte Zeit gehabt, darüber nachzudenken, was er wohl sein und was er ihr vielleicht antun mochte, bevor er sich wieder in Luft auflöste. Dinge, die schlimmer sein mochten als jeder Albtraum.

Im Geiste rammte sie ihre Absätze in den Boden und stellte sich vor, dass ihre Füße in Beton gegossen waren, genau dort, wo sie stand. Zu was auch immer er sie anstiften wollte – es würde ihm nicht gelingen, egal wie gut er aussah: wie eine moderne Ausgabe von Dracula, dort in seinem eigenen kleinen Tümpel aus Schwärze. Ihr war ein wenig schwindelig, fast als wäre sie betrunken, und deshalb stemmte sie sich noch ein wenig fester gegen den Boden.

Als Lily sich darauf konzentrierte, den Nebel in ihrem Kopf ein bisschen zu lichten, huschte etwas über sein Gesicht, das eine Mischung aus Wut und Bestürzung zu sein schien. Doch sofort hatte er sich wieder unter Kontrolle, und sein Gesichtsausdruck war so unergründlich wie zuvor.

Ihr lief es eiskalt über den Rücken, aber ihre Angst, so ungelegen sie ihr auch kommen mochte, verankerte sie fest in der Wirklichkeit.

»Es tut mir leid, was neulich Abend passiert ist«, sagte er und sah sie durchdringend an. »Ich wollte dir keine Angst einjagen, und ich hätte nicht so schnell davonlaufen sollen. Aber mir war nicht klar …« Er schwieg, offensichtlich wusste er nicht, wie er weitermachen sollte.

Lily sah ihn stumm an, während sie fieberhaft überlegte, wie schnell sie zu ihrem Wagen kommen, die Tür aufreißen und sich einsperren könnte.

Tynan schien zu wissen, was sie dachte.

Er seufzte, und es klang fast ein wenig ärgerlich. »Du hörst mir gar nicht richtig zu, stimmt's? Mit eurer Gattung ist es immer dasselbe, kämpfen oder fliehen, dazwischen gibt es einfach nichts.« Er schloss die Augen, als müsse er seinen letzten Rest Geduld zusammenkratzen.

»Verdammt, ich bin nun mal kein Diplomat«, murmelte er, mehr zu sich selbst.

Du siehst auch nicht wie einer aus, dachte sie und beobachtete ihn aufmerksam, während sie langsam auf ihren Wagen zuging. Der Wagen stand nicht mehr weit entfernt, und doch viel zu weit weg. Jetzt, wo Tynan sie nicht mehr aus seinen seltsamen Augen anstarrte, hatte sie das Gefühl, sich wieder leichter bewegen zu können und auch wieder Herrin ihrer selbst zu sein. Im Moment wollte sie nur nach Hause fahren und vergessen, dass es Tynan MacGillivray jemals gegeben hatte. Denn selbst jetzt, nachdem sie ihn eindeutig als Stalker eingeordnet hatte, konnte sie den Blick nicht von ihm abwenden, fasziniert von seiner kantigen männlichen Schönheit.

Sie konnte nicht anders – sie begehrte ihn.

Es ängstigte sie ungemein, dass sie solch ein Verlangen nach jemandem empfand, der sie vermutlich in kürzester Zeit töten würde. Aber sie schien dieses Verlangen einfach nicht abschalten zu können, genauso wenig wie ihr das mit den Gedanken an ihn gelungen war, die sie seit jener ersten Begegnung nicht mehr losgelassen hatten. Dafür gab es nur eine Lösung: so schnell wie möglich verschwinden und die Bullen anrufen.

Er öffnete die Augen und sah sie wieder mit diesem durchdringenden Laserblick an. Seine Augen waren tatsächlich so silbern, wie sie sie in Erinnerung hatte, und irgendeine Lichtspiegelung schien sie leicht funkeln zu lassen. Ohne zu blinzeln, beobachtete er sie, und schon wieder wurden ihre Glieder zu Pudding, und eine seltsame Ruhe schien ihre Befürchtungen schrumpfen und ihre Hemmschwelle sinken zu lassen.

»Nein«, sagte Lily. Es überraschte sie selbst, als sie in der aufgeladenen Atmosphäre plötzlich ihre Stimme hörte. Und sie spürte sofort, dass Tynan ihre Weigerung nicht gefiel, also schüttelte sie den Kopf und sagte es gleich noch mal: »Nein.«

Er kniff die Augen zusammen, und in dem Moment konnte Lily ganz eindeutig sehen, dass sich hinter der dunklen, attraktiven Oberfläche etwas Raubtierhaftes verbarg. Sie machte einen weiteren Schritt auf ihr Auto zu, um seine Reaktion zu testen. Er zuckte nicht mit der Wimper, aber als er sprach, klang er nicht gerade glücklich.

»Falls du es noch nicht kapiert hast, Frau – ich werde dich nicht angreifen. Wenn ich das vorgehabt hätte, hätte ich dir schon hundertmal die hübsche Kehle zerfetzen können. Aber du *wirst* mir zuhören, so oder so. Ich habe ein paar Fragen, auf die ich dringend eine Antwort brauche.«

»Es gibt nichts, worüber wir reden müssten«, entgegnete Lily und wagte noch einen Schritt auf ihr Auto zu. Um sie herum war alles still, als wären sie die beiden einzigen Menschen auf Erden. Hatte er wirklich gerade gesagt, er könne ihr die Kehle zerfetzen? Wer sagte denn so was? Mit jedem Schritt, den sie weiter von ihm und seiner seltsamen Anziehungskraft zurückwich, konnte Lily wieder klarer denken. Ihre Angst wurde immer größer und ließ ihren Herzschlag erst in Trab und dann in Galopp verfallen.

In dem Moment sah sie etwas anderes in seinem Gesicht aufblitzen, so roh und unverhüllt, dass sie sich beinahe umgedreht hätte und einfach losgerannt wäre.

Hunger.

»Tu es nicht«, sagte er leise, und es klang fast wie ein Knurren. »Ich nehme dir deine Angst nicht übel, *mo bhilis*. Aber wenn du überleben möchtest, wirst du lernen müssen, sie nicht zu zeigen. Blut, das so heiß und schnell dahinjagt, ist eine Versuchung, der die meisten erst gar nicht werden widerstehen wollen.«

Sie starrte ihn so entsetzt an, dass Tynan den Blick abwenden musste. Es schmerzte ihn, sie so zu sehen, und seine Gesichtszüge verhärteten sich.

Ich will nach Hause, dachte sie. Ihr Atem ging stoßweise, und Panik jagte wie eine Droge durch ihr Blut. *Ich will nur nach Hause.*

»Ich brauche deine Hilfe«, fuhr er fort. »Und das habe ich genauso wenig zu entscheiden wie du.«

»Ich kann dir nicht helfen.« Ihre Stimme klang dünn und atemlos, und sie verachtete sich dafür, dass ihre Schwäche nicht zu überhören war.

Tynan suchte ihren Blick, fing ihn ein und ließ ihn nicht wieder los.

»Oh doch, ich glaube schon. Tatsache ist, dass ich mir dessen inzwischen ganz sicher bin.«

»Tja, dann irrst du dich wohl. Und wenn du nicht in zwei Sekunden verschwunden bist, drücke ich den Panikknopf. Der Campus-Sicherheitsdienst ist gut. Genauso gut wie unser Gesetz gegen Stalking, falls du vorhaben solltest, mich weiterhin zu verfolgen.«

Aus irgendeinem unerklärlichen Grund schien er das komisch zu finden, was Lily nicht nur bestätigte, dass dieser Mann gefährlich war, sondern auch, dass er verrückt war. Sein Grinsen blitzte so plötzlich und so schön in der Dunkelheit auf wie ein Blitz am Sommerhimmel. *Was für eine schreckliche Verschwendung*, dachte Lily und hasste sich für das heiße Lustgefühl, das sie beim Anblick dieses umwerfenden, flüchtigen Grinsens plötzlich tief in ihrem Unterleib verspürte. Doch schon war das Grinsen wieder verschwunden, und er sah sie todernst an.

»Du kannst es dir leicht oder schwer machen, Lily. Aber am Ende wird es auf dasselbe hinauslaufen. Deine Entscheidung.«

»Dann entscheide ich mich dafür, dass dieses Gespräch nie stattgefunden hat«, entgegnete Lily und legte den Daumen auf den Panikknopf an ihrem Schlüsselbund. Sie wusste, sie sollte ihn sofort drücken, um Tynan in die Flucht zu schlagen, aber irgendetwas hielt sie zurück. Trotz allem und obwohl ihr Herz raste, als hätte sie gerade einen Marathonlauf hinter sich gebracht, war irgendein kleiner, verdrehter Teil von ihr noch nicht bereit, Tynan gehen zu lassen. Aber sie wusste, dass sie dem Einhalt gebieten musste. Der Stress, die Rückkehr ihrer Schlaflosigkeit, und dann dieser Albtraum … Irgendwie wusste sie, dass das alles wieder angefangen hatte, weil er in ihrem Leben aufgetaucht war. Egal, was er ihr sagen, egal, welche Art von Hilfe er von ihr wollte – Lily musste sich auf der Stelle abwenden und einfach tun, was sie für richtig hielt. Denn ihr Instinkt sagte ihr klar und deutlich, dass sie, wenn sie noch länger hier stehen blieb, dem Wahnsinn Tür und Tor öffnete.

Sie hatte zu lange Mauern gegen den Wahnsinn aufgebaut, um sie jetzt für ihn einfach niederzureißen.

»Ich fahre jetzt, Tynan. Falls das wirklich dein Name ist. Wenn du irgendwas versuchst, drücke ich den Alarmknopf. Wenn du noch mal versuchst, mit mir Kontakt aufzunehmen, rufe ich die Bullen. Such dir jemand anderen, auf den du dich fixierst. Ich kann dir nicht helfen.«

Ohne noch einmal stehen zu bleiben, ging sie rückwärts zu ihrem Wagen. Auf Tynans Stirn bildete sich eine steile Falte. Noch immer dröhnte ihr Herzschlag in ihren Ohren, aber sie versuchte, gleichmäßig zu atmen und nicht ins Stolpern zu geraten.

»Lily«, sagte er warnend, und ihr wurde klar, dass sie den Knopf doch noch würde drücken müssen. Aber in dem Moment, als sie mit dem Rücken gegen ihren Wagen stieß und hektisch nach der Türklinke tastete, flog Tynans Kopf herum, als hätte jemand seinen Namen gerufen. Die Bewegung war so abrupt und kam so überraschend, dass sogar Lily einen Moment innehielt, um herauszufinden, was er gehört hatte. Was auch immer es sein mochte – es gefiel ihm nicht.

»Verdammter Mist.«

Als er den Blick wieder auf sie richtete, hatte eine unglaubliche Veränderung in ihm stattgefunden. Lily spürte, wie ein Schrei in ihrer Kehle hochstieg, den sie nur deshalb nicht ausstoßen konnte, weil ihr sein Gesichtsausdruck völlig den Atem geraubt hatte. Seine Augen waren hell wie der Mond und funkelten unheilvoll. Die Lippen waren zurückgezogen und entblößten lange, glitzernde, scharfe Zähne. Er sah aus wie ein …

»Fahr nach Hause«, befahl er. »Auf der Stelle.« Er war total angespannt, als mache er sich auf einen Angriff gefasst – oder darauf, selbst jemanden anzugreifen. »Sperr Türen und Fenster zu. Lass niemanden rein. Wir treffen uns dort.«

Völlig verblüfft über seine Anweisungen starrte sie ihn an. Für wie blöd hielt er sie eigentlich?

»Glaubst du wirklich, ich würde …«

»Wenn du überleben willst, Lily Quinn, wirst du tun, was ich dir sage. Des Nachts sind deutlich schlimmere Wesen als ich unterwegs, und wie es aussieht, bin ich nicht der Einzige, der dich gefunden hat. Wenn dir dein Leben lieb ist, dann tu, was ich dir sage. Fahr nach Hause. Jetzt sofort. Und denk gar nicht erst dran, zu anderen Leuten zu fahren, es sei denn, du möchtest schuld daran sein, wenn du sie verlierst.«

Endlich fanden ihre Finger den Türgriff, aber ihre Knie wollten noch immer nicht aufhören zu zittern. Erleichtert schluchzte sie auf, als die Tür endlich offen war, aber sie wäre beinahe gestürzt vor lauter Eile, endlich in den Wagen zu kommen. Sie konnte nicht mehr vernünftig denken – eigentlich konnte sie überhaupt nicht mehr denken. Nur noch Tynans Stimme dröhnte in ihrem Kopf, und die fürchterlichen Worte, die er gesagt hatte. Und in Anbetracht all dessen, was sie gesehen und gefühlt hatte, klangen sie erschreckend wahr.

Inzwischen war es stockdunkel geworden. Sogar das Licht der sonst so hellen Straßenlampen war nur noch trüb und glanzlos. Als sie endlich hinter dem Steuer saß, zitterte sie so sehr, dass sie kaum ihre Tasche, die noch halb in der Tür hing, von der Schulter bekam. Ein tiefes, bedrohliches Geräusch raste durch die Dunkelheit heran.

Es klang wie ein Knurren.

Endlich gelang es ihr, die Tür zuzuziehen. Lily steckte den Schlüssel in die Zündung und drehte ihn. Der Motor sprang nur widerwillig an, und sie hörte sich verzweifelt aufstöhnen. Es war, als säße gar nicht sie selbst dort am Steuer, sondern als beobachte sie das Ganze nur. Sie legte den Gang ein und packte das Lenkrad so fest, dass ihr die Hände schmerzten. Trotz allem konnte sie es nicht lassen, noch einen letzten Blick auf den Mann – das Wesen – zu werfen, der sie gerade vor die Wahl gestellt hatte, ihn entweder in ihr Leben zu lassen oder von der Hand von

Was-auch-immer zu sterben. Vermutlich von der Hand von jemandem wie ihm.

Ty machte einen Buckel wie eine Katze vor dem Angriff. Sein Blick war auf irgendetwas seitlich von ihr gerichtet, irgendwo hinten auf dem Sportplatz. Und er stand so regungslos da, als wäre er aus Stein. Aber er musste gespürt haben, dass sie ihn ansah. Ohne den Blick auch nur eine Sekunde von dem abzuwenden, was da offensichtlich sein Interesse erregte, sprach er, und das Wort, eher schon ein Knurren, klang so laut, als säße er neben ihr im Wagen.

»Fahr!«

Lily trat das Gaspedal durch und schoss mit quietschenden Reifen vom Parkplatz. Diesmal drehte sie sich nicht um. Was vor ihr lag, war schon schlimm genug.

4

Die Nachtluft roch nach Tod. Und trotzdem zeigte der Feigling sich nicht.

Ty sah Lily nicht hinterher. Als er die Reifen auf dem Asphalt quietschen hörte, fühlte er sich ein wenig erleichtert. Doch neben der Erleichterung verspürte er vor allem eine unbändige Wut. Hier ging es nicht darum, dass sich ein anderer Vampir für die gleiche Mahlzeit interessierte wie er. Hier ging es um seine Mission, seine Zukunft. Und wer immer da gerade meinte, er könne ihm seine Beute abjagen, würde gleich die bittere Erfahrung machen, dass man so nicht mit einem Cait Sith umsprang.

Das Tier in Ty scharrte unruhig mit den Füßen, wie es jedes Tier im Angesicht des drohenden Sturms tat. Eine Kältewelle lief über das Gelände, und innerhalb von Sekunden fiel die Temperatur um mehrere Grad. Selbst Tys Atem, der nicht so warm war wie der der Sterblichen, bildete in der Luft kleine Wölkchen.

»Komm schon, du Dreckskerl«, knurrte Ty und starrte ohne zu blinzeln auf den dunklen Sportplatz, wo sich der Eindringling verbarg. Tys Katzenaugen konnten nichts erkennen, nicht die geringste Bewegung. Aber seine Intuition, genährt von den Erfahrungen vieler langer, harter Jahre, hatte ihn noch nie getrogen.

Und das wird sie auch diesmal nicht, dachte Ty. Wilde Vorfreude jagte durch sein Blut, als er sah, wie sich ein bestimmter Schatten in zwei Hälften teilte und die eine Hälfte eine Gestalt annahm, die eindeutig menschlich war. Selbst aus dieser Entfernung konnte Ty die funkelnden roten Augen sehen. Ein helles, mörderisches Rot – das Zeichen, dass es sich um einen Vampir handelte, der kurz vor dem Verhungern stand.

Ty hätte am liebsten einen Satz nach hinten gemacht. Es hatte Zeiten gegeben, in denen man überall auf solch einen Hunger gestoßen war. Auch er selbst hatte ihn so manches Mal zu spüren bekommen, als er noch jung und unerfahren war. Damals hatte er sich oft in der Dunkelheit verborgen, weil er fürchtete, entdeckt und auf brutale Weise zerstört zu werden. An diese Zeiten erinnerte er sich nur äußerst ungern.

»Jetzt greif mich schon an«, knurrte Ty. Seine Schneidezähne wurden noch ein Stück länger, und seine Finger verwandelten sich in Klauen. Er stemmte die Füße in die Erde, aber seine Muskeln blieben locker und biegsam. Alles in ihm war sprungbereit, und er genoss die Vorstellung, gleich jemanden zu töten. Nur ein Mord, so glaubte er, würde ihn von der Anspannung befreien, die sich in ihm aufgestaut hatte, seit er Lily das erste Mal gesehen hatte, dort im Licht des Monds.

Der Blick der roten Augen, die bedrohlich funkelten, war unentwegt auf ihn gerichtet. Dann legte der Schatten den Kopf ein wenig auf die Seite, als wolle er seinen Gegner einschätzen. Schließlich ertönte eine Stimme, die klang, als hätte man sie mit Kiesel geschliffen. Die Worte, die sie formte und die klar und deutlich an Tys Ohr drangen, wurden in einem Cockney-Dialekt gesprochen, der ihn an frühere Zeiten in Londons heruntergekommenen Straßen erinnerte.

»An dir habe ich kein Interesse, Miezekatze. Auf Haarknäuel stehe ich nicht. Die hübsche Kleine dagegen, die wäre schon eher was.«

Ty verzog den Mund. »Sie ist tabu.«

Der andere lachte rau auf. »Wer sagt das? Das hier ist nicht dein Territorium. So was haben solche wie du gar nicht. In der

Gosse geborene, verlauste Streuner! Ich habe so manchen guten Vampir gekannt, der kein Blaublut war, aber euer Geschlecht hätte man gleich zu Anfang ersäufen sollen.«

Ty ließ die Worte an sich abgleiten wie Wasser. So etwas hatte er schon oft zu hören bekommen. Er wollte die Sache hinter sich bringen, wollte sein Gegenüber töten.

»Das hier ist niemandes Territorium, du Feigling. Und die Frau gehört mir.«

»Die Frau ist Würmerfutter, Miezi. Und das wirst du ebenfalls sein, wenn ich mit dir fertig bin.« Sein rauer Atem wurde jetzt deutlich hörbar, und seine Stimme nahm eine Färbung an, die Ty einen Schauder über den Rücken jagte. »Ich bin ja so … hungrig«, jaulte der andere Vampir in höchsten Tönen. Er klang wie ein bedauernswertes Kind, und Ty musste an ähnliches Gewimmer denken, das er in dunklen Seitengassen gehört hatte, und an den Gestank von Fleisch und Abfällen.

Jetzt reicht's, dachte Ty. Die Vergangenheit ließ man besser ruhen.

Ty duckte sich. Dass der andere Vampir sich auf ihn stürzen würde, spürte er schon, bevor dieser auch nur einen Muskel bewegte. Dann rasten die funkelnden Augen auf ihn zu, und Ty, überwältigt von der alten Blutlust, öffnete die Arme, um seinen Angreifer in Empfang zu nehmen.

Der Schlag war so heftig und wurde mit solcher Wildheit ausgeführt, dass Ty ins Taumeln geriet. Dann gingen beide ineinander verkeilt zu Boden und wurden zu einem einzigen rollenden, schnappenden und zischenden Knäuel.

Ty hätte sich beinahe übergeben, als ihm der stinkende Atem des anderen Vampirs in die Nase drang, der sich mit dem Gestank nach verrottendem Fleisch mischte. Diese Ausdünstungen waren einfach zu viel für seine empfindsamen Geruchsnerven. Seine Augen tränten, und als er kaum noch etwas sehen konnte, schnappten die Kiefer des anderen nur wenige Zentimeter von seiner Nase entfernt aufeinander.

Das reichte. Schlagartig fand Ty zu der Konzentration zurück, die er brauchte, um das hier zu Ende zu bringen.

Mit geballter Kraft rollte Ty seinen Gegner in einer fließenden, blitzschnellen Bewegung auf den Rücken, legte ihm die Klauen um den Hals und drückte ihn zu Boden. Das war eine alte und oft angewandte Taktik, und Ty stieß ein triumphierendes Zischen aus, als der andere Vampir sofort bewegungsunfähig dalag. Ty kratzte ihm die Haut gerade so weit auf, dass es richtig wehtat, aber kein ernsthafter Schaden entstand.

Wahrscheinlich hätte er seinen Angreifer innerhalb kürzester Zeit umgebracht, wenn er nicht einen Blick auf sein Gesicht geworfen hätte. Seine Lust am Töten verwandelte sich von einer Sekunde auf die andere in tiefstes Mitleid.

»Meine Güte, Mann«, sprudelte es aus ihm heraus. »Wer hat dir das denn angetan?«

Er hatte solche Grausamkeit auch früher schon gesehen, auch wenn das bereits Jahrhunderte zurücklag. Der Vampir unter ihm war die Hülle eines Menschen, eine lebende Leiche, die bereits verweste, aber noch atmete. Wächserne Haut spannte sich über hervorstehende Knochen. Sein Schädel war nur noch an wenigen Stellen mit dünnen Haaren bedeckt. Dieser Körper fühlte sich an wie eine Hülle voller Knochen, aus der die Augen sich mit irrem Blick hervorwölbten. Seine dünnen, zurückgezogenen Lippen ließen seine gelblichen Fangzähne sehen.

Kein Vampir würde jemals so tief sinken, dass er sich freiwillig in einen vor Hunger halb wahnsinnigen Zombie verwandelte, dessen Körper auseinanderfiel, ohne dass er sterben konnte. Aber Ty hatte schon erlebt, dass Vampiren, die ihre Meister verärgert hatten, so etwas angetan wurde. Sie wurden in Verliese gesperrt, bis sie vor Hunger den Verstand verloren, und das alles nur, weil sie sich gegen die in der Welt der Nacht herrschende Ordnung aufgelehnt hatten. Dazu kamen gelegentlich Vampire niederer Klassen, die sich einfach zur falschen Zeit am falschen Ort aufgehalten hatten. Wenn man einem gelangweilten und unglaublich sadistischen Blaublut-Vampir über den Weg lief, konnte es geschehen, dass man für seine bloße Existenz bestraft wurde.

Inzwischen kam so etwas nicht mehr vor – zumindest hatte Ty das geglaubt. Aber Ausnahmen gab es offensichtlich immer noch.

»Egal«, zischte das Gespenst und schnappte nach Luft. »Ich kann dein Blut riechen, Mieze. Gib mir einen Tropfen, okay? Nur … einen Tropfen … ah, bei Luzifers Augen, das tut vielleicht weh!« Das bedauernswerte Wesen sonderte einen unerträglichen Gestank ab, aber Ty zwang sich, seine Abscheu zu verdrängen. Irgendetwas an diesem Mann und an diesem Angriff war seltsam. Und bevor er dieses Geschöpf von seinem Leid erlöste – und etwas anderes würde ihm nicht übrig bleiben –, wollte er ein paar Fragen beantwortet haben.

»Sag mir, wer dir das angetan hat, dann besorge ich dir Nahrung«, log Ty.

Der andere Vampir gab ein zischendes Lachen von sich, das einer Mischung aus Schmerz und Wahnsinn entsprang. Aber es war auch noch ein Funken Verstand in ihm. »Lüge«, erwiderte er. »Du schmierst mir nur Honig ums Maul. Er hat gesagt, dass du das tun würdest. Aber für mich ist es zu spät. Ich habe getan, was man mir aufgetragen hat. Ich bringe dich um und sauge dich aus, oder ich sterbe bei dem Versuch.« Sein Gesicht war schmerzverzerrt. »Ich gehe nicht wieder in die Dunkelheit … nicht in die Dunkelheit, nicht in die Ketten …«

Ty kniff die Augen zusammen, obwohl ihn sein Mitleid zu überwältigen drohte. Für Mitleid war in dieser Welt kein Platz. Die Starken überlebten. Die Schwachen würden immer zum

Untergang verurteilt sein, und wenn man nicht aufpasste, zogen sie einen mit in den Abgrund, nur weil man einen Moment lang Mitleid mit ihnen gehabt hatte.

»Wer? Wer hat dich auf mich angesetzt?«

Der Vampir grinste hämisch, dann fing er an zu kichern. Das Kichern war fast schon ein Weinen, und er schien mehr und mehr den Verstand zu verlieren. »Nicht auf dich, du Idiot. Dumme, dumme Mieze. Aber ich habe dich prima abgelenkt, nicht wahr? Keine dunklen Verliese mehr für mich, nie mehr Hunger. Dumm, dumm, dumm, das hübsche Ding soooo allein zu lassen …«

Ty schnappte nach Luft. *Lily.* So eine plumpe Falle, und er war prompt hineingetappt. Aber wie hätte er übersehen sollen, dass er beobachtet wurde? So etwas spürte er immer. Andererseits hatte er sich auch noch nie um eine Frau so viele Gedanken gemacht, dachte er mit einem Anflug von Schuldgefühl. Und ausgerechnet dieses eine Mal konnte ihn unendlich viel kosten. Aber so war das schon immer gewesen in seinem armseligen Leben.

Ty musste seine ganze Willenskraft aufbieten, um nicht wie der Blitz davonzuschießen und dem hinterherzujagen, was da hinter Lily her war. Zweifellos würde er oder sie ein sehr viel ernster zu nehmender Gegner sein als dieser armselige Lockvogel. Aber etwas, das man nicht zu Ende brachte, konnte einem wieder in die Quere kommen. Er packte den dünnen Nacken des Vampirs noch fester und riss ihm den Kragen seines schon halb zerfallenen Hemds herunter. Dunkel hob sich das Mal von der bleichen, wächsernen Haut ab. Tys Verdacht erwies sich als richtig.

Die Shades stellten keine eigene Dynastie dar. Menschen hätten sie eine Bande genannt, aber ein Vampir hätte das als eine sehr ungenügende Beschreibung empfunden. Die Shades kamen zwar aus allen Schichten der Unterwelt, vorwiegend allerdings aus der Unterschicht, und waren Spezialisten für alles

Illegale. Sie waren die Aristokratie der Diebe und Mörder und wurden sogar von den blaublütigen Vampiren gefürchtet und respektiert. Dieser hier schien ein bisschen von so ziemlich jeder Unterschichtsdynastie in sich zu haben, und diese Mischung spiegelte sich auch in dem auffallend komplizierten Mal wider. Daneben, klein und trügerisch einfach, war die verräterische Tätowierung, die man bei der Aufnahme in die Dynastie der Shades bekam, ein kleiner, schwarzer aufgehender Mond. Nicht Abstammung erzeugte das Mal eines Shade, und dennoch konnte nur der Tod es auslöschen.

Eine Stimme aus längst vergangenen Zeiten flüsterte in seinem Kopf: *Wir sind alle Mörder, Ty. Warum kommst du nicht zu uns, dann wirst du fürs Morden wenigstens geachtet. Nur so kann eine Katze wie ein König leben.*

Er schob den Gedanken beiseite und verschloss ihn in einer Schublade ganz hinten in seinem Kopf, denn nur dort gehörte er hin. Wie enttäuscht der Grünschnabel von einem Vampir, der dieses Angebot damals zurückgewiesen hatte, wohl wäre, wenn er sähe, was aus Ty geworden war – nicht viel anderes, als er damals abgelehnt hatte, nur ohne den, wenn auch trügerischen, Schein von Achtung.

»Du musst deine Meister ja nachhaltig verärgert haben, wenn du so bestraft worden bist«, sagte Ty laut. »Und irgendjemand mit viel Einfluss muss sie angeheuert haben – Mord ist im Haus der Schatten immer noch die teuerste Dienstleistung, nicht wahr?«

Er erwartete keine Antwort, und er bekam auch keine. Egal, wie nah dieser Vampir dem Tod bereits sein mochte, er würde nicht reden. Das taten sie so gut wie nie. Verdammte Shades.

»Ganz ruhig, Bruder«, sagte Ty, als sich der andere Vampir unter ihm herauszuwinden versuchte und einen letzten Versuch startete, doch noch die Oberhand zu gewinnen. Vielleicht wollte er Ty aber auch nur dazu bringen, dem Kampf ein Ende zu setzen. Falls das sein Wunsch war, wurde er ihm umgehend erfüllt. Rasch hieb Ty dem Vampir mit dem Messer, das er von seinem ersten Leben in dieses hinübergerettet hatte, den Kopf ab.

Als der zerfallende Körper Sekunden später in Flammen aufging, war Ty schon nur noch ein schwarzer Blitz in der Nacht. Er betete zu einem Gott, an den er längst nicht mehr glaubte, dass er nicht zu spät kommen möge.

Lily bog in ihre Einfahrt, ohne sich erinnern zu können, wie sie es bis hierher geschafft hatte. Die Fahrt war wie eine Szene aus einem Albtraum gewesen. Ihr Körper hatte den Wagen gesteuert, als hätte sie ihn auf Autopilot gestellt, während sie selbst die ganze Zeit nur Tys funkelnde Augen und glänzende Fangzähne vor sich gesehen und seine unwirkliche Stimme »Fahr!« hatte rufen hören.

Ein paarmal wäre sie beinahe von ihrem Nachhauseweg abgewichen, weil sie überallhin wollte, nur nicht dorthin, wohin er sie geschickt hatte. Aber Tys Drohung, sie sei schuld, wenn anderen etwas zustoßen würde, hielt sie letztlich davon ab. Sie würde niemanden leichtfertig in Gefahr bringen.

Was nicht hieß, dass sie nicht am liebsten davongelaufen wäre … nur wusste sie nicht so recht, wohin.

Lily stieg aus dem Wagen. Sie zitterte wie Espenlaub. Dennoch schaffte sie es irgendwie bis zur Haustür, wo sie kostbare Sekunden damit vergeudete, den richtigen Schlüssel zu suchen. Auf der Straße war weit und breit niemand zu sehen, und natürlich hatte sie vergessen, das Verandalicht einzuschalten. Mal wieder.

»Komm schon«, murmelte sie. Sie spürte, wie die Panik erneut mit eisigen Klauen nach ihr griff. Endlich hatte sie den Schlüssel erwischt, der ins Schloss passte. Gleich wurde sie wieder deutlich ruhiger. Hier herrschte Normalität. Hier war sie relativ sicher.

Rasch stolperte sie in den hell erleuchteten Flur, schlug die Tür hinter sich zu und schob den Riegel vor.

Ich bin zu Hause. Ich bin in Sicherheit. Ich bin zu Hause.

Sie drehte sich um, ließ die Umhängetasche neben die Garderobe fallen und schloss einen Moment die Augen. Sie musste sich erst einmal wieder fangen, musste den Horror abschütteln, jetzt, wo sie in ihrer vertrauten Umgebung war.

»Mir geht es gut«, sagte sie laut, aber ihre Stimme klang dünn und zittrig. »Jetzt ist alles in Ordnung«, fuhr sie, schon mit etwas festerer Stimme, fort. Dann öffnete sie die Augen, straffte die Schultern und ging auf den Türbogen zu, durch den man in das Wohnzimmer mit der offenen Küche gelangte. Es beruhigte sie, ihre Schritte auf dem Holzboden zu hören.

Mit der Rückkehr der Normalität verwandelte sich ihre Angst in Wut.

Zum Teufel mit diesem Schwachsinn, dachte sie, und allmählich beschlichen sie Zweifel, was sie dort auf dem Parkplatz wirklich gesehen hatte. Sie war nicht das typische Opfer. Sie musste sich nur überlegen, wie sie jetzt vorgehen wollte. Das Logischste wäre, die Polizei anzurufen. Sie würde doch nicht einfach hier herumsitzen und darauf warten, dass irgendetwas Schreckliches passierte, wenn das nächste Polizeirevier keine zwei Meilen entfernt war. Tynan war ein Stalker, da war sie sich ganz sicher. Alles andere … nun ja, es war möglich, eher schon wahrscheinlich, dass alles nur ein Versuch gewesen war, sie einzuschüchtern. Schließlich hatte sie dort auf dem Parkplatz niemanden sonst gesehen. Und was die funkelnden Augen und die Fangzähne anging – nun, jeder, der klug genug war und geistesgestört genug dazu, konnte solche Effekte problemlos erzielen.

Lily fühlte sich so gedemütigt, dass ihr Magen in Aufruhr geriet.

»Meine Güte, bin ich eine Idiotin«, murmelte sie. Sie war wirklich leichte Beute gewesen.

Sie tastete nach dem Lichtschalter, doch kaum wurde es hell im Zimmer, wünschte sie, sie wäre direkt zum Polizeirevier gefahren.

Aber dafür war es jetzt eindeutig zu spät.

Auf einem Stuhl an ihrem kleinen Küchentisch saß ein Mann und betrachtete sie gedankenverloren. Das blasse, gut aussehende Gesicht hätte ein Bild unschuldiger Freundlichkeit abgegeben, wäre da nicht der Hunger in seinen Augen gewesen, deren Farbe dauernd zwischen Rot und Blau wechselte.

»Sie gehen ganz schön streng mit sich ins Gericht, finden Sie nicht auch?«, sagte der Mann mit angenehm kultivierter Stimme, die gut zu seiner eleganten Erscheinung passte. Makellos gebügelte Khakihose und Button-Down-Hemd, glänzende Schuhe. Jedes Haar lag an seinem Platz. Sein Fuß ruhte locker auf dem Knie des anderen Beins, und die Hände, blass wie sein Gesicht, hielt er vornehm im Schoß gefaltet. Über der Rückenlehne eines der anderen Stühle hing ordentlich zusammengelegt ein schwarzer Wollmantel. Er hätte direkt von einer geschäftlichen Besprechung kommen können.

Abgesehen davon, dass er etwas außerordentlich Furcht einflößendes an sich hatte.

Als Lily, deren Mund und Kehle schlagartig wie ausgetrocknet waren, ihn nur sprachlos anstarrte, seufzte er laut auf.

»Nicht mal ein Hallo? Nun ja. Sie sind vielleicht keine Idiotin, aber schlechte Umgangsformen haben Sie auf jeden Fall.«

Sein Blick jagte ihr einen Schauder über den Rücken. In diesen Augen lag nicht eine Spur von Gefühl, nur tödliche Kälte. Das waren die Augen eines Mörders.

»Lily Quinn, ich fürchte, Sie stecken in Schwierigkeiten.«

»Wer sind Sie?«, brachte Lily schließlich mühsam heraus. »Ich kenne Sie alle nicht, aber ich weiß, dass ich nichts getan habe. Ich glaube, Sie haben die Verkehrte erwischt.«

Der Mann kicherte leise. »Sie alle? Schau an, schau an. Hat das verwöhnte Schoßhündchen der Königin also doch endlich beschlossen, sich Ihnen zu zeigen und Ihnen schönzutun? Das überrascht mich. Soziale Kontakte waren nie Tynans Stärke.« Er musterte sie von oben bis unten. »Wobei ich mir gut vorstellen kann, warum er es sich anders überlegt hat. Allerdings will er natürlich etwas von Ihnen. Unsere Art gibt sich nur selten mit Ihrer ab, außer wir wollen etwas.«

Wieder lief Lily ein Schauder über den Rücken. Sie hätte nicht sagen können, warum, aber dieser Mann hatte die genau gegenteilige Wirkung auf sie wie Tynan. Dabei gehörten sie vermutlich der gleichen Spezies an. Aber bei Tynan hatte sie den Eindruck gehabt, dass er sich sehr gut beherrschen konnte. Diesen hier dagegen schätzte sie so ein, dass er eine Weile mit ihr herumspielen und seinem Hunger nachgeben würde, sobald ihm langweilig wurde.

Und sie hatte das dumpfe Gefühl, dass das schon bald der Fall sein würde.

In der verzweifelten Hoffnung, ihn lange genug ablenken zu können, bis ihr ein Ausweg aus dieser Situation einfiel, versuchte sie, ihn weiter am Reden zu halten.

»Tynan. Sie beide arbeiten also zusammen? Ist er ein Freund von Ihnen?« Sie versuchte, ruhig und konzentriert zu bleiben, doch sie spürte, wie sich in ihrem Inneren etwas zusammenbraute: die alte, unberechenbare Düsternis, die sie schon seit so vielen Jahren unter Kontrolle hielt. Dass sie ausreichen würde, um ihr das Leben zu retten, bezweifelte sie allerdings – nicht, nachdem sie sie so lange vorsätzlich weggesperrt hatte. Und was die Sache auch nicht besser machte; auf ihre Frage hin schnaubte er nur verächtlich.

»Nein, wir arbeiten nicht zusammen. Er ist nicht stark genug für das, was ich tue. War er noch nie. Und was das Thema Freundschaft angeht – ich glaube nicht, dass er uns noch als Freunde betrachten würde. Ich jedenfalls betrachte ihn nicht als Freund. Aber ich bin nicht in der Stimmung für Erklärungen.«

Er streckte sich ein wenig und rutschte auf dem Stuhl hin und her, als langweile ihn das alles bereits. Seine Ähnlichkeit mit Ty verblüffte Lily. Die beiden bewegten sich auf die gleiche Art, mit einer schier übernatürlichen Anmut selbst in den kleinsten Bewegungen.

»Dann erklären Sie mir doch bitte mal, wer Sie sind und was Sie hier tun«, erwiderte Lily. Sie zuckte zusammen, als sie hörte, wie ängstlich ihre Stimme klang. Aber sie konnte es nicht verhindern. *Er kann nicht wirklich sein*, dachte sie, *dies alles kann nicht wirklich sein, nichts davon …*

»Ich selbst bin ein Niemand«, schnurrte er und lächelte sie gewinnend an. Sie hatte den Eindruck, dass er sie einzulullen und in die gleiche Trance zu versetzen versuchte, in die Tynan sie mit einem einzigen Blick hatte versetzen können. Dennoch empfand sie nichts, nur die gleiche entsetzliche Panik, die sie erfasst hatte, als sie ihn dort sitzen sah. Ihr ungebetener Gast schien das zu spüren, und kurz darauf erlosch sein Lächeln.

»Ich bin nur der Handlanger. Ein teurer Handlanger, aber meine Auftraggeber haben einen ausgezeichneten Geschmack. Und was Sie angeht – das Problem ist nicht, was Sie getan haben, sondern was Sie sind.«

»Ich habe keine Ahnung, wovon Sie reden.«

»Mir ist völlig egal, ob Sie das verstehen oder nicht. Man kann gewisse Dinge verdrängen, liebe Lily, aber was einem im Blut liegt, lässt sich nicht für immer verleugnen. Glauben Sie mir, mit dieser Tatsache lebe ich Tag für Tag. Besser gesagt, Nacht für Nacht.« Mit der Andeutung eines Lächelns fuhr er fort: »Ich bin ein heimtückischer Mörder. Und Sie sind, nennen wir es mal so, eine Frau mit Visionen. Zumindest nehme ich an, dass Sie das sind, sonst hätte Ty Ihnen nicht schon tagelang hinterhergeschnüffelt.« Er legte den Kopf ein wenig auf die Seite, dann fügte er hinzu: »Wie traurig. Sie wissen wirklich nicht, was Sie sind, habe ich recht?«

Verdammt, er hatte wirklich recht. Sie hatte es nie gewusst. Als Kind hatte sie eine Kraft in sich gespürt, die sie nie verstanden hatte. Aber sie wusste, dass sie anders war, und nicht im guten Sinne anders. Deshalb hatte sie das Unbekannte tief in ihrem Innersten begraben, so tief, dass es sich jetzt nur noch in Albträumen ausdrücken konnte. Aber das Elend, das sie als Kind geplagt und das zu einem Gefühl völliger Einsamkeit geführt hatte, war niemals gänzlich verschwunden. Was das alles mit diesem Mann zu tun haben sollte, konnte Lily sich allerdings nicht vorstellen. Und sie bezweifelte, dass sie lange genug leben würde, um eine Antwort auf diese Frage zu bekommen.

»Werden Sie mich umbringen?«, fragte sie, denn sein Blick war unmissverständlich.

»Was ich tun werde«, erwiderte der Mann, »ich werde meine Arbeit erledigen und dafür meinen Lohn erhalten. Aber ich muss zugeben«, fuhr er fort und ließ den Blick langsam über ihren Körper wandern, »dass das Vergnügen mit einer Frau wie Ihnen ein willkommener Bonus sein wird. So etwas wie Sie läuft mir in meinem Tätigkeitsbereich nicht alle Tage über den Weg. Dennoch, es lässt sich davon leben. Wenn ich das mal so nennen darf.«

»Was *sind* Sie?«, fragte Lily mit rauer Stimme. Ihr gesunder Menschenverstand rebellierte gegen das, was ihre Augen sahen: die roten Augen, die Fangzähne, die blasse, makellose Haut.

Sein Mund verzog sich zu einem verächtlichen Lächeln. »Meine liebe Lily, ich bitte Sie. Das ist doch nicht so schwer zu begreifen, selbst wenn Sie es nicht glauben wollen. Würde es Ihnen helfen, wenn ich mit einem rumänischen Akzent sprechen würde? Nicht dass Ihnen diese Erkenntnis etwas nützen würde, wenn ich Sie aussauge, aber ich versuche entgegenkommend zu sein, wo immer ich kann.«

Mit einer anmutigen Bewegung, auf die Lily so nicht gefasst gewesen war, stand er auf. Entsetzt wich sie einen Schritt zurück. Die Angst schnürte ihr die Kehle zu. Das hier passierte wirklich. Sie würde gleich angegriffen werden, und zwar von einem … Vampir. Und Tynan – falls der wirklich jemals vorgehabt hatte, ihr zu helfen – war nirgendwo zu sehen.

»Ich will nicht sterben. Bitte. Ich gebe Ihnen, was immer Sie wollen. Ich muss doch irgendwas tun können!« Sie hörte selbst, wie verzweifelt sie klang. Sie bettelte um ihr Leben, und gleich würde sie auch zu schreien anfangen.

Und das war genau, was dieser Kerl wollte.

Wieder kicherte er, und dieses Kichern tat Lily in den Ohren weh.

»Sterben ist einfach«, sagte er und kam auf sie zu. »Nichts Besonderes. Aber wenn Sie davonlaufen möchten, bitte. Es ist so langweilig, wenn der Partner einfach nur daliegt, nicht wahr?«

Auf einen Schlag begriff jede einzelne von Lilys Körperzellen, was bevorstand. Stehen bleiben bedeutete den sicheren Tod. Weglaufen vermutlich auch, aber sie musste es wenigstens versuchen. Sie wirbelte herum und stürzte durch den Flur auf die Haustür zu. Ihre Füße schienen kaum den Boden zu berühren.

So schnell hatte sie sich noch nie im Leben bewegt. Dennoch schienen die Sekunden wie in Zeitlupe zu vergehen. Hinter sich hörte sie ihn lauthals lachen.

Er spielte mit ihr. Sie war nur ein Mensch, kein ernstzunehmender Gegner für jemanden, der vermutlich über ungeahnte Kräfte und Schnelligkeit verfügte. Trotzdem – Lily schaffte es zur

Tür. Ihre gesamte Aufmerksamkeit war jetzt auf den Türriegel gerichtet, den sie zurückschieben, und auf den Türknauf, den sie drehen musste. Sie konzentrierte sich so sehr auf diese beiden Dinge, dass nichts anderes mehr zu existieren schien. Ein seltsames Gefühl hatte von ihr Besitz ergriffen, das nichts mit Angst zu tun hatte. Es war etwas Elektrisierendes, ähnlich der Spannung, die in der Luft liegt, kurz bevor ein Sturm losbricht.

Dieses Gefühl kam ihr bekannt vor, und sie erinnerte sich auch, was sie damit tun musste. Fetzen dieser Erinnerung waren noch lebendig in ihr, weggesperrt in der dunkelsten Ecke ihres Hinterkopfs. Wenn sie dieses Gefühl wieder zum Leben erwecken und die Tür dazu bringen könnte, sich zu öffnen …

In dem Moment, als Lily gerade ihrer geballten Energie den nötigen – wenn auch gefürchteten – letzten Schubs geben wollte, passierten gleich mehrere Dinge gleichzeitig. Was vorher wie in grauschwarzer Zeitlupe abgelaufen war, verwandelte sich plötzlich in einen farbenprächtigen Schnelldurchlauf. Die Haustür flog auf, dass sie fast aus den Angeln gerissen wurde. Etwas Großes, Schwarzes, das gespenstisch aufheulte, kam aus der Dunkelheit hereingestürmt. Eine Hand packte ihr Haar und riss sie so heftig nach hinten, dass ihre Zähne schmerzhaft aufeinanderschlugen. Ihr T-Shirt wurde vorne auseinandergerissen, und jetzt lagen nicht nur ihr Hals und ihre Brust frei, an denen sich ihr Angreifer sogleich zu schaffen machte, sondern auch etwas anderes … etwas, das sie schon in früher Kindheit um jeden Preis zu verbergen gelernt hatte und das jetzt an ihrem zarten Schlüsselbein hell aufloderte.

Ihr Angreifer riss die Augen weit auf, als er die seltsame Tätowierung entdeckte, das Mal, das noch aus einer Zeit stammte, an die sie keine Erinnerung mehr hatte, noch bevor man ihr ihre Eltern genommen und sie der Gnade von Fremden überlassen hatte. Lily sah, wie ihr Angreifer entsetzt das Gesicht verzog und mit einem Zischen die Zähne bleckte, sodass seine messerscharfen Schneidezähne zum Vorschein kamen.

Wie im Traum hörte sie Tynans Stimme.

»Damien! Lily, nicht –«

Aber sie konnte nicht stoppen. Lilys ganze Konzentration, die gesamte Kraft, die sie mobilisiert hatte, verdichteten sich in diesem Moment zu einem gefährlichen Punkt. Der Sinn des Ganzen – die Tür zu öffnen – war nicht mehr vorhanden, und diese Kraft hatte nun kein Ziel mehr.

Aber irgendwo musste sie hin.

Lily kreischte auf. Die Kraft barst in Wellen aus ihr heraus und raste mit einem gewaltigen Dröhnen durch das Haus. Lilys Körper krümmte sich zusammen. Alles um sie herum war nur noch ein blendender weißer Blitz. Bilder fielen von den Wänden, Glas splitterte. Der Boden unter ihr bebte, als hätte sich die Erde aufgetan. Einen kurzen Moment hing Lily steif in der Luft, dann stürzte sie wie eine leblose Puppe zu Boden. Die Hände, die sie gepackt hatten, waren verschwunden, sobald sich die Kraft ihren Weg nach draußen gebahnt hatte.

Leider war Lilys gesamte Kraft ebenfalls verschwunden. Sie lag wie betäubt da, völlig ausgepumpt, die Augen geschlossen. Sie lauschte dem Klirren der letzten am Boden aufschlagenden Glasscherben. Davon abgesehen war um sie herum alles still. Ein Teil von ihr wusste, dass sie sofort aufstehen und davonlaufen sollte. Ihr Angreifer konnte durchaus noch in der Nähe sein.

Aber sie konnte sich nicht rühren. Auch diesen Zustand kannte sie bereits, allerdings hatte sie geglaubt, ihn dauerhaft aus ihrem Leben verbannt zu haben. Sie hatte ihn nur ein einziges Mal erlebt, als kleines Kind, und er hatte alles verändert. Alles ruiniert.

5

Sie kniete weinend in ihrem zerstörten Kinderzimmer. Um sie herum lag überall zerbrochenes Spielzeug. Eine junge, attraktive Frau starrte sie von der Tür her voller Entsetzen an, die Hand schützend auf ihren noch flachen Bauch gelegt. Ein eigenes Kind. Ein unerwarteter Glückstreffer. Sie würden sie nicht mehr brauchen, das war Lily klar. Nicht mit einem Kind, das ihr eigen Fleisch und Blut war. Sie würden sie wegschicken, den kleinen Wechselbalg, dessen seltsame Anwandlungen inzwischen zu häufig auftraten, um sie noch länger als harmlos abzutun. Es war peinlich. Was würde die Presse daraus machen, wenn sie das jemals herausfand? Sie würden sie wegschicken, und sie war so … wütend *geworden …*

»Lily. Du musst aufstehen, Lily. Uns bleibt nicht viel Zeit. Er wird zurückkommen. Solche wie er geben keine Ruhe, bevor sie nicht am Ziel sind. Lily?« Kurzes Schweigen. »Du bläst mich nicht bis in die Hölle, wenn ich dich berühre, oder?«

Sie spürte, wie er vorsichtig und zitternd Luft holte und sie dann sanft an der Schulter berührte. Das und seinen rauen Dialekt konnte sie einfach nicht ignorieren. Sie wartete einen Moment, um zu sehen, ob Ty nicht doch weggehen und all dies einfach aufhören würde. Denn sie wusste, sobald sie die Augen öffnete, würde ihr wohlgeordnetes, überschaubares Leben endgültig vorbei sein.

Die Düsternis würde sie wieder gefangen nehmen.

Andererseits: Blieb ihr denn eine Wahl? *Ist mir denn je eine Wahl geblieben*, fragte sie sich bitter und öffnete die Augen.

Tynan beugte sich über sie, so nah, wie er ihr seit der Nacht, in der sie sich kennengelernt hatten, nicht mehr gekommen war. In seinen silbernen Augen lag Sorge und … etwas anderes. Etwas Wildes, Ungezähmtes. Etwas völlig Unmenschliches. Sein Mund war eine verkniffene dünne Linie. Seine Fangzähne waren nicht zu sehen, aber Lily war sich trotzdem sicher, dass sie da waren.

»Vampir«, flüsterte sie mit rauer Stimme, und das war zugleich eine Feststellung wie eine Anklage.

Er nickte, ohne den Blick von ihr abzuwenden. »Ja. Der andere und ich. Ich habe dich gewarnt.« Er runzelte die Stirn, was ihn noch animalischer aussehen ließ, und hätte sie noch Kraft für irgendein Gefühl gehabt, hätte sie sich vermutlich fürchterlich erschrocken.

»Warum?«, fragte sie matt. »Warum konntest du mich nicht einfach in Ruhe lassen?«

In seinem Blick lag eine derart unerschütterliche Überzeugung, dass sie am liebsten laut geschrien hätte. Er würde nicht gehen, und als ihr das klar wurde, fühlte sie sich nur noch hilflos und verzweifelt. Sie hätte ihr Haus liebend gern noch weitere hundert Male zerstört, wenn sie damit hätte erreichen können, dass er sie endlich in Ruhe ließ.

»Meine Königin braucht deine Hilfe.«

»Ich habe nichts, womit ich jemandem helfen könnte.«

Ty ließ den Blick über den Trümmerhaufen schweifen, den Lily aus ihrem hübschen kleinen Haus gemacht hatte. Seine Stimme war tödlich ruhig, als er ihr antwortete.

»Irgendetwas hast du, Frau. So viel steht fest.« Dann sah er auf ihre Tätowierung hinunter – die Schlange, den Stern. Sie wartete und hoffte, dass Ty genauso entsetzt darauf reagieren würde wie der andere Vampir. Stattdessen betrachtete er die Tätowierung mit großem Interesse.

»Was weißt du über dieses Mal?«, fragte er. »Woher hast du es?«

Sie starrte zu ihm hinauf. Wie sie das hasste, so hilflos auf dem Rücken zu liegen! »Das ist nur irgendein blödes Tattoo, das meine Eltern mir verpasst haben, bevor sie gestorben sind, damals, als ich noch ein Baby war. Offensichtlich waren sie ziemlich schräge Typen. Im Gegensatz zu mir. Und falls du ebenfalls vorhast, mich zu töten, dann bring das doch bitte gleich hinter dich.«

Er musterte weiter konzentriert ihre Tätowierung. »Grün«, murmelte er. »Und sieh mal, wie das Mal das Licht einfängt, wie es glänzt. Es ist schön.«

»Das ist doch nur eine blöde Tätowierung«, murmelte Lily und drehte peinlich berührt den Kopf zur Seite. Ja, sie hatte ein glitzerndes grünes Tattoo. Der Künstler war vermutlich ein psychedelisches Genie gewesen. Sie wünschte nur, er hätte seine Genialität an jemand anderem ausgetobt – egal, an wem.

Als sie Tys kalten Daumen an ihrer warmen Haut spürte, schnappte sie entsetzt nach Luft. Vorsichtig rieb er über die Tätowierung.

»Das ist kein Tattoo«, sagte er leise. »Und Damien wusste, was es bedeutet.«

Er schien mehr mit sich selbst als mit ihr zu reden, aber dennoch erweckten seine Worte eine ihrer ältesten Ängste wieder zum Leben: dass das glitzernde grüne Symbol auf ihrer Haut ihr immer wieder nur Ärger bescheren würde, selbst wenn sie alles tat, um sich davor zu schützen.

»Das ist nicht …«, hub sie an, verstummte aber, bevor sie das Wort *möglich* aussprechen konnte. Wenn das, was hier heute Nacht geschah, wirklich war, wenn Tynan war, wer er vorgab zu sein, dann war nichts unmöglich.

Lily biss die Zähne zusammen und wich dem Blick der grauen Augen aus, der fragend auf ihr Gesicht gerichtet war. »Wer immer du bist – *was* immer du bist –, du musst diesen anderen Widerling zurückpfeifen und aufhören, mich zu belästigen. Ich bin nichts. Ich bin niemand. Und ich wiederhole: Ich kann dir nicht helfen. Und ich gehe auch nirgendwohin.«

»Der eine Widerling, wie du ihn ganz treffend nennst, wird uns nicht noch mal in die Quere kommen. Der andere wird schon bald wieder auftauchen.« Er schüttelte den Kopf. »Ein Shade lässt sich nicht so leicht abschütteln.«

Das Wort jagte Lily einen eisigen Schauder über den Rücken. »Shade?«

»›Shade‹ ist ein altes Wort für ›Geist‹ oder ›Wesen‹. Wenn ein Shade auf der Jagd ist, kann er sich total unsichtbar machen. Shades sind die kriminelle Elitetruppe der Vampirwelt. Die gerissensten unter ihnen sind stinkreich, und alle halten sie große Stücke auf sich. Damien jedenfalls tut das mit Sicherheit. Die Blaublute, unser Adel, setzen sie für alle möglichen Drecksarbeiten ein.« Er schwieg einen Moment, bevor er fortfuhr: »Wie das hier.«

Bei seinen Worten wurde ihr ganz flau im Magen. Da betrieb jemand solch einen Aufwand … wegen ihr? »Nun, nachdem du immer da auftauchst, wo ich gerade bin, bist du wohl auch nicht viel besser«, sagte sie trocken.

Tynan stieß einen gereizten Seufzer aus. »Willst du wirklich hier sein, wenn Damien zurückkommt?«

»Dann darf ich also entscheiden, ob ich gleich gefressen werde oder später?« Lily fühlte sich so elend und hilflos wie noch nie zuvor in ihrem Leben. »Vielleicht ist gleich ja sogar besser.«

Wieder seufzte Ty, und dieser Seufzer klang so unglücklich, dass sie beinahe den Blick auf ihn gerichtet hätte. Aber nur beinahe. Denn Lily wusste, wenn sie ihn ansah, würde er sie wieder in seinen Bann ziehen, und sie würde nicht mehr denken und ihm auch nicht widerstehen können. Sie spürte, wie er sie musterte, wie er verzweifelt herauszufinden versuchte, was in ihrem Kopf vor sich ging. Es fühlte sich regelrecht so an, als würde er ihr Gehirn nach einer Eintrittspforte abtasten.

Der ganze Vampirkult-Schrott, den sie verschlungen hatte – Filme und Bücher, manche ziemlich blutig, aber alle sehr viel romantischer als ihre eigene düstere Wirklichkeit – kam Lily wieder in der Sinn. Sie fragte sich, ob in alldem vielleicht doch ein Körnchen Wahrheit steckte und ob ihr irgendetwas davon aus dieser Klemme heraushelfen könnte. Plötzlich wünschte sie sich, jede Menge Knoblauch im Haus zu haben. Oder ein bisschen Weihwasser. Oder einen netten, spitzen Pfahl.

»Mich umzubringen würde dir nichts nützen«, sagte Tynan. »Zumal du das sowieso nicht schaffen würdest.«

Sie starrte ihn wütend an. »Auch wenn du meine Gedanken lesen kannst«, fuhr sie ihn an. »Lass es bleiben.«

Ty lächelte grimmig. »Wenn ich das könnte, wäre alles einfacher. Ich habe es schon versucht, aber – keine Chance. Deine Gedanken sind gut abgeschirmt. Dein Gesicht dagegen – das ist wie ein offenes Buch.«

Lautlos verfluchte Lily sich dafür, dass ihr immer alles ins Gesicht geschrieben stand. Wenigstens hatte er nicht ihre Gedanken lesen können, obwohl er das versucht hatte.

»Und wieso glaubst du, dass ich dich nicht töten könnte?«, fragte Lily. »Du hast doch gesehen, zu was ich fähig bin. Vielleicht töte ich gern.«

Er verzog das Gesicht auf eine Art, die ihr deutlich zu verstehen gab, dass das für seine Ohren genauso lächerlich klang wie für ihre.

»Eine schlechte Lügnerin bist du auch noch. Aber egal. Selbst wenn du es schaffen solltest, mich loszuwerden – was dir nicht gelingen wird –, dann hetzt man dir einfach jemand anderen auf den Hals. Wobei dich, wenn ich aus dem Spiel wäre, sowieso die

Shades als Erste kriegen würden. Die wollen ihr Geld bekommen. Und dass es dir gelungen ist, sie in die Flucht zu schlagen, wird sie bei der nächsten Begegnung nicht umgänglicher machen.« Er schwieg einen Moment. »Ganz und gar nicht umgänglicher, so, wie ich Damien kenne. Wenn er mit von der Partie ist, muss jemand ganz schön viel Geld hingeblättert haben.«

Voll hilfloser Wut starrte sie zu ihm hinauf. Selbst jetzt, wo ihr Haus in Trümmern lag und ihr wohlbehütetes Geheimnis ans Licht gekommen war, fühlte sie sich immer noch unwiderstehlich zu ihm hingezogen. Da er ihr so nah war, so dicht über sie gebeugt und voll auf sie konzentriert, konnte Lily sehen, dass es ihm genauso ging. Sie merkte es auch daran, wie sich seine Atmung leicht veränderte und wie seine Augen silbern zu glühen begannen. Ein Teil von ihr wollte sich ihm entgegenwölben, ihn einladen, sie zu berühren, wollte unter dieser Berührung dahinschmelzen, von der sie instinktiv wusste, dass sie noch heißer sein würde als sein Blick.

Rasch schaute sie weg. Das hier war völliger Irrsinn, und damit musste jetzt Schluss sein. Auf der Stelle.

»Ich werde mich jetzt aufsetzen«, sagte sie mit fester Stimme. Sie war vielleicht eher der stille Typ, aber sie stand schon seit langer Zeit auf eigenen Füßen. Sie hatte lernen müssen, sich durchzuboxen, und sie war froh, dass ihr Durchsetzungsvermögen sie auch jetzt nicht im Stich ließ. »Rück mal zur Seite.«

Glücklicherweise fragte er weder warum noch widersprach er. Mit der Geschmeidigkeit einer Katze zog er sich ein Stück zurück.

Eine Katze … er war eine Katze gewesen …

Lily setzte sich mühsam auf. Sie fühlte sich wie ein leeres Gefäß, dessen Inhalt man soeben ausgegossen hatte. Sie warf Ty, der nicht weit von ihr entfernt am Boden hockte und sie aufmerksam beobachtete, einen Blick zu.

»Ich dachte, Vampire verwandeln sich in Fledermäuse, nicht in große schwarze Katzen«, murmelte sie vorwurfsvoll. Sie hob die Hände, um zu sehen, ob sie sich an dem herumfliegenden Glas geschnitten hatte. Beruhigt, dass alles okay war, machte sie sich an die beschwerliche Aufgabe, aufzustehen, ohne Ty merken zu lassen, wie viel Kraft sie das kostete.

»Nicht alle von uns können sich in etwas anderes verwandeln. Das hängt von der Abstammungslinie ab.« Stirnrunzelnd sah er ihr zu. Und verdammt, jetzt stand er doch wahrhaftig auf und trat auf sie zu, als wolle er ihr helfen. Lily warf ihm einen vernichtenden Blick zu, der seine Wirkung nicht verfehlte. Ty wich zurück und steckte die Hände in die Taschen seines langen dunklen Mantels.

»Katzen. Rauch. Dies und das. Einige wenige können sich sogar in Löwen und Sumpfluchse und Ähnliches verwandeln, aber die sind fast schon ausgestorben. Und ja, in Fledermäuse. Aber sich in ein Tier zu verwandeln, ist normalerweise … nicht so hoch angesehen.«

»Warum nicht?«

»Erinnert zu sehr an Werwölfe. Und Vampire hassen Werwölfe.«

»Ich … oh.« Das musste sie erst einmal verdauen, deshalb beschloss sie, so zu tun, als hätte sie es gar nicht gehört. Dass es Vampire gab, reichte fürs Erste.

»Und der Mann, der mich töten wollte? Damien, so hast du ihn doch genannt?« Lily schlang schützend die Arme um ihren Körper. Als sie das Gefühl hatte, halbwegs sicher auf ihren Beinen zu stehen, sah sie sich um und betrachtete den Schaden, den sie angerichtet hatte. »Kann der sich auch in etwas verwandeln, wovor ich auf der Hut sein muss?«

Tynan nickte. »Ebenfalls in eine Katze, muss ich leider gestehen. Aber im Moment ist er nicht hier. Es ist schon eine Schande, dass er ein Cait Sith ist.« Bei ihm klang das wie *Ket-Shie*, ein Wort, das sich gälisch und mysteriös anhörte. »Schon in seiner menschlichen Hülle gleitet dieser Mistkerl einem immer durch die Finger. Das tun alle Shades, aber er ist etwas Besonderes, selbst für einen Shade. Es gibt einen Grund, warum die Dienste des Hauses der Schatten so astronomisch teuer sind. Diebstahl, Spionage, Erpressung … Mord. Die Shades bieten alles an. Und sie sind außerordentlich gut.« Er schwieg einen Moment. »Aber Damien ist eine Klasse für sich. Wenn er nicht gerade versucht, dich umzubringen, muss man ihn wirklich bewundern.«

Was Tynan da erzählte, war so grauenhaft und unerträglich, dass Lily es einfach ausblendete und sich nur auf das Unwichtige konzentrierte.

»Er hat von dir gesprochen. Ich glaube nicht, dass diese Bewunderung gegenseitig ist.«

»Nein, das wohl kaum.«

Tynan ging nicht weiter darauf ein, also fuhr Lily fort, ihre nackten Wände zu betrachten. Durch eine von ihnen lief von oben nach unten ein breiter Riss. Ihre Bilder, gerahmte Fotos von Orten, die sie bereist, und von Menschen, die sie geschätzt hatte, lagen zerbrochen auf dem Boden. Der ganze Flur war von Glasscherben übersät, und als sie sich kurz umdrehte, musste sie feststellen, dass die Küche noch viel schlimmer aussah. Die Kraft, die aus ihr herausgebrochen war, hatte die Türen einiger Schränke aufgerissen, und wie es ausschaute, hatte sie wohl keine Gläser mehr. Und auch keine Teller.

Noch mehr Zerstörung wollte sie nicht sehen müssen.

Deshalb richtete sie den Blick wieder auf Tynan, denn wenn sie ihn ansah, hatte sie wenigstens nicht so ein Gefühl, als würde ihr das Herz aus der Brust gerissen. Groß, dunkel und ruhig stand er mitten in dem ganzen Chaos, und wieder fühlte Lily sich unwiderstehlich von ihm angezogen, von seiner Kraft und seiner Stärke – zumal sie spürte, wie ihre Fassade immer mehr zu bröckeln begann. Aber Lily wusste ganz genau, dass sie eine Vollidiotin wäre, wenn sie diesem Gefühl nachgeben würde.

Er hat mich nicht gerettet, sagte sie sich. Er war in dem Moment hereingeplatzt, als sie sich selbst gerettet hatte. Und wenn er sie nicht verfolgt hätte, wäre das alles gar nicht erst passiert. Sich das in Erinnerung zu rufen, half ihr, endlich wütend zu werden, und die Wut wiederum half ihr, sich aus diesem verwirrenden Gefühlschaos zu befreien. Sie schob alle Gedanken an Damiens Blick, als er ihre Tätowierung gesehen hatte, beiseite. Darüber konnte sie sich später noch genug Sorgen machen. Allerdings flüsterte Tynans Stimme in ihrem Kopf noch immer das unaussprechliche Wort, wieder und wieder und wieder …

Mord.

»Dann wollen mich diese Shades also umbringen. Du wirst mir vermutlich nicht verraten, wieso?«

»Weil diejenigen, die die Shades auf dich angesetzt haben, nicht möchten, dass du der Dynastie hilfst, die sie gerade zu zerstören versuchen«, erwiderte Ty. »Damien wird sich nicht so leicht abschrecken lassen. Er will sein Geld. Meine Königin bietet dir Schutz – als Gegenleistung für deine Hilfe beim Aufspüren ihrer Feinde.«

Er streckte ihr die Hand hin, doch sie blieb, wo sie war. Alles in ihr wollte nachgeben, wollte die Last ihrer Sicherheit zur Abwechslung einmal auf jemand anderen abwälzen. Aber sie hatte auf die harte Tour gelernt, dass es nur eine Person gab, auf die sie sich beim Thema Sicherheit verlassen konnte: sie selbst.

Sie ließ ihre Hände, wo sie waren.

»Deine Königin, wer immer sie ist, kann mich mal.«

Tynan presste missbilligend die Lippen aufeinander. »Sei nicht blöd, Lily. Wenn du hierbleibst, bist du tot. Lass mich dir helfen.«

»Mir helfen? *Du* hast das doch alles erst angerichtet! Du hast doch selbst gesagt, du wärst unvorsichtig gewesen. Mir würde es bestens gehen, wenn du nicht aufgekreuzt wärst!« Lily war zutiefst entrüstet, dass Tynan sie für so naiv und leichtgläubig hielt.

Er seufzte, und seine Schultern sackten ein wenig nach unten. Lily war sich sicher, dass sie sich die Erschöpfung in seinen seltsamen silbernen Augen nicht nur einbildete. Er tat ihr leid, obwohl sie wirklich keinen Funken Mitgefühl mit ihm hätte haben sollen. Aber diese Erschöpfung wirkte so allumfassend und so alt, dass es sie unerwarteterweise tief berührte. Einen Moment lang hatte er ausgesehen wie ein Mann, der schon so lange kämpfte, dass er sich einen anderen Zustand gar nicht mehr vorstellen konnte.

Bis zu einem gewissen Grad war auch ihr dieser Zustand durchaus vertraut. Noch immer war etwas in ihr erpicht darauf, sich mit ihm zu identifizieren.

»Wenn du mich anschreien willst, Lily, dann tu das. Aber damit änderst du nicht, was geschehen ist. Wichtig ist, wie es jetzt weitergehen soll. Du hast die Wahl: entweder ich und der Schutz der mächtigsten Vampirdynastie weltweit oder Damien und seine kreativen Methoden, Menschen von ihrem Elend zu erlösen.«

In seinem Gesicht lag jetzt nur noch Entschlossenheit, die Verletzlichkeit war verschwunden … falls sie sich die nicht sowieso nur eingebildet hatte.

»Ich möchte, dass du gehst. Ich will meine Ruhe haben. Sag deiner Königin, sie soll sich jemand anderen suchen.«

»Es gibt niemand anderen«, erwiderte Tynan. »Deine Begabung kommt nur noch äußerst selten vor. Ich habe Monate gebraucht, bis ich eine Seherin gefunden habe: dich. Und wenn ich es nicht gewesen wäre, Lily, dann hätte dich über kurz oder lang jemand anderer aufgespürt.«

Lily starrte ihn entsetzt an. Sie hatte das Gefühl, dass ihre Hoffnungslosigkeit gleich endgültig die Oberhand gewinnen würde. »*Eine Seherin*? Du glaubst, ich wäre eine Seherin? Und was sollte ich deiner Meinung nach sehen? Die Zukunft? Kann ich leider nicht mit dienen. Was in den Herzen und Köpfen anderer Leute vorgeht? Da muss ich auch passen. Ich kann weder Gedanken lesen noch hellsehen. Und ich glaube, du hast einen richtig großen Fehler gemacht.« Ihre Worte klangen so bitter, wie sie auf ihrer Zunge schmeckten. Doch Tynan schienen sie nicht im Geringsten aus der Fassung zu bringen. Als er ihr antwortete, war seine Stimme leise, aber eindringlich.

»Vielleicht kannst du es dir nicht vorstellen, Lily, aber du hast die äußeren Merkmale – mehr sogar, als mir bis heute bekannt waren – eines Menschen, der Wesen sehen kann, die zwischen den Lebenden und den Toten gefangen sind. Es geht nicht um Prophezeiungen, sondern um Visionen, und die Fähigkeit dazu dürftest du ebenfalls haben. Das weißt du vielleicht noch nicht, aber man kann dich anleiten.«

Sie schluckte. »Du behauptest also, ich müsste in der Lage sein, Geister zu sehen?«

»Geister und andere Wesen. Vampire können einige unglaubliche Dinge vollbringen, aber wir kennen nur das Hier und Jetzt. Arm in Arm mit dem Tod zu wandern, wie wir das tun, scheint uns der Fähigkeit zu berauben, das zu sehen, was jenseits davon liegt.« Sein Ton wurde ein wenig schärfer. »Sei froh, dass ich von jemandem geschickt wurde, dem es wichtig ist, in welchem Zustand ich dich abliefere.«

Bei seinen Worten bekam sie am ganzen Körper eine Gänsehaut. Sie hatte noch nie einen Geist gesehen – zumindest nicht, soweit ihr das bewusst war. Ihr Albtraum dagegen war etwas, das sehr viel wirklicher war als nur ein immer wiederkehrender schlechter Traum. Das hatte sie immer gewusst, genau wie sie wusste, dass mit ihrer Tätowierung etwas nicht stimmte, die pulsierte und brannte, wenn sie aus dem Albtraum erwachte. Aber dieser Albtraum – oder diese Vision oder was auch immer – hatte ihr noch nie etwas Gutes eingebracht. Er war einfach nur da, ein bedauerlicher Teil von ihr. Dass ihr Leben jetzt deswegen in Gefahr war, fand sie zutiefst ungerecht.

»Ich kann nichts sehen, was irgendjemandem helfen könnte«, wiederholte sie mit Nachdruck. Mit aller Macht stemmte sie sich gegen die Verzweiflung, die sie zu überwältigen drohte. »Und das hier …«, sie deutete auf das Chaos in ihrem Flur, »… ist das, was deine Königin von mir will? Was hat das mit Visionen zu tun?« Dann zeigte sie auf die Tätowierung, die sie so lange zu verbergen versucht hatte und die jetzt, wo ihr Pullover in Fetzen herabhing, bloß lag. »Du wolltest wissen, wie ich zu ihr gekommen bin und was sie bedeutet, aber nicht mal das weiß ich!«

Tynan betrachtete ihr Mal mit düsterer Miene. »Ja. Das sollten wir vermutlich als Erstes rausfinden. Dieses Mal ist … ungewöhnlich. Genau wie deine Fähigkeiten.« Er klang nicht gerade glücklich, und seine Ehrlichkeit überraschte sie. Allerdings war auch klar, dass ihre Einwürfe ihn nicht von seinem Vorhaben abbringen konnten.

»Vielleicht ist mir das egal«, sagte sie, obwohl ihr die Lüge nicht ganz leicht über die Lippen kam. »Vielleicht will ich gar nicht wissen, was sie bedeutet.«

Aber in ihr brodelte noch immer die Energie, die sie so brutal geweckt hatte. Sie wusste weder, wie sie sie einsetzen, noch wie sie sie unter Kontrolle halten sollte. Das hatte sie noch nie gekonnt. Und jetzt, wo diese Energie einmal von der Leine gelassen war, würde sie sich immer wieder einen Weg nach draußen suchen.

»Damien macht nichts so leicht Angst«, sagte Tynan leise. »Aber er hatte eindeutig Angst, das habe ich ihm angesehen. Und seine Angst wird ihn noch gefährlicher für dich machen, denn was er fürchtet, wird er erst recht zerstören wollen. Du brauchst Schutz, Lily. Ob dir das nun gefällt oder nicht.«

»Und wenn ich mich nun rundheraus weigere?«, fragte sie und versuchte, ihre Stimme möglichst fest klingen zu lassen.

Er zog eine Augenbraue hoch, und sein Blick wurde stahlhart. »Du kannst dich nicht weigern. Ich hatte gedacht, das hättest du inzwischen kapiert. Wenn du dich weiter dagegen sträubst, das einzusehen, dann tue ich einfach so, als wärst du nicht mehr und nicht weniger als eine menschliche Seherin mit einem komischen Mal, das seltsamerweise Vampirmalen ähnelt. Ich bringe dich gewaltsam zu Arsinöe, und dann wirst du schon sehen, wie weit du kommst, wenn du dich mit einer Pharaonin anlegst. Dann wirst du mitkriegen, was die Königin der Ptolemy und ihr Hofstaat von deinem kleinen Symbol halten, über das du selbst nichts weißt. Und wenn du das, wegen dem ich dich dorthinschleppe, nicht liefern kannst …« Er beendete den Satz nicht, aber seine Stimme klang gefährlich leise.

Sie war froh, dass er nicht weitersprach.

Hilflos starrte sie ihn an. »Und wenn ich nun ein Nichts bin, Tynan? Wenn ich keine Visionen bekomme oder was immer ich deiner Meinung nach bekommen sollte, weil ich nur eine menschliche Monstervariante bin? Und wenn das passiert, wirst du dann Damien Bescheid geben, dass er mich nicht mehr zu töten braucht?«

Tynan schüttelte bedächtig den Kopf. »Nein. Was heute Abend passiert ist, wird er als persönliche Beleidigung empfinden. Ich fürchte, du wirst dich auf jeden Fall verstecken müssen, bis sich jemand um ihn gekümmert hat. Das kann ein bisschen dauern, je nachdem, wie gesprächsbereit seine Auftraggeber sind. Aber meine Königin verspricht dir eine Rückkehr in dein Leben und dein Zuhause, egal was passiert. Diese Zusage gilt zeitlich begrenzt, solange du mit uns zusammenarbeitest.«

Seine Stimme hatte zum Schluss ziemlich tonlos geklungen, und er hatte die Sätze heruntergeleiert, als würde er sie nur nachsprechen, und das nicht zum ersten Mal. Bis jetzt hatte Lily ihn zwar als beunruhigend, aber irgendwie auch als ehrlich empfunden. Er hatte ihr nicht verheimlicht, wer und was er war, und deshalb fürchtete sie ihn auch nicht so wie Damien. Jedenfalls bis zu diesem Moment. Sein Versprechen klang ganz und gar nicht überzeugend. Lily sah ihm forschend in die Augen. Er verlagerte ein wenig das Gewicht, wich ihrem Blick aber nicht aus. Dennoch war sie sich sicher, dass er log. Vielleicht war nur ein Teil gelogen … vielleicht aber auch alles.

Das Blöde war nur, dass das kaum eine Rolle spielte. Am Ergebnis würde sich nichts ändern.

»Zeitlich begrenzte Zusage?«, fragte sie. »Und von was für einem Zeitraum sprechen wir hier? Hundert Jahre oder so?«

Tynans Augen wurden so kalt wie Eis. »Die Alternative wäre, dich einfach Damien zu überlassen, sobald du nicht mehr von Nutzen bist. Der würde dich innerhalb kürzester Zeit finden. Wäre dir das lieber?«

»Woher soll ich wissen, dass ich dir vertrauen kann?«, fragte sie. Das war ihre größte Sorge. Dieser Fremde erwartete, dass sie einfach mit ihm in die Dunkelheit entschwand. Sie wollte nicht seine nächste Mahlzeit werden.

Er verzog den Mund zu einem – allerdings humorlosen – Lächeln, das erahnen ließ, was für ein gnadenloser Mörder er war. Lily lief ein Schauder über den Rücken.

»Das kannst du natürlich nicht wissen. Aber – wenn du mich so fragst – ich gebe dir mein Wort.« Er streckte ihr die Hand entgegen, um die Abmachung zu besiegeln. »Ich kann dich nicht beißen, Lily. Wenn du wirklich eine Seherin bist, würde Vampirgift dich deiner Begabung berauben, und ich habe ein persönliches Interesse daran, dass das nicht passiert. Ein unsichtbarer Fluch liegt über der Dynastie, der ich diene, dem Haus der Ptolemy. Ohne eine Seherin, die Arsinöe, der Königin, zeigt, wo der Ursprung dieses Übels liegt, wird ihr Volk ausgerottet werden. Und wenn ich ihr diese Seherin nicht bringe oder wenn die, die ich ihr bringe, sich eher als Gefahr denn als Hilfe erweist, dann werde auch ich nicht mehr lange leben.«

Seine Worte gingen ihr nahe, auch wenn sie das nicht wollte, auch wenn sie kaum etwas davon verstand. Er wirkte so gequält, dass Lily auf einmal das ihr sonst unbekannte Bedürfnis hatte, ihn zu trösten und seinen Schmerz zu lindern.

»Es tut mir leid, was mit deinen Leuten passiert«, setzte sie an, schwieg aber gleich wieder, als sein Gesichtsausdruck auf einmal gefährlich abweisend wurde. Sofort wurde ihr wieder klar, dass ihn nicht viel von den Wesen unterschied, die ihr nach dem Leben trachteten. Sie alle waren Vampire. Monster, wenn auch nur ein Teil der Legenden zutraf.

»Das sind nicht meine Leute«, erwiderte er gereizt. »Ich bin kein Ptolemy.«

Lily sah ihn verblüfft an. Sie verstand weder, was er da sagte, noch warum er auf einmal so wütend war. »Ich dachte –«

»Ich bin ein Jäger, mehr nicht, wenn auch einer mit einer ziemlich wichtigen Aufgabe. Genug diskutiert. Was wir wissen müssen, werden wir hier und jetzt nicht in Erfahrung bringen, und wir müssen uns beeilen. Damien ist weg, aber er kommt sicher bald wieder.«

Ihr blieb keine Zeit, zuzustimmen oder abzulehnen. Wie der Blitz stand Ty plötzlich neben ihr, packte sie am Arm und zog sie aus dem Zimmer. Er tat ihr zwar nicht weh, aber sein Griff war wie ein Schraubstock, und vor lauter Verblüffung über seinen plötzlichen Stimmungswechsel ließ Lily sich widerspruchslos mitschleifen und gab sich sogar Mühe, mit seinem schnellen Schritt mitzuhalten.

Auf dem kleinen Absatz vor ihrer Haustür blieb er kurz stehen, legte den Kopf in den Nacken und schnüffelte in die Nachtluft. Lily schlug das Herz bis zum Hals. Sie war sich nicht sicher, was schlimmer war: alles mithilfe von Damien, dem psychopathischen Vampir, rasch hinter sich zu bringen oder sich auf das einzulassen, was auf sie wartete – was immer das auch sein mochte. Eine Vampirkönigin? Eine Gruppe Vampire, die sich Ptolemy nannte? Ptolemy. Irgendwie kam ihr dieser Name bekannt vor …

»Ins Auto«, sagte Tynan und holte sie damit in die Gegenwart zurück.

Er schien zufrieden mit dem, was er gerochen – oder auch nicht gerochen – hatte. Dass alles so schnell ging, versetzte sie in Panik, also versuchte sie, ein bisschen Zeit zu schinden, obwohl sie wusste, dass ihr das auch nichts mehr nützen würde.

»Aber … ich habe die Schlüssel nicht …«

Er hielt sie hoch und ließ sie vor ihrem Gesicht baumeln. Silbern glänzten sie im Mondlicht.

»Ins Auto«, wiederholte er. Dass ihr nichts mehr einfiel, schien ihm zu gefallen. Aber das hielt nicht lange an.

»Meine Tasche«, wandte sie ein und freute sich über die Grimasse, die er zog.

»Da ist nichts drin, was du brauchen wirst.«

»Aber … verdammt, Tynan, jetzt warte doch mal«, brüllte sie und stemmte die Fersen in den Boden. Doch das konnte ihn nicht davon abhalten, sie weiter in Richtung ihres Autos zu schleifen, und betrübt stellte sie fest, dass es ihn nicht einmal mehr Anstrengung kostete. Sie warf den Kopf herum und sah ihr Haus an, dessen geschlossene Tür das Chaos verbarg, das schon bald entdeckt werden würde.

Es würde übel aussehen, ganz egal, wer es entdeckte. Man würde annehmen, sie sei entführt worden.

Oder ermordet.

Vielleicht war sie das bis dahin ja auch.

»Ich habe keine Kleidung, kein Geld, nicht mal eine Zahnbürste. Tynan … warte!«

Vermutlich war es ihr gequälter Aufschrei, der ihn innehalten ließ. Er drehte sich um und sah sie an. Seine silbernen Augen, die in der Dunkelheit richtig katzenhaft wirkten, glänzten in einem Licht, das nur von innen kommen konnte. Einen Moment lang schöpfte Lily Hoffnung, dass er begreifen würde, was er da tat, dass er sie aus dem Leben herausriss, das sie liebte, einem Leben, das sie brauchte – und das alles, ohne ihr Zeit zu lassen, sich zu sammeln, ein paar Dinge zu klären oder sich wenigstens zu verabschieden.

»Versprich mir, dass du mich wieder zurückbringst«, sagte sie. Sie war so verzweifelt, dass sie sich sogar mit einer glaubhaften Lüge begnügt hätte. »Das hier ist alles, was ich habe.«

Sie wusste nicht, warum sie das gesagt hatte, warum sie einem Fremden die traurige Wahrheit über ihr Leben eingestand. Aber nun wusste er Bescheid. Über sein Gesicht huschte ein Ausdruck von Mitleid, und sie hätte am liebsten losgeheult. Es war durchaus möglich, dass er sie verraten würde. Aber in diesem Moment verstand er ganz genau, wie sie sich fühlte.

»Ich verspreche dir, ich bringe dich zurück, sobald das hier vorbei ist. Und bis dahin hast du dein Leben, und du hast mich. Mehr brauchst du nicht, verstehst du?«

Lily klammerte sich an sein Versprechen. Das musste sie einfach. »Ich … verstehe.«

Bevor Lily noch ihre Gedanken sammeln konnte, hatte Tynan sie bereits in Windeseile auf den Beifahrersitz bugsiert. Während er den Motor anließ und rasch rückwärts aus ihrer Einfahrt fuhr, konnte sie nur daran denken, dass das Leben, das sie liebte, das sie sich so sorgfältig aufgebaut hatte, so oder so vorbei sein würde. Dennoch gab es einen Hoffnungsschimmer in all der

Düsternis. Vielleicht würde sie nun endlich in Erfahrung bringen, welcher Fluch all die Jahre auf ihr gelegen hatte. Vielleicht würde sie sogar lernen, wie sie damit umgehen konnte, wie sie die Kraft kontrollieren und, natürlich, zur Flucht einsetzen konnte, sobald sie einen brauchbaren Plan hatte.

Lily blieb still, als sie die Straße hinunterrasten und ihr Haus und alles, was ihr Leben ausmachte, hinter sich ließen. Sie sah es im Rückspiegel verschwinden, und eine einzelne Träne stahl sich ihre Wange hinab.

Jetzt war sie in den Händen eines gut aussehenden Monsters.

Und ob sie wollte oder nicht – sie war wieder auf dem Weg in die Düsternis.

6

Tys schnittiger schwarzer Lexus schoss durch die Nacht. Dass er mit solcher Geschwindigkeit über die Highways rasen konnte, war nur dank eines sehr teuren und selbstverständlich illegalen Radarfallenwarngeräts möglich, das im Armaturenbrett eingebaut war. Den Tag hatten sie schlafend in irgendeiner kleinen Stadt in Ost-Pennsylvania verbracht, und am Abend hatte Lily sich noch etwas zum Anziehen und das Allernötigste für unterwegs besorgt, weshalb sie erst spät losgekommen waren. Dabei hatte sie nicht lange herumgesucht, das musste er zugeben.

Obwohl Ty niemand war, der auf Lärm und Trubel stand, empfand er das eisige Schweigen seines neuesten Schützlings allmählich als nervtötend. In den letzten vierundzwanzig Stunden hatte er immer wieder versucht, ein Gespräch anzufangen, und dass sie auf nichts einging, fand er zunächst nur seltsam, dann ärgerlich und schließlich deprimierend.

Das war vermutlich auch der Grund, weshalb er nicht einfach nur erleichtert war, als Lily den Mund aufmachte, sondern regelrecht entzückt.

»Dann fahren wir also nach Chicago«, sagte sie leise, ohne ihn anzusehen. »Zu einer Frau, mit der du gearbeitet hast.«

»Ihr Name ist Anura«, erwiderte Ty und warf rasch einen Blick auf Lilys hübsches Profil mit dem entschlossen vorgeschobenen Kinn. Als sein Entzücken für sein Gefühl eindeutig zu groß wurde, sah er rasch wieder auf die Straße.

»Sie besitzt in Chicago einen Club namens *Mabon*. Schon seit über hundert Jahren.«

»Einen Vampirclub.«

Das klang missbilligend, und er konnte sich das Lächeln kaum verkneifen. An Bluttrinker würde sie sich schon bald gewöhnt haben.

»Ein Vampirclub«, stimmte er zu. »Und ein sehr guter. Einer von den wenigen, die weder exklusiv für Blaublute noch exklusiv für Unterschichtvampire sind. Die Balance zu halten, ist nicht ganz einfach, aber sie kriegt das hin. Ich habe nicht direkt mit ihr zusammengearbeitet, es ist eher so, dass sie mir ein paarmal geholfen hat, als ich dringend Hilfe brauchte. Anura ist eine gute Frau. Und bei ihrem Hintergrund kann sie vermutlich dein Mal identifizieren, oder – wenn nicht – uns zumindest einen Tipp geben. Sie ist selbst ein Blaublut, und zwar ein sehr altes.« Ty musste wieder daran denken, wie anders Anuras Leben ausgesehen hatte, als er sie kennenlernte. »Auch wenn die Empusae sie nicht mehr als Schwester betrachten.«

»Blaublutvampire und Unterschichtvampire«, wiederholte sie seufzend. »Das kommt mir alles ein bisschen … veraltet vor.«

Jetzt klang sie nicht mehr missbilligend, eher verwirrt und total erschöpft. Sie tat ihm leid, aber das durfte er nicht zulassen.

»Du bist es gewöhnt, in der Welt des Tageslichts zu leben, Lily«, erwiderte er freundlich. Dass sie sich endlich mit ihm unterhielt, freute ihn mehr, als gut für ihn war. Er wusste, er hätte kalt und abweisend sein sollen, schließlich hatte er jahrelang daran gearbeitet, ein abgebrühter Jäger und Mörder zu werden. Aber wenn er so neben ihr saß, eingehüllt in ihren Geruch, und an all den Schmerz dachte, den er ihr bereits zugefügt hatte, dann wurde er einfach weich. Damit gehorchte er einem Instinkt, von dessen Existenz er bisher nicht einmal etwas geahnt hatte.

»Meine Welt hat mit deiner nichts zu tun«, fuhr er fort, »obwohl wir auf denselben Straßen gehen und in denselben Städten leben. Da, wo ich herkomme, entscheidet deine Abstammung über deine Machtposition. Dein Mal ist dein Schicksal. Und Menschen sind entweder Nahrung, Sklaven oder hübsche Spielzeuge, mit denen man sich vergnügt und die man dann wegwirft. Wenn du all das nicht werden möchtest, dann musst du jetzt gut aufpassen, was ich dir erzähle.«

»Okay, aber ich komme schon jetzt nicht mehr mit«, erwiderte Lily. »Was willst du damit sagen: Dein Mal ist dein Schicksal? Was für ein Mal?«

Als Antwort zog er seinen Kragen herunter und legte sein rechtes Schlüsselbein bloß. Er hörte Lily nach Luft schnappen und wusste, dass sie die Verbindung hergestellt hatte.

»Meine Güte!«

Sein Mal war schon so lange ein Teil von ihm, dass er es nicht einmal mehr wahrnahm, wenn er in den Spiegel schaute. Aber er kannte es in- und auswendig. Es symbolisierte, wer er war, wer zu sein sein Erzeuger, dieser sadistische Dreckskerl, ihn gezwungen hatte: der keltische Knoten, gebildet aus sich streckenden Katzen, alles in dunkelstem Schwarz. Und im Hintergrund das Ankh der Ptolemy, groß genug, dass der Knoten aussah, als sei er in dessen Mitte aufgehängt. Das erste Mal hatte ihn zu einem Ausgestoßenen gemacht.

Das zweite zu einem Sklaven.

»Mein Erzeuger war ein Cait Sith«, sagte Ty ruhig. Er spürte, dass Lily ihn durchdringend anstarrte, und sah aus dem Augenwinkel, dass sie die Hand an ihr Schlüsselbein gelegt hatte. Er zog den Hemdkragen wieder hoch und legte die Hand zurück ans Steuer. »Das ist eine Blutlinie ohne Führer, ohne zentrale Machtstelle. Man behauptet, wir hätten Feenblut in uns, und vielleicht stimmt das sogar. Natürlich verfügen wir über eine Reihe von Fähigkeiten: Sich in eine Katze verwandeln zu können, ist ganz praktisch, und wir sind außergewöhnlich gute Jäger, selbst im Vergleich zu all den anderen Wesen, deren Sinne natürlich viel ausgeprägter sind als die der Menschen. Trotzdem betrachtet man uns als Unterschicht. Gossenschicht sagen manche sogar.« Er versuchte, seine alte Bitterkeit nicht durchklingen zu lassen. Er hatte sich schon vor langer Zeit damit abfinden müssen, dass es in der Welt der Finsternis Dinge gab, die er einfach nicht beeinflussen konnte.

»Und … wie bekommt man das Mal?«

Er wusste, sie fragte das, weil sie sich Gedanken über das komplizierte Mal an ihrem Schlüsselbein machte.

Genau wie er.

»Wenn du gebrandmarkt wirst, sprich, wenn du von einem anderen Vampir zum Vampir gemacht wirst, dann ist ein Teil der Abmachung, dass du, nachdem er von dir getrunken hat, von ihm ebenfalls trinken darfst. Jedenfalls, wenn du weiterleben möchtest. Sein Blut brandmarkt dich. Ich weiß nicht, wie ich es anders beschreiben sollte. Jedenfalls bildet sich das Mal in dem Moment, wo deine Verwandlung vollkommen ist.« Er dachte daran, wie sein Blut gebrannt hatte, als das Ankh hinzugefügt worden war, wie sein Cait-Sith-Blut gegen den einen Tropfen Ptolemy-Blut rebelliert hatte. »Es kann abgeändert werden«, fuhr er fort. »Aber nie entfernt. Es definiert uns. Es bestimmt, wer wir sind.«

Es war seltsam, mit jemandem darüber zu reden. Er hatte noch nie jemanden gebrandmarkt, und er hatte sich auch geschworen, das niemals zu tun. Niemals würde er jemand anderem antun, was ihm angetan worden war, niemals würde er jemanden zu einem Leben mit einem Mal verdammen, mit dem man nur Spott erntete, in ständiger Furcht lebte und oft genug auch in Armut.

Es war, als könne Lily seine Gedanken lesen. Aus dem Augenwinkel sah er, dass sie ihn neugierig betrachtete.

»Und was bist dann du, Tynan MacGillivray? Du hast gesagt, du bist keiner von diesen Ptolemy, für deren Schutz du dich so abrackerst. Was also erzählt dein Mal anderen Vampiren?«

»Seine Hauptaussage ist, dass ich ein Unterschichtvampir bin.« Er zuckte mit den Schultern. »Deshalb nimmt mich auch niemand zur Kenntnis außer den Ptolemy, die gern von Vampiren wie mir die Arbeit erledigen lassen, für die sie sich selbst zu fein sind. Jede Dynastie hat ihre Vorzüge. Aber die Ptolemy, die Empusae, die Dracul, die Gregori und ein paar andere, kleinere Dynastien, die es hier und da noch gibt, die haben das Sagen. Die Blaublute, also die, die von Dynastien abstammen, die ihre Wurzeln bis zu einem bestimmten Gott – oder Dämon – zurückverfolgen können, sind das, was man unsere Aristokratie nennen könnte.«

Lily zog die Stirn kraus. »Also … vielleicht verstehe ich da ja was falsch, aber wenn diese Ptolemy dich für so wertlos halten, warum versuchst du dann, sie zu retten?«

Ty raste an einem weiteren Auto vorbei. Ihm wurde bewusst, dass er deutlich schneller als erlaubt fuhr, und er sagte sich, er solle vielleicht ein bisschen vom Gas gehen. Er versuchte, sich zu entspannen und ein wenig offener zu sein. *Lily interessiert sich nur für meine Antworten, sie will mich nicht verurteilen*, sagte er sich. Dennoch – es war schwierig. Er war es nicht gewohnt, so ausgefragt zu werden. Gehasst, das schon. Aber nicht ausgefragt.

»Weil ich in gewisser Weise ein Teil von ihnen bin«, erwiderte er und entblößte noch einmal sein Mal, um ihr die Zusammenhänge besser erklären zu können. »Das Ankh hier, das, was ein bisschen wie ein Kreuz mit einem Henkel oben dran aussieht, kam eine paar Jahre, nachdem ich gebrandmarkt worden war, dazu. Arsinöe höchstpersönlich hat mir gerade so viel von ihrem Blut gegeben, dass sich das Mal ausbilden konnte.«

Er deckte es wieder zu, weil Lilys forschender Blick ihm nicht ganz geheuer war. »Ich bin der persönliche Jäger der Königin, und ich leiste gute Arbeit. Übrigens soll nicht ich die Ptolemy retten. Ich bin nur der Handlanger. Retten sollst du sie.«

»Danke, dass du mich daran erinnerst.«

Sie sagte das so gereizt, dass er grinsen musste. »Es wird dir also keine Genugtuung bereiten, die älteste Vampirdynastie gerettet und dir den ewigen Dank der Königin verdient zu haben?«

»Mir wäre es lieber gewesen, ich hätte mich freiwillig dafür entscheiden können.«

Er verspürte einen Hauch von Mitleid. »Manchmal hat man einfach schlechte Karten.«

»Und manchmal wird man vom Schoßkater irgend so einer Vampirschlampe entführt.«

Das kam unerwartet scharf heraus, und es tat Ty weh, obwohl er wusste, dass sie ihn nicht hatte verletzen wollen. Sie ließ nur Dampf ab und wirkte gleichzeitig völlig in ihren Gedanken verloren. Sie konnte nicht ahnen, wie sehr ihn ihre Worte trafen. Seit Jahrhunderten war er wegen seines tierischen Anteils dazu verdammt, solche Bemerkungen zu hören: dreckige Gossenkatze, Haustier der Ptolemy, wertloser Streuner …

»Ich bin kein Haustier«, knurrte er. Auf einmal schien es ihm außerordentlich wichtig, dass Lily das verstand. Er wusste zwar nicht, warum ihn das, was sie dachte, auch nur im Geringsten interessierte, aber als Schoßkatze bezeichnet zu werden, wurmte ihn. Hatten das nicht auch Nero und seinesgleichen immer wieder zu ihm gesagt? Er hatte gelernt, es einfach zu überhören. Er hatte geglaubt, inzwischen sei er immun dagegen.

Und jetzt verteidigte er sich doch glatt vor dieser halben Portion von einem Menschen. Ty überlegte einen Moment, wie er das alles jemandem erklären sollte, der noch nie einen Fuß in seine Welt gesetzt hatte. Diejenigen, die in der Sonne lebten, hatten das alte Kastensystem weitgehend aufgebrochen. Aber in der Finsternis war die alte Welt noch lebendig.

»Pass auf. Wenn du aus der Unterschicht kommst, dann

musst du dich mühsam durchkämpfen oder du arbeitest für eine Dynastie. Mir war es lieber, zu dienen und für mein Können geschätzt und belohnt zu werden, als zu hungern und mich kaum über Wasser zu halten.« Er warf ihr einen Blick zu. »Jetzt behaupte nicht, du hättest es anders gemacht.«

Lily seufzte und raufte sich die Haare. »Ich weiß es nicht. Ich bin schließlich kein Vampir. Aber … ja, doch. Vielleicht.« Dann murmelte sie: »Das mit der Schoßkatze tut mir leid. Das war ein blöder Spruch. Ich … ich komme nur einfach mit dem Ganzen noch nicht klar. Diese Arsinöe versaut mir das Leben, Damien und seine unbekannten Auftraggeber wollen es beenden, und dabei kennen die mich alle gar nicht. Deine Königin kann mir versprechen, was sie will, mein Leben in Tipton ist trotzdem fürs Erste gelaufen. Dennoch … es tut mir leid, falls dich das beruhigt. Du bist ziemlich nett. Für einen Vampir-Entführer.«

Das war jetzt nicht unbedingt, was Ty gern gehört hätte, aber es war immerhin etwas. Er entspannte sich ein wenig. Lily dagegen schien tief in Gedanken zu versinken. Eine Zeit lang sagte sie nichts mehr.

Dann fragte sie leise: »Diese Ptolemy – ist das ein alter griechischer Name? Er kommt mir so bekannt vor.«

Auf diesem Gebiet fühlte Ty sich gleich sehr viel wohler. »Arsinöe ist Kleopatras jüngste Schwester. Die Dynastie trägt ihren Nachnamen, Ptolemy. Viele ihrer Vorfahren stammten aus Griechenland, was die meisten Leute aber nicht mehr zu wissen scheinen.«

Wieder spürte er, wie Lily ihn anstarrte, allerdings nicht so, wie er sich das gewünscht hätte.

»Kleopatras Schwester.«

»Ja.«

»Du nimmst mich auf den Arm.«

»Nein.«

»Das ist … also pass auf, Tynan, ich gehöre zu diesen Trotteln, die nicht genug schlafen, und ich gebe gern zu, dass ich dann manchmal den Geschichtssender einschalte. Ich erinnere mich, dass ich eine Sendung über Kleopatra gesehen habe. Ich wusste doch, dass ich Arsinöes Namen schon mal gehört hatte. Kleopatra hat alle umbringen lassen, die ihrer Herrschaft gefährlich werden konnten, einschließlich ihrer jüngsten Schwester. Dass die Frau so ein eiskaltes Miststück war, hatte ich bis dahin gar nicht gewusst.«

»Glaub mir, das ist noch immer ein heikles Thema«, erwiderte Ty und zuckte bei dem Gedanken an Arsinöes letzte Schimpftirade, mit der sie über ihre berühmte – und mausetote – ältere Schwester hergezogen war, leicht zusammen. »Kleopatra hat sie wirklich umbringen lassen. Jedenfalls glaubte Kleopatra, sie sei tot. Es war äußerst ungehörig, hochgeschätzte politische Gefangene aus Rom zu töten, aber wie wir alle wissen, war Kleopatra sehr … überzeugend. Es ist eine hässliche Geschichte, und ich will sie hier nicht erzählen. Nur so viel: Als Arsinöe im Sterben lag, empfanden die Götter Mitleid mit ihr. Sekhmet gab ihr das dunkle Geschenk, wie die Königin es nennt. Im Gegenzug sollte Arsinöe dafür sorgen, dass der Ruhm der ägyptischen Götter und Göttinnen im Laufe der Jahre nicht verblasste.«

Lily zog die Nase kraus. »Dann haben sie aber nicht viel an Gegenleistung bekommen. Alte ägyptische Religion ist kein sonderlich gefragtes Thema mehr.«

»Unter den Ptolemy ist es noch sehr lebendig. Und das scheint denjenigen, die sie erschaffen haben, zu reichen.«

»Und was soll dieser ganze Quatsch mit Adeligen und Unterschicht? Sklaven brandmarken? Leute schlecht behandeln wegen etwas, wofür sie vermutlich nichts können?«

Ty schwankte zwischen Ärger, dass sie ausgerechnet diesen

Aspekt der Geschichte herausgriff, und Freude, dass sie sich stellvertretend für ihn so empörte. »Was meinst du damit?«

»Sind diese ägyptischen Götter und Göttinnen mit so etwas einverstanden?«

»Müssen sie wohl, nehme ich an«, erwiderte Ty und zuckte mit den Schultern. »Soweit ich weiß, hat man von denen seit über tausend Jahren nichts mehr gehört. Aber selbst wenn …«

»Ja, ich verstehe schon. Du gehörst nicht dazu, also würdest du es auch nicht erfahren.«

Sie fuhren an einer Ausfahrt vorbei, wo die Lichter von Tankstellen und Restaurants einladend den Nachthimmel erleuchteten, und er warf rasch einen Blick auf ihr Gesicht. Dass sie so wütend aussah, verblüffte ihn, und plötzlich wurde ihm bewusst, wie jung sie war und wie alt und zynisch er selbst inzwischen geworden war. Er konnte sich kaum erinnern, wie es war, so kämpferisch zu sein wie Lily. Aber letztlich war es egal, wie sie seine Welt einschätzte. Die Vampirgesellschaft war, wie sie nun mal war. Das Machtgefüge zu hinterfragen, war gefährlich. Man fragte besser nicht, warum ein Mal verehrungswürdig und ein anderes verachtenswert war.

Einmal, vor langer Zeit, hatte er sich gegen die bestehende Ordnung aufgelehnt, aber inzwischen wusste er, dass es seinen Leuten viel schlechter gehen könnte. Er dachte an den unglücklichen Shade, den man halb verhungern lassen und dann als Köder losgeschickt hatte, und sogleich war ihm wieder klar, dass er das Richtige tat.

»Mir ist egal, was du von diesen Regeln hältst, Lily. Ich mache sie nicht. Aber es gibt genügend, die für ihre Durchsetzung sorgen. Meine Möglichkeiten sind begrenzt, und ich habe das Beste daraus gemacht. In meiner Welt richtet sich alles nach dem Mal. Wenn man sich dagegen auflehnt, überlebt man nicht lange.«

Sie verfielen in Schweigen, und Ty fuhr gedankenverloren weiter. Er hatte damit gerechnet, dass Lily sein Leben seltsam fand, sogar abschreckend. Aber es überraschte ihn, wie sehr sie sich über etwas aufregte, das sie als Ungerechtigkeit empfand. Er hatte schon lange keine Zeit mehr damit verschwendet, sich zu fragen, was Außenstehende über die Vampirgesellschaft dachten. Vermutlich, weil er mit Sterblichen nur verkehrte, wenn er durstig war.

Er sollte sich mehr mit ihnen abgeben oder es ganz bleiben lassen.

»Tynan?« Lilys leise, sanfte Stimme war wie Balsam für seine Seele und vertrieb seine trüben Gedanken. Diese Stimme konnte einen einlullen und verletzlich machen. Ty wusste, dass er sich dem widersetzen und auf der Hut bleiben musste. Er versuchte, sich gegen den verführerischen Duft ihrer Seife und ihres Shampoos abzuschotten, der ihre eigenen, natürlichen Gerüche überlagerte. Aber er konnte nicht verhindern, dass ihm das Wasser im Mund zusammenlief und sich seine Fänge als Reaktion darauf verlängerten.

Hunger. Sie macht mir Hunger auf so vieles …

»Nenn mich Ty.«

Er wusste nicht, warum er das gesagt hatte oder weshalb er solche Vertraulichkeiten mit einer Frau zuließ, die eine hochwertige Beute war, nicht mehr und nicht weniger. Aber die Worte sprudelten aus ihm heraus, bevor er sie zurückhalten konnte.

»Ty?«, fragte sie überrascht.

»So nennen mich alle«, erwiderte er und zwang sich, aufrecht sitzen zu bleiben, obwohl er sich vor Scham am liebsten zusammengekrümmt hätte. »Das ist, na ja, nicht so umständlich. Und erinnert mich nicht so an meine Mutter, wenn sie kurz davor war, mir eine Ohrfeige zu geben.«

Lily schien sich das ziemlich lange durch den Kopf gehen zu

lassen, und Ty verfluchte sich dafür, Schwäche gezeigt zu haben. Was wusste er denn noch davon, wie man mit Menschen umging, noch dazu mit Frauen, wenn sie ihm nicht gerade als Nahrung dienen sollten? Jetzt würde sie sich über ihn lustig machen oder einfach ignorieren, was er gesagt hatte. Ja ... das wäre vielleicht das Beste.

Aber als sie schließlich sprach, war ihre Stimme sehr viel wärmer, und Ty spürte, wie sich etwas kaum Wahrnehmbares, aber unglaublich Wichtiges zwischen ihnen veränderte. Das war ein Fehler, dennoch erregte es ihn in einem dunklen Winkel seines Ichs.

»Na gut, dann also Ty. Gab es jemals einen ganz normalen Menschen, der mit einem Vampirmal geboren wurde?«

»Nicht dass ich wüsste.«

»Können Vampire Kinder bekommen?«

Er versuchte, sich blutsaugende Babys vorzustellen. »Glücklicherweise nicht.«

»Oh«, sagte sie leise, und wieder empfand Ty wider besseres Wissen Mitleid mit ihr. Als Vampir machte er zwar nicht viel her, aber immerhin wusste er, wer er war und wo er stand. Bei Lily war das offensichtlich nicht der Fall. Und allmählich hatte er den Eindruck, dass sie das nie gewusst hatte.

»Ich wünsche nur, ich wüsste, was dieses Ding bedeutet«, sagte sie und berührte ihr Schlüsselbein und das komplizierte Zeichen, das unter ihrem T-Shirt verborgen war.

»Nun«, sagte er, während sie weiter in die Nacht hineinbrausten, »das werden wir herauszufinden versuchen.«

7

Stunden später, als sich die Sonne bereits dem Horizont näherte und der Himmel allmählich die Farbe von grauem Spülwasser annahm, saß Lily in einem schwach erhellten Zimmer in einem einfachen Motel in West-Ohio. Sie hatte sich auf der Kante des einzigen Betts – eines Doppelbetts – niedergelassen, denn sie war zwar todmüde, aber nicht entspannt genug, um zu schlafen. Dabei hätte sie Schlaf dringend nötig gehabt, um wieder zu Kräften zu kommen.

Stattdessen hockte sie da und beobachtete Tynan. *Nein, Ty*, verbesserte sie sich. Sie versuchte, sich nicht anmerken zu lassen, wie sehr sie seine geschmeidigen, katzenartigen Bewegungen in Bann schlugen und wie fasziniert sie sowohl von seiner übernatürlichen Schönheit als auch von der Widersprüchlichkeit seines Wesens war. Lily hatte keine Zweifel, dass Ty genauso ein Mörder war wie Damien und diese Shades, die hinter ihr her waren. Vermutlich war er alles Mögliche, und das meiste, was er tat, war vermutlich unbeschreiblich schrecklich. Dennoch konnte sie die Augen nicht von ihm abwenden.

Immerhin war er nett zu ihr gewesen, obwohl er das nicht hätte sein müssen. Er hatte mit ihr geredet und ihr einen Einblick in die Vampirgesellschaft gegeben, deren Aufbau ihr äußerst seltsam vorkam. Und hinter seiner coolen Fassade war er auch humorvoll, verletzlich, ja, sogar einfühlsam, und sie hätte gern mehr über ihn erfahren.

Zwischen ihnen beiden hatte es gefunkt. Lily wusste, dass sie das abblocken sollte, bevor es intensiver wurde. Er war ein steinalter Mörder, der sie aus ihrem Zuhause entführt hatte! Und sie … sie war einfach nur Lily. Ein bisschen seltsam, ein bisschen unglücklich, und ja, mit einer Art telekinetischer Begabung ausgestattet, aber dennoch einfach nur Lily Quinn.

Sie richtete den Blick wieder auf Tys außerordentlich hübschen Hintern und seufzte. Abblocken – leichter gesagt als getan. Sehr viel leichter.

Ty zupfte gerade noch einmal an dem Vorhang vorm Fenster herum, um das Tageslicht vollständig auszuschließen. Glücklicherweise war er so beschäftigt, dass er gar nicht bemerkte, wie aufmerksam sie ihn beobachtete. Er hatte die Steppdecke vom Bett genommen und provisorisch vor den Vorhängen befestigt, damit auch ja kein Lichtstrahl hereinfiel. Vor der Türritze lagen Kissen, und draußen am Türknauf hing das Bitte-nicht-stören-Schild.

Das Licht der einzigen Lampe, die das schäbige Zimmer ein wenig erhellte, war bereits stark gedimmt, und jetzt drehte er den Schalter ganz auf Aus, um den Raum endgültig in eine Höhle für den Tag zu verwandeln.

Lilys Herz geriet ins Stolpern, als es auf einmal stockfinster wurde. Sie blinzelte ein paarmal, aber ihre Augen waren solch eine Schwärze nicht gewohnt. Ihr Atem kam ihr plötzlich nervtötend laut vor. Ty dagegen machte nicht das geringste Geräusch.

Dann sank das Bett unter seinem Gewicht ein.

»Gib mir deine Hände, *mo bhilis*.«

Seine Stimme schien sanft über ihre Nerven zu gleiten, wie Fingernägel über Samt. Obwohl sie sich dagegen sträubte, nahm sie seine Gegenwart immer deutlicher wahr. Er roch nach Mondlicht, und dass er ihr so nah war, ließ ihre Haut erwartungsvoll kribbeln.

»Warum?«

»Damit ich sie zusammenbinden kann.«

»Du willst mir wieder die Hände zusammenbinden?«, fragte Lily und hoffte, dass sie sich nicht so verletzt anhörte, wie sie sich fühlte. Wie konnte er das tun? Gestern hatte sie es zwar gehasst, aber auch verstanden. Aber heute hatte er sich ihr doch ein bisschen geöffnet. Er hatte ihr das Gefühl gegeben, in diesem ganzen Wahnsinn etwas mehr als nur eine Spielfigur zu sein. Und als Dank dafür, dass sie seine Freundlichkeit erwidert hatte, sollte sie jetzt wie eine Gefangene gefesselt werden?

»Das brauchst du diesmal nicht«, sagte sie mit Entschiedenheit. »Wenn ich irgendwas versuchen wollte, hätte ich das längst getan.«

»Gut zu wissen«, erwiderte Ty, aber seine Samtstimme war deutlich beruhigender als das, was er sagte. »Trotzdem denke ich, eine intelligente Frau wie du wird mir zustimmen, dass unter den gegebenen Umständen ein bisschen Vorsicht nicht schaden kann. Was mache ich zum Beispiel, wenn du auf einmal auf die Idee kommst, aufzustehen und einen Blick aus dem Fenster zu werfen, und schon gehe ich in Flammen auf? Oder du könntest beschließen, mich im Schlaf zu töten. Es sind schon seltsamere Dinge passiert.« Er klang aufreizend vernünftig.

»So bin ich nicht.«

»Ich kenne dich nicht«, erwiderte er, und jetzt mischte sich ein warnender Unterton in seine Stimme. Das hätte ihr eigentlich egal sein sollen. Was interessierte es sie, was dieses Wesen von ihr hielt? Und trotzdem machte ihr diese beiläufig geäußerte Bemerkung zu schaffen, diese Unterstellung, sie könne etwas Dummes oder Selbstmörderisches machen, wenn er sie nicht fesselte.

»Ich bin keine Idiotin«, erwiderte sie, und das kam schnippischer heraus, als sie beabsichtigt hatte. »Ich habe dir doch gesagt, dass ich herausfinden will, was diese Tätowierung bedeutet. Außerdem – hatten wir nicht bereits geklärt, dass mir, wenn ich weglaufe, immer noch ein Mörder auf den Fersen ist? Und ich habe keine Holzpflöcke dabei. Ich bin doch nicht Buffy. Ich wäre sofort erledigt.«

Sie hörte ihn schnauben. Offensichtlich amüsierte ihn, was sie sagte. Dass er sie für komisch hielt, hob ihre Stimmung auch nicht gerade.

»Was ist los?«, fragte sie gereizt.

»Man kann uns nicht mit Pflöcken töten, Schätzchen. Dafür braucht man ein Messer. Glaubst du, du hast die Kraft, einem Mann den Kopf abzusäbeln?«

In ihrem freundlichsten Ton erwiderte sie: »Wenn du das unbedingt wissen möchtest, bin ich gern bereit, es auszuprobieren.«

Diesmal lachte er, und beim samtenen Klang dieses Lachens lief ihr ein wohliger Schauder über den Rücken. Es war lächerlich, so mit ihm herumzuplänkeln und ihn vorsätzlich anzustacheln. Wobei – die Information, wie man einen Vampir tötete, war zumindest nützlich, auch wenn sich ihr bei der Vorstellung der Magen umdrehte. Aber sie war stolz, dass sie Ty aus seiner Stimmung als kaltblütiger Vampirhäscher hatte herausreißen können, und noch stolzer, dass es sie nicht mal sonderlich viel Anstrengung gekostet hatte.

»Da hast ein ganz schön großes Mundwerk, gute Frau.«

Sie konnte heraushören, dass er lächelte und so die Beleidigung indirekt in ein Kompliment verwandelte. Lily musste ebenfalls lächeln, und sie spürte, wie sich ihre verspannten Muskeln allmählich ein wenig lockerten. Tys Augen funkelten hellsilbern in der Dunkelheit; sie waren aber auch alles, was sie von ihm sehen konnte.

»Mein Mundwerk ist Teil meines Charmes.«

»Aha. So ist das also.« Seine Stimme hatte einen rauen Klang angenommen, und sofort war die Spannung wieder da, wenn es auch diesmal eine andere Art von Spannung war. Sie wusste, dass er ihre Lippen betrachtete. Sie fühlten sich warm an, als wäre sein Blick wie ein Kuss. Begehren, unerwartet, aber nicht zu leugnen, ergriff von ihrem Unterleib Besitz. Irritiert versuchte sie, das Gespräch wieder auf ein neutrales Thema zu lenken.

»Schau, Ty. Tatsache ist, ich werde weder deinen Körper verstümmeln noch dich grillen. Ich werde nicht mal die Telefonrechnung in die Höhe treiben. Aber du wirst mich nicht wieder fesseln.« Sie überlegte, ob es sich wohl lohnte, an das Gute in ihm zu appellieren, doch sein feuriger Blick belehrte sie eines Besseren.

»Ich werde verrückt, wenn ich den ganzen Tag gefesselt in einem Motelzimmer sitzen muss, während du schläfst. Gestern konnte ich nur deshalb schlafen, weil ich so erschöpft war. Heute werde ich einfach nur hier rumsitzen. Bitte, tu mir das nicht an.«

Er zögerte einen Moment.

Dann strich er sanft über ihre Hand. Lily zog sie entsetzt weg, so sehr erschrak sie bei seiner Berührung. Dass sie nichts sehen konnte, schien das Gefühl, seine Haut an ihrer zu spüren, noch zu intensivieren. Völlig überrumpelt konnte sie nur noch ein Wort herausbringen.

»Bitte«, sagte sie, und es war kaum mehr als ein Flüstern.

»Gib mir deine Hände, *mo bhilis*.« Seine Stimme war sanft und rau zugleich, und seltsam beruhigend. »Ich werde dir nicht wehtun. Ich glaube, ich kann dir helfen. Wenn du mich lässt.«

Es war eine verlockende Vorstellung, sich von jemandem trösten zu lassen, ein bisschen die Kontrolle abzugeben, damit sie zur Ruhe kommen konnte. Und so seltsam das war – sie hatte den Eindruck, dass Tys Angebot ernst gemeint war. Ein weiteres Puzzlestück von etwas, das sich immer mehr als verlockendes Ganzes herauskristallisierte.

»Willst du mich immer noch fesseln?«

»Ich kann es einfach nicht riskieren, das nicht zu tun, egal wie gering die Gefahr ist, dass du fliehst. Aber wenn du schläfst, wird dir das egal sein. Lass mich dir helfen, Lily. Ich habe nicht viele Begabungen, aber diese teile ich gern mit dir. Und du wirst es zu schätzen wissen.«

Lily gab nach. Das war ein Angebot, das sie einfach nicht ablehnen konnte. Wortlos hielt sie ihm die Hände hin, die er erstaunlich sanft ergriff. Er wickelte etwas, das sich wie ein dünnes Seil anfühlte, um ihre Handgelenke und verknotete es auf eine Art, die sehr kompliziert wirkte, auch wenn sie nicht sehen konnte, was er tat. Sie senkte den Kopf und versuchte, in der Dunkelheit etwas zu erkennen. Jede seiner Berührungen war qualvoll für sie, aber nicht, weil es sie ekelte, wie Lily zu ihrem Bedauern feststellen musste. Die Erinnerung an ihre erste Begegnung kehrte zurück, und ihr wurde ganz heiß, als sie daran dachte, wie sich seine Hände in ihrem Haar und sein Körper dicht an ihrem angefühlt hatten.

Seine Lippen auf ihrer Haut.

»Schau nicht hin, was ich mache«, sagte er. »Schau mir in die Augen.« Seine Stimme war tief, hypnotisierend, und lenkte Lilys Blick dahin, wo er ihn haben wollte. Ihr stockte der Atem, als sie sah, wie seine Augen funkelten, hell wie Zwillingsmonde. In ihnen lag so viel Kraft, eine Kraft, gepaart mit rücksichtsloser Entschlossenheit, wie ein Mensch sie gar nicht besitzen konnte. Entnervt versuchte sie wegzusehen, aber sie konnte den Blick nicht abwenden. Sie spürte, wie sich ihre Brust vor Panik zusammenzog.

»Nein, nein, tu das nicht«, murmelte er, und wieder war seine Stimme Balsam für ihre aufgewühlten Nerven. »Entspann dich, Lily. Sieh mich einfach an und vergiss alles andere. Nur für diesen Moment. Hör auf, dir Sorgen zu machen. Hab keine Angst. Nur du und ich, hier und jetzt. Lass einfach los.«

Ihr Atem wurde langsamer. Tys Worte waren wie eine zärtliche Berührung, und sie stellte fest, dass es einfach, so herrlich einfach war, bloß in diesem Moment zu leben, solange sie ihm nur tief genug in die Augen sah. Während seine Hände über ihre glitten und das Seil verknoteten, wurde ihr immer gleichgültiger, dass er sie fesselte. Seine Hände waren sanft, und seine Worte hallten in ihrem Kopf wider wie ein Sprechgesang.

Nur du und ich … du und ich … du und ich …

Tynan war fertig damit, sie zu fesseln, dennoch nahm er die Hände nicht weg, die sich auf ihrer warmen Haut so kalt anfühlten. Es war, als wolle er so die Verbindung zwischen ihnen aufrechterhalten, die von Sekunde zu Sekunde intensiver und prickelnder wurde. Trotz ihres glückseligen Schwebezustands war Lily sich seiner Nähe plötzlich außerordentlich bewusst, und sie spürte, wie er sich mit jeder Faser auf sie konzentrierte.

Es schien so natürlich, so richtig, dass sich die innere Ruhe, die Ty ihr gegeben hatte, nach und nach in Begehren verwandelte. Etwas ganz hinten in ihrem Kopf wollte sich dagegen auflehnen, aber Lily ignorierte es, weil sie nur noch eins wollte: in Tys silbrigen Augen Zuflucht finden. Die Schrecken der Nacht verschwanden, es zählte nur noch das Hier und Jetzt. Ihre Brüste fühlten sich voller und fester an, und ihr Verlangen verdichtete sich tief unten in ihrem Bauch zu einem angenehmen kleinen Knoten.

Lange, elegante Finger streichelten ihre Hände, ein Daumen strich über ihre Fingerknöchel und ließ ihre Haut bis zu den Schultern hinauf prickeln. Als Tys Hände zu ihren Ellbogen hinaufglitten und er geschmeidig wie eine Katze näher an sie heranrückte, wurde ihr Atem noch flacher. Lily sog die Energie ein, die er auszustrahlen schien, und seinen wilden Geruch. Erwartungsvoll öffnete sie den Mund.

Der lang anhaltende, verführerische Ton, den er von sich gab, als er sich an sie schmiegte und sie ihm entgegenkam, vibrierte durch ihren gesamten Körper hindurch. Lily schnappte nach Luft, als sie spürte, wie sie feucht zwischen den Beinen wurde und der Knoten aus Verlangen alles in ihr zum Pulsieren brachte.

Sie war es, die ihn dazu gebracht hatte, so zu schnurren.

»Lily«, sagte Ty. Er sprach ihren Namen aus, als wäre er ein heiliges Wort. »Nur eine kleine Kostprobe. Mehr nicht.«

Der Gedanke streifte sie, dass er das mehr zu sich selbst als zu ihr sagte. Trotzdem glitt er im nächsten Moment halb auf sie und presste seinen schlanken, hoch aufgeschossenen Körper gegen ihren. Lily konnte nicht mehr denken und ihn auch nicht wegschieben. Mit einer einzigen geschmeidigen Bewegung drückte er sie auf die Matratze hinunter. Dann schob er ihre Arme, die letzte Barriere zwischen ihnen, nach oben über ihren Kopf, und Lily bekam das Gefühl, mit einem Körper zu verschmelzen, der sich ihrem perfekt anpasste. Eine von Tys Händen glitt an ihrem Körper entlang, und Lily bäumte sich auf unter dieser Berührung. In diesem Moment schien es endgültig sinnlos, die Verbindung zwischen ihnen leugnen zu wollen. Alles, was Lily tun konnte, alles, was sie tun wollte, war, sich in ihm zu verlieren.

Dann ließ er die Hand wieder nach oben gleiten und legte sie um eine ihrer vor Verlangen schmerzenden Brüste. Einen atemlosen Moment lang hob er leicht den Oberkörper an. Seine Lippen, die sie sich unzählige Male vorgestellt, aber nie geschmeckt hatte, waren nur noch wenige Millimeter von ihren entfernt. Und seine Augen, die so faszinierend in der Dunkelheit funkelten, waren so schön, sie glühten …

Dann senkte er den Mund langsam auf ihren. Sie ertrank in seinem Kuss, schmolz dahin, bis alle Gedanken ausgeblendet waren und sie nur noch fühlte, bis sie nicht mehr wusste, wo ihr Körper aufhörte und Tys begann. Sie wölbte ihm das Becken entgegen. Alles in ihr wollte mehr. Lustwellen fluteten durch sie hindurch, als Ty genüsslich mit ihrer Zunge zu spielen begann.

»Süß«, flüsterte er. Er klang genauso benommen, wie sie sich fühlte.

Ja, war alles, was sie denken konnte, als sein Atem schneller wurde, als dieser feste, schlanke Körper sich noch stärker gegen sie presste. Lily rutschte ein wenig nach oben, damit sein steifer Schwanz an der Stelle von ihr zu liegen kam, die inzwischen vor Verlangen feucht und geschwollen war. Zögernd drückte er seine Hüften gegen ihre, dann schnappte er zitternd nach Luft und stöhnte. Lily spürte, wie etwas Dunkles und Hungriges in ihr erwachte.

Es wollte beißen, die Klauen ausfahren, nehmen. *Seinen Hunger stillen.*

So etwas hatte sie noch nie gespürt. Aber es fühlte sich gut an, gut und richtig, sich hier in der Dunkelheit einfach darauf einzulassen. Sie drängte sich an ihn und küsste ihn wild und fordernd. Ihr Herzschlag beschleunigte sich, und sie sog Tynans Unterlippe in den Mund, leckte darüber, biss sanft hinein und gab sie dann wieder frei. Er gab ein Knurren von sich, das völlig unmenschlich klang, doch das steigerte ihr Verlangen nur noch.

In Ty fand sogar ihre dunklere Seite eine Entsprechung.

Er packte ihre Brust fester, drückte sie zusammen und kniff in ihre aufgerichtete Brustwarze. Lily erschauderte vor Lust, die von dem leichten Schmerz nur noch gesteigert wurde.

»Soll ich dich so weit bringen, Lily?«, fragte er mit rauer Stimme. »Ich spüre, wie nah dran du bist … ah, meine Güte …« Er flüsterte ein Wort, das sie nicht verstand. Gälisch, vermutete sie. Egal, was es bedeuten mochte, aus seinem Mund klang es sinnlich. Dann drückte er die Hüften wieder gegen ihre, in einem Rhythmus, der Lily nach Luft schnappen ließ. Sie ballte die Hände zu Fäusten und wölbte ihm das Becken entgegen. Sie wollte ihn berühren, wollte seine Hände auf ihrer nackten Haut spüren. Tief in ihrem Inneren baute sich ein Druck auf, der mit jeder von Tys Bewegungen größer wurde.

Sein Atem, flach und unregelmäßig, erregte sie genauso wie sein wildes Stöhnen. Sie konnte nicht mehr denken, und jenseits dessen, was gerade geschah, schien es nichts mehr zu geben. Die Tatsache, dass sie ihm ausgeliefert war, steigerte ihre Erregung, und das hätte sie bestimmt schockiert, wäre sie noch in der Lage gewesen, etwas anderes zu tun, als zu fühlen. Dass er ihr in gewisser Weise ebenfalls ausgeliefert war, machte sie noch zusätzlich an.

Sie wollte ihn in sich spüren, wollte ihn berühren, wollte mit ihren Händen auf Erkundungstour gehen, und zwar ohne die Kleidung, die sie allmählich wundscheuerte.

Und selbst dann würde es vielleicht noch nicht reichen.

Sie spürte, wie sein Herz raste, im gleichen Rhythmus wie ihr eigenes. Sie spürte ihn zittern wie jemand, der kurz davor ist, die Kontrolle zu verlieren.

Und dann war er plötzlich fort. Mit einem lauten Fluch warf er sich so heftig auf die andere Bettseite, dass Lily fast auf ihrer Seite hochgeschleudert worden wäre. Die rostigen Bettfedern quietschten protestierend, aber Ty schwieg. Sie konnte nur noch seinen unregelmäßigen Atem hören. Die ganze Wirkung seines Geschenks, die Selbstvergessenheit, das Ausblenden von allem, was nicht Lust oder Hier und Jetzt war, verpuffte. Als Nachhall blieb nur ein dumpfer, hartnäckiger Schmerz, zu dem sich schon bald Verwirrung und Scham gesellten. Sie war aus sich herausgegangen. Hatte sich ihm geöffnet.

Und er hatte sie zurückgewiesen.

Draußen war die Sonne mit Sicherheit schon auf ihrem Weg hoch hinauf in den Himmel. Aber hier im Zimmer war es Zeit für den Vampir, zu schlafen. Und obwohl Lily völlig aufgelöst war, beschloss sie, dass Ty sich gefälligst irgendwie zu dem äußern sollte, was gerade geschehen war, bevor er in Schlaf versank. Noch immer schwirrte ihr der Kopf, und sie hatte Schmerzen an Stellen, von denen sie nie gewusst hatte, dass sie vor lauter aufgestauter, unerfüllter sexueller Energie schmerzen konnten. Ein Teil von ihr hätte ihn am liebsten geprügelt, weil er sie so benutzt hatte – egal, wie einladend sie sich verhalten hatte.

Ein anderer Teil von ihr überlegte ernsthaft, einfach über ihn herzufallen. Dieser Teil machte ihr Angst, und sie versuchte verzweifelt, ihn zu ignorieren. Jedenfalls hatte sie eindeutig gespürt, dass nicht nur sie diese seltsame Verbindung zwischen ihnen wahrnahm. Tys Umgang damit ließ ihr allerdings die Röte ins Gesicht steigen.

»Und?«, fragte sie schließlich. Ihre Stimme war nur noch ein raues Flüstern. »Willst du nicht wenigstens irgendwas sagen?«

Das tat er dann auch. Seine abgehackten, in breitem Dialekt gesprochenen Worte konnten nicht verbergen, wie angeekelt er war.

»Verdammtes Weib«, sagte er.

»Wie bitte?«

»Es hätte dir nicht gefallen dürfen.«

Ihr fiel die Kinnlade herunter. Innerhalb einer Sekunde verwandelte sich all das, was sie mit ihm gefühlt hatte, in etwas Verkorkstes und Abstoßendes.

Nie wieder, dachte Lily, auch wenn sie seinen Geschmack noch auf der Zunge hatte und ihre Lippen von seinem Kuss noch geschwollen waren. Sie hatte ihm vertraut. Das war ein Fehler gewesen.

»Du bist ein Schwein, Tynan«, sagte sie.

»Ja«, erwiderte er nach kurzem Zögern. Seine Stimme klang angespannt. »Und du tust gut daran, das nicht zu vergessen.«

Kurz darauf wurde sein Atem tief und gleichmäßig, und damit war wenigstens die Frage geklärt, wie die Tagruhe eines Vampirs aussah. Der Mann war nicht tot. Er schlief nur. *Arschloch.*

Lange lag sie einfach da, schäumend vor Wut, und lauschte seinen langsamen, regelmäßigen Atemzügen. Schließlich glitt auch sie in den Schlaf, obwohl sie das nicht für möglich gehalten hätte.

Sie träumte von Feuern in der Dunkelheit.

8

Lily war seit Jahren nicht mehr in Chicago gewesen.

Sie stellte fest, dass sie so gut wie keine Erinnerungen mehr an die Stadt hatte. Die meisten ihrer Erinnerungen an die Reisen dorthin waren eher Schnappschüsse von luxuriösen Hotels und ständig wechselnden Kindermädchen. Selbst wenn sie oft genug aus den Hotels herausgekommen wäre, um eine deutliche Erinnerung an die Stadt zu haben, wäre sie – außer vielleicht durch einen blöden Zufall – in diesen Stadtteil mit Sicherheit nie gekommen. Fasziniert betrachtete sie die Leute, die an ihr vorbeigingen, und versuchte, sie nicht allzu auffällig anzustarren. Sie sah Haare in jeder Farbe des Regenbogens, Piercings an Stellen, von denen sie nie geahnt hatte, dass man ein scharfes Objekt hindurchstecken konnte, und massenweise Leder und Plastik. Und Gummi. Und Metall.

Jedes Gesicht war leichenblass.

Ty ging neben ihr und wirkte weitaus weniger fehl am Platz, als sie sich fühlte. Sie selbst sah – nun ja – normal aus, nahm sie zumindest an. Nett und langweilig. Ty dagegen schaute aus wie ein junger Heathcliff, der durch die Straßen der Stadt wanderte statt über die Moore. Sein langer schwarzer Mantel bauschte sich um seine Beine, und sie konnte mit seinen langen Schritten kaum mithalten – was sie allerdings niemals zugegeben hätte.

»Hör auf zu glotzen. Sonst kommst du gar nicht mehr nach.«

Sein Ton war barsch, aber Lily meinte, auch eine Spur Belustigung herausgehört zu haben. Sie warf ihm einen bösen Blick zu, schob das Kinn vor und ging einfach weiter. Sie würde sich zu keiner Bemerkung hinreißen lassen. Nicht nach dem, was er getan hatte und nach dem verbissenen Schweigen auf der Fahrt vom Motel hierher.

Natürlich war sie diejenige, die noch immer wütend war. So erregt sie ihn letzte Nacht erlebt hatte, so kalt war er jetzt. Sie war so in Gedanken versunken, dass sie rasch ausweichen musste, um nicht mit einer glatzköpfigen Frau zusammenzustoßen, die mindestens einen Meter achtzig groß war und eine ungesunde Vorliebe für Sicherheitsnadeln zu haben schien. Sie hatte eindeutig Ähnlichkeit mit Pinhead aus dem Film *Hellraiser*.

Der Wind war eisig und Lilys Nase schon ganz kalt. Smog lag in der Luft, und es roch nach Regen und irgendetwas, das in einem kleinen chinesischen Restaurant auf der gegenüberliegenden Straßenseite gekocht wurde. Ihr Magen knurrte erbarmungswürdig. Ty hatte vermutlich vergessen, dass sie regelmäßig essen musste, aber ihr Stolz verbot ihr, deswegen zu maulen. Noch jedenfalls. Der Donut und die Limo, die sie vor ein paar Stunden in einem *7-Eleven* bekommen hatte, mussten vorläufig reichen.

»Pass auf«, warnte Ty sie, als sie mal wieder einem seltsamen Typen hinterhersah und dabei über eine Erhöhung im Bürgersteig stolperte.

»Ich glotze nicht«, fuhr sie ihn an, obwohl sie gerade einen Mann ungefähr in ihrem Alter anstaunte, der ziemlich attraktiv war und es irgendwie geschafft hatte, sein Haar in dreißig Zentimeter lange Stacheln zu verwandeln. Er blinzelte ihr zu, und Lily konnte es sich nicht verkneifen, ihn anzulächeln. Allerdings wurde sie gleich darauf rot und zog den Kopf ein. Sofort nahm Ty wortlos ihren Arm und hakte sie unter.

»Ich hatte eigentlich gedacht, das müsste ich nicht extra erwähnen: Flirten hält uns auch auf.«

Sie starrte ihn zornig an und versuchte, sich loszumachen. »Ich flirte nicht. Abgesehen davon geht dich das nichts an.«

Er warf ihr einen Blick zu, unter dessen Intensität sie dahinzuschmelzen drohte. *Bescheuert*, dachte sie, und schon gewann ihre Wut wieder die Oberhand.

»*Mo bhilis*, ich dachte, ich hätte das klargemacht: Im Moment geht mich alles, was du tust, etwas an.« Mit eisernem Griff zog er sie weiter, und fast hätte sie die Fersen in den Boden gestemmt, um ihn dazu zu zwingen, sie hinter sich herschleifen zu müssen. Da sie aber den Verdacht hatte, dass er das tatsächlich tun würde, ließ sie es dann doch lieber bleiben.

»Hör auf, mich mit diesem blöden Kosenamen anzureden«, murmelte Lily. »Hör überhaupt auf, mit mir zu reden. Ich will den ganzen Mist nur noch hinter mich bringen.«

Ty stieß einen tiefen Seufzer aus. Er wurde erst langsamer und blieb schließlich ganz stehen. Widerstrebend sah Lily ihn an, während die Leute ihnen desinteressiert auswichen. Ty legte den Kopf in den Nacken und sah in den Himmel hinauf, der zu hell war, als dass man die Sterne hätte erkennen können. Einen Moment lang schwieg er, und auch Lily sagte nichts. Trotz allem war sie gespannt, was er sagen würde.

»Schau. Wegen heute Morgen …«

Lily musterte sein Gesicht. Sie brachte es nicht über sich, ihm patzig dazwischenzufahren. Seine Unsicherheit und seine Ernsthaftigkeit waren zu echt, zu ungeschönt. Nach kurzem Schweigen senkte er den Kopf und sah ihr mit grimmiger Entschlossenheit in die Augen.

»Ich hätte dich nicht anfassen sollen. Normalerweise bin ich nicht der Typ, der jemanden ausnutzt. Jedenfalls nicht so. Ich erwarte nicht, dass du mir das glaubst, aber das stimmt wirklich.«

Lily legte den Kopf auf die Seite und betrachtete ihn neugierig. »Und warum hast du es dann getan?«

Ty presste die Lippen aufeinander und sah stirnrunzelnd zu Boden. »Ich weiß es nicht, Lily. Irgendetwas an dir … ist ja auch egal.« Frustriert schüttelte er den Kopf. »Wichtig ist nur, dass ich beinahe die Kontrolle verloren hätte, und das darf nicht passieren. Nicht, wenn es in erster Linie darum geht, für deine Sicherheit zu sorgen. Davon hängt zu viel ab.«

»War ich denn nicht sicher?«, fragte Lily, die sich noch gut erinnerte, wie sie sich in seinen Armen gefühlt hatte: schön und stark und so sicher wie noch nie in ihrem Leben. Ty hob den Kopf. Der kaum verhüllte Hunger in seinen Augen war unfassbar und zutiefst erregend.

»Wenn ich dich berühre«, sagte er leise, »dann möchte ich die Zähne in dich schlagen. Aber das würde den Tod einer gesamten Dynastie bedeuten. Vor allem anderen kann ich dich beschützen – Damien, eine ganze Armee von Shades, alles, was in der Nacht unterwegs ist. Aber mir war nicht klar, dass es mich so viel Kraft kosten würde, dich vor mir zu schützen.«

So viel Ehrlichkeit hatte sie nicht erwartet, und diese Ehrlichkeit berührte sie auf eine Art, wie keine andere Entschuldigung das gekonnt hätte. Sie nickte. »Entschuldigung angenommen. Und … danke.«

Seine dunklen Brauen glitten nach oben. »Wofür?«

Sie lächelte ihn zaghaft an. »Dafür, dass du es mir erklärt hast. Und dass du dir überhaupt die Mühe gemacht hast, dich zu entschuldigen.«

»Ach so. Nun ja.« Er fuhr sich mit der Hand durch das Haar und richtete den Blick dann auf irgendetwas offensichtlich sehr Interessantes links hinter ihr. »Wir sollten uns wieder auf den Weg machen. Das *Mabon* ist nicht mehr weit, und ich wäre gern dort, bevor es hoffnungslos überfüllt ist. Je eher wir da sind, desto größer ist die Chance, dass wir mit Anura allein reden können.«

Sie setzten sich wieder in Bewegung, und diesmal ließ Lily ihre Hand leicht in Tys Armbeuge liegen. Vielleicht war das dumm, aber Tys Ehrlichkeit hatte ihr Gefühl noch verstärkt, dass er – wenn sie denn schon in die Vampir-Unterwelt verschleppt werden musste – der Richtige war, um auf sie aufzupassen.

Während sie die Straßen entlanggingen, wanderten Lilys Gedanken zu Bay und ihrer Verabredung zum Mittagessen. Vielleicht würde sich eine Gelegenheit ergeben, ihre Freundin anzurufen und ihr zu sagen, dass es ihr so weit gut ging. Sie musste Ty nur lange genug entwischen. Bay hatte inzwischen bestimmt das Chaos in ihrem Haus entdeckt und musste das Schlimmste annehmen. Lily wusste, wie schmerzlich das für ihre Freundin war, die einer der großherzigsten Menschen war, die Lily je kennengelernt hatte.

Da war noch etwas, worüber sie sich Sorgen machte – obwohl ihre Eltern vermutlich ihre wahre Freude daran hätten, wenn Lily in den Nachrichten käme. Die Chance, die trauernden Hinterbliebenen zu spielen, würden sie sich nicht entgehen lassen. Endlich hatte Lily etwas getan, was ihnen vielleicht gefallen würde.

Lily seufzte. Es nervte sie, dass sich auf einmal solch eine Bitterkeit in ihr Denken einschlich. Sie strich eine Haarsträhne hinter das Ohr und konnte gerade noch einem weiteren Passanten ausweichen. In seiner Eile, endlich in den Club zu kommen, schien Ty gar nicht darauf zu achten, dass er auch Lily zwischen den Leuten hindurchsteuern musste.

»Ich hätte nie gedacht, dass es so viele von euch gibt«, sagte Lily und verdrehte den Hals, um ja möglichst viel mitzubekommen. Das Viertel war ein bisschen schäbig, aber faszinierend, und obwohl es ein Abend mitten in der Woche war, waren die Straßen voll mit den Bewohnern der Unterwelt. Ab und zu waren auch ein paar normale Leute wie sie unterwegs, aber es waren nicht viele, und sie fielen auf wie bunte Hunde. Ob sie wohl wussten, zwischen wem sie da herumliefen? Und ob sie das überhaupt interessierte?

»Hmm?«, fragte Ty abwesend. Er schien nach etwas Ausschau zu halten, und als Lily genauer hinsah, stellte sie fest, dass er die Gegend auch zu beschnuppern schien. Merkwürdig, aber … irgendwie auch cool, beschloss sie. Sie würde sich viel lieber in eine Katze verwandeln können, als die Fähigkeit zu haben, Möbel durchs Zimmer fliegen zu lassen.

»Ich wusste es nicht«, wiederholte Lily. Als er sie verständnislos anstarrte, wurde ihr klar, dass er kein Wort von dem gehört hatte, was sie gesagt hatte. Er blieb stehen und runzelte die Stirn, als würde sie in einer fremden Sprache sprechen. Lily seufzte, sah sich um, ob auch niemand zuhörte, dann stellte sie sich auf die Zehenspitzen und flüsterte ihm ins Ohr: »All diese Vampire! Ich wusste gar nicht, dass es so viele gibt!«

Als sie auf die Fersen zurückwippte, schien Ty endlich zu verstehen, was sie meinte, und ein Lächeln huschte über sein ernstes Gesicht.

»Menschen haben wirklich seltsame Vorstellungen«, sagte er. Er war weitergegangen, wenn auch nicht mehr ganz so schnell. »Das sind keine Vampire. Ich fürchte, das sind alles Sterbliche.«

Lily sah ihn stirnrunzelnd an. »Und wo sind dann die Vampire?«

»Die kümmern sich unauffällig um ihre eigenen Angelegenheiten. Vermutlich halten sie ab und zu mal inne, um sich über das Spektakel um sie herum zu amüsieren. Das *Mabon* gab es schon, bevor diese Leute hier auftauchten, aber vermutlich trägt es ein bisschen zur Atmosphäre bei.« Er ließ den Blick schweifen und schnaubte. »Idioten, allesamt. Sie spüren uns. Sie wollen, was wir haben. Sie haben keine Ahnung, auf was sie sich da einlassen.«

Sie kamen an einer Gruppe Mädchen im College-Alter vorbei. Sie sahen düster und gleichzeitig zauberhaft aus und machten den Eindruck, als würden sie mit Vergnügen das Herz jedes Manns verschlingen, der ihnen über den Weg lief. Ty schien das nicht zu beeindrucken, aber Lily verspürte einen Anflug von

Neid, als sie ihnen hinterhersah. Sie stellte sich vor, wie trist sie im Vergleich zu ihnen wirken musste. Sie hätte schon immer gern genügend Selbstvertrauen gehabt, sich einfach auszuleben. Stattdessen war sie zu einer stillen Beobachterin geworden, die ihre Geheimnisse für sich behielt und nicht zeigte, wer sie war. Immer hatte sie nur versucht, nicht aufzufallen.

»Du bist hübscher«, sagte Ty, und erst jetzt wurde ihr bewusst, dass er sie beobachtete und ihr jede Gefühlsregung vom Gesicht ablas.

Lily starrte ihn erschrocken an und sah dann nervös weg. »Du hast doch gesagt, du kannst meine Gedanken nicht lesen.«

»Kann ich auch nicht. Das steht alles in deinem Gesicht geschrieben.«

Verdammt.

»Das ist unwichtig«, erwiderte Lily. »Ich komme mir nur irgendwie komisch vor. Wie … wie die Oberlehrerin aus der Provinz, die Wes Cravens Fantasie einen Besuch abstattet. Ich komme mir so lächerlich vor, wenn ich hier rumlaufe.«

Ty führte sie um eine Ecke und ließ sie dabei nicht aus den Augen. »Meiner Erfahrung nach liegen die leckersten Happen unter ein paar Schichten verborgen. Mach dir nicht so viele Sorgen. Königin Spinnennetz da drüben besteht nur aus Schichten, und glaub mir, sie würde grauenhaft schmecken.«

Er verzog angeekelt das Gesicht, und sie musste lachen.

Doch dann wurde ihr auf einmal bewusst, dass er sie in eine dunkle Seitengasse gelenkt hatte. Sie versuchte, ihn dazu zu bringen, etwas langsamer zu gehen, aber das klappte genauso wenig wie am Abend zuvor – also gar nicht. Ihr Herz begann zu rasen. Sie waren hier, wie ihr jetzt siedend heiß wieder einfiel, weil sie weitere Vampire treffen wollten. Nur hatte sie nicht damit gerechnet, dass es schon so schnell so weit sein würde.

Nie wäre ihr am liebsten gewesen, aber dafür war es zu spät.

Etwa in der Mitte der Gasse, die in völliger Dunkelheit lag, blieb Ty stehen und drehte sich zu ihr. Lily sah, wie angespannt er war, und sofort schoss ihr Adrenalinspiegel in ungeahnte Höhen.

»Was ist los? Ist es etwa Damien? Hat man uns verfolgt?« Ihre Stimme zitterte, und auch als Ty den Kopf schüttelte, fühlte sie sich nur unwesentlich besser.

»Nein. Es ist nur … du musst etwas anziehen, bevor wir da runtergehen.«

Er griff in seine Tasche und holte ein Stück Stoff heraus. Lily beobachtete verwirrt, wie er es mit seinen langen, eleganten Fingern auseinanderfaltete. Es war ein purpurroter Samtschal. Sie verstand nicht, was daran so besonders sein sollte, aber irgendeine besorgniserregende Bedeutung musste er haben. Jedenfalls hatte sie Ty nicht mehr so aufgewühlt erlebt, seit ihm beim College der Geruch von dem, was immer sie da verfolgt hatte, in die Nase gedrungen war.

Neugierig und nervös wartete Lily auf seine Erklärung.

»Heb die Haare hoch«, sagte er. Sie tat wie geheißen, weil ihr dämmerte, was er vorhatte, auch wenn ihr nicht klar war, was er damit bezweckte. Als er ihr den Schal um den Hals legte und an der Seite verknotete, strichen seine Finger sanft über ihre Haut. Er war nahe an sie herangetreten, so nah, dass Lily seinen Atem auf ihrem Gesicht spürte. Ein Schauder lief ihr über den Rücken. Ein Teil von ihr wollte, dass seine liebevolle Fürsorge nicht aufhörte, doch seine Warnung war ihr noch gut in Erinnerung.

Rasch zog er die Hände weg, aber Lily hätte schwören können, dass sie einen Moment länger als nötig auf ihrem sich beschleunigenden Puls gelegen hatten. Wieder sah sie in seinen Augen den schrecklichen Hunger und die Sehnsucht. Die Schönheit – und die Traurigkeit – des Ganzen raubten ihr schier den Atem.

Was ist dir bloß zugestoßen?, fragte sie sich, denn mit nicht verheilten Wunden kannte sie sich aus. Sie hatte selbst ein paar.

Schließlich war er fertig. Lily fuhr sich mit der Zunge über die Lippen und wünschte sich, ihr Mund wäre nicht so trocken wie die Wüste. Ty starrte einen Moment wie gebannt auf ihre Zunge, dann sah er rasch weg und presste die Zähne aufeinander.

»Wozu ist das gut?«, fragte sie. Ihre Stimme klang ganz anders als sonst. Rau. Einladend. Sie ließ sie nicht absichtlich so klingen – doch die dunkle Lust, die er am Morgen in ihr geweckt hatte, dieses unbekannte Mitternachtsgeschöpf, in das sie sich unter seinen begnadeten Händen verwandelt hatte, schien jedes Mal den Kopf zu heben, sobald er ihr nahe kam.

»Das bedeutet, dass du eine *sura* bist.« Seine Stimme war nur noch ein tiefes Knurren. »Das heißt: die Konkubine eines Vampirs … in diesem Fall meine Konkubine.«

Schlagartig hatte Lily das Gefühl, der Schal würde ihr die Luft abschnüren. »K…Konkubine?«

Er sah ähnlich unglücklich aus, wie sie sich fühlte, aber das war nur ein schwacher Trost.

Ty seufzte und trat unruhig von einem Fuß auf den anderen. »Also, es gibt nur einen Grund, warum eine sterbliche Frau in solch einen Club geht. Sie muss zu jemandem gehören. Manche Vampire haben nur einen einzigen menschlichen Liebhaber. Wer es sich leisten kann, hat auch mehrere. Es ist eigentlich ganz sinnvoll«, fuhr er fort, als müsse er sich rechtfertigen, »einen freiwilligen Blutspender zur Hand zu haben. Dann muss man nicht jede Nacht bei der Jagd sein Leben riskieren.«

»Aha«, erwiderte Lily mit finsterem Blick. »Und warum siehst du dann so aus, als müsstest du dich gleich übergeben?«

»Dieser Club hier, *Mabon*, ist ein raues Pflaster. Ich sagte dir ja schon, es ist ein gemischter Club. Das bedeutet: jede Menge Unterschichtvampire, die einfach ihren Spaß haben wollen, und ein paar Blaublute, die sich unter das gemeine Volk mischen, um Frauen aufzureißen oder Ärger zu machen. Oder beides. Lass dich nicht schockieren, egal was passiert, und vor allem: Starr niemanden an. Ich will nicht, dass du den verkehrten Vampiren ins Auge fällst. Anura hat sich noch nie im Hintergrund gehalten, also werden wir sie hoffentlich gleich finden.«

Auch Lily hoffte das. Wenn sie schon ihr Leben riskierte, indem sie einen Ort betrat, wo Menschen in erster Linie als Nahrung betrachtet wurden, dann sollte das Ganze wenigstens nicht umsonst sein. Außerdem war sie für alles dankbar, was ihre Begegnung mit Arsinöe, der Vampirkönigin, hinauszögerte, denn mit dieser Vorstellung hatte sie sich noch nicht so recht anfreunden können. Trotzdem … diese Sache mit der Konkubine …

»Und, wie soll ich mich verhalten? Dir schöne Augen machen und so tun, als hätte man mich teilweise hirnamputiert?«

Wütend starrte er sie an. »Ja, genauso verhält sich eine gute Leibeigene. Und wenn ich dich so unter meiner Fuchtel haben könnte, glaub mir, dann würde ich das sofort tun. Aber wie es ausschaut, wirst du wohl schauspielern müssen. Glaubst du, du kriegst das hin?«

Wenn er mich so *unter seiner Fuchtel haben könnte* … Lily erinnerte sich, wie unwiderstehlich sie sich von Ty an jenem ersten Abend angezogen gefühlt hatte. Sie hatte nur noch den Wunsch gehabt, sich ihm einfach in die Arme zu werfen. Vermutlich war es das, was er meinte, aber dagegen konnte sie sich wehren, auch wenn es sie – bei ihm zumindest – große Anstrengung kostete. Bei Damien dagegen hatte sie gar nicht erst etwas gespürt. Was Ty am Morgen mit ihr gemacht hatte, konnte man vermutlich schon als milde Form der Leibeigenschaft bezeichnen. Aber auch dazu hatte er ihr Einverständnis gebraucht, und es hatte sich nicht so angefühlt, als würde er ihre Gedanken kontrollieren. Trotzdem, sie musste aufpassen. Man konnte ja nie wissen.

»Wenn ich eins kann«, erwiderte Lily, »dann ist das schauspielern.« Es lag ihr vielleicht nicht im Blut, aber es hatte viele Jahre einen großen Teil ihres Lebens ausgemacht.

Sie hätte es zwar nie zugegeben, aber Ty einen Abend lang anzuhimmeln, würde ihr nicht schwerfallen. Ganz und gar nicht. Vielleicht würde sie ihn sogar ein bisschen befummeln können.

Oh je, sie hatte wirklich einen Knall. Lily zog die Schultern hoch und seufzte, was Ty offensichtlich als resignierte Zustimmung deutete. Das sollte ihr nur recht sein.

»Okay, auf geht's«, sagte er. »Das *Mabon* ist in der nächsten Seitenstraße.«

»Mach dir wegen mir keine Gedanken«, erwiderte sie. »So auffällig bin ich nicht. Man wird mich gar nicht wahrnehmen.«

Ty sah sie nicht an, aber seine Stimme klang grimmig. »Oh doch. Da kannst du Gift drauf nehmen.«

9

Das *Mabon* lag versteckt, weil es nicht anders ging, es war billig, weil seine Stammgäste darauf bestanden, und schmuddelig, weil es das schon immer gewesen war. Es lag versteckt in einer unscheinbaren Seitengasse, und der einzige Zugang sah aus wie eine normale Haustür. Eine Treppe führte in Räume hinunter, die einst der Keller eines weitläufigen alten Gebäudes aus der Zeit der Jahrhundertwende gewesen waren. Trotz seines zwielichtigen Rufs war das *Mabon* immer voll, und die Vampire, die dort verkehrten, wollten entweder Blut saugen oder Ärger machen.

Und wer nicht auf der Hut war, wurde oft Opfer von beidem.

Lily war durchaus auf der Hut, als Ty und sie durch eine schwere Metalltür den höhlenartigen, schwach beleuchteten Club betraten. Ty hatte ihr gesagt, sie solle niemanden anstarren, aber es war gar nicht so leicht, sich den ersten Schock nicht anmerken zu lassen. Kein Wunder, dass er sich über die menschlichen Möchtegernvampire oben auf der Straße lustig gemacht hatte. Denn wie es aussah, kleideten sich echte Vampire ähnlich unauffällig wie Lily auch. Eigentlich gab es nur einen augenscheinlichen Unterschied zwischen ihnen und dem Rest der Menschheit: Diese Leute waren umwerfend schön.

Kaum hatten sie den Club betreten, warf man ihnen von allen Seiten neugierige Blicke zu. Direkt hinter der Eingangstür standen zwei muskulöse und einschüchternd wirkende Rausschmeißer. Einer von ihnen trug ein ärmelloses T-Shirt, und über den einen Arm zog sich eine komplizierte, wunderschöne

Dynastie-Tätowierung. Er musterte Lily interessiert und nahm auch den Schal um ihren Hals sofort wahr.

»Guten Abend, du Schöne«, sagte er und lächelte sie lässig an. »Willkommen im *Mabon*.«

»Sie gehört mir«, knurrte Ty, um die Aufmerksamkeit des Türstehers auf sich zu lenken.

Tys Worte klangen so besitzergreifend, dass Lily rot anlief. So hatte noch nie jemand über sie gesprochen. Sie hielt den Blick stur auf Tys Gesicht gerichtet und hoffte, dass sie möglichst verliebt wirkte.

»Aha«, erwiderte der Türsteher. »Ich wette, am Ende dieses Abends tut sie das nicht mehr. Dein Mal, Fremder.«

Lily sah, wie Ty das Kinn vorschob. Seine Augen funkelten gefährlich. »Seit wann interessiert man sich im *Mabon* für die Abstammung? Früher waren hier alle willkommen. Hat sich das geändert?«

Der Rausschmeißer sah ihn nur durchdringend an, und da klar war, dass er nicht nachgeben würde, entblößte Ty wütend sein Mal. Der andere starrte es überrascht an – und mit mehr als nur einer Spur von Missfallen. »Solange du hier keinen Ärger machst, hat sich das nicht geändert. Anura hat gesagt, wir sollen die Male kontrollieren. Ein paar Arschlöcher mit Ankhs haben ihr vor ein paar Wochen jede Menge Ärger gemacht – und uns ebenfalls. Im Moment sind Ptolemy hier nicht willkommen.«

»Ich bin kein Ptolemy«, entgegnete Ty tonlos.

»Nein? Aber wie es aussieht, gehörst du den Ptolemy. Solch eine *sura* dürfen sich Katzen in der Regel nur halten, wenn sie ihren Herren sehr brav gedient haben.«

Der Türsteher beugte sich näher zu ihnen und fuhr leise fort: »Ehrlich gesagt habe ich noch nie eine Katze mit einer *sura* gesehen. Ich weiß, wer du bist, Jäger. Sag deiner Königin, er ist nicht hier, und schleich dich.«

Das Testosteron, das plötzlich in der Luft lag, war schier mit Händen zu greifen, und Lilys Herz begann schneller zu schlagen. Der andere Rausschmeißer, der genauso groß war wie der, der sie angepöbelt hatte, ließ sie nicht aus den Augen. Auch ein paar Vampire in der Nähe beobachteten sie äußerst interessiert.

Ty antwortete genauso leise, und auch seine Stimme klang drohend. »Ich habe keine Ahnung, nach wem ich hier deiner Meinung nach suchen sollte. Ich bin nicht im Auftrag der Königin gekommen. Ich möchte zu Anura, und zwar aus persönlichen Gründen, die dich einen Scheißdreck angehen. Aber wenn es dir lieber ist, dass ich hier eine Szene mache, dann kannst du das haben. Ich kann gern ein bisschen Blut vergießen, um hier reinzukommen. Und glaub mir, meins wird es nicht sein. Mein Ruf kommt nicht von ungefähr.«

Ein paar Sekunden lang starrten sich die beiden wortlos an, und Lily fürchtete schon, der Türsteher würde nicht nachgeben, obwohl sie Ty sehr überzeugend fand. Doch schließlich trat er einen Schritt zurück, sein eiskalter Blick blieb allerdings unverändert.

»Na gut. Sie tanzt. Aber ich warne dich: Wenn ich mitkriege, dass du Deserteuren hinterherschnüffelst, mache ich dich einen Kopf kürzer. Die Ptolemy haben hier nichts zu sagen. Chicago gehört den Dracul, und die lassen die Empusae glauben, sie hätten ein Mitspracherecht, aber die Ptolemy dürfen sich das Ganze nur aus der Ferne ansehen und von dem träumen, was sie nicht kriegen. Egal, wie gern sie es hätten.« Er richtete den Blick auf Lily. »Wenn ich dir einen Rat geben darf, Süße: Flirte ein bisschen, such dir einen anderen. Du kannst was Besseres finden als so eine Gossenkatze, egal, an welchem Rockzipfel sie hängt.«

Lily war überzeugt, dass das der Tropfen sein musste, der das Fass zum Überlaufen brachte – was sie Ty auch nicht hätte verübeln können. Aber Ty begnügte sich mit einem drohenden

Knurren und zog sie hinter sich her in den Club, während sich der Rausschmeißer befriedigt wieder an die Wand lehnte.

Lily packte Ty fest am Arm, um seine Aufmerksamkeit auf sich zu lenken. Als er sie nicht beachtete, trat sie einfach vor ihn hin und schmiegte sich – eingedenk seiner Worte über das von ihr geforderte Auftreten – eng an ihn. So konnte sie gleichzeitig einen verliebten Eindruck machen und ihm wütend ins Ohr flüstern.

»Was zum Teufel war das da eben? Wieso hast du zugelassen, dass er so mit dir redet?«

Er legte den Arm um ihre Taille und zog sie an sich. Es war eine intime Geste, die in völligem Gegensatz zu dem Ärger in seiner Stimme stand.

»Hätte ich ihm lieber an die Gurgel gehen sollen? Ich habe dir doch gesagt, Lily, bei uns läuft das anders. Ich muss Anura finden und herauskriegen, was los ist – falls sie mit mir redet. Halt dich dicht an mich. Und sieh niemanden an.«

Mit einem warnenden Blick gab er sie frei, nahm ihre Hand und zog sie mit sich durch die Menge.

Bezeichnend, dachte sie, dass er die unverhohlene Abscheu des Türstehers gar nicht erst erwähnte. Wenn sie sich nicht irrte, war das für ihn bei dieser Begegnung das kleinste Problem gewesen. Er hatte ihr erzählt, dass man seine Familie als »Gossendynastie« bezeichnete, aber dennoch – zu sehen, wie Ty solche Beleidigungen einfach hinnahm, machte sie höllisch wütend. Tröstlich fand sie nur, dass der Rausschmeißer wenigstens einen gehörigen Respekt vor Tys Fähigkeiten zu haben schien, wenn schon nicht vor ihm als Mitvampir. Ansonsten würden jetzt vermutlich ganz schön die Fetzen fliegen.

So aber bekam Lily nun zum ersten Mal zu sehen, was man sich in Vampirkreisen unter einem gelungenen Abend vorstellte, und sie fand es außerordentlich schwierig, Tys Anweisung zu folgen und niemanden anzustarren.

Es war dekadent. Sie hätte nicht gewusst, wie sie es anders hätte bezeichnen sollen. Irgendwie war es gelungen, einen großen Teil des betonierten Kellers in eine Höhle aus himmelschreiendem Überfluss und offener Ausschweifung zu verwandeln. Der Parkettboden glänzte trotz der vielen Jahre, die er mit Füßen getreten und sonst wie abgenutzt worden war. In der Mitte thronte ein massiver runder Tresen, und Lily fragte sich, was wohl in die schweren Glaskelche gefüllt wurde, die über den Köpfen der Barkeeper hingen. Ständig nahmen sie welche herunter und füllten sie mit etwas, das Lily wegen der vielen Leute, die den Tresen umringten, nicht erkennen konnte. Musik dröhnte und pulsierte und übertönte die Stimmen der Vampire, die sich unterhielten, flirteten oder miteinander stritten. Am anderen Ende des Raums glaubte Lily eine Tanzfläche zu erspähen. Es war wirklich komisch: Da existierte unerkannt solch ein Club ausgerechnet in einem Viertel, in dem Menschen genau nach so etwas suchten.

Die Wände waren mit silbernen Stoffbahnen behangen, die im Licht unzähliger Kerzen glänzten. Die Kerzen waren überall, sie flackerten in Wandleuchtern, tanzten auf den hohen Tischen mit den Glasplatten, die wie wahllos verteilt herumstanden, und brachten diesen dunklen, feuchten Ort zum Leuchten. Die Betonstützpfeiler hatte man teils mit Holz, teils mit Marmor ummantelt. Spiegel mit vergoldeten Rahmen reflektierten die blitzenden Augen der Anwesenden. So sehr der Raum Lily auch in seinen Bann zog – das, wovon sie die Augen einfach nicht abwenden konnte, waren die Gäste.

Auf den ersten Blick sahen sie aus wie schöne Sterbliche, manche elegant, andere eher lässig gekleidet. Schaute man allerdings ein wenig genauer hin, ließ sich die Wahrheit nicht länger ignorieren. Ihre Augen funkelten von einem Licht, das nicht von den Kerzen stammte, und sobald einer von ihnen den Mund öffnete, um zu reden, zu lachen oder zu knurren, kam ein Paar glänzende Fänge zum Vorschein. Bei vielen ließ die Kleidung das Mal frei, und einige schienen noch eine Tätowierung hinzugefügt zu haben, um – genau wie der Türsteher – das Zeichen ihrer Zugehörigkeit ein bisschen mehr hervorzuheben und zur Schau zu stellen. Sie bewegten sich wie Tänzer, rasch und geschmeidig, und das Stimmengewirr war genauso melodiös wie das Lied, das mit sanften Höhen und Tiefen durch den Raum pulsierte. Und was dieses Pulsieren anging …

Ty hatte ihre Hand fest gepackt und zog ruckhaft daran, als er merkte, wie sie mit weit aufgerissenen Augen und offenem Mund zwei fantastisch aussehende Männer anstarrte, die sich eine kleine Blonde teilten, die wie Lily einen Schal um den Hals trug. Einer stand vor ihr, der andere hinter ihr, und beide hatten die Zähne in ihren Hals versenkt. Der Blonden schien das allerdings nichts auszumachen. Sie hatte die Augen geschlossen, ihr Gesicht strahlte vor Vergnügen, und ihr Rock war nach oben geschoben, damit die beiden Vampire …

»Wenn du nicht willst, dass sie dich zum Mitmachen einladen, dann hör gefälligst auf, sie anzustarren«, knurrte Ty ihr ins Ohr. Lily schluckte und nickte. Es gelang ihr, den Blick abzuwenden, aber noch immer stockte ihr der Atem. Ihr wurde klar, dass sie am Morgen einen Vorgeschmack von dem bekommen hatte, was die Frau empfinden musste. Sich vorzustellen, wie es sein könnte, wenn Ty sie gegen die Wand drückte und …

Sie geriet ein wenig ins Stolpern, als Ty sie hinter sich her zerrte, und schon sprang ihr ein weiteres Paar ins Auge, das in einer ähnlich erotischen Umarmung ineinander verschlungen war. Niemanden schien das zu stören; ein paar Leute sahen mäßig interessiert zu, die meisten aber nahmen kaum Notiz davon. Hier gab es keine Grenzen, wurde Lily klar, zumindest keine, wie man sie im überwiegenden Teil der menschlichen Welt kannte.

Plötzlich wurde ihr eng um die Brust, ihre Haut fühlte sich entsetzlich empfindlich an, und ihre Hand, die in Tys ruhte, wurde ganz heiß und feucht. In ihrem Leben hatte sich alles immer nur um Kontrolle gedreht, und – bis zu einem gewissen Grad – um Verleugnung. Auf einmal an einem Ort zu sein, wo man dazu ermuntert, ja geradezu dafür gefeiert wurde, beides hinter sich zu lassen, war eindeutig mehr, als sie so schnell verkraften konnte.

Und es war erstaunlich verlockend.

Es roch nach Weihrauch und Wachs, und Lily fragte sich, ob sie auch nur eins von beiden jemals wieder würde riechen können, ohne von Lustgefühlen überschwemmt zu werden.

Dann spürte sie, wie Tys Atem über ihr Ohr strich und ihr kleine heiße Schauder über die Haut jagte, und sofort war ihr klar, sie würde diese Erinnerung nie mehr abschütteln können.

»Da drüben«, sagte er. »Das ist Anura, in dem weißen Kleid. Sie tanzt gerade. Wenn sie dich was fragt, gib keine Antwort. Das Reden übernehme ich. Hier hat sich einiges verändert. Ich bin mir nur noch nicht sicher, wie groß die Veränderung ist.«

Schlagartig wurde Lily klar, dass die Leute auf Ty eine ganz andere Wirkung haben mussten als auf sie. Er wirkte jetzt eher noch angespannter. Sie schaute an ihm vorbei in die Menge und wusste sofort, wen er meinte. Die dunkelhaarige Schönheit tanzte mit einer Versunkenheit, von der Lily ihr Leben lang nur hatte träumen können. Doch Lily konnte den Anblick nicht lange genießen, weil plötzlich gefährlich nah an ihrem Ohr eine Stimme ertönte.

»Na so was«, murmelte die Stimme. »Wie konnte ein Gossenvampir bloß seine Zähne in dich kriegen, du Schöne? Meinst du nicht, es wäre an der Zeit, dass du dir was Besseres suchst?«

Lilys sämtliche Muskeln spannten sich an. Tynan knurrte. Sie war sich ziemlich sicher, dass gleich die Hölle losbrechen würde.

10

Damien Tremaine lehnte lässig an einem Gebäude, das nicht mal eine Querstraße vom *Mabon* entfernt war, und beobachtete die stinkenden Menschenmassen, die achtlos um ihn herumwogten. Es war schon so lange her, dass er einer von ihnen gewesen war, dass er kaum noch etwas davon wusste. Klar erinnerte er sich noch an manche Dinge, die er getan, an Menschen, die er gekannt, und an Orte, die er gesehen hatte. Aber das Gefühl dafür, was es bedeutete, ein Mensch zu sein und mit dem Wissen um die eigene Sterblichkeit zu leben, das war verschwunden.

Er würde nie Teil der »guten« Vampirgesellschaft werden, würde immer ein Mal tragen, das ihm das verwehrte. Aber für viele der adeligen Vampire hatte er gearbeitet, und so hatte er einiges von ihren Einstellungen übernommen, vor allem über den begrenzten Nutzen von Sterblichen. Und warum auch nicht? Das Haus der Schatten war selbst so etwas wie eine Aristokratie, fand Damien. Es bot einem ein gutes Leben, wenn auch kein leichtes. Shades wie er, die sich einen erstklassigen Ruf aufgebaut hatten, würden glücklicherweise auch niemals vertrieben werden.

Die Blaublütler, heimtückische, verweichlichte Idioten, konnten ohne Vampire wie ihn nicht mehr existieren.

Das Handy in seiner Tasche vibrierte. Damien hatte keine Lust auf dieses Gespräch, aber da musste er jetzt durch. Nichts war schlimmer als ein unzufriedener Kunde.

»Tremaine.«

Die Stimme am anderen Ende der Leitung war so eisig, dass Damien die kalte Luft fast schon aus dem Handy kommen sah.

»Damien. Wofür bezahle ich dich eigentlich? Ich bin eine ganz schöne Stange Geld losgeworden, scheine aber vergessen zu haben, wofür.«

Die Stimme klang ruhig und gleichmäßig, aber Damien wusste, dass sich dahinter ein Monster verbarg, wie man es heute selbst unter seinesgleichen nur noch selten antraf. Die meisten Blaublute waren selbstgefällige Feiglinge, die andere für sich die Drecksarbeit verrichten ließen. Dieser allerdings nicht. Hinter seinem schönen Äußeren verbarg sich die schwärzeste Seele, die man sich vorstellen konnte.

Damien zwang sich, sich nichts anmerken zu lassen. Er würde das schon hinkriegen. Genau deshalb war der Auftrag extra an ihn gegangen.

»Die Frau ist anders, als wir erwartet hatten.« Er erinnerte sich noch gut an das glänzende Mal an ihrem Schlüsselbein und daran, wie schockiert er bei dessen Anblick gewesen war. Hätte er sie nicht in Aktion erlebt, hätte er vielleicht seinen Augen nicht getraut, aber ihre Kraft war durch ihn hindurchgefegt wie eine Naturgewalt.

»Wie wäre es, wenn du das mal näher erläutern würdest?«, zischte die Stimme. »Eine Seherin ist schließlich auch nichts weiter als eine beeinflussbare kleine Sterbliche mit einem etwas weiter entwickelten Gehirn. Dass es so lange dauert, ist einfach unzumutbar.«

Einen Moment lang war Damien hin und her gerissen, etwas, das ihm nur sehr selten passierte. Doch dann traf er seine Entscheidung und berichtete leise aber eindringlich, was er gesehen hatte und was passiert war. Letztendlich ging ihn das alles nichts an. Er wurde lediglich für eine Dienstleistung bezahlt. Das Beste war, diese Dienstleistung zu erbringen und sich ansonsten um seinen eigenen Kram zu kümmern.

Außerdem war sein Gesprächspartner jemand, den man sich

besser nicht zum Feind machte, noch dazu nur deshalb, weil man plötzlich so etwas wie ein Gewissen entwickelte. Dieser hier, da war Damien sich sicher, würde sofort Bescheid wissen. Und dann würde es nicht lange dauern, bis Damien spurlos verschwand.

Nachdem Damien seinen Bericht beendet hatte, herrschte am anderen Ende längeres Schweigen. Damien wartete geduldig ab. Seine Geduld war eine seiner größten Gaben, und sie hatte ihm auch geholfen, ein fähiger Mörder zu werden. Tynan hatte ebenfalls eine Menge gelernt, aber nicht das. Er war immer grüblerisch und rastlos gewesen und so loyal, dass es schon an Schwachsinn grenzte. Damien hatte sich manches Mal gefragt, ob das seinem alten Freund eines Tages wohl zum Verhängnis werden würde.

Wie es aussah, war es jetzt so weit.

Schließlich sprach sein Auftraggeber, und sein Tonfall war nachdenklich und so voller dunkler Vorfreude, dass Damien fast ein wenig Mitleid mit seiner hübschen Beute empfand. Sie hatte nicht die geringste Ahnung, wer da hinter ihr her war. Und sie hatte von Anfang an keine Chance gehabt.

»Du bist ganz sicher, dass sie eine Sterbliche ist?«, sagte die Stimme.

Damien erinnerte sich noch gut an ihren Geruch und ihren rasenden Herzschlag. Das hatte ihn aufgewühlt, obwohl er das gar nicht gewollt hatte. Er hatte sie in die Arme nehmen und sie schmecken wollen. Und plötzlich wurde ihm klar, dass man ihn dieses Vergnügens berauben würde.

»Sie ist so sterblich, wie man das nur sein kann«, entgegnete er. »Und über das, was in ihr steckt, hat sie keine Kontrolle. Die Blutlinie ist vielleicht nicht ausgestorben, aber das dazugehörige Wissen offensichtlich schon. Lily Quinn ist Waise.« Das war einer der wenigen sachdienlichen Hinweise, auf die er gestoßen war.

»Die Eltern verschwanden unter mysteriösen Umständen, als sie noch ein kleines Kind war. Keine Angehörigen, auch keine entfernten. Sie wurde adoptiert, scheint mit der Familie aber keinen Kontakt mehr zu haben. Jedenfalls ist in ihrem Haus kein Hinweis auf die Familie zu finden. Nicht ein Foto. Dahinter verbirgt sich bestimmt eine interessante Geschichte. Wenn Sie wollen, ziehe ich weitere Erkundigungen ein. Viel Arbeit ist das bestimmt nicht.«

»Nein. Kein weiterer Aufschub. Das Ganze dauert sowieso schon viel zu lange. MacGillivray hätte gar nicht erst jemanden finden dürfen. Dieser verdammten Katze war eigentlich nur eine Nebenrolle zugedacht. Und dann spielt er sich plötzlich in den Vordergrund, indem er eine derart hochpreisige Beute auftreibt. Ich hätte es wissen müssen. Er scheint da wirklich eine spezielle Begabung zu haben …«

An Damiens Kinn zuckte ein Muskel. Nein, er würde die Frau nicht als Bonus kriegen. Das stand fest.

»Nun, es gibt keinen Grund, solch ein faszinierendes Wesen zu verschwenden«, fuhr sein Auftraggeber fort. »Und dass ihr Blut noch solche verborgenen Kräfte aufweist … ihr nützt das natürlich nichts, aber was für Möglichkeiten sich ergeben würden, wenn sie in die richtigen Hände käme … ja.« Was Damien deutlich heraushören konnte, war etwas, das seiner Ansicht nach allen blaublütigen Vampiren gemeinsam war: Gier.

»Töte die Gossenkatze. Bring die Frau zu mir. Natürlich betäubt und gefesselt. Immerhin scheint sie über gewisse Kräfte zu verfügen, und ich würde sie nicht gern so schnell töten müssen. Sobald du sie hast, nenne ich dir den Ort. Ich möchte nicht, dass jemand davon erfährt.« Und in etwas schärferem Ton fügte er hinzu: »Weiß er, was sie ist?«

»Nein. Aber er wäre nicht hier, wenn er das nicht rausfinden wollte.«

»Lass das nicht zu. Es würden sich zwar nur wenige daran erinnern, aber ich will auf keinen Fall, dass das bekannt wird.«

Damien konnte spüren, wie sein Auftraggeber lächelte, und ihm lief ein Schauder über den Rücken.

»Das sind Entscheidungen, Damien! Man kann auf so viele Arten zerstören, auf so viele Arten herrschen. Was meinst du, du kleines Gossenblut? Was würdest du tun?«

Damien war sich sicher, dass ihm jede Antwort falsch ausgelegt werden würde, deshalb entschied er sich, keine Stellung zu beziehen. »Ich habe kein Interesse, zu herrschen, außer über mich selbst. Tun Sie, was Sie wollen. Schließlich können Sie das ja.«

Das war das Beste, was er hatte sagen können.

»Herablassend aber wahr. Beeil dich, Damien. Ich habe nicht viel Zeit, und je länger du mich aufhältst, desto weniger bleibt mir.«

Damien beendete das Gespräch ohne ein weiteres Wort, betrachtete einen Moment lang das Handy und steckte es dann wieder in die Tasche seines Mantels. Er fühlte sich auf einmal außerordentlich müde, als spüre er jede Minute der Jahrhunderte, die er damit verbracht hatte, die Beute irgendeines verwöhnten Adeligen zu jagen, der mehr wollte, als ihm zustand. In diesem Fall sogar eine ganze Menge mehr.

Aber er war ein Shade, war diesem Leben mit Haut und Haaren verschworen. Mit einem Mal wie seinem blieben einem Mann nur wenige Möglichkeiten, und keine davon war gut. Das hatte er Ty schon immer gesagt. Nach einem der erbittertsten Kämpfe, in die Damien jemals verwickelt worden war, hatten Ty und er unterschiedliche Wege eingeschlagen, obwohl er ihm eindringlich klarzumachen versucht hatte, dass man nur die Wahl zwischen zwei Dingen hatte: Entweder schaffte man es, dass die Blaublütler einen um Gnade anflehten, oder man war völlig ihrer Gnade ausgeliefert.

Er hatte sein Schicksal selbst in die Hand genommen.

Menschen streiften durch die Oktobernacht, doch niemandem schien aufzufallen, dass der Mann, der da an der Hauswand lehnte, von einer Sekunde auf die andere verschwunden war.

Genau wie niemand die große schwarze Katze bemerkte, die einen Moment lang statt seiner dort stand, dann rasch um die Ecke bog und in der Dunkelheit verschwand.

11

Ty reichte ein Blick auf den bulligen Vampir in dem teuren Anzug, um zu wissen, dass es Ärger geben würde. Das Mal des Mannes konnte er nicht sehen, aber das brauchte er gar nicht – Blaublute erkannte er auch so. Und die Art, wie der andere die Hand auf Lilys Schulter gelegt hatte, ließ keinen Zweifel an seinen Absichten.

Lily stand völlig reglos da, aber ein Blick in ihre weit aufgerissenen Augen genügte, und Ty wusste, dass die Situation sie genauso wenig begeisterte wie ihn.

»Mir gefällt, wo ich bin, danke«, sagte sie und versuchte, sich dem Griff des Vampirs zu entziehen. Ty stöhnte innerlich, als er sah, dass der andere nur noch fester zupackte. So viel zum Thema Unauffälligkeit. Ihm war durchaus klar gewesen, dass er mit einer attraktiven Rothaarigen am Arm Ärger bekommen würde. Er hatte nur nicht damit gerechnet, dass es so schnell gehen würde.

»Bitte«, sagte der andere Mann, der Ty nicht eines einzigen Blicks würdigte. »Ich wusste auf Anhieb, dass er eine Gossenkatze ist. Du kannst noch nicht lange mit ihm zusammen sein, Süße, sonst hättest du längst gemerkt, dass es da ernsthafte Qualitätsunterschiede gibt. Ich würde mich freuen, dir das vorführen zu dürfen.«

Ty spürte, wie sich ihm die Nackenhaare aufstellten, ein erster Warnhinweis, dass sich in ihm ein nicht zu knapper Wutanfall zusammenbraute. Eigentlich hatte er vor langer Zeit gelernt, sich nicht über diese Idioten und ihre Ignoranz aufzuregen. Aber dieser spezielle Idiot betatschte Lily.

»Sie hat gesagt, dass es ihr gefällt, wo sie ist«, sagte Ty mit tiefer, kratziger Stimme. »Gehen Sie gefälligst etwas respektvoller mit ihr um.« Er konnte sich gerade noch beherrschen, den anderen nicht anzuknurren. Sofort richtete dieser die Aufmerksamkeit auf Ty, und Ty war klar, dass er es auf einen Kampf anlegte. Vermutlich hatte er Blutgruppe O-negativ von höchster Qualität getrunken, versetzt mit teurem Wodka. Es würde lächerlich einfach sein, diesen selbstgefälligen Aufschneider mit dem hübschen Gesicht und den von zu viel Alkohol geplatzten Äderchen im Auge fertigzumachen.

Allerdings gab es da ein Problem: seine Kumpels, die nur ein paar Meter entfernt standen und alles aufmerksam beobachteten. Sie kamen immer im Rudel daher, genau wie die Werwölfe, die sie so sehr hassten.

»Respekt, soso. Ich glaube, du bist eher derjenige, der hier lernen muss, was Respekt ist.« Der Vampir kniff die Augen zusammen und trat einen Schritt auf Ty zu. »So redet eine Katze nicht mit einem Dracul. Was hast du vor? Willst du mich kratzen?« Er grinste breit und drohend von einem Ohr zum anderen.

Egal, beschloss Ty. Er konnte mit ihnen allen fertig werden, aber es würde vermutlich ziemlich übel werden. Trotzdem – die Alternative war völlig inakzeptabel. Verstehen blitzte in Lilys Augen auf, gefolgt von Ärger.

»Ich dachte, du wolltest keine Szene machen«, murmelte sie.

Er achtete nicht auf sie.

»Ich werde dir zeigen, dass Abstammung nichts damit zu tun hat, ob man jemandem den wertlosen Hintern versohlen kann, du blödes Stück …«

Lily schnitt ihm so überraschend das Wort ab, dass Ty vor Verblüffung seinen Satz nicht mehr zu Ende brachte. Sie wirbelte herum, graziös wie eine Tänzerin, beugte sich nah zu dem anderen Vampir hin, dessen verzerrter Mund keinen Zweifel daran ließ, wie gern er sich mit Ty anlegen würde. Dass Lily so plötzlich ihre Meinung geändert hatte, ließ beide Männer überrascht schweigen, und als sie sprach, war ihre Stimme so süß und lieblich wie warmer Honig.

»Tynan, sieh mal! Deine Freundin ist gerade auf dem Weg zu dir.« Fröhlich winkte sie jemandem hinter Ty zu. Ty warf rasch einen Blick über die Schulter. Anura hatte die drohende Szene bemerkt und bewegte sich rasch auf die drei zu. Ty öffnete den Mund, um Lily zu fragen, ob sie den Verstand verloren habe, aber dieses bescheuerte Weib redete einfach weiter, jetzt allerdings mit dem Mann, bei dem sie nun ganz nahe stand.

»Vielleicht hast du recht«, gurrte sie. »Vielleicht sollte ich meinen Horizont ein wenig erweitern. Tanzt du? Ich tanze wahnsinnig gern.« Eine Hand hatte sie leicht auf die breite Brust des Vampirs gelegt, und dabei sah sie ihm tief in die Augen.

Ty starrte die beiden völlig baff an. Alle möglichen Gefühle wallten in ihm auf, und keins davon war angenehm. Sie konnte doch wohl nicht ernsthaft auf diesen Typen abfahren, oder? Unsichtbare Stahlbänder schienen Ty die Brust zuzuschnüren. Mit den Dracul hatte er normalerweise wenig zu tun, denn die Ptolemy hassten sie schon aus Prinzip. Vielleicht hatten sie eine spezielle Technik … oder vielleicht hatte er selbst es einfach nicht mehr drauf.

Vielleicht hatte diese Frau auch einfach nur völlig den Verstand verloren.

Wie auch immer – Lilys Kehrtwendung hatte die gesträubten Federn des selbstgefälligen Dracul in Nullkommanichts geglättet, was Ty durchaus nachvollziehen konnte. Hätte Lily ihn so angeschaut, hätte er vermutlich überhaupt nicht mehr denken können. Etwas Hässliches ballte sich in seinem Bauch zu einem heißen Knoten zusammen.

»Ich tanze, solange du meine Partnerin bist«, sagte der Dracul gerade, als Anura sich in das Gespräch einmischte.

»Ty MacGillivray. Ich würde ja sagen, schön, dich mal wiederzusehen, aber ich habe die Nase gestrichen voll von allem, was ein Ankh trägt.«

Der Dracul richtete den Blick auf Anura, die einfach umwerfend aussah, wie eine aufgebrachte Göttin, dann ließ er ihn zurück zu Ty wandern und lächelte ihn abschätzig an. Lily, die wirklich den Verstand verloren haben musste, sah schmachtend zu ihm hoch.

»Ach, du bist eins von Arsinöes kleinen Haustieren. MacGillivray … von dir habe ich schon gehört. Hochnäsige Gossenkatze, aber ein guter Mörder, nicht wahr?« Er zuckte mit den Schultern. »Das erklärt die hübsche Frau, aber du hättest wissen müssen, dass du sie nicht ausführen darfst.« Er beugte sich nah zu Ty, und dieser roch nicht nur den Alkohol in seinem Atem, sondern spürte auch die schwelende Wut, die er verströmte.

»Sag deiner verdammten Königin, sie soll gefälligst aufhören, ihre dreckigen Spione in Dracul-Gebiet zu schicken«, zischte er, allerdings so leise, dass nur Ty ihn hören konnte. »Wir haben das Recht, hier zu sein. Wenn sie so weitermacht, ist sie bald genauso Sand und Staub wie das Land, aus dem sie kam.« Dann wandte er sich wieder zu Lily: »Komm, du hübsches Kind. Ich mag dieses Lied.«

»Okay. Ich will mich nur verabschieden«, säuselte Lily. Rasch gab sie Ty einen Kuss auf die Wange, der wie vom Blitz getroffen dastand und sich fragte, wann zum Teufel er in eine andere Dimension geraten war, wo niedrigere Dynastien die Königin der Ptolemy öffentlich beleidigen und sogar bedrohen durften. Gleichzeitig fragte er sich verzweifelt, wie er Lily aus dem *Mabon* herausbekommen könnte, bevor sie die *sura* irgendeines Dracul wurde.

Ihre wütend geflüsterten Worte rückten die Welt halbwegs wieder ins rechte Licht, trotzdem überkam ihn plötzlich das Bedürfnis, sie zu erwürgen.

»Ich kann ihn eine Zeit lang ablenken, aber wenn deine Unterhaltung mit ihr zu lange dauert, überlege ich mir, wie ich dir den Kopf abschneiden kann und noch ein paar andere Teile dazu. Und das sage ich nicht im Spaß.« Sie trat zurück und lächelte ihn besänftigend an, aber das böse Funkeln in ihren Augen entging ihm nicht.

»Bis später, Ty. War wirklich nett.«

Sie winkte ihm zum Abschied und entschwand mit ihrem neuen Bewunderer. Ty starrte ihr hinterher, den Kopf voller Mordfantasien. Anuras ungeduldige Frage holte ihn jedoch rasch in die Realität zurück.

»Wieso bist du gekommen, Ty? Ich wusste gar nicht, dass du so ein Masochist bist – bringst deine Frauen hierher, damit man sie dir vor der Nase wegschnappen kann! Andererseits – warst du eigentlich schon jemals mit einer Frau hier? Du warst doch immer äußerst diskret. Was also ist los? Bestrafen die Ptolemy ihre Diener neuerdings, indem sie ihnen das Hirn weich prügeln?«

Ty drehte sich zu Anura um, weil er nicht länger mit ansehen konnte, wie Lily sich in den Armen eines anderen zum Rhythmus der Musik wiegte.

»Anura«, sagte er und versuchte, trotz seiner kaum zu bändigenden Wut freundlich zu klingen. »Du hast dich überhaupt nicht verändert.«

Das hatte sie wirklich nicht, abgesehen davon, dass die Partie rund um ihre mandelförmigen Augen leichte Spuren von Erschöpfung aufwies, die ihm früher nicht aufgefallen waren. Ansonsten war sie noch immer umwerfend schön, ganz mediterrane Göttin. Ihr langes dunkles Haar war teilweise hochgesteckt und umrahmte in weichen Wellen ihr Gesicht, während der Rest auf ihren Rücken hinabfiel. Sie trug weiß, ihre Lieblingsfarbe, und das einfache, eine Schulter frei lassende Kleid betonte ihre olivfarbene Haut.

Und sie war genervt. Auch das war nichts Neues.

»Und wie ich mich verändert habe! Für Ptolemy-Mist habe ich inzwischen noch weniger Geduld als früher.«

Als er einfach abwartete, weil er an ihre Schimpftiraden gewöhnt war, pustete sie eine Locke aus dem Gesicht und verdrehte die Augen. »Ty, verdammt, das ist wirklich nicht der beste Zeitpunkt, um hier aufzukreuzen. Hat *sie* dich geschickt? Ich habe den anderen doch schon gesagt, dass ich nicht weiß, wo er ist. Ich weiß nur eins: noch so ein Blutbad, und ich kann den Laden dichtmachen.« Sie kniff die Augen zusammen. »Er muss ganz schön was gegen sie in der Hand haben, wenn sie wegen eines kleinen Cait Sith gleich die ganze Kavallerie losschicken.«

Ty versuchte, sich seine Überraschung nicht anmerken zu lassen. Dieser Abend entwickelte sich immer mehr zu einer Übung in Selbstbeherrschung.

»Ich bin nicht dienstlich hier, Anura. Ich war seit fast einem Jahr nicht mehr am Hof.«

Jetzt war sie diejenige, die ihre Überraschung verbergen musste. »So? Hast du dich endlich dazu durchgerungen, abzuhauen? Ich hatte mich schon gefragt, ob dir das alles nicht irgendwann zu blöd werden würde. Allerdings ist dieser Laden nicht so ankhfrei, wie er das schon mal war. Lange nicht so ankh-frei, wie ich das gern hätte.«

Sie legte den Kopf auf die Seite und betrachtete ihn prüfend. Ty war sich sicher, dass sie mehr wahrnehmen konnte als andere. Eigentlich hätte sie immer noch ein Vollmitglied der Empusae sein müssen. Sie gehörte in diese Dynastie hinein, war eine der besten gewesen. Aber ihr Mal zeigte den Makel, den sie aus

Liebe auf sich genommen hatte – aus Liebe, die wie so oft ein schlechter Ratgeber gewesen war. Ihre Schwestern hatten sie vertrieben, wie das bei ihnen üblich war.

Und Anura, die genauso eigensinnig wie schön war, hatte ihr durchmischtes Mal behalten – eine Fackel, deren Flammen sich ihr Schlüsselbein in eleganten Schnörkeln entlangwanden. Selbst jetzt, lange nachdem derjenige, dem sie es verdankte, gestorben war, entblößte sie es voller Stolz. Und unten um den Griff der Fackel lag eine große Pfote mit scharfen Klauen.

Ty erinnerte sich noch gut an den Löwen, von dem sie diese Pfote bekommen hatte. Aber Rai, der Rakshasa, war schon vor langer Zeit zur Strecke gebracht und sein Blut zusammen mit dem fast all seiner Artgenossen vergossen worden.

Ty schüttelte den Kopf, denn er wusste, wenn Anura auch nur ahnen würde, dass er sie bemitleidete, würde sie ihn sofort vor die Tür setzen. »Nein. Nein, ich hatte … einen Auftrag, so könnte man das vermutlich nennen. Und dafür habe ich länger gebraucht, als ich gedacht hatte.«

Ihre Augen wurden ganz dunkel, bis sie schließlich fast schon schwarz zu sein schienen. »Es geht um die Angriffe.«

Diesmal gelang es ihm nicht, seine Überraschung zu verbergen.

Anura nickte mit grimmigem Gesicht. »Ja, Ty, es hat sich herumgesprochen. Hier und da mal eine Andeutung, schließlich lässt es sich nicht völlig verheimlichen, wenn ein Zigeunerfluch einem so viele junge Leute entreißt. Ihre Strategie zur Schadensbegrenzung ist gut – was anderes hätte ich von ihr auch nicht erwartet –, aber sie muss ihren Schlägern die Zügel anlegen, bis sie Beweise hat, wer hinter dem Ganzen steckt. In letzter Zeit schwirren hier viel zu viele Ptolemy rum. Zu sagen, dass sie sich auf die Dracul eingeschossen haben, wäre noch untertrieben. Du und ich, wir wissen, dass die Beziehung zwischen den beiden

Dynastien schon immer wie ein Pulverfass mit kurzer Lunte war, und im Moment scheinen sie alle mit dem Streichholz zu spielen.«

»Ich wusste nicht, dass es so schlimm geworden ist«, erwiderte Ty, der sich wünschte, er hätte diese Entwicklung mitbekommen.

»Tja, das merkt man«, gab Anura zurück.

Ty fragte sich, ob sie ihn trotzdem rauswerfen würde, aber stattdessen zeigte sich auf ihrem Gesicht die Andeutung eines Lächelns. Alte Freundschaft, egal wie lange vernachlässigt, triumphierte über ihre Sorge wegen seiner Anwesenheit. Zumindest im Moment.

Ty kam sich ganz schön mies vor, dass er diese Freundschaft so lange vernachlässigt hatte. Anura hatte sich den Verstoßenen gegenüber immer großzügig erwiesen. Schlagartig wurde ihm klar, dass er sich für ihre Freundlichkeit nie so richtig erkenntlich gezeigt hatte.

»Weshalb bist du denn nun hier, Ty? Und versuch ja nicht, mich mit irgendwelchem Schwachsinn abzuspeisen. Du bist zwar eine Katze, aber jeder weiß, dass du die Katze der Königin bist.«

Sie wurmte ihn, diese beiläufige Bemerkung. Umso mehr, als er erst kürzlich von Lily etwas Ähnliches zu hören bekommen hatte, so eine Andeutung, dass er quasi Arsinöes Besitz war. Er selbst hatte für sich immer unterschieden zwischen dem, was er tat, und dem, der er war. Aber offensichtlich hatte er übersehen, dass alle anderen das nicht taten. Erst jetzt wurde ihm das klar, und es machte ihm mehr zu schaffen, als er sich das vermutlich jemals vorgestellt hätte. Andererseits – wie lange war er schon nicht mehr hier gewesen? Zehn Jahre? Zwanzig? Und selbst damals, das wurde ihm plötzlich bewusst, war er bereits tief in die Vorgänge am Hof der Königin verstrickt gewesen.

»Ich bin hier, weil ich einen Rat brauche. Und Informationen.« Ty hörte selbst, wie unterwürfig das klang.

Anura runzelte verblüfft die Stirn. »Rat? Na so was. Sehr schmeichelhaft. Natürlich sage ich dir gern, was ich denke, Ty. Was die Informationen angeht, kommt es darauf an, um was es sich handelt.« Ty spürte, wie sehr sie auf der Hut war, und schloss daraus, dass es in letzter Zeit tatsächlich hoch hergegangen sein musste. »Wenn du Jaden hinterherschnüffelst, kann ich dir nichts anderes sagen als den anderen auch: Ich weiß nicht, wo er ist.«

Jaden. Jetzt fiel bei Ty der Groschen. Endlich kapierte er, was los war. »Sie waren hier, weil sie ihn gesucht haben. Es war Jaden, von dem du vorhin geredet hast. Aber wieso sollten sie ihn ausgerechnet in Chicago suchen? Sich mitten unter den Dracul zu verstecken, wäre doch das Letzte, was er täte.«

Anura sah ihn erstaunt an. »Wo um Himmels willen hast du gesteckt, Ty? Dies ist eine von etwa einem Dutzend Dracul-Hochburgen, wo die Ptolemy in den letzten zwei Monaten aufgekreuzt sind und Stunk gemacht haben. Vor zwei Wochen hat es hier ein Blutbad gegeben. Angefangen hat es als Rempelei zwischen einem Dracul, der völlig friedlich rumstand, und einer Horde Ptolemy, die meinten, ihn mal kurz stellvertretend für seine Dynastie fertigmachen zu müssen. Sie haben sich über seine Abstammung lustig gemacht, die Dynastie für unrechtmäßig erklärt, und was sie zu dem Dracul selbst gesagt haben, davon will ich lieber gar nicht erst anfangen. Sachen, die Arsinöe früher nie hätte durchgehen lassen, nicht mal, wenn sie sie im Stillen für richtig gehalten hätte. Okay, eine Menge Blaublute haben Ähnliches oder sogar Schlimmeres über die Dracul gesagt, aber trotzdem, dies hier ist schließlich ihre Stadt.« Schützend schlang sie die Arme um den Körper und sah ihn durchdringend an. »Und *meine* Stadt ebenfalls. Und nicht nur ich fürchte langsam das Schlimmste.«

Natürlich sprach sie von Krieg. Eine Dynastie gegen die andere, bis eine von beiden vom Antlitz der Erde verschwunden war, ihr Anführer tot, die überlebenden Angehörigen in die siegreiche Dynastie eingegliedert. Ty hatte so etwas noch nie miterlebt, aber er hatte gehört, dass es in früheren Zeiten öfter vorgekommen war – dass die älteste aller Dynastien sogar auf diese Weise ausgelöscht worden war.

Ty hätte auf solch einen Krieg gut verzichten können. Aber ihm war durchaus klar, dass man manchmal nur die Wahl hatte, zu töten oder getötet zu werden.

»Anura, wenn die Dracul für die Massenmorde an den Ptolemy verantwortlich sind, dann geschieht es ihnen recht, wenn sie aufhören zu existieren. Du kennst nur einen Teil der Geschichte.« Er zögerte, beschloss dann jedoch, dass sie es verdient hatte, ein bisschen was zu erfahren. »Irgendjemand hat einen Fluch über sie ausgesprochen. Ganze Initiationstreffen sind ausgelöscht worden. Den Teilnehmern wurden die Glieder ausgerissen und anschließend die Häuser in Brand gesetzt. Und inzwischen werden nicht mehr nur die Jungen getötet. Von Mal zu Mal werden die Opferzahlen größer.«

Anura schloss die Augen, und Ty wusste, dass sie an die Säuberungsaktion dachte, bei der ihr Liebster ums Leben gekommen war. Die Täter waren nie zur Verantwortung gezogen worden, und das würde auch nie passieren.

»Mutter im Himmel. Dann wundert es mich nicht.« Anura schüttelte den Kopf. »Danke für die Warnung, Ty, aber du solltest mir trotzdem glauben, wenn ich sage, dass du nicht alles weißt, was passiert ist. Falls die Dracul wirklich die Verantwortlichen sind, dann hast du vielleicht recht damit, dass sie das alles verdient haben. Aber ohne Beweise entsteht einfach der Eindruck, dass eine alte, arrogante Dynastie endlich den perfekten Vorwand gefunden hat, sich der Emporkömmlinge zu entledigen und bei der Gelegenheit gleich noch ein bisschen mehr Macht an sich zu reißen. Außerdem wirkt es einfach zu offensichtlich, zu durchschaubar, dass die Dracul sich schon wieder rumänischer Magie bedienen und einen Fluch wie einen Mulo heraufbeschwören würden. Über Vlad Dracul kann man so manches sagen, aber nicht, dass er dumm ist.« Wieder schüttelte sie den Kopf, dann ließ sie den Blick durch den überfüllten Raum schweifen. »Natürlich haben sie nie jemanden eingeweiht, wie so etwas funktioniert. Wer sonst sollte es also sein?« Sie stieß einen tiefen Seufzer aus. »Ich weiß nicht. Ich will doch nur in Ruhe meinen Club betreiben.«

Sie machte einen so unglücklichen Eindruck, dass Ty sich auf einmal in der unvertrauten Rolle wiederfand, sie trösten zu wollen. Nur dass er nicht die geringste Ahnung hatte, wie man das machte. Verlegen gab er ihr ein paar sanfte Klapse auf die nackte Schulter.

»Du schaffst das schon, Anura. Das hast du noch immer.«

Damit erzielte er zwar nicht ganz die Wirkung, die ihm vorgeschwebt hatte, aber wenigstens sah Anura jetzt nicht mehr unglücklich aus, sondern reichlich verwirrt.

»Mensch, Ty, werd bloß nicht sentimental. Ich wüsste nicht, was ich tun sollte, wenn sich der hartgesottenste Cait Sith, den ich je gekannt habe, auf einmal in ein Weichei verwandelt.« Sie schob seine Hand weg und richtete den Blick auf die Tanzfläche.

Sofort waren seine Gedanken wieder bei Lily. Sie hatte jetzt schon zu drei Liedern mit diesem selbstgefälligen Idioten getanzt.

Auch Ty wandte sich nun zur Tanzfläche um. Lily starrte ihn über die Schulter des bulligen Vampirs hinweg mit mordlüsternem Blick an. Die beiden tanzten eng aneinandergeschmiegt. Als er sah, wie gut sie sich bewegen konnte, wallte flammende Eifersucht in ihm auf. Wieso konnten immer gerade diese prüden kleinen Dinger auf der Tanzfläche so viel Erotik ausstrahlen?

Lilys Partner sah aus, als wäre er im siebten Himmel, aber ein Tänzer war er nicht. Und Ty entging nicht, wie er die Lippen immer wieder ihrem Hals näherte. Ihr neuer Verehrer war hungrig, geil und schwer darauf erpicht, mit der hübschen Lily die nächste Phase des Abends einzuläuten.

»Muss ich das arme Mädchen retten?«, fragte Anura. »Ich war davon ausgegangen, dass er sie dir ausgespannt hat, aber sie sieht aus, als würde sie ihre Entscheidung bereuen.«

»Er hat sie mir nicht ausgespannt«, knurrte Ty. »Sie ist mit ihm mitgegangen, weil sie seltsame Vorstellungen darüber hat, wann und warum ich in der Öffentlichkeit Blut vergießen sollte. Außerdem hat sie mir angedroht, meins zu vergießen, wenn es mir nicht gelingt, sie hier möglichst schnell heil rauszubringen. Sie wusste, dass ich mit dir reden muss.«

Anura lachte tief und kehlig auf. »Schwer zu bezirzen und ein bisschen gewalttätig? Die Kleine gefällt mir ja jetzt schon. Andererseits – wenn ich mir überlege, wie wählerisch du bist, dann ist es eigentlich nicht überraschend, dass es, wenn du dir endlich eine *sura* suchst, eine gute sein muss.« Sie sah Ty neugierig an, der das allerdings kaum mitbekam. Er war zu sehr damit beschäftigt, zu beobachten, wo Lilys Partner seine Hände hatte.

Falls sie noch tiefer gleiten sollten, würde er alle sehr unglücklich machen – auch wenn Lily sich noch so viel Mühe gab.

»Ach so, sie gehört dir noch nicht.« Das war eine Feststellung, keine Frage. Aber Anura hatte für so etwas schon immer ein ganz besonderes Gespür gehabt. Ty sah keinen Grund, es abzustreiten, zumal er Informationen von ihr wollte.

»Sie gehört mir ganz und gar nicht«, erwiderte er. »Sie ist eine Seherin.«

Anura wurde so blass, dass es selbst im gedämpften Licht der Kerzen auffiel. »Oh Göttin! Du hast eine Seherin hierhergebracht, Ty? Warum? Wieso setzt du sie dieser Gefahr aus? Ich hatte mich schon oft gefragt, ob es überhaupt noch Seherinnen gibt!«

»Ich bin mir nicht sicher, ob sie wirklich nur eine Seherin ist. Das ist eine lange Geschichte. Ich werde es dir erklären, aber erst müssen wir sie hier rauskriegen, bevor ich in deinem netten Club eine Schlägerei anfange.«

Anuras Stimme klang wütend und ängstlich zugleich. »Ich bin keine Expertin für Menschen, die das Pech haben, übernatürliche Fähigkeiten zu besitzen. Ich will damit nichts zu tun haben, Ty. Bring sie hier weg. Bring sie zu Arsinöe, tu, was du tun musst, aber geh. Falls sich herausstellt, dass sie doch keine Seherin ist, dann hast du der Königin immerhin einen leckeren Happen geliefert.«

Diese Hartherzigkeit passte so gar nicht zu ihr, aber Ty war klar, in welche Aufregung er sie versetzt hatte. Trotzdem – bei dem Gedanken, Lily einfach auszuliefern, wurde ihm speiübel.

»Ich brauche deine Hilfe.«

Anura verzog den Mund. »Du bringst eine ungebissene Sterbliche in meinen Club und riskierst es, dass hier ein Blutrausch ausbricht – und für was?«

»Anura, kennst du ein Mal, das wie ein Pentagramm aussieht? Mit einer Schlange, die sich drum herum windet?«

Sie erstarrte, und ihr hübsches Gesicht wurde einen Moment lang völlig ausdruckslos. Doch dann war nicht mehr zu übersehen, dass die Beschreibung eine Erinnerung in ihr wachrief, und Ty seufzte erleichtert auf.

Sie weiß es.

Anura musterte Lily etwas genauer. »Natürlich«, murmelte sie. »Natürlich.« Dann richtete sie den Blick wieder auf Ty, und ihm wurde klar, dass es sich bei dieser Erinnerung um etwas sehr Ernstes handeln musste.

»Wir müssen sie trotzdem so schnell wie möglich hier rausbringen«, sagte Anura. »Aber ich werde dir helfen. Ich habe geschworen, dass ich das tun würde, obwohl ich nicht gedacht hätte, dass es jemals so weit kommen würde.« Ihre auch sonst schon großen Pupillen weiteten sich so sehr, dass ihre Augen ganz schwarz wirkten. »Beim Blut der Göttin, Ty, welche Probleme wirst du mir sonst noch aufladen?«

In dem Moment roch Ty den Rauch.

12

Innerhalb von Sekunden brach im *Mabon* das Chaos aus.

Lilys Partner ließ sie rasch los, was sie allerdings noch mehr gefreut hätte, wenn sie nicht überall um sie herum Leute hätte »Feuer!« schreien hören.

»Komm«, sagte er. »Ich bringe dich raus.«

Lily schüttelte den Kopf und trat einen Schritt zurück, obwohl sie Ty in der zur Tür stürzenden Menge nirgendwo entdecken konnte. Er war da; er musste irgendwo dort sein. Er würde sie nicht im Stich lassen – nicht, wenn er es verhindern konnte. Nicht nach allem, was geschehen war.

»Nein.«

Der Vampir schien nicht glücklich über ihre Antwort, versuchte aber auch nicht, sie gewaltsam mitzuschleppen. »Wie du willst«, entgegnete er, und schon war er weg.

Trotz des grauen Rauchs, der um ihre Knöchel waberte, und trotz des eindeutigen Geruchs konzentrierte Lily sich nur auf eins: Ty zu finden. Mühsam zwängte sie sich an panischen Gästen vorbei, die alle auf den einzigen Ausgang zudrängten. Es gab keine Fenster, und Lily nahm an, dass der Sauerstoff bald knapp werden würde. Die Musik dröhnte weiter über die Schreie und das Geschubse hinweg.

Lily war felsenfest davon überzeugt, dass dies alles nur geschah, weil sie hier war. Irgendwie hatte Damien sie aufgespürt, und zwar schneller, als sie sich das hätte vorstellen können. Andererseits – Ty hatte sie gewarnt.

Plötzlich stand Ty vor ihr und legte ihr die Hand auf den Arm.

In seinen quecksilberfarbenen Augen lag wilde Entschlossenheit, und das gab Lily eine Kraft, wie sie ihr niemand anders hätte geben können.

»Komm mit«, sagte er. »Hier lang.«

Er nahm sie bei der Hand und zog sie hinter sich her durch die Menge, und zwar in die entgegengesetzte Richtung, in die alle anderen drängten. Sie liefen auf die Wand gegenüber dem Tresen zu, an der ein Spiegel hing, der größer war als Ty und ungefähr doppelt so breit. Ty tastete an der Seite des Spiegels entlang, dann hörte Lily es leise klicken, und schon schwang der Spiegel nach außen wie eine Tür. Niemand nahm Notiz von ihnen.

Ty bedeutete Lily, als Erste durch die Tür zu treten, was sie auch tat. Sie hörte, wie er ihr folgte und hinter sich die Tür zuzog. Hustend sah Lily sich in dem luxuriös ausgestatteten Büro um, das jetzt voller Rauch war. In dem Büro befanden sich zwei Leute: Anura und ein Mann, den sie vorher im Club noch nicht gesehen hatte. Vielleicht war er ihr nur nicht aufgefallen, aber so recht konnte sie sich das nicht vorstellen. Mit seinem kinnlangen, hinter die Ohren zurückgekämmten Haar und dem verschlossenen Gesichtsausdruck, der ihr bereits so vertraut war, hätte er durchaus Tys jüngerer Bruder sein können. Pechschwarze Kajalstriche betonten seine hellblauen Augen, aus denen er die beiden Neuankömmlinge argwöhnisch betrachtete. Über einen seiner Unterarme erstreckte sich das Abstammungsmerkmal einer schwarzen Katze.

Tys Reaktion kam für Lily völlig überraschend, aber den beiden anderen ging es offensichtlich kaum anders.

»Jaden!«, schrie er, und über sein sonst so ernstes Gesicht huschte etwas, das man sonst nur selten bei ihm sah: ein Lächeln. Er stürzte auf den jungen Mann zu und nahm ihn in die Arme. »Ich hatte schon gefürchtet, du wärst tot, Bruder. Du hättest versuchen sollen, mich zu finden.«

Jaden versteifte sich einen Moment lang, dann schien er sich in diesen spontanen Zuneigungsbeweis dreinzufinden. Er klopfte Ty ein paarmal auf den Rücken, und schließlich ließ dieser ihn los. Jaden erwiderte Tys Lächeln nicht, aber Ty war viel zu abgelenkt, als dass ihm das aufgefallen wäre. Verwirrt und wütend richtete er den Blick auf Anura.

»Du schuldest mir eine Erklärung. Du hast mich angelogen, sogar dann noch, als du wusstest, dass ich nicht wegen ihm hier bin.«

»Ich konnte mir nicht sicher sein«, erwiderte Anura und spreizte entschuldigend die Finger. »Alles ist in der Schwebe, und du bist in einem Loyalitätskonflikt. Wir konnten uns nicht sicher sein, auf welche Seite du dich schlagen würdest. Ich habe dir ja bereits gesagt: Du weißt nicht alles, was passiert ist.«

»Wir?«

Als Ty den Blick wieder auf Jaden richtete, lag so viel Schmerz darin, dass Lily ihn ebenfalls spürte – wie ein Messer im Bauch. Sie fragte sich nicht, wieso sie so sehr mit ihm mitfühlte; dazu war auch gar keine Zeit. Sie wusste nur, dass sie niemals diejenige sein wollte, die ihm solche Qualen bereitete.

»Wir sind vom selben Stamm, Jaden. Alles, was ich getan habe, habe ich für unseren Stamm getan. Ich habe dich beschützt, als dazu kein anderer bereit war. Wir sind *Brüder*. Wieso habe ich dein Vertrauen nicht verdient?«

»Du warst doch derjenige, der mir immer gesagt hat, ich soll mich auf niemanden verlassen außer auf mich selbst«, widersprach Jaden, aber Lily merkte, dass ihm Tys Worte nahegingen. Auf seinen blassen Wangen hatten sich rosa Flecken gebildet, als würde er sich schämen. Er wandte den Blick ab, und seine Stimme wurde so leise, dass Lily ihn kaum noch verstehen konnte.

»Glaub mir, Bruder, es war sicherer für dich, mich nicht zu treffen. Du riskierst schon genug. Das hast du immer. Ich hatte

Angst, du würdest noch größere Risiken eingehen, sobald du wüsstest, was los ist. Es wäre besser gewesen, du wärest nicht hierhergekommen.«

Anura seufzte. »Dem kann ich nur zustimmen, schließlich brennt mein Club. Aber was geschehen ist, ist geschehen.«

»Dann … ist das also dein Bruder?«, fragte Lily. Es freute sie, dass er Familie hatte, die ihm in sein Leben als Vampir gefolgt war. Sie hoffte, ihn ein wenig von dem ablenken zu können, was ihn so kummervoll dreinblicken ließ. Ihr Versuch war nicht sonderlich gelungen, aber immerhin antwortete Ty ihr.

»Jaden ist mein Blutsbruder«, erwiderte er und wandte den anklagenden Blick von den beiden ab. »Er ist ein Cait Sith, genau wie ich. Er und ich haben im Laufe der Jahre zusammen eine ganze Menge für die Ptolemy erledigt.« In diesem Satz schien unendlich viel an Bedeutung mitzuschwingen.

»Das ist vorbei«, sagte Jaden leise. Seine Stimme klang rau.

»Ja, allerdings«, entgegnete Ty brüsk. »Was zum Teufel tust du hier, Jaden? Du weißt doch, was sie mit dir machen werden, wenn sie dich finden. Was ist passiert?«

»Das muss warten«, sagte Anura kurz angebunden. »Ihr drei müsst hier weg, und zwar sofort. Das gesamte Lager steht bereits in Flammen, und der Club hat nie den Brandschutzvorschriften entsprochen, weil er offiziell gar nicht existiert. Vielleicht ist morgen schon nichts mehr davon übrig. Irgendjemand versucht, einen von euch oder auch euch beide auszuräuchern. Nehmt meine private Treppe. Jaden, bring Ty und Lily in die Wohnung. Ich komme nach, sobald das gefahrlos möglich ist. Das könnte allerdings ein paar Nächte dauern. Ihr dürft nicht gesehen werden, wenn ihr den Club verlasst. Und ich darf nicht gesehen werden, wie ich ihn mit euch zusammen verlasse.« Sie richtete den Blick auf Lily, der es so vorkam, als spiegle sich in Anuras Augen eine uralte Traurigkeit. »Es steht mehr auf dem Spiel, als ihr ahnt.«

Jaden sah Anura fragend an. »Bist du sicher, dass du klarkommst?«

Anura lächelte, aber es war ein freudloses Lächeln. »Ich habe immer einen Plan für Notfälle, manchmal sogar drei Pläne. Ich komme schon zurecht. Passt auf euch auf.« Sie richtete den Blick erst auf Ty, dann auf Lily. In Anuras dunkle Augen zu schauen, fühlte sich äußerst merkwürdig an. In dem Moment, als sich ihre Blicke trafen, schien es Lily, als würde der Raum ins Wanken geraten, und der Rauchgeruch schien dem Duft von Weihrauch und blühendem Jasmin zu weichen. Einen flüchtigen Moment lang glaubte sie Flöten und Oboen zu hören, und vor ihren Augen entstand ein Bild von weißgekleideten Frauen, die Hand in Hand unter einem sommerlichen Vollmond im Kreis tanzten.

Sie blinzelte, und sofort war sie wieder in der Gegenwart. Irgendjemand hämmerte gegen die Spiegeltür, und der Rauch wurde immer dichter.

»Anura! Bist du da drin? Anura, wir müssen hier raus! Wir können den Club nicht mehr retten!«

Lily erkannte die Stimme des Türstehers, der es Ty so schwer gemacht hatte. Sie schnappte nach Luft und musste sofort wieder husten. Ty, dem der Rauch nichts auszumachen schien, sah sie besorgt an. Anura stand auf und öffnete eine Tür an der gegenüberliegenden Seite. Dahinter war eine Treppe, die nach oben führte.

»Los!«, befahl sie. »Wie ihr seht, bin ich nicht schutzlos. Nicht dass ich Schutz brauche, aber es ist trotzdem ganz nett.«

Jaden nickte und trat auf den Treppenabsatz. Ty schob Lily vor sich her auf die Tür zu, doch an der Schwelle, wo Anura stand, um sie zu verabschieden, blieb sie kurz stehen. Das Hämmern an der Tür wurde lauter.

Ohne zu wissen, warum sie es tat, legte Lily Anura die Hand auf den Unterarm. Sofort spürte sie die Intensität dieser Verbindung, allerdings wusste sie nicht, was sie zu bedeuten hatte. Doch Anura wusste es, das war so eindeutig wie die Wärme, die in ihrem Blick lag.

»Pass auf dich auf«, sagte Lily. Sie kam sich ziemlich blöd vor, aber sie hatte unbedingt etwas sagen wollen. Sie hatte so viele Fragen, doch die Gelegenheit, sie zu stellen, war ihr genommen worden. Die Enttäuschung darüber erdrückte sie fast.

Anura, die die Hand in gleicher Weise auf Lilys Unterarm gelegt hatte, lächelte sie freundlich und zugleich traurig an. »Sei gesegnet, kleine Schwester. Pass du auch auf dich auf. Wir müssen noch über vieles reden.«

Während sie bereits die unbeleuchtete Treppe hinaufeilten, sah Lily noch aus den Augenwinkeln, wie Anuras Körper durchsichtig wurde und sich dann in eine weiße Rauchsäule verwandelte. Unter ihnen fraßen sich die Flammen durch den Club, und über ihnen heulten die Sirenen.

Kurz darauf traten die drei in die kühle Nacht hinaus. Der Himmel über ihnen war gesprenkelt mit gleichgültigen Sternen.

13

In ihren Träumen war sie wieder zurück in dem Feuer.

Lily stand in dem leeren Club und sah zu, wie sich das Feuer nach und nach durch das *Mabon* fraß. Das einzige Licht kam von den Flammen, aber obwohl die Hitze immer größer wurde, stieg ihr kein Rauch in die Lungen. Langsam schritt sie durch den Club, während die Flammen an den Wänden hochleckten und sich in das Holz des Tresens hineinfraßen. Die Tür zu Anuras Büro stand offen, aber drinnen war es dunkel.

Das Büro zog sie magisch an, und auch wenn ein Teil von ihr wusste, dass sie träumte, war ihre Kehle aus Angst vor dem, was sie dort vorfinden würde, wie zugeschnürt. Dennoch war ihr klar, dass sie der Anziehungskraft nicht würde widerstehen können. Sie musste dieses Büro betreten.

»Schau hinein, Tochter. Sieh die Vergangenheit. Unsere Vergangenheit.«

Die Stimme schien überall um sie herum zu erklingen. Sie war wie ein Seufzer, warm und vertraut. Lily wusste, dass sie sie schon einmal gehört hatte, vielleicht in anderen Träumen. Deshalb zögerte sie auch nur ganz kurz, bevor sie über die Schwelle trat.

Es war ein Schritt in den Wahnsinn … allerdings in einen Wahnsinn, den sie gut kannte, weil sie ihn schon oft gesehen hatte.

Sie stand in einem wunderschönen Tempel, und über ihr ragten weiße Marmorsäulen auf. Um sie herum hallten die Schreie der Sterbenden, deren Blut den Boden rot färbte. Lily stolperte durch die Kämpfenden hindurch. In Rot und Gold gekleidete Männer und Frauen bahnten sich mit entblößten Fängen einen Weg durch die Menge. Ihre silbernen Klingen blitzten, während sie wieder und wieder herabfuhren wie die Sense des Todes.

Vampire. Aber nicht nur die Angreifer. Auch die Unschuldigen hatten Fänge, die bei jedem Schlachtruf sichtbar wurden, bei jedem Todesschrei. Sie kämpften tapfer, obwohl sie offensichtlich völlig überrumpelt worden waren. Dies hatte ein Festtag sein sollen. Lily wusste es, wie Träume dem Träumer immer wirklich zu sein scheinen. Stattdessen hatte sich der Festtag in ein Massaker verwandelt.

Ganz vorne im Tempel stand eine Frau, die Teil und auch wieder nicht Teil der Szene war. Sie war das schönste Geschöpf, das Lily je gesehen hatte. Ihr wildes rotes Haar wallte über den Ausschnitt ihres eine Schulter freilassenden Gewands herab, das aus jadegrüner Seide war. Ihre Haut war wie Alabaster, ihre Lippen rot wie Blut. Um ihren Oberarm wand sich eine Schlange, und um ihren Hals hing eine Kette mit einem Anhänger in der Form eines Sterns.

Mit traurigen, uralten Augen, die so grün waren wie ihr Kleid, betrachtete sie das schreckliche Geschehen. Dann richtete sie den Blick auf Lily.

»So starben unsere Leute«, sagte sie. Ihre Stimme hallte durch den Tempel und übertönte die Schreie. Langsam ging Lily durch den langen Mittelgang auf sie zu. »So starb die erste Dynastie, die Linie der Mutter.«

Lily sah, dass die Frau ein Baby im Arm hielt, eingewickelt in kostbaren Stoff, dessen Weinen sich über das Getöse hinweg erhob.

»Du bist alles, was noch von mir übrig ist, Tochter. In dir wird unsere Linie wiederauferstehen oder sie wird für immer untergehen. Lass nicht zu, dass sie sich an deinem Blut vergreifen.

Sie werden es versuchen. Aber lieber sterben wir endgültig aus, als dass wir uns von denen verderben lassen, die unsere Macht begehrten. Unsere Schwestern werden so gut wie möglich weitermachen, auch wenn die meisten ihr Versprechen vergessen haben.«

Die Frau drehte sich um und überreichte das Baby einer Frau in einem langen Mantel, die es sogleich darunter verbarg. Ihr Gesicht war von einem Schleier bedeckt, der ihre Gesichtszüge nicht einmal erahnen ließ. Die Frau und die Göttin legten sich gegenseitig die Hand um den Unterarm, dann eilte die Frau mit dem Kind davon. Mit ihrem wehenden Mantel sah sie ein wenig wie ein Gespenst aus. *Das passt*, dachte Lily, die sich jetzt rascher auf die rothaarige Frau zubewegte. Dies hier war ein verhexter Ort. Panik schnürte ihr die Kehle zu, weil sie wusste, das schreckliche und doch so vertraute Ende des Traums nahte. Sie fing an zu laufen, wobei sie spürte, wie das Böse um sie herum ihr immer näher rückte. Etwas Grauenhaftes würde geschehen. Sie wollte es nicht sehen.

Aber sie wusste, dass es ihr nicht erspart bleiben würde.

Um sie herum vibrierte die Luft vor Energie. Erst jetzt bemerkte Lily, dass die Männer und Frauen, die um ihr Leben kämpften, dies nicht nur mit ihren Händen und Klingen taten, sondern auch mit etwas, das aus ihnen herausströmte. Sie wandte den Blick nach links, wo eine blutige, aber triumphierende Vampirin gerade mittels eines Blitzes, der aus ihrer Hand schoss, einen rot gekleideten Eindringling davonschleuderte. Als Lily den Blick weiterschweifen ließ, zeigte sich ihr überall das gleiche Bild: Nachdem der erste Schock über den Überfall überwunden war, hatten sich die Tempelvampire gefangen.

Aber für jeden Angreifer, der zurückgeschlagen wurde, tauchten zwei neue auf, und das so blitzschnell, dass es nur wie ein Flirren in der Luft war.

Wenn sie doch bloß darauf vorbereitet gewesen wären, dachte Lily. Wenn der Angriff nicht so überraschend gekommen wäre, hätten sie die Feinde besiegt.

Die Göttin sammelte ihre Kräfte, Lily konnte es spüren. In der Nacht, in der sie Tipton verlassen hatte, hatten sich diese Kräfte auch in ihr gesammelt. Lily rannte auf die Frau zu, in der Hoffnung, diese würde siegreich bleiben, dabei wusste sie, dass das Schlimmste noch bevorstand. Und dann sah Lily sie, schlank und dunkel, die Lippen zurückgezogen, dass die Zähne bloß lagen, über dem Kopf einen glitzernden gebogenen Dolch schwingend. Sie glitt hinter die rothaarige Frau, die die Augen geschlossen hatte, um ihre Kräfte für den Ausbruch zu sammeln, mit dem sie ihre Feinde in alle vier Winde verstreuen würde.

»Braut des Dämons! Hure! Du wirst uns alle mit deinem Wahnsinn zerstören!«

»Nein!«, kreischte Lily, als der Dolch niederfuhr und durch den langen elfenbeinfarbenen Hals schnitt.

Die Welt blitzte hellrot auf, Flammen loderten, und dann wurde alles schwarz, während Lily ihr eigener Schrei noch in den Ohren hallte. Ein Baby weinte. Eine Frau schrie einen Befehl, wobei es für Lily klang, als würde sie ihn nur aus weiter Entfernung hören.

»Sucht das Kind! Wo ist das Kind? Es muss getötet werden!«

»Spreng seine Ketten, befreie unser Blut«, flüsterte eine Stimme in Lilys Kopf. *»Kein Haus kann allein existieren.«* Dann wurde Lily davon wach, dass Ty sie schüttelte.

Sie schnappte nach Luft, selig, dass diese nicht nach dem Rauch aus ihrem Albtraum schmeckte. Ihre Lungen weiteten sich schmerzhaft, und ihr Körper bäumte sich auf, als würde er aus dem Wasser auftauchen.

Alles war bestens. Es war nur ein Traum gewesen. In gewisser Weise hatte es sich um die gleiche Szene gehandelt, deren

Zeugin sie schon seit ihrer Kindheit regelmäßig geworden war. In manchen Punkten war sie diesmal allerdings völlig anders gewesen.

Noch nie zuvor hatte die Frau sie angesehen oder zu ihr gesprochen.

Über ihr in der Dunkelheit funkelten Tys Augen. Seine Hände hielten ihre Schultern fest umklammert.

»Lily, verdammt, alles in Ordnung? Wach auf!«

Sie versuchte, wieder ganz in die Wirklichkeit zurückzukehren. »Ja. Ja, ich bin hier.« Ihre Stimme klang rau. Es dauerte einen Moment, bis sie wieder wusste, wo genau dieses »Hier« war. Dann, allmählich, fiel es ihr wieder ein. Der brennende Club. Die Fahrt in den besseren Teil der Stadt, die vor allem von dem unangenehmen Schweigen zwischen den beiden Männern geprägt gewesen war. Und dann waren sie hier eingetroffen, in einem Loft in einem umgebauten Lagerhaus, wo Jaden sich offenbar bereits länger aufgehalten hatte.

Jaden. Lily ließ den Blick durch das dunkle Zimmer wandern, aber Ty und sie schienen allein zu sein. Jaden wirkte auf eine Art verletzlich, die ihr an Ty noch nicht aufgefallen war, und obwohl sie Jaden erst so kurz kannte, machte sie sich Sorgen, wo er wohl steckte. Ty gegenüber war er die ganze Zeit ziemlich reserviert gewesen, aber ihr gegenüber hatte er sich sehr zuvorkommend verhalten. Er hatte ihr sogar etwas zu essen gemacht – leckere Nudeln mit einer Soße, die er noch im Kühlschrank gehabt hatte. Als sie ihn überrascht angesehen hatte, hatte er sie sogar zaghaft angelächelt und gesagt: »Wir brauchen zwar kein normales Essen, aber das heißt nicht, dass es uns nicht gelegentlich schmeckt. Ich habe immer sehr gern gekocht.«

Nach dem Essen war sie nicht nur pappsatt, sondern auch fix und fertig von der Aufregung und den plötzlichen Wendungen der letzten Stunden gewesen. Während Ty nach draußen gegangen war und Jaden die Küche aufgeräumt hatte, war sie eingedöst. Das Ledersofa war bequem, und die Wohnung mit ihren hohen Decken und dem sichtbaren Mauerwerk gemütlich und einladend – trotz all der seltsamen Geschehnisse dieses Abends.

Sie hatte noch darüber gebrütet, zu welchem Zweck Ty wohl die Wohnung verlassen hatte – und war sich aufgrund des bedeutungsvollen Blicks, den Jaden und Ty gewechselt hatten, ziemlich sicher, die Antwort zu kennen. Die Vorstellung, wie er seine Zähne in irgendeine x-beliebige Frau schlug, löste bei ihr eine Welle irrationaler und auch irgendwie gewalttätiger Gefühle aus, die sie lieber nicht genauer hatte erforschen wollen. Schließlich war sie von einer Sekunde auf die andere eingeschlafen.

Und dann – der Tempel, die Frau und das Feuer.

Und jetzt Ty und sie. Allem Anschein nach waren sie allein.

Die plötzliche Hitzewelle, die sie bei diesem Gedanken überlief, war ihr gar nicht recht, und sie konzentrierte sich schnell auf etwas anderes. Jemand hatte eine Decke über sie gebreitet, ihr Kopf ruhte auf einem Kissen, und das berührte sie ganz seltsam.

»Wie spät ist es?«, fragte sie, wobei ihr auffiel, dass Tys Hände noch immer auf ihren Schultern ruhten. Sie wusste, das hätte ihr eigentlich nicht gefallen dürfen, aber es war trotzdem tröstlich.

»Etwa drei Uhr in der Früh«, erwiderte er. »Du hast ziemlich lange geschlafen. Ich hätte dich geweckt, bevor ich mich schlafen gelegt hätte, um dir zu sagen, wo wir sind und wo du dich tagsüber am besten aufhalten kannst. Aber du hast geschrien, und ich habe mir … ich dachte, vermutlich hättest du jetzt lange genug geschlafen. Du musst dich wirklich daran gewöhnen, zur gleichen Zeit zu schlafen wie wir.«

Er machte sich Sorgen um sie. Lily fand das einerseits süß, andererseits aber auch schwer zu glauben. Schließlich war dies derselbe Mann, der sie festgebunden hatte, damit sie nicht weglief, obwohl sie versprochen hatte, sich nicht von der Stelle zu rühren. Aber sein nervöser Gesichtsausdruck und die Art, wie er plötzlich vermied, sie anzusehen, ließen sein Fast-Geständnis beinahe schon echt wirken. Das gefiel ihr, gleichzeitig fühlte sie sich dabei aber auch unwohl.

»Nur ein schlechter Traum«, sagte sie leise. »Weiter nichts.«

»Wovon träumst du, Lily? Für jemanden, der, wie es scheint, ein eher beschauliches Leben führt, hast du eine Menge Albträume.«

Lily runzelte die Stirn. Jetzt, wo sich ihre Augen an die Dunkelheit gewöhnt hatten, merkte sie, dass durch die hohen Fenster etwas Licht von draußen hereindrang. Auch konnte sie Ty jetzt deutlich besser erkennen. Er schaute wirklich besorgt aus. Schon wieder eine Überraschung.

Plötzlich sah sie wieder die grünen kummervollen Augen vor sich, und die Frau, die den Dolch hob, um diese Augen für immer zum Erlöschen zu bringen. Sie wusste genau, dass es sich nicht um gewöhnliche Albträume handelte. Aber sie wusste nicht, was sie mit ihnen anfangen sollte, was sie bedeuteten. Und auf keinen Fall würde sie Ty davon erzählen, der sich zwar Mühe gab, die Bedeutung ihres Mals herauszufinden, ansonsten aber nicht gerade ihre Interessen vertrat. Er hatte eigene Pläne.

Spreng seine Ketten, befreie unser Blut. Was sollte sie damit anfangen? Fast wünschte sie sich, die Frau hätte nicht zu ihr gesprochen. Bis jetzt hatte Lily den Traum wenigstens immer als eine Art symbolische Vision abtun können. Allerdings hatte die Tatsache, dass sie von einem waschechten Vampir entführt worden war, den »symbolischen« Teil ihrer Interpretation quasi im Handumdrehen null und nichtig gemacht.

»Lily?«, wiederholte er.

Sie wusste, dass sie sich die Besorgnis in seiner Stimme nicht einbildete. Aber das musste sie einfach ausblenden. Wenn sie anfangen würde zu glauben, dass er sich wirklich Gedanken um sie machte, würde sie nicht mehr klar denken können. Anziehung – gut und schön, aber weiter durfte es nicht gehen. Er würde sie nur verletzen. Lily zwang sich, sich auf die Gegenwart zu konzentrieren.

»Woher weißt du, dass ich zu Albträumen neige?«, fragte sie, schüttelte jedoch sogleich den Kopf, um Ty am Antworten zu hindern. »Nein, lass nur. Ich nehme an, die Antwort würde mir nur wieder beweisen, dass du unheimlich bist und mich die ganze Zeit verfolgt hast. Ich will es lieber gar nicht wissen.«

»Da könntest du recht haben. Aber das ist keine Antwort auf meine Frage.«

Lily stellte sich vor, wie Ty sie beobachtete, während sie schlief, und allein bei dem Gedanken daran überlief sie eine Hitzewelle, die nichts mit der Temperatur in der Wohnung zu tun hatte.

»Ich bin nur … ich weiß auch nicht. Ich habe eben Albträume. Vielleicht kommt es daher, dass ich als Baby meine Eltern verloren habe. Ich kann mich nicht an sie erinnern, aber ich nehme an, dass ich dabei war, als ihnen das zustieß, woran sie gestorben sind – was immer das gewesen sein mag. Ein Teil der Albträume kommt sicher daher.« Das war natürlich Blödsinn, aber als sie noch jünger gewesen war, hatte sie das für die wahrscheinlichste Erklärung gehalten. Vielleicht würde Ty ihr diese Theorie ja abkaufen.

»Ah. Sehr analytisch gedacht«, erwiderte Ty.

Vielleicht auch nicht.

Widerstrebend nahm er die Hände von ihren Schultern, ließ sie dabei jedoch noch flüchtig über ihre Arme gleiten. Er saß ganz dicht neben ihr auf dem Sofa, seine Hüfte berührte ihre, und es war, als würde – ausgehend von diesem Kontakt – ihr gesamter Körper vibrieren.

Immerhin lenkte sie das von dem ab, worüber Ty reden und

was sie ihn auf keinen Fall wissen lassen wollte. Andererseits war diese Ablenkung auch nicht ganz gefahrlos.

»Ja, ich stecke voller tiefschürfender Gedanken«, sagte Lily trocken. Sie strich sich das Haar aus dem Gesicht und unterdrückte ein Gähnen. Plötzlich fiel ihr wieder ein, dass er irgendetwas darüber gesagt hatte, wohin sie heute gehen dürfe.

»Dann werde ich heute also nicht gefesselt?«

Er schüttelte den Kopf. »Mir ist lieber, du bist nicht gefesselt, für den Fall, dass wir überraschend aufbrechen müssen. Hier sind wir nicht sicher. Du hast dir vermutlich schon gedacht, dass das Feuer gestern Abend etwas mit unserer Anwesenheit im *Mabon* zu tun hatte.«

Lily nickte. Sie musste an Anura denken und hoffte, dass es ihr gut ging. »Damien?« Sie sprach seinen Namen nur ungern aus, weil sie irgendwie fürchtete, er könne dann plötzlich aus dem Nichts auftauchen. Dass so etwas passieren könnte, schien ihr nach allem, was sie in letzter Zeit erlebt hatte, gar nicht so weit hergeholt.

»Das nehme ich an. Wir hatten kaum Zeit, mit Anura zu reden, aber ich bin sicher, genau darum ging es. Ich kann nur hoffen, dass sie ihm auf dem Weg nach draußen nicht begegnet ist. Ich habe oft gedacht, dass Rauch viel praktischer ist als Katzengestalt, aber das kann man sich nun mal nicht aussuchen. Auf jeden Fall müssen wir sehr vorsichtig sein, solange wir hier sind. Ich will nicht länger bleiben als unbedingt nötig, aber …« Stirnrunzelnd wandte er den Kopf ab.

»Aber?«, hakte sie nach.

»Da stimmt einiges nicht. Nichts ist so, wie es sein sollte.«

Es ging ihr nahe, wie verwirrt er klang. Seine Welt war ihr nicht vertraut, und was sie bisher davon gesehen hatte, hatte ihr nicht sonderlich gefallen. Aber er hatte lange in dieser Welt gelebt, und nun sah es so aus, als wäre sie im Begriff auseinanderzubrechen.

»Man hat mich wegen der Angriffe auf die Suche nach dir geschickt. Das ist doch ganz einfach, oder?« Sie war überrascht, dass er ihr antwortete, aber offensichtlich hatte er das Bedürfnis zu reden, und deshalb unterbrach sie ihn nicht, sondern nickte nur. Sie war sich sowieso nicht sicher, ob er wirklich mit ihr sprach oder nur laut dachte, um seine Gedanken zu sortieren.

»Andererseits war es ganz und gar nicht einfach. Fast ein Jahr lang habe ich die tiefste Provinz abgeklappert. Ich hatte gar keine Zeit, mich um den üblichen Dynastie-Mist zu kümmern. Ich finde dich, und du bist … nicht das, womit ich gerechnet hatte. Die Shades sind hinter uns her, und das verdanken wir denen, die die Ptolemy dezimieren wollen – wer auch immer das ist. Und jetzt finde ich nicht nur heraus, dass die gesamte Dynastie in Gefahr schwebt, sondern auch, dass sie alles dransetzt, bei den anderen ja kein Mitleid zu erwecken. Ich kann mir nicht mal ansatzweise vorstellen, warum die Ptolemy die Dracul dermaßen provozieren. Verdächtigen kann man sie schnell, aber ich hatte eigentlich den Eindruck gehabt, dass Arsinöe erst einen Beweis wollte, bevor sie einen blutigen Krieg anzettelt.«

Er stöhnte frustriert auf und verbarg das Gesicht in den Händen. Lily ließ sich durch den Kopf gehen, was er gesagt hatte. Einiges davon war ihr neu. Er hatte nie erwähnt, dass diese Dracul unter Verdacht standen, die Anstifter des Unheils zu sein.

»Man hat mich völlig ausgeschlossen«, fuhr er fort. »Und ich habe nicht die geringste Ahnung, was ich dagegen tun soll.«

»Wieso die Dracul? Wieso sollten sie die Ptolemy angreifen?«

Ty fuhr sich mit den Händen über das Gesicht. Er sah müde aus. Bemitleidenswert müde. Lily versuchte, es zu ignorieren.

»Böses Blut, und das kocht schon vor sich hin, seit die Dracul beim Rat die Anerkennung als eigenständige Dynastie beantragt haben. Sie sind die jüngste Dynastie, und du kannst dir vielleicht vorstellen, wie selten überhaupt eine neue Abstammungslinie auftaucht. Vlad musste nachweisen, dass er der Erste war, der dieses Mal trug. Er schwört, dass es ihm von einer alten und eher finsteren Göttin gegeben wurde, was die Beweisführung nicht gerade leichter machte. Aber er hat es geschafft. Allerdings haben ihm die Führer der anderen Dynastien eine Menge Steine in den Weg gelegt. Die Dracul können sich nämlich in Fledermäuse verwandeln, verstehst du?« Er lächelte bitter. »Die einzigen Blaublute mit einer Tierform. Und auch noch die bekanntesten, was alle anderen ärgert. Sie wollten ihn nicht, egal was er tat. Aber Vlad ist raffiniert. Zu dem Zeitpunkt, als er den Antrag auf Anerkennung eingereicht hat, hatte er alles bereits bestens organisiert und eine Menge kräftige Leute um sich geschart. Er hat sich die Menschen, die er verwandelt hat, sorgfältig ausgesucht. Sie waren einfach zu viele. Der Rat konnte nicht Nein sagen. Vor allem dann nicht mehr, als irgendjemand einige lautstarke Gegner mit einem rumänischen Fluch belegt hatte.«

»Dieses unsichtbare Ding …«, sagte Lily und runzelte die Stirn. »Die Dracul sind Zigeuner?«

»Einige schon«, erwiderte Ty. »Und der Fluch, dieses unsichtbare Ding, heißt Mulo. Ein fleischfressender Geist, der tagsüber in seinem Leichnam schläft. Wie man so etwas erschafft, ist nicht unbedingt Allgemeinwissen.«

»Ich verstehe immer noch nicht, wieso er versuchen sollte, die Ptolemy umzubringen. Noch dazu mit etwas so Offensichtlichem.«

Ty zuckte mit den Schultern. »Man setzt ein, was man hat. Und er und Arsinöe hassen sich abgrundtief. Sie hat nie ein Blatt vor den Mund genommen, was sie von den Dracul hält, vor allem von ihrer Vorliebe, Gossenblut in ihrer Dynastie nach oben kommen zu lassen. Sie hat als Einzige gegen den Antrag der Dracul gestimmt. Ptolemy und Dracul gehen sich möglichst aus dem Weg, und wenn das nicht klappt, gibt es sofort Streit. Vielleicht hat Vlad beschlossen, alles auf eine Karte zu setzen. Ich weiß es nicht, Lily. Das ist Blaublut-Kram. Ich denke nicht wie sie, und ich lege auch keinen Wert darauf, das zu tun.«

Ihr war schon ein paarmal aufgefallen, dass das, was er tat, für ihn nichts mit denen zu tun hatte, für die er es tat. Darauf, wie die Vampirgesellschaft funktionierte, wäre jeder mittelalterliche Tyrann stolz gewesen, dachte Lily sich im Stillen. Und es war bezeichnend, dass ihm das Wort »Gossenblut« so leicht über die Lippen kam, obwohl sie mit eigenen Ohren gehört hatte, wie man ihn als solches beschimpft hatte. Er war so daran gewöhnt … und das machte sie traurig.

»Aber du lässt zu, dass die Ptolemy dich als Waffe benutzen«, sagte sie so freundlich, wie sie nur konnte. War ihm das denn wirklich nicht klar? »Also bist du doch auch in das Ganze verwickelt. Was ich sagen will: Ist es dir egal, dass du zu den Problemen mit beiträgst? Es klingt doch, als wäre Arsinöe eine der Fanatischsten, wenn es darum geht, Blaublute und Vampire einfacher Abstammung voneinander getrennt zu halten.«

Sofort machte Ty dicht. »Ich habe diese Probleme nicht geschaffen«, erwiderte er schroff. »Wenn ich es nicht wäre, wäre es eben ein anderer. Den Luxus, mir meinen eigenen Weg zu suchen, habe ich nicht. Ich bin nur die Waffe, nicht die Hand, die sie einsetzt. Und ich stehe in der Schuld der Königin.«

»Ja, das hast du bereits erwähnt«, murmelte Lily und wandte den Blick ab. »Aber wenn du so wichtig für sie bist, sollte man doch meinen, dass sie diese ganzen anderen Sachen erwähnt hätte. Und was ist mit Jaden? So toll kann es ja nun auch wieder nicht sein, wenn er davor wegläuft.«

»Ich weiß es nicht. Er will nicht darüber reden, und er ist … weggegangen.« Ty war wütend, schluckte seine Wut jedoch gleich wieder herunter. »Vielleicht ist er weggegangen, um mit Anura über dich und mich zu reden. Vielleicht arbeitet er jetzt mit

Damien zusammen und plant mit ihm gerade unser vorzeitiges Ableben. Ich weiß es echt nicht, Lily.« Er seufzte tief, und wieder verspürte Lily Mitleid. »Jaden ist mein Blutsbruder«, fuhr er fort. »Irgendetwas ist ihm zugestoßen, aber ich kann ihm nicht helfen, wenn er mir nicht vertraut. Ich werde mich nicht für das entschuldigen, was ich bin und was ich tue, aber eins kann ich dir sagen: Ich habe noch nie meine Blutsbrüder verraten.«

Er sah so verletzlich aus, wie er da im Dunkeln saß, dass Lily gar nicht anders konnte, als sich ihm zu öffnen. Instinktiv hatte sie das Bedürfnis, ihn zu trösten, vielleicht weil er der einzige Mann war, der je versucht hatte, ihr Trost zu spenden. Ty war ein schwieriger und launischer Mann. Das war ihr vom ersten Moment an klar gewesen. Aber es überraschte sie, dass ihn das mangelnde Vertrauen eines Freunds so treffen konnte. Offensichtlich fand er, dass er dieses Vertrauen verdient hatte, zumindest wenn es um seine Blutsbrüder ging. Er folgte irgendeinem Ehrenkodex, sie wusste nur nicht, wie der genau aussah.

Oder ob auch sie irgendwie darunterfiel.

»Und ich?« Sie konnte sich die Frage einfach nicht verkneifen. »Wirst du mich verraten?«

Es war offensichtlich, dass er mit dieser Frage nichts anfangen konnte. »Ich dachte, wir hätten geklärt, dass ich mein Bestes tue, damit dir nichts passiert, Lily. Ich habe nie einen Hehl daraus gemacht, warum ich dich ausgewählt habe.«

»Ich meine in Bezug auf Arsinöe. Wenn sie nun mein Mal sieht und beschließt, ich dürfte gar nicht existieren? Oder wenn sie mich genauso versklavt wie …« Das »dich« konnte sie gerade noch verschlucken.

In dem Blick, mit dem er sie betrachtete, lag eine Spur von Bedauern. Dieses Bedauern – und das, was es beinhaltete – ängstigte sie beinahe mehr als alles, was sie durchgemacht hatte, seit er ihr über den Weg gelaufen war.

»Bei uns Vampiren gibt es ein Sprichwort«, sagte er leise. »Blut ist Schicksal. Dein Blut, Lily, hat dich hierhergebracht. Und zu mir. Daran glaube ich. Und solange du in meiner Obhut bist, werde ich dich beschützen. Davon abgesehen wird dein Blut dich dorthin führen, wohin zu gehen dir vorbestimmt ist. Und es wird dich wieder nach Hause führen. Wenigstens daran musst du glauben.«

Sie schüttelte den Kopf. »Ich glaube nicht an Schicksal, Ty. Ich habe mir meinen Weg selbst gesucht. Und du hast das doch auch getan, oder? Dir stand doch nicht mal zu, eine Königin auch nur anzuschauen, geschweige denn, von einer so geschätzt zu werden. Aber genau das hast du erreicht. Du, nicht irgendein wirres Blutschicksal.«

Er gab ein freudloses Kichern von sich und sah sie aus stumpfen Augen an. Es war der Blick eines Manns, der über Jahre hinweg zermürbt worden war, bis ihm schließlich nicht mehr die geringste Hoffnung blieb. Sie hasste diesen Blick. Und wie würde er erst sein, wenn weitere hundert Jahre vergangen waren? Vielleicht so kalt wie Damien, so völlig gefühllos?

Aber Ty war anders. Außerdem war er so entsetzlich allein.

»Wer beschützt dich?«, fragte sie. Überrascht sah er sie an.

»Ich werde mir Mühe geben, diese Frage nicht als Beleidigung aufzufassen. Schließlich kann ich selbst auf mich aufpassen.«

Lily seufzte und versuchte es noch einmal. »Was ich sagen will: Du scheinst eine Menge Verantwortung zu tragen. Du musst auf mich aufpassen, was, wie ich weiß, schwieriger ist, als du gedacht hattest. Aber wer tritt für dich ein, Ty? Würden die Ptolemy hinter dir stehen, wenn du sie bräuchtest? Wer hält dir den Rücken frei?«

»Ich …« Er sprach nicht weiter. Offensichtlich wusste er nicht recht, was er sagen sollte.

Für Lily war das Antwort genug. Sie wollte ihm sagen, dass

sie ihn verstand, dass sie wusste, wie es war, allein durchs Leben zu gehen und sich nur auf sich selbst verlassen zu können. Allerdings konnte sie nicht verstehen, wie er es aushielt, nicht viel mehr als ein Sklave zu sein, egal wie er selbst seine Stellung bezeichnen würde. Ty behauptete, diese Königin habe ihn gerettet. Aber wovor? Was konnte schlimmer sein als dies hier?

Blut und Schicksal. Sie fand es schockierend, dass so etwas Banales wie ein Mal alles bestimmen sollte. Sie strich über ihr eigenes Mal, das unleugbar kribbelte und brannte. Dann dachte sie an den Traum und an jenen seltsamen Moment, in dem sie sich Anura so verbunden gefühlt hatte. Plötzlich fragte sie sich, ob sie überhaupt in irgendeinem Punkt die Wahl hatte, jemals gehabt hatte. Aber nein … sie weigerte sich zu glauben, sie sei völlig machtlos.

Ty wirkte ganz und gar verloren, wie er da im Dunkeln saß. Es waren zwei lange Nächte gewesen. Ihre Welt war völlig auf den Kopf gestellt worden, aber seine offensichtlich ebenfalls. Er tat ihr leid, und sie war zu erschöpft, um sich gegen dieses Gefühl zu wehren.

Es war vielleicht nicht die übliche gehirnwäschenähnliche Anziehung, aber wenn er bei ihr war, schien er immer etwas in ihr zu berühren.

Obwohl sie wusste, dass sie es später bereuen würde, gab sie diesem Gefühl nach.

14

Lily strich Ty über die Wange und staunte, wie kühl sich seine Haut anfühlte. Ty schloss die Augen und presste das Gesicht gegen ihre Handfläche, aber sein Gesichtsausdruck schwankte zwischen Genuss und Schmerz.

»Lass das lieber«, murmelte er.

Als wenn ich das nicht selbst wüsste, dachte Lily. Aber sie nahm die Hand nicht weg, sondern strich ihm sanft durch das Haar. Es war weich und samtig, und so gab sie dem Bedürfnis nach, auch mit der anderen Hand hindurchzufahren. Er legte den Kopf ganz leicht in den Nacken, und kurz darauf drang ein leises Summen an ihr Ohr, das sie zunächst nicht recht einordnen konnte. Als sie endlich kapierte, was es war, musste sie kichern, und sofort riss er die Augen auf und schaute sie misstrauisch an. Selbst jetzt war sein erster Gedanke, dass sie sich über ihn lustig machte. Er vertraute ihr nicht … vertraute vermutlich niemandem. Sie hätte das gern geändert, auch wenn es zu nichts führen konnte. Vielleicht wollte sie es, weil sie nur zu gut verstand, was es hieß, allein zu sein.

»Du schnurrst«, sagte sie lächelnd. Er versuchte, den Kopf wegzuziehen, aber sie hielt ihn fest. Dass sie die Kraft hatte, das zu tun, war ein erhebendes, aber auch düsteres Gefühl. Noch nie war ein Mann ihrer Gnade ausgeliefert gewesen, noch nie hatte sie die Führung übernommen. Aber etwas tief in ihr flüsterte ihr zu, dass sie das konnte, wenn sie nur den nötigen Mut aufbrachte.

»Ich habe noch nie einen Mann zum Schnurren gebracht«, fuhr sie fort. »Es gefällt mir.«

Ty versuchte nicht länger, den Kopf wegzuziehen, schmiegte ihn aber auch nicht mehr in ihre Hand. Er ließ einfach zu, dass sie sein Haar und sein Gesicht streichelte, dann schloss er die Augen und fing wieder an zu schnurren. Lily nahm an, dass das eine Reaktion war, die er nicht beherrschen konnte. Und es war das erotischste Geräusch, das sie je von einem Mann gehört hatte.

»Wir sollten das nicht tun«, sagte er. Seine Stimme klang rau.

»Das hat dich gestern doch auch nicht abgehalten«, erwiderte Lily und glitt mit dem Daumen über seinen Mund, der sie so unwiderstehlich anzog. Seine Lippen waren weich, und sie musste daran denken, wie sie sich angefühlt hatten, als er sie auf ihre gepresst hatte. Überrascht schnappte sie nach Luft, als Ty den Mund öffnete, ihren Daumen einsog und sanft mit der Zunge darüberfuhr. Jetzt hatte er die Augen geöffnet und wandte den Blick nicht eine Sekunde von ihr ab. Lily war sich sicher, dass ihm nicht entging, wie sie errötete und wie ihr der Atem stockte. In ihrem Unterleib bildete sich ein angenehmer kleiner Knoten, der winzige Schockwellen durch ihren gesamten Körper sandte.

Ty gab ihrer Fingerkuppe einen zärtlichen Kuss. »Pass auf, worauf du dich da gerade einlässt, Lily. Es ist spät, und ich bin zu müde, um dir vorzuspielen, dass ich nicht gern ein bisschen von dir naschen würde.«

Lily fühlte sich, als wäre sie jemand anders, jemand mit deutlich mehr Selbstvertrauen, als sie selbst je besessen hatte. Sie konnte es kaum fassen, als sie sich sagen hörte: »Und wenn ich nun gar nicht will, dass du mir was vorspielst?«

Seine Augen funkelten, aber das machte ihr keine Angst mehr. Wahrscheinlich hätte es das tun sollen, aber sie wusste instinktiv, dass Ty ihr niemals absichtlich wehtun würde. So war er einfach nicht. Zweifellos hatte er Dinge getan, die ihr das Blut in den Adern gefrieren lassen würden. Aber in diesem Vampir steckte immer noch ein Mann, ein Mann mit einem Herz, auch wenn das außer ihr offensichtlich niemand bemerkte.

Niemand bemerken wollte.

»Du verstehst mich nicht«, sagte er. »Als ich vorhin gesehen habe, wie dieser verdammte Dracul dich überall betatscht hat, da hätte ich ihm beinahe den Kopf abgerissen, Lily. Es ist nicht normal, wie sehr ich dich begehre.«

»Oh«, murmelte sie lächelnd und strich ihm das Haar aus dem Gesicht. »Abweichendes Verhalten. Red weiter.«

Stattdessen packte er ihre Hände und zog sie weg. Sein Gesichtsausdruck war bitterernst, obwohl die Sehnsucht in seinen Augen nicht zu übersehen war.

»Es ist nicht normal, Lily. Schon letztes Mal habe ich es kaum geschafft, dir nicht die Zähne in den Hals zu schlagen, und wenn ich das täte, wäre alles zu Ende. Aber dein Blut, dein Geruch … Ich kann nicht mehr vernünftig denken. Du hast keine Ahnung, was ich am liebsten mit dir anstellen würde. Und zwar schon seit dem ersten Abend dort bei der Villa.«

Furchtlos erwiderte sie seinen Blick. »Vermutlich das Gleiche, was ich gern mit dir anstellen würde. Du bist nicht der Einzige, der diese Anziehungskraft spürt, Ty. Ich weiß auch nicht, was das ist. Ich bin zwar kein Vampir, habe aber trotzdem Lust, meine Zähne in deinen Hals zu versenken.«

Ty stöhnte. »Ich habe dir nichts zu bieten, Lily. Und du würdest wohl kaum verstehen können, welche Ketten mich binden. Egal was passiert, ich muss zurück zu Arsinöe.«

»Willst du das denn?«

»Es spielt keine Rolle, was ich will. Das hat es noch nie.«

Lily betrachtete ihn lange. Sie wusste, dass er recht hatte, dass er sie nicht anlog. Es wäre sinnlos, und nichts würde sich ändern. Dennoch – ihr ganzes Leben lang hatte sie immer alles weggeschoben, und jetzt wollte sie sich einmal nehmen, was sie begehrte, und zwar sofort, bevor sie es durch ewiges Überlegen ruinierte. Vielleicht war es sogar besser, dass es nicht von Dauer sein konnte. Dann würde sie sich gar nicht erst irgendwelchen Illusionen hingeben.

»Aber für mich spielt es eine Rolle«, erwiderte sie.

Ty schwieg, doch allmählich lockerte sich der Griff um ihre Handgelenke.

»Ich weiß nicht, ob ich mich beherrschen kann«, sagte Ty. In seiner Stimme schwang eine Verletzlichkeit mit, die sie noch nie darin gehört hatte. Er hatte so viele Abwehrmechanismen, und es fühlte sich gut an, wenigstens ein paar davon überwunden zu haben.

»Doch, das kannst du«, widersprach sie. »Ich habe noch nie jemanden getroffen, der so stark ist wie du.«

Er lachte bitter auf. »Dann hast du noch nicht viele Leute kennengelernt.«

Lily fand, dass es sinnlos war, noch weiter zu reden. Letztlich war das sowieso nicht das, was sie beide wollten. Als sie vorhin ganz nah beieinander gesessen hatten, war die Spannung so groß geworden, dass sie mit Händen zu greifen gewesen war. Und auch jetzt umfing sie wieder dieser düstere Zauber, der den Rest der Welt ausblendete, bis nur noch sie beide zu existieren schienen.

Lily erhob sich auf die Knie und drückte Ty gegen die Sofalehne. Er starrte sie mit unverhohlenem Hunger an, ließ sie aber machen. Vielleicht hatte er noch immer Angst, sie zu berühren. Vielleicht wollte er aber auch nur sehen, was sie tun würde. Egal, es lief ja doch auf dasselbe hinaus. Aber diesmal wollte sie die treibende Kraft sein, zumindest am Anfang. Bis jetzt hatte Ty immer den Ton angegeben, und sie war wütend und verwirrt gewesen. Diesmal würde sie diejenige sein, die bestimmte, diejenige, die nahm.

Und gab.

Mit einer Anmut, von deren Existenz sie bisher noch nicht einmal etwas geahnt hatte, glitt sie auf seinen Schoß. Sofort wusste sie, dass er genauso erregt war wie sie. Sein harter Schwanz drückte gegen ihren Oberschenkel, ihre Gesichter waren nur noch wenige Zentimeter voneinander entfernt, und sie fühlte sich plötzlich mächtig und kühn.

Ohne den Blick von ihm abzuwenden, zog Lily sich das T-Shirt über den Kopf und entblößte ihre samtige Haut und den schwarzen Seiden-BH.

Ein einfacher Trick, aber er hatte eine unglaubliche Wirkung auf Ty.

Seine Hände wanderten ihren Oberkörper hinauf. Sie warf das T-Shirt hinter sich, lehnte sich leicht zurück und stöhnte unter seiner Berührung. Tys Atem ging stoßweise.

»Du musst dir ganz sicher sein, *mo bhilis*, sagte er. »Ganz sicher.«

Noch nie in ihrem Leben war Lily sich einer Sache so sicher gewesen.

Ohne ein Wort packte sie Tys T-Shirt und zog es ihm über den Kopf. Er wehrte sich nicht dagegen, er half ihr sogar. Doch gleich lagen seine Hände wieder auf ihrem Körper und glitten hungrig über ihre Haut. Lily strich genüsslich durch sein weiches, dunkles Haar und schob seinen Kopf vor, bis ihre Münder sich berührten.

Sie verschmolzen miteinander, erst ihre Lippen, dann ihre Körper, die sich ineinander fügten, als hätten sie schon immer zusammengehört. Lily stöhnte, als Ty sie gierig küsste und seine Zunge ihren Eroberungszug antrat. Seine Gier grenzte schon an Verzweiflung, und schockiert musste sie feststellen, dass es ihr nicht anders erging.

Als Ty sich plötzlich erhob, ohne sie loszulassen, schnappte Lily verblüfft nach Luft. Sie schlang die Beine um seine Taille und knabberte an seinem Ohr.

»Bett«, sagte Ty mit rauer Stimme, während er sich mit übernatürlicher Geschwindigkeit auf die Treppe zu bewegte. »Ich will auf dir sein … in dir …«

Plötzlich kam ihr ein beunruhigender Gedanke. »Ist das nicht Jadens Bett?«

Die mit Kraftausdrücken gespickte Antwort, was Jaden ihn mal könne, falls er ein Problem damit habe, brachte sie zum Lachen, aber dieses Lachen verwandelte sich rasch in ein Stöhnen, als er sie auf dem breiten Bett ablegte. Er warf sich auf sie, und es war pure Lust, seinen nackten Oberkörper an ihrem und sein Gewicht auf ihr zu spüren.

Er machte kurzen Prozess mit ihrem BH, hakte den Verschluss auf und pfefferte ihn zur Seite. Zwischen ihren heißen, immer intensiveren Küssen gelang es ihnen irgendwie, ihre restliche Kleidung abzustreifen und dem BH hinterherzuwerfen. Und dann ertappte sich Lily dabei, wie sie ein katzenartiges Geräusch von sich gab, als Ty sie wieder an sich zog und diesmal nichts als nackte, glühende Haut zwischen ihnen war.

Es fühlte sich … unglaublich an. Ihre Gedanken zerfaserten und weigerten sich, sich wieder zu irgendetwas Sinnvollem zusammenfügen zu lassen. Sein dicker, harter Schwanz drückte gegen ihren Oberschenkel, und Lily griff nach unten, um ihn in die Hand zu nehmen. Ty erstarrte und schloss die Augen. Er sah aus, als wäre er irgendwo zwischen Lust und Schmerz gefangen.

»Lily«, flüsterte er zärtlich. »Das fühlt sich … ah …«

Sie streichelte ihn, und er schien vergessen zu haben, was er hatte sagen wollen. Aber seine Reaktion sprach Bände. Sein Kopf sank herab, und er stöhnte so lustvoll, dass Lilys gesamter Körper entflammte. Er ließ sie jedoch nicht lange die samtweiche Haut seines Glieds erkunden, sondern packte ihre Hand und hielt sie fest.

»Wenn du so weitermachst, halte ich nicht mehr lange durch, Süße. Und ich will, dass es für uns beide gut wird.«

Sie lächelte. »Für mich fühlt es sich schon richtig gut an.«

Er grinste sie verführerisch an, was ihr Herz gleich noch schneller schlagen ließ.

»Es wird noch besser. Vom ersten Moment an wollte ich dich schmecken. Und jetzt werde ich gleich rausfinden, ob du so gut schmeckst, wie du riechst.«

Er erstickte ihren Einwand, der einem plötzlichen Anflug von Befangenheit entsprang, mit einem weiteren köstlichen Kuss. Aber seine Lippen glitten rasch weiter ihr Kinn entlang und die empfindliche Haut an ihrem Hals hinab. Lily schloss die Augen und legte den Kopf in den Nacken. Dann glitt sein Mund noch weiter nach unten, wobei seine Zunge über ihre gerötete Haut wirbelte, bis er so plötzlich eine ihrer aufgerichteten Brustwarzen packte, dass Lily einen leisen Schrei ausstieß.

»Ty«, murmelte sie und vergrub die Finger in seinem Haar, während er an ihrer Brustwarze sog und knabberte, dass sie es bis ins tiefste Innerste spürte. Ihre Hüften schoben sich ihm entgegen, wie es schien aus eigenem Antrieb. Alles in ihr zog sich zusammen, und glühend heiße Funken qualvoller Lust jagten jedes Mal durch sie hindurch, wenn seine Zähne ihre zarte Haut streiften.

Er schenkte beiden Brüsten die gleiche Aufmerksamkeit, bis Lily schon glaubte, über dieser sanften Folter gleich den Verstand zu verlieren. Und dann glitt dieser verführerische Mund – ganz wie sie erwartet hatte – noch tiefer. Zitternd bäumte sie sich unter seinen heißen Küssen auf.

»Öffne dich für mich«, schnurrte er. Zu sehen, wie er da zwischen ihren Beinen kauerte und seine silberfarbenen Augen in der Dunkelheit glänzten, ließ sie dem Gipfel, auf den er sie führte, gleich noch ein großes Stück näher kommen. Sie spürte, wie sich ihre Beine für ihn spreizten, als täten sie das ganz ohne ihr Zutun. Sie fühlte sich knochenlos, hilflos, völlig in seinem Bann. Es war großartig, die Verantwortung abzugeben, auch wenn es nur für diesen Moment war. Endlich fühlen statt zu denken.

Gleich beim ersten Mal, als seine Zunge über den empfindsamen Knubbel glitt, der sich zwischen ihren rostroten Locken verbarg, konnte Lily an nichts mehr denken.

Ty leckte sie mal langsam, mal schnell, bis sich ihr Körper aufbäumte. Ty schien genau zu wissen, wie er sie an den Rand des Wahnsinns treiben und sie dort entlangtaumeln lassen konnte.

»So süß«, flüsterte er. »So unendlich süß.«

Als er einen Finger in sie hineinschob, kam Lily in einem Blitz aus blendendem, durchdringendem Licht. Und die Tatsache, dass er sie dabei beobachtete, dass sein Atem schneller ging, während er zusah, welche Wirkung er auf sie hatte, machte ihren Orgasmus gleich noch viel intensiver.

Und dennoch wusste Lily, als die Lust abebbte, dass es noch viel mehr gab, wenn sie sich nur trauen würde, danach zu greifen.

Ty legte sich wieder auf sie, doch Lily hakte einen Fuß hinter seinen Knöcheln ein und wälzte ihn so problemlos auf den Rücken, dass sie glatt geglaubt hätte, genau das hätte er gewollt, hätte er sie nicht derart überrascht angeschaut.

»Jetzt bin ich dran«, flüsterte sie. Ihr Herzschlag beschleunigte sich, als die Lust erneut aufflammte und sie sich wieder auf den Gipfel zuzubewegen begann.

Ty legte die Hände an ihre Taille, aber sie schob sie weg. Es war herrlich, die Macht zu spüren, die sie über ihn hatte. Sie glitt an ihm hoch und genoss es, wie ihre schweißgebadeten Körper aneinanderklebten. Die Tatsache, dass sie Ty, der sonst meist so kalt war, derart ins Schwitzen bringen konnte, entlockte ihr ein Lächeln. Als sie seine Hände ein zweites Mal wegschob, stöhnte er auf.

»Ich muss dich berühren, Frau.«

Sie hob den Oberkörper so weit, dass ihr Haar über seine Brust strich, und betrachtete ihn mit einem verschmitzten Lächeln. »Das darfst du auch … sobald ich dich geschmeckt habe. Jetzt bin ich dran – das ist schließlich nur fair.«

Als ihm aufging, was sie mit ihm machen wollte, riss er die Augen auf, und sie lachte tief und kehlig.

»Habe ich dir nicht gesagt, dass ich will, dass es anhält? Ich … ich glaube nicht, dass ich …«

Aber als sie mit der Zunge seinen Körper hinabfuhr, versagte ihm die Stimme, und schon bald ging Lily völlig darin auf, ihn zu spüren, zu riechen und zu schmecken. Ihre Hände fuhren über seine Brust, die so hart war wie Stein, und erforschten jeden Winkel. Er roch nach Kerzenlicht, nach Rauch und nach Düsterkeit. Sie genoss es, wie seine Muskeln immer heftiger zuckten, je tiefer ihre Lippen glitten, bis sie schließlich dort angelangt war, wo sie hinwollte.

Er hob fast vom Bett ab, als sie seinen Schwanz in den Mund nahm.

Lily spürte nicht die geringste Verlegenheit, während sie sich dem Wunder hingab, Ty Vergnügen zu bereiten. Er war unglaublich empfänglich für sie, wand sich unter ihr und stöhnte, und jedes Stöhnen war wie verführerische Musik, deren Töne tief in ihr nachhallten, bis sie aufs Neue vor Lust zitterte. Irgendwann vergrub er seine Hände in ihren Haaren, und sie ließ es geschehen.

Er schmeckte nach Meer.

Als Tys Körper schließlich so angespannt war wie eine Bogensehne, zog er ihren Kopf weg. »Jetzt«, knurrte er. »Jetzt.«

Er bewegte sich mit katzenhafter Geschmeidigkeit und Wildheit, als sie sich ineinander verschlungen über das Bett wälzten und beide darum wetteiferten, die Oberhand zu gewinnen. Lilys

Blut dröhnte laut durch ihre Adern. Sie schlang ein Bein um ihn und spürte, wie sein Schwanz kräftig gegen jene Stelle drückte, die nur noch flüssige Hitze zu sein schien. Noch nie hatte sie sich so lebendig, so frei gefühlt wie in dieser Nacht in seinen Armen.

Er presste sie auf das Bett, und mit einem einzigen raschen Stoß war er tief in ihr. Er zischte vor Lust, und sein Kopf sank nach hinten. Lily konnte nur noch den Mund zu einem tonlosen Schrei öffnen, so intensiv waren die Empfindungen, die sie erschauern ließen. Als er begann, sich in ihr zu bewegen, grub sie ihm die Nägel in den Rücken. Er glitt aus ihr heraus, nur um dann ganz langsam wieder in sie einzudringen.

Lily spürte die Schockwellen vom Kopf bis in die Zehenspitzen.

»Ty«, seufzte sie. »Mehr.«

Sie packte ihn an den Hüften und lenkte seine Stöße, bis das Bett unter ihnen zu wackeln begann. Sie wollte es härter, fester, jetzt sofort, und genau das sagte sie ihm auch, in atemlosen, kaum zusammenhängenden Worten, die Ty nur noch wilder zu machen schienen. Seine Augen, seine Haut, alles brannte von der Hitze dessen, was zwischen ihnen entflammt war.

Dann raste sie auf einen schimmernden Lichtpunkt zu, und jede Faser in ihr konzentrierte sich nur noch darauf, diesen Gipfel zu erreichen.

Ihr Orgasmus war wie eine langsame Empfindungsimplosion, die sich wie die Blätter einer dunklen, nachtblühenden Pflanze entfaltete. Lilys Muskeln zogen sich um ihn herum zusammen wie eine enge, heiße Faust, während sie noch höher schwebte, immer noch höher, bis sie schließlich auf Gefühlswellen dahinritt, die sie am Ende matt und zitternd aufs Bett zurückwarfen. Ty überstand nur eine solche Welle, und bei der nächsten spülte es ihn fort. Er kam mit einem heiseren Schrei. Seine Muskeln waren bis zum Äußersten angespannt, als er sich in sie entleerte.

Lily spürte jedes einzelne Pulsieren, jedes einzelne Pochen, und das ließ ihren wilden Höhepunkt gleich noch intensiver werden.

Er sang ihren Namen wie ein Gebet, während sie sich aneinanderklammerten und Lily zitternd und völlig eins mit sich und der Welt allmählich ihren Wellenritt beendete. Ty hatte sein Gesicht an ihrem Hals vergraben, aber Lily konnte spüren, wie auch er zitterte, und wusste, zumindest im Moment war Ty in erster Linie Mann und erst in zweiter Linie Vampir. Er stellte keine Gefahr für sie dar, zumindest keine körperliche.

Hatte sie wirklich geglaubt, er würde unverletzlich wirken? Das fragte sie sich gerade, als Ty den Kopf hob, sie aus schläfrigen Augen ansah und sie zärtlich küsste. Er murmelte etwas in einer Sprache, die sie nicht verstand, aber der Tonfall der Worte berührte ihr Herz trotzdem. In diesem Augenblick wurde ihr klar, dass seine Einsamkeit, die sie in der kurzen Zeit ihres Beisammenseins schon so oft gespürt hatte, ihn außerordentlich verletzlich machte, auch wenn er ein unsterblicher Jäger war. Sie konnte nur hoffen, dass er dieses Gefühl von Ganzheit, das sie jetzt gerade verspürte, ebenfalls spüren konnte. Im Moment tat er das mit Sicherheit. Aber es würde nicht anhalten. Er hatte ihr gesagt, dass es das nicht durfte …

Obwohl Lily wusste, wie blöd das war, brannten ihre Augen auf einmal von unvergossenen Tränen. Sie war eine Närrin. Aber war es nicht besser, sich dieses kleine Stück vom Paradies zu gönnen, mit dem einzigen Mann, der je solche Gefühle in ihr hatte erwecken können, egal, wie kurz ihre Beziehung dauern würde? Besser als es nie erlebt zu haben und sich für den Rest des Lebens zu fragen, wie es wohl gewesen wäre?

Sie wusste es wirklich nicht.

Sie wusste nur, dass sie nicht nur Gefahr lief, ihr Leben zu verlieren, sondern auch ihr Herz, und das an einen Mann, von dem sie nicht sicher wusste, ob er ihr seins ebenfalls schenken konnte oder wollte.

»Lily«, schnurrte Ty. »Schöne Lily.« Er strich ihr durch das Haar, glitt von ihr herunter und kuschelte sich dicht an sie. »Meine Lily.«

Ja, dachte Lily und gab sich ganz dem Vergnügen hin, von einem Mann im Arm gehalten zu werden, der sie gerade geliebt hatte, wie sie das noch nie zuvor erlebt hatte. Sie saß tief in der Patsche.

Und diesmal war es ganz allein ihre Schuld.

15

Als Lily wach wurde, wusste sie zunächst nicht, wo sie war.

Allmählich schien das zur Gewohnheit zu werden.

Allerdings wusste sie genau, zu wem die Arme gehörten, in denen sie lag, und das zu wissen, reichte ihr völlig. Sie hatte tief und fest geschlafen, zum ersten Mal seit langer Zeit auch traumlos, und fühlte sich herrlich erholt. Auch ihr Körper fühlte sich großartig an, aber das hatte nichts mit dem Schlaf zu tun.

Ty und sie lagen ineinander verknäult wie junge Katzen. Sein Atem ging regelmäßig, sein Herz schlug langsam. Ihr Kopf ruhte auf seiner Brust, und sie konnte den ewigen Rhythmus seines Herzens deutlich hören. Ihre Beine lagen zwischen seinen, und bevor sie endgültig eingeschlafen waren, hatte er die Decke über sie beide gezogen …

… nachdem er sie das letzte Mal mit seinem Schnurren und Kosen und Lecken geweckt hatte …

Allein bei dem Gedanken daran wurde Lily wieder ganz heiß. Sie war noch genauso gierig auf ihn wie in der Nacht, bevor er sie auch nur angerührt hatte. Und was Ty anbetraf, schien das Wort *Gier* nicht mal ansatzweise zu beschreiben, was er empfand. Dennoch – so wild sie sich auch geliebt hatten, so zärtlich war es gleichzeitig gewesen, und Lily konnte sich nicht vorstellen, dass es für ihn nur ein rein körperlicher Akt gewesen war. Er hätte sie hinterher allein lassen können, aber stattdessen hielt er sie im Schlaf eng umschlungen. Noch jetzt konnte sie spüren, wie seine Finger durch ihre Haare glitten. In Ty steckte einiges mehr, als er die Welt sehen ließ. Und sie wollte noch sehr viel mehr über ihn erfahren. Wenn sie sich doch bloß auf anderem Weg kennengelernt hätten, wenn er doch bloß sterblich wäre und sie normal. Wenn …

Lily kuschelte sich an Tys Brust, sog seinen Geruch ein und versuchte, die Wirklichkeit zu vergessen. Das war typisch für sie, dass sie endlich den richtigen Mann gefunden hatte, und dann stellte sich heraus, dass er ein Katzengestaltwandler und Vampir mit einer Menge Problemen war. Ganz zu schweigen von ihren eigenen Problemen.

Während sie so dalag, verflog ihre sexuelle Euphorie und machte lähmendem Brüten Platz. Sie versuchte wieder einzuschlafen, aber es gelang ihr nicht. Schließlich ging sie sich selbst so sehr auf die Nerven, dass sie beschloss, aufzustehen und etwas zu tun, und wenn sie sich nur einen Kaffee besorgte und wartete, dass ihr Gefährte aufwachte.

Wohl eher Gefährten, dachte sie und fragte sich, ob Jaden in der Nacht noch zurückgekehrt war. Hoffentlich war er nicht während einer der lauteren Phasen der vergangenen Stunden nach Hause gekommen. Allein bei dem Gedanken wurden Lilys Wangen feuerrot, aber ändern konnte sie jetzt auch nichts mehr. Wenn sie sich aus Versehen zur Exhibitionistin gemacht hatte, dann war es eben so. Immerhin hatte das Loft Trennwände, auch wenn das die Geräusche nicht dämpfte.

Vorsichtig wand sie sich aus Tys Armen, was gar nicht so leicht war, weil er wie ein Toter schlief und sich überhaupt nicht rührte. Ihre Angst, er würde wach werden, erwies sich als überflüssig. Offensichtlich schliefen Vampire, solange die Sonne am Himmel stand, egal ob sie das wollten oder nicht.

Zum Schluss zog sie mit großer Mühe ihre Haare unter seinem Arm hervor. Mit einem erleichterten Seufzer rieb sie über die malträtierte Kopfhaut und rutschte von ihm weg. Einen Moment lang gönnte sie sich das Vergnügen, ihn einfach nur zu betrachten. Irgendwie sah er im Schlaf anders aus. Das Misstrauen, das er sonst ausstrahlte, war verschwunden, und sein kantiges, schönes Gesicht war viel offener und unschuldiger. Sein ganzer Körper wirkte locker und entspannt. Während sie ihn so betrachtete, begann ihr Herz auf eine Art zu schmerzen, dass sie wusste, dieser Schmerz würde sich nicht lindern lassen.

Lily zwang sich, den Blick abzuwenden, und stieg aus dem Bett.

Sie zog ein paar Sachen aus der Reisetasche, die offen auf dem Boden lag, und klopfte sich dafür auf die Schulter, dass sie so rasch gelernt hatte, sich im Dunkeln anzuziehen. Dann tastete sie sich leise zur Treppe vor und schlich sich hinunter.

Als sie jemanden atmen hörte, blieb sie stehen. Vermutlich war es Jaden, der sich auf dem Sofa schlafen gelegt hatte. Und wie sich herausstellte, schnarchte der Vampir, der sie so sehr an einen erotischen, mürrischen Rockstar erinnerte. Nicht laut, aber unüberhörbar.

Vorsichtig tastete Lily sich die restlichen Stufen hinab. Ein- oder zweimal fürchtete sie zu fallen, doch schließlich war sie unten angelangt.

Einen kurzen Moment lang fühlte sie sich schuldig, weil sie in Tys Jackentasche nach Geld wühlte. Sie war keine Diebin, aber er hatte ihr keine Chance gelassen, irgendetwas selbst zu bezahlen, und sie brauchte jetzt dringend einen Kaffee. Er hatte erwähnt, dass er sie nach draußen lassen würde, aber sie waren nicht mehr dazu gekommen, das weiter zu besprechen. Und ein gepflegter Latte Macchiato klang für sie gerade wie der Himmel auf Erden.

Außerdem war da noch etwas. Ty würde sie umbringen, wenn er es erfuhr, aber sie musste es einfach tun. Er hatte seine eigenen Vorstellungen, das war Lily durchaus klar. Und ihre waren in diesem Punkt eben anders. Es gab Dinge, die konnte sie einfach nicht dulden, so sehr sie es auch versuchte.

Trotz der Atem- und Schnarchgeräusche glich die Wohnung für Lilys Geschmack ein bisschen zu sehr einem Grab. Ihr wurde erst richtig bewusst, wie wichtig es ihr war, aus der Wohnung herauszukommen, als sie den Schlüssel von dem schmiedeeisernen Schlüsselbrett genommen und die Tür hinter sich ins Schloss gezogen hatte.

Rasch durchquerte sie den Eingangsbereich. Mit jedem Schritt wurde ihr leichter ums Herz, obwohl auch hier kein Tageslicht hereinfiel. Derjenige, der diese Wohnung ausgesucht hatte, hatte eine gute Wahl getroffen. Das Gebäude war wie eine Höhle. Als sie endlich die schwere Eingangstür aufstieß und ins sonnenhelle Freie trat, musste sie blinzeln, weil sich ihre Augen nicht so schnell an die Helligkeit gewöhnen konnten.

Nachdem sie die letzten Tage wie eine Nachteule gelebt hatte, war es, als würde sie auf einem anderen Planeten umherwandeln. Der Himmel war leicht bedeckt, und gelegentlich verbarg sich die Nachmittagssonne hinter einzelnen Wolken. Es ging ein schneidender Wind, und es roch, als würde es bald regnen. Als Lily tief einatmete, stellte sie fest, dass es außerdem nach Abgasen und nach Essen roch. Typische Stadtgerüche, dachte sie und wandte sich nach kurzem Zögern nach rechts. An der Ecke ging sie, ihrer Nase folgend, nach links, und nachdem sie ein paar Querstraßen überquert hatte, stand sie schließlich vor einem schmierigen kleinen Schnellrestaurant namens *Santo's*. Ein paar Häuser weiter war ein Café, das sich *Brühstation* nannte, und sie nahm an, dass sie dort den ersehnten Latte bekommen würde.

Aber erst brauchte sie noch etwas anderes: eine Telefonzelle. Niemand beachtete sie, die hübsche rothaarige Frau, die die Telefonzelle betrachtete – welche sie glücklicherweise trotz Handyzeitalter gefunden hatte –, als wäre sie eine hungrige Bestie, die sie unter Umständen angreifen würde. Lily hatte das Gefühl, von allen Seiten beobachtet zu werden. Ty hatte sie gewarnt, irgendjemanden mit in die Sache hineinzuziehen. Aber das hier zählte nicht, und sie wollte ihre beste Freundin nicht mehr leiden lassen als unbedingt nötig.

Lily betrat die Telefonzelle und wählte.

Ana, Bays Assistentin, hob beim ersten Klingeln ab, doch Bay musste direkt neben ihr gestanden haben, denn sofort wurde der Hörer an sie weitergereicht.

Lily fühlte sich schuldig. Sie hätte schon viel früher anrufen sollen, auch wenn das nicht ganz einfach zu bewerkstelligen gewesen wäre.

»Meine Güte … Lily? Bist du das wirklich?«

»Ja, ich bin es, Bay. Pass auf … ich kann dir nicht viel erzählen, aber ich wollte, dass du weißt, dass es mir gut geht.«

»Gut?« Bays Stimme war kurz vorm Überschnappen. »Wo zum Teufel steckst du, Lily? Hat dich jemand entführt? Was ist passiert? Ich bin Dienstag nach der Arbeit zu dir gefahren, weil ich nichts von dir gehört hatte, und es sah aus, als ob … Überall Glassplitter, die Möbel umgeworfen, Blut auf dem Boden. Die Lokalzeitungen sind voll von dir, und die Bullen haben zwar nicht die geringste Spur, sagen aber, dass es nach einem Überfall aussieht.«

»Blut«, murmelte Lily. Es musste von Damien stammen, vermutlich hatte er sich verletzt, als sie ihn abgeschüttelt hatte. Daraus würde die Polizei keine Schlüsse ziehen können, und das war sicher besser so. Niemand, der sich dorthin wagte, wo sie sich gerade aufhielt, würde sich damit etwas Gutes tun.

»Ja, Lily! Blut, verdammt! Wo steckst du?«

Lily überlegte, wie sie diese Frage beantworten sollte, und wünschte sich, sie hätte sich darüber ein paar Gedanken gemacht, bevor sie den Hörer in die Hand genommen hatte.

»Ich bin in Sicherheit, vorläufig jedenfalls. Hör zu, Bay, ich kann jetzt nicht lange reden. Was hier gerade passiert, ist viel zu kompliziert, und du würdest es mir sowieso nicht glauben. Aber … mach dir keine Sorgen.«

»Das ist doch verrückt«, erwiderte Bay, und jetzt klang sie nicht nur ängstlich, sondern auch wütend. »Das ist alles total verrückt. Ich dachte, du wärst tot. Ich habe dich schon zerschnippelt im Keller von irgend so einem Psycho gesehen. Und jetzt rufst du mich von irgendwoher an und sagst mir, ich soll mir keine Sorgen machen? Für wie blöd hältst du mich eigentlich?«

Es beschämte Lily, dass sie Bay so viel Kummer gemacht hatte und ihr jetzt nicht einmal sagen konnte, wo sie war, auch wenn das alles nicht ihre Schuld war. Bay war die beste Freundin, die sie je gehabt hatte. Sie schuldete ihr mehr als ein derart oberflächliches Telefongespräch.

»Okay«, erwiderte Lily. »Kurz und knapp: Weshalb ich meine Adoptiveltern hasse? Sie haben versucht, mich einweisen zu lassen, als ich ein Kind war. Mehrfach. Man hat mich allerdings immer wieder entlassen, weil ich nicht verrückt bin. Ich bin … also, ich habe übernatürliche Fähigkeiten.«

Bay schwieg einen Moment lang. »Aha«, sagte sie schließlich. »Und weiter?«

Jetzt war es Lily, die ärgerlich klang. »Du wolltest die Wahrheit hören, jetzt kriegst du sie. Diese übernatürlichen Fähigkeiten sind der Grund, weshalb ich nicht schlafen kann. Die Sachen, die ich im Traum sehe … na ja, das ist jetzt nicht wichtig. Was ich tun kann, ist manchmal sehr zerstörerisch, und als Kind hatte ich das kaum unter Kontrolle. Nachdem mich das Krankenhaus mal wieder entlassen und meine Eltern zu Spinnern erklärt hatte, die in Bezug auf ihr Kind irgendwie einen Knall hatten, haben meine Leute mich ins Internat gesteckt, damit sie sich nicht mehr mit mir befassen mussten. Sie haben für meine Schulausbildung gezahlt, solange ich bereit war, mich nur möglichst selten in ihrem großartigen, filmreifen Leben blicken zu lassen. Und da sie es mir nicht gerade angenehm gemacht haben, wenn ich kam, habe ich das gern akzeptiert. Wir reden nicht miteinander. Das war's. Jedenfalls, was meine Eltern angeht.«

»Ich wünschte, du hättest mir das erzählt«, erwiderte Bay leise.

In ihrer Stimme schwang nicht der leiseste Zweifel mit, und Lily wurde schlagartig klar, wie viel ihr ihre Freundin bedeutete.

»Du glaubst mir? Einfach so?«

»Lily. Du bist meine beste Freundin. Außerdem bist du einer der normalsten Menschen, die ich kenne. Und in gewisser Weise leuchtet mir das durchaus ein, was du sagst. Ich wusste immer, dass es da was gab, was du mir nicht erzählt hast. Aber ich habe nicht nachgebohrt, weil ich mir gedacht habe, wenn du so weit bist, wirst du es mir schon erzählen. Aber das erklärt noch nicht, wieso du weg bist und dein Haus wie ein Tatort aussieht. Ist da so was wie eine geheime Regierungsorganisation hinter dir her?« Plötzlich klang ihre Stimme deutlich lebhafter. »Haben dir deine Eltern das FBI auf den Hals gehetzt? Damit du deine Kräfte in einem geheimen Programm einsetzt, wo übersinnliche Kräfte in Waffen umgesetzt werden?«

Lily schloss die Augen, hin- und hergerissen zwischen Belustigung und Bestürzung. Bay wusste aus allem immer eine gute Geschichte zu machen. Nur dass die Wahrheit vermutlich immer noch die bessere Geschichte war.

»Äh … nein, Bay. Es ist alles viel verrückter. Es ist … äh …« Sie seufzte, weil sie wusste, wie wahnsinnig das alles klingen musste, egal in welche Worte sie es verpackte. »Ich bin mit zwei Vampiren unterwegs«, sprudelte sie schließlich heraus.

Bay schnaubte. »Das ist nicht lustig, Lily.«

»Nein, wirklich. Offensichtlich haben Vampire keine übersinnlichen Fähigkeiten, und sie brauchen mich, um einen Mörder zu finden, den außer mir niemand sehen kann. Es ist … kompliziert.«

Nur noch ein Knistern war in der Leitung zu hören. Offensichtlich ließ Bay sich Lilys Worte durch den Kopf gehen. »Geben sie dir Drogen?«

»Nein. Aber ich könnte einen Kaffee brauchen.«

Die Skepsis, von der vorher glücklicherweise nicht das Geringste zu spüren gewesen war, hatte sich inzwischen voll und ganz Bahn gebrochen. »Und wo sind diese Vampire jetzt? Es ist helllichter Tag!«

»Sie sind in der Wohnung und schlafen. Es ist ein bisschen anders als in den Filmen. Sie atmen, wie Sterbliche. Aber ich glaube nicht, dass ich sie aufwecken könnte.«

»Und sie lassen dich tagsüber einfach draußen rumspazieren?«

Klasse, dachte Lily. *Jetzt glaubt sie auch, dass ich verrückt bin.* Trotzdem – sie hatte beschlossen, die Wahrheit zu sagen, also würde sie das auch tun.

»Schau, Bay. Du brauchst mir nicht zu glauben, aber es stimmt, was ich sage. Am Anfang wollte ich das alles nicht, aber inzwischen ist das ein bisschen anders.« Lily musste an Ty denken, der friedlich in dem Bett schlief, in dem sie gemeinsam gelegen hatten. »Meine übernatürlichen Kräfte haben eine größere Bedeutung, als ich dachte. Wenn ich abhaue, werde ich sterben. Du glaubst gar nicht, wie kompliziert Vampire sind und wie viele es von ihnen gibt … zumal ja jeder glaubt, dass sie nur erfunden sind. Aber inzwischen will ich auch gar nicht mehr abhauen. Ich will wissen, was ich bin. Verstehst du das?«

»Dann steckst du also wirklich in Schwierigkeiten«, erwiderte Bay.

»Ja«, sagte Lily, die sich nicht recht im Klaren war, welche Teile ihrer Erzählung Bay glaubte und welche nicht. Aber es war schon eine große Erleichterung für sie, überhaupt jemandem davon zu erzählen. »Und nein. Ich werde ziemlich gut beschützt.«

»Hm. Wann kommst du zurück, Lily?«

»Ich … weiß es nicht. Hoffentlich sobald ich das erledigt habe, was ich ihrer Ansicht nach erledigen soll. So weit sind wir noch nicht.«

»Das reicht mir nicht.« Jetzt klang Bays Stimme schneidend. »Ich weiß nicht, wer diese sogenannten Vampire sind oder was sie mit dir gemacht haben, Lily. Auf jeden Fall müssen wir dich da rausholen. Sag mir, wo du bist. Wir sorgen dafür, dass dir niemand wehtut, aber du musst mir sagen, wo du bist.«

»Das kann ich nicht, Bay«, entgegnete Lily. Sie wusste, sie tat ihrer Freundin weh, aber das war immer noch besser als die Alternative, nämlich dass Bay annahm, sie sei auf schreckliche Art und Weise ermordet worden. Was natürlich immer noch passieren konnte, aber vorläufig ging es ihr so weit gut.

»Verdammt, Lily, jetzt lass mich dir doch helfen! Ich will dich nicht verlieren!«

Lily hörte ihre Angst und ihre Qual, und vor lauter Schuldgefühlen wurde ihr ganz elend. Aber sie konnte nichts daran ändern. Mit dem Anruf hatte sie getan, was ihr am Herzen gelegen hatte. Bay wusste jetzt, dass sie noch lebte, und mehr konnte sie nicht tun.

»Bay, du kannst mir nicht helfen. Und versuch ja nicht, mich zu finden – du würdest bestimmt verletzt, vielleicht sogar getötet werden. Ich hätte dich eigentlich gar nicht anrufen dürfen, aber ich habe es einfach nicht ausgehalten, dass du glaubst, ich wäre tot. Irgendwie werde ich dies hier schon auf die Reihe kriegen, und der Vampir, mit dem ich unterwegs bin … er ist wirklich stark, wirklich ausgebufft. Er wird nicht zulassen, dass mir was passiert.«

»Oh Gott, Lily, hast du dich etwa mit einem von diesen Irren eingelassen? Bitte sag mir, dass das nicht stimmt. Du weißt doch, was das Stockholm-Syndrom ist … Ich hoffe, du bist klug genug, um zu merken, wenn so was bei dir läuft. Schau zu, dass du da möglichst schnell abhaust, und komm nach Hause!«

»Bay«, erwiderte Lily. »Ich habe in den letzten Nächten Dinge gesehen, das würdest du nicht glauben. Bitte vertrau mir, dass ich zwischen Einbildung und Wirklichkeit unterscheiden kann. Das hier ist wirklich. Diese Leute sind uralt, außerdem mächtig und gefährlich. Ich kann ihnen meine Hilfe nicht verweigern, aber wenn ich mit ihnen zusammenarbeite, bekomme ich vielleicht Antworten auf ein paar Fragen über mich selbst, die ich mir schon immer gestellt habe. Bitte versuch, das zu verstehen.«

»Ich verstehe gar nichts.« Bay klang, als stünde sie kurz davor, in Tränen auszubrechen. »Ich habe Angst um dich, Lily. Ich will, dass du zurückkommst.«

»Das tue ich, wenn ich kann. Und hör mal … Egal, was passiert, lass nicht zu, dass sich meine Familie meine Sachen unter den Nagel reißt. Mein Testament liegt in dem Safe im Büro. Du erbst alles.«

»Ach, Lily …«

»Nun ja, ich will natürlich alles zurück, wenn ich wieder nach Hause komme«, fuhr Lily fort, weil sie wusste, dass Bay die Tränen jetzt nicht länger würde zurückhalten können. Auch ihr schossen Tränen in die Augen, und ihr war klar, dass es an der Zeit war, das Gespräch zu beenden. Mehr ließ sich jetzt sowieso nicht klären. Alles, was sie jetzt noch sagen könnte, würde ihrer Freundin nur noch mehr wehtun, und das wollte sie unbedingt vermeiden. Sie würde versuchen, sich nur auf das Positive zu konzentrieren. Bay wusste, dass es ihr gut ging. Das war es, worauf es ankam.

»Pass gut auf dich auf, Bay. Ich liebe dich.«

Sie legte den Hörer auf, bevor Bay antworten konnte, und fuhr sich mit dem Ärmel ihrer Jacke über die Augen. Das hatte sie nicht so gut hinbekommen, wie sie sich das vorgestellt hatte. Immerhin – der Anruf war erledigt.

Nach dem Gespräch mit Bay den Hörer aufzulegen, hatte sich angefühlt, als hätte sie ihrem alten Leben Adieu gesagt, als hätte sie eine Verbindung gekappt, statt sie zu erneuern, obwohl sie doch eigentlich Letzteres gewollt hatte. Aber was geschah und was sie zu tun hatte, ließ sich nicht ändern. Sie konnte nur hoffen, dass sie heil aus dem Ganzen herauskam.

Und trotz allem, was Ty gesagt hatte, trotz der Tatsache, dass es vermutlich unmöglich war, hoffte Lily, dass sie nicht nur heil aus dem Ganzen herauskommen würde, sondern auch gemeinsam mit Tynan MacGillivray. Ihr war klar, dass sie dabei war, sich Hals über Kopf in ihn zu verlieben, und sie hatte keine Ahnung, wie sie das verhindern sollte.

Den Kopf voller unmöglicher Vorstellungen und belastet mit neuen Sorgen, betrat Lily das Café und betete, dass sie nicht gerade einen riesigen Fehler gemacht hatte.

Als er wach wurde, fiel ihm als Erstes auf, dass er allein war.

Als Nächstes wurde ihm schlagartig klar, dass er das mit Lily nie so weit hätte kommen lassen dürfen. Er war eingeschlafen, eingelullt von ihrer Wärme und ihrem köstlichen Geruch. Noch nie, weder in diesem noch in seinem vorherigen Leben, hatte er sich so völlig in einer Frau verloren. Es war, als hätte die Nacht mit Lily einen vergessenen Teil seiner Selbst zum Vorschein gebracht, dessen Fehlen ihm bisher nicht einmal aufgefallen war.

Was er da tat, grenzte an Selbstmord. Langsam setzte Ty sich in dem großen, leeren Bett auf. Lily wurde ihm auf eine Art gefährlich, die er nie für möglich gehalten hätte. Und er konnte sein Verhalten auch nicht mehr damit entschuldigen, dass ihn ihr Blut so sehr gereizt hatte. Das hätte ihr Zusammensein sicher noch intensiver gemacht, aber die Lust, die er auch so schon mit ihr empfunden hatte, war so außergewöhnlich gewesen, dass er ab einem gewissen Punkt nicht einmal mehr daran gedacht hatte, sie zu beißen.

Gefährlich. Und dennoch ... er konnte an nichts anderes mehr denken, als wieder mit ihr zusammen zu sein.

Ty vergrub die Finger in seinem Haar, zog die Knie an und seufzte. Er hatte sich viel zu tief eingelassen – und vermutlich war er schon in dem Moment verloren gewesen, als er sie zum ersten Mal gesehen hatte.

Mit ihr zu schlafen war eine ganz schlechte Idee gewesen.

Weshalb er natürlich genau das getan hatte.

Am Rand des Raumteilers, der das Bett vor Blicken schützte, tauchte Jaden auf wie ein böser Geist. Es war, als würde ihn die negative Energie, die Ty zurzeit ausstrahlte, unwiderstehlich anziehen.

»Ich hätte nie gedacht, dass ich das mal sagen würde, Ty, aber wenn du so weitermachst, werden sie dich noch umbringen.«

Ty warf ihm einen bösen Blick zu. Er war ganz und gar nicht in der Stimmung, sich von irgendjemandem dumm anreden zu lassen. »Mit so was kennst du dich als Deserteur sicher bestens aus. Wenn hier einer Gefahr läuft, umgebracht zu werden, dann doch wohl du. Und was, bitte, tue ich, das angeblich so gefährlich ist?«

Jaden verzog keine Miene, aber das tat er sowieso nur selten.

»Die Frau. Falls du wirklich vorhast, sie zu Arsinöe zu bringen – was ich dir ehrlich gesagt nicht raten würde –, dann solltest du eigentlich wissen, wie unsinnig es ist, sich mit ihr einzulassen. Selbst wenn die Ptolemy sie am Leben lassen sollten, nachdem sie ihren Zweck erfüllt hat, wirst du sie auf keinen Fall wiedersehen dürfen. Vor allem dann nicht, wenn alles beim Alten bleibt.«

Ty zuckte mit den Schultern, dabei war er lange nicht so sorglos, wie er Jaden glauben machen wollte. »Sie macht sich keine Illusionen über mich. Und ich sehe keinen Grund, warum ich die positiven Seiten meines Jobs nicht genießen sollte, solange es noch geht.«

Jaden schnaubte ungläubig. »Klar doch. Du solltest dich mal sehen, wie du sie anschmachtest, Ty. Und sie dich. Ihr habt euch beide viel zu sehr aufeinander eingelassen.«

»Für mich ist sie bloß ein Job mit ein paar interessanten Vorteilen«, fuhr Ty ihm über den Mund. Ihm gefiel gar nicht, wie das klang, so barsch und gefühllos. Er versuchte sich in gewisser Weise selbst zu überzeugen, dass das stimmte – oder zumindest eines Tages stimmen würde. Bereits in dem Moment, als die Worte aus ihm heraussprudelten, begann er sich zu sorgen, Lily sei in der Nähe, habe sie gehört und würde den falschen Eindruck bekommen, welche Gefühle er für sie hegte.

Gefühle. Er hatte doch wohl nicht wirklich einen Anfall von Gefühlen?

Ty spürte, wie er Kopfschmerzen bekam. Meine Güte, er brauchte einen Drink, dabei war es noch nicht einmal sieben.

»Wo steckt Lily eigentlich?«, fragte er beiläufig. Aber Jadens Blick sagte ihm unmissverständlich, dass er mit seiner Frage gerade dessen Vorhaltungen allesamt bestätigt hatte.

Das wurmte ihn, obwohl er sich eingestehen musste, dass Jaden nicht ganz unrecht hatte.

»Sie steht gerade unter der Dusche, also beruhige dich, sie kann den Mist nicht hören, den du gerade zusammenfaselst. Entzückendes Mädchen. Viel zu nett für dich. Eine Schande, dass du sie überhaupt gefunden hast, ehrlich, und ich nehme an, das hast du auch schon ein- oder zweimal gedacht.«

Ty starrte ihn wortlos an, denn Jaden hatte recht, und das wusste er auch.

»Und wie du sie anschaust, als würdest du am liebsten in ihr ertrinken. Und genau das tut ihr beide gerade: ertrinken. Untergehen. Aber lass dir von meinen lästigen Anmerkungen nicht den

Spaß verderben. Ich bin ja nur der Typ, der bis Sonnenaufgang warten musste, ehe er nach Hause kommen und es sich auf dem Sofa bequem machen durfte.«

Ty trat unangenehm berührt von einem Fuß auf den anderen. »Oh. Das tut mir leid.«

Jetzt war es Jaden, der mit den Schultern zuckte. »Vergiss es. Ich hatte sowieso noch ein paar Sachen zu erledigen.«

»Warte«, sagte Ty, als Jaden sich zum Gehen wandte. Jadens Rückenmuskulatur spannte sich an. Ty fragte sich, ob sie wohl noch Freunde waren und warum alles auf einmal so ganz anders war.

»Jaden. Was ist passiert?«

Jaden warf einen Blick über die Schulter und sah ihn misstrauisch an. Aber sein Gesichtsausdruck war nicht mehr so mürrisch wie sonst, er wirkte eher ähnlich erschöpft wie Anura, was Ty bei ihm noch nie erlebt hatte. Ty wusste, dass Jaden, wenn es drauf ankam, ein guter, skrupelloser Jäger war, wenn auch manchmal ein frustrierend idealistischer. Aber er war auch immer ganz schön großspurig gewesen.

Von dieser alten Arroganz war nichts mehr geblieben.

»Wieso interessiert dich das?«, fragte Jaden. »Du gehst ja doch zurück.«

»Du weißt genau, warum mich das interessiert«, erwiderte Ty. »Ich muss wissen, was los ist, wenn ich an den Hof komme. Ich muss vorbereitet sein. Und ich muss wissen, ob ich den anderen helfen kann, falls sie Hilfe brauchen.«

Jaden schüttelte nur traurig den Kopf und bedachte ihn mit einem wehmütigen Lächeln, das Ty sowohl herablassend als auch entnervend fand.

»Ich glaube nicht, dass du noch jemandem helfen kannst, Ty. Nero hat Arsinöes sämtliche schlechte Eigenschaften ans Licht gebracht, die ich selbst viele Jahre nicht wahrhaben wollte. Nicht dass es irgendeinen Unterschied gemacht hätte, wenn ich mir eingestanden hätte, wie sie wirklich ist – außer, dass ich vielleicht schon früher abgehauen wäre, egal welche Konsequenzen das gehabt hätte. Du glaubst, du hilfst ihr, wenn du Lily zu ihr bringst.« Jadens Stimme wurde tiefer, sein Tonfall drängender. »Aber damit sprichst du das Todesurteil über sie aus. Die Entscheidung ist bereits gefallen, Ty. Die Dracul sollen vernichtet werden. Und wir anderen können nur in Deckung gehen und hoffen, dass die Schockwellen nicht allzu heftig werden.«

»Woher weißt du das?«, fragte Ty, dem es eiskalt den Rücken hinunterlief. »Hast du gehört, wie sie das gesagt hat?«

»Das war nicht nötig«, erwiderte Jaden. »Nero ist jetzt ihr Sprachrohr. Und was er tut, verrät mehr, als was er sagt.«

»Blödsinn«, fuhr Ty ihn an. »Arsinöe trifft ihre Entscheidungen selbst. Das hat sie schon immer getan.«

»Dann ist sie ein größeres Monster, als wir je angenommen haben. Such dir ein Versteck, Ty. Wenn Lily dir was bedeutet, dann verwandle sie. Wir wissen doch beide, dass sie nach allem, was geschehen ist, keine Chance mehr hat, ein normales Leben zu führen. Halt dich bloß von den Ptolemy fern. Die wollen Blut fließen sehen, geh ihnen lieber aus dem Weg. Wenn du zurückgehst, werden sie dich behandeln wie jedes andere Tier auch. Mehr sind wir für sie nicht: Tiere.« Seine Stimme klang bitter, als er hinzufügte: »Ich muss es wirklich wissen.«

»Ich kann das nicht glauben«, sagte Ty leise. »Die anderen –«

»Denen kann niemand mehr helfen, Ty. Du warst ziemlich lange weg. Tu dir – und vor allem deiner bedauernswerten Freundin – den Gefallen und lass dich dort nicht mehr blicken.«

»Das dürfte nicht ganz einfach sein. Das Haus der Schatten ist uns auf den Fersen. Die Ptolemy brauchen Lily. Sie können sie beschützen.«

Jadens dunkle Augenbrauen schossen in die Höhe. »Und du?«

»Ich kann selbst auf mich aufpassen. Und ich weigere mich zu glauben, dass alles schon so weit gediehen ist, wie du behauptest, Jaden. Ich weiß nicht, was sie dir angetan haben, und es tut mir wirklich leid, aber die Königin wird auf die Stimme der Vernunft hören. Sobald ich ihr die Lösung des Problems bringe –«

»Verschon mich mit deinem Idealismus«, fiel Jaden ihm ins Wort. »Damit hattest du es sonst doch auch nicht so. Allerdings hast du immer viel zu sehr einer Frau vertraut, die uns – zumindest die meisten von uns – am liebsten zertreten würde. Und die ja auch wirklich die meisten zertreten hat, die sich ihr nicht unterwerfen wollten. Hast du etwa vergessen, dass wir außerhalb des königlichen Hofs eine vom Aussterben bedrohte Spezies sind? Du bringst ihnen Lily, und wenn du Glück hast, wirft Arsinöe dir vielleicht einen Knochen hin. Vielleicht lächelt sie auch bloß und beauftragt dann Nero, dich zu den anderen in die Dunkelheit zu werfen. Na, zumindest wirst du am Hof vor den Shades sicher sein.« Er zuckte mit den Schultern. »Aber ein nützliches Haustier ist trotzdem nur ein Haustier. Die Cait Sith haben mehr drauf als das. Und du ganz besonders.«

»Die Gosse ist keinen Deut besser«, brauste Ty auf.

»Sie ist besser als manches andere«, erwiderte Jaden leise. »Aber mach, was du willst. Solange du hier bist, tue ich für dich, was ich kann. Sie ist echt nett, deine Lily. Aber ich gehe nicht zurück, und ich hoffe, du bist Freund genug, um das zu akzeptieren.«

»Ich würde niemals einen Cait verraten, Jaden.« Ty spürte, wie sich ihm die Kehle zusammenschnürte. Er konnte sich jetzt keine Zweifel über seine Mission erlauben. Aber Jadens Bemerkungen führten nun mal dazu, dass er sich noch mehr Fragen stellte und sich noch mehr Sorgen machte.

»Ja, ich weiß, dass du das nicht tun würdest«, entgegnete Jaden, und einen Moment lang war er wieder der Mann mit dem schiefen Lächeln, den Ty nun schon seit gut zweihundert Jahren kannte. »Wir Gossenblute müssen zusammenhalten, nicht wahr? Es tut wirklich gut, dich mal wieder zu sehen, Bruder. Trotz allem.«

Er drehte sich um und ging ohne ein weiteres Wort wieder nach unten. Ty blieb zurück mit dem Gefühl, im eigenen Saft zu schmoren, und er nahm an, dass Jaden genau das bezweckt hatte.

16

Die Straßen der Stadt waren nass vom Regen, als sie gegen Mitternacht schließlich die Wohnung verließen. Jaden ging ein paar Schritte vor Ty, Lily neben ihm. Ty war es lieber, wenn sie an seiner Seite blieb. Zum einen wirkte ihre Gegenwart beruhigend auf ihn, zum anderen war ihm nicht wohl bei dem Gedanken, dass sie tagsüber allein draußen unterwegs gewesen war. Er hatte es ihr nicht ausdrücklich verboten – im Gegenteil, er hatte ihr eigentlich sagen wollen, sie solle ruhig ein bisschen frische Luft schnappen gehen, Hauptsache, sie bliebe in der Nähe.

Sie war nicht der Typ, der einfach abhaute. Er wusste das und hasste sich beinahe ein bisschen dafür, so froh darüber zu sein, aber so war es nun mal. Solange er ihr nicht wehtat, würde sie ihm nicht mehr davonlaufen. Und ihr wehzutun, kam nicht infrage … war vermutlich nie infrage gekommen.

Dafür schämte er sich ebenfalls ein wenig.

Wie auch immer – irgendetwas hatte den ganzen Abend an ihm genagt, ohne dass er hätte sagen können, was es war. Auf jeden Fall war er in äußerster Alarmbereitschaft. Es fühlte sich nicht direkt so an, als würden sie beobachtet, obwohl sie das mit ziemlicher Sicherheit wurden. Es war mehr das nicht recht fassbare Gefühl, in unmittelbarer Gefahr zu schweben, als könnte irgendetwas plötzlich vom Himmel fallen und sie treffen, ohne dass sie etwas dagegen tun könnten.

Lily war ungewöhnlich still. Er hatte eine Zeit gebraucht, bis er begriffen hatte, dass der Grund in ihrer Schüchternheit lag, weil diese im krassen Gegensatz zu der Wildheit stand, die sie nachts gezeigt hatte. Zwischen ihnen war etwas geschehen, und zwar auf einer tieferen Ebene, als ihm lieb war. Ty wusste, dass sich dadurch nichts ändern würde, nichts ändern konnte.

Also nahm er es einfach hin, dass Lily still und in sich gekehrt neben ihm herlief. Er hatte nicht die geringste Ahnung, was er sonst hätte tun sollen, und solange sie schwieg, mussten ihm wenigstens keine vernünftigen Antworten einfallen.

Nichts jedoch konnte ihn vor ihrem Geruch retten, der so süß und unglaublich weiblich war und ihm den Kopf jetzt sogar noch mehr zu verdrehen schien. Ty versuchte, sich auf etwas anderes – egal was – zu konzentrieren. Zwar hatte er nicht mehr an Blut gedacht, während sie miteinander schliefen, dafür war sein Verlangen, von ihr zu trinken, jetzt im Nachhinein umso größer.

Auch in einer normalen Nacht wäre er um diese Uhrzeit hungrig gewesen.

Heute aber war er kurz vorm Verhungern.

»Bist du ganz sicher, dass sie nicht zu uns kommt?«, fragte Lily. »Schließlich ist es ihre Wohnung. Und sie klang sehr aufrichtig.« Lily schaffte es so gerade, mit seinen fast doppelt so großen Schritten mitzuhalten. Ty war froh, dass sie sich nicht beschwerte – ihnen blieb nicht viel Zeit, sie mussten so schnell wie möglich vorwärtskommen. Er verdrängte seinen Blutdurst und konzentrierte sich wieder auf die vor ihm liegende Aufgabe. Er konnte nur hoffen, dass Lily ihm nicht zu tief in die Augen sah, denn er hatte Angst vor dem, was sie dort entdecken würde.

»Aufrichtigkeit heißt nicht immer, dass ein Versprechen auch wirklich in die Tat umgesetzt wird«, erwiderte Ty. »Das *Mabon* wird eine Weile geschlossen bleiben, wobei ich ja schon froh bin, dass das Gebäude überhaupt gerettet werden konnte. Anura wird das *Mabon* renovieren und wiedereröffnen. Es gab auch früher schon Probleme, aber Anura wird mit so etwas fertig.

Allerdings können wir nicht warten, bis es so weit ist. Vor allem nicht, falls sie gezwungen war unterzutauchen.«

Lily sah ihn durchdringend an, und Ty wandte den Blick ab. Ihre Sorge galt jedoch gar nicht ihm.

»Gezwungen unterzutauchen?«

»Gut möglich. Du bist sehr besorgt um sie, dabei hast du sie doch kaum kennengelernt. Wieso ist sie dir so wichtig?«

Er wusste sofort, dass er etwas Falsches gesagt hatte. Wütend starrte sie ihn an.

»Oh, ich verstehe. Ich sollte mir also nur Gedanken um das machen, was Leute für mich tun können, nicht um die Leute selbst, stimmt's?«

Ty zuckte unbehaglich mit den Schultern. »Das macht das Leben einfacher.«

»Das macht das Leben trauriger. Wie würdest du mich behandeln, wenn ich nicht von Nutzen für dich wäre?«

»Gar nicht. Dann hätte ich dich nämlich gar nicht erst kennengelernt.«

Lily seufzte, und ihm war klar, dass ihr die Antwort nicht gefiel. Immerhin klang diese Antwort halbwegs logisch und würde nicht gleich weitere Fragen nach sich ziehen.

Sie wagte sich gefährlich weit auf ein Gebiet vor, das er auf keinen Fall mit ihr zusammen beschreiten wollte.

Glücklicherweise zeigte ihm ihre nächste Bemerkung, dass sie im Moment nicht zum Streiten aufgelegt war.

»Was ist sie eigentlich? Anura, meine ich. Was bedeutet ihr Mal, die Fackel und die Pfote?«

Klar, das interessierte sie. Sogar ein bisschen zu sehr, fand Ty. Er glaubte, in Anuras Augen das gleiche Interesse gesehen zu haben, so etwas wie ein Aufblitzen von Wiedererkennen, als die beiden Frauen sich verabschiedet hatten.

Es ärgerte ihn, dass Lily nichts über dieses wortlose Verständnis zwischen Anura und ihr gesagt hatte. Und dass er ihr die Information nicht einfach aus dem Kopf ziehen konnte, ärgerte ihn noch mehr. Er konzentrierte sich und versuchte, wenigstens ein Gespür dafür zu bekommen, was sie gerade fühlte. Der Umgang mit Menschen war deutlich leichter, wenn er wusste, was sie dachten, was sie vorhatten und was sie zu verbergen suchten.

Sofort spürte er, wie sie ihn abblockte.

»Lass das«, sagte sie.

Sie ist stark, dachte Ty. Viel stärker, als sie wusste. Ansatzweise hatte er ihre Kraft schon zu spüren bekommen, an dem Abend, als sie Tipton verlassen hatten. Schon wenn er nur gedanklich die Fühler nach ihr ausstreckte, konnte er die siedende elektrische Ladung ihrer Energie spüren.

»Wenn du ehrlich zu mir wärst, müsste ich das nicht machen. Warum interessierst du dich so sehr für Anura? Irgendwas ist da zwischen euch beiden passiert.« Er sah es Lilys Gesicht an, dass er richtig geraten hatte. Die gute Frau war so durchsichtig wie Glas. Er hoffte, dass sie niemals in die Situation kommen würde, etwas Wichtiges verschweigen zu müssen. Wenn er sie sich mit Arsinöe zusammen vorstellte, einer Frau, die Täuschung genauso perfekt praktizierte wie erkannte, dann sank ihm gleich der Mut.

»Ich habe einfach … irgendwas gespürt, das von ihr ausging«, erwiderte Lily. »Irgendwas gesehen. Als ich sie berührt habe.« Sie folgten Jaden gerade durch eine schäbige Straße in den Außenbezirken der Stadt, vorbei an einem Stripclub mit geschwärzten Fenstern, einem Geschäft mit Spielzeug und Videos für Erwachsene und einem Laden, der gleichzeitig ein Leihhaus und eine Kautionsagentur war. Lily bemerkte die beiden abgerissenen Männer gar nicht, die vor einer Kneipe auf der gegenüberliegenden Straßenseite standen und ihr lüsterne Blicke zuwarfen, aber Ty tat das sehr wohl.

Sie gehört mir, dachte er und schleuderte ihnen diesen Gedanken mit aller Kraft entgegen. Sie würden es verstehen, ohne sich erklären zu können, warum, würden es bis ins Mark spüren. Und genau das geschah auch. Rasch huschten sie in das Loch zurück, aus dem sie gekrochen waren, und warfen ihm dabei über die Schulter ängstliche Blicke zu.

Es war befriedigend. Selbst wenn das, was er ausgesandt hatte, nicht ganz der Realität entsprach. In gewisser Weise gehörte sie ihm wirklich. Vorläufig jedenfalls.

»Irgendwas gesehen«, wiederholte er und richtete die Aufmerksamkeit wieder auf das, worüber sie soeben gesprochen hatte. Allmählich wurde er richtig wütend. Sie verschwieg ihm etwas, und er fragte sich, was sie noch alles vor ihm geheim hielt, weil sie ihm nicht traute oder fand, er sei zu blöd, es zu verstehen.

»Das hättest du vielleicht mal erwähnen können«, fuhr er fort. Es gelang ihm gerade noch, nicht die Zähne zu blecken. Anura war unübersehbar ein Blaublut, auch wenn sie verstoßen worden war. Natürlich wollte Lily lieber ihr als ihm ihr Herz ausschütten.

Er war schließlich nur ein Katzengestaltwandler, der um die Mächtigen herumschlich.

Seine Gedanken waren wie ein Sturm, dessen dunkle Wolken rasch heranzogen und heftigen Regen ankündigten. In diesem Moment wurde Ty klar, dass er etwas fühlte, von dem er geglaubt hatte, es längst überwunden zu haben. Etwas, auf das er nur zu gern verzichtet hatte, weil es wie ein Stich ins Herz war: Kränkung. Ihre Geheimnistuerei kränkte ihn.

Am liebsten hätte er auf der Stelle kehrtgemacht und wäre davongelaufen. Er hatte Lily näher an sich herangelassen als irgendjemand anderen in den letzten Jahrhunderten. Und wenn sie ihn jetzt schon so leicht verletzen konnte, wie sollte das dann erst später werden …

»Ich wusste nicht, wie ich es beschreiben sollte«, sagte Lily. »Ich bin mir noch immer nicht sicher, ob ich mir das nicht nur eingebildet habe.«

Er merkte, dass ihr der Aufruhr, der in ihm tobte, völlig entging. Vermutlich war das auch besser so.

»Trotzdem hättest du es mir erzählen sollen«, beharrte er. »Jeder noch so kleine Hinweis könnte uns helfen herauszufinden, was dein Mal bedeutet. Und wenn du mir noch mehr verschwiegen hast, dann sag es besser gleich. Ich habe keine Lust, vor den Cait Sith wie ein Idiot dazustehen.«

»Ja«, erwiderte sie und nickte. »Es gibt da noch was, das du vermutlich wissen solltest.«

Dieses sofortige Eingeständnis nahm ihm mit einem Schlag den Wind aus den Segeln. Sein Ärger verflog und wich Verblüffung. Sich so schnell durchzusetzen, war für ihn ganz ungewohnt. Und wenn es ihm gelang, musste er anschließend meist erst recht auf der Hut sein.

Aber das gleiche Gespür, das ihn auf eine unsichtbare Gefahr hinwies, sagte ihm auch, dass Lily ehrlich war.

Sie seufzte, legte den Kopf in den Nacken und sah in den Himmel hinauf, um ihre Gedanken zu sammeln. Das erinnerte Ty an jenen Abend, als er sie zum ersten Mal gesehen hatte, und daran, wie sie in dem vom Mondlicht erhellten Garten gestanden hatte. Die Unschuld, die sie an jenem Abend ausgestrahlt hatte, war noch immer da, aber dazu hatte sich eine Erschöpfung gesellt, die ihm vorher nicht aufgefallen war.

Noch nie hatte er jemand so Unverdorbenen gehabt, noch nie eine Frau, die sich ihm hingab, ohne etwas dafür zu verlangen. Doch hier war sie: schön, ein wenig schüchtern, gleichzeitig mit Nerven wie Drahtseile und nach der letzten Nacht immer noch an seiner Seite. Ohne eine Gegenleistung zu erwarten.

In dem Moment wallte etwas in ihm hoch und schlug wie eine

Welle über ihm zusammen, Gefühle, die er seit Jahrhunderten weggesperrt hatte, denn sie zuzulassen, hätte nichts als Schmerz bedeutet. Aber diesmal konnte er sie nicht mehr aufhalten, konnte sie nicht wieder wegsperren. Ty blieb stehen und gab dem Impuls nach, der ihn übermannte: Er nahm Lily, die ihn überrascht ansah, bei der Hand und zog sie an sich.

»Was ist los?«, fragte sie mit weit aufgerissenen Augen.

Dann lag sie in seinen Armen, und es fühlte sich an, als wäre sie genau jene andere Hälfte, mit der er zu einem Ganzen wurde. Er gab ihr einen Kuss, der alles ausdrückte, was er nicht sagen konnte, und sofort schmiegte sie sich an ihn, öffnete erwartungsvoll den Mund für seine Zunge und schlang die Arme um seine Schultern, als wäre er ihr einziger Anker. Er spürte, wie ihre wilde Seite von Neuem erwachte, und sein Körper reagierte sofort auf sie.

Sie wieder loslassen zu müssen war wie ein Vorgeschmack auf die Hölle, aber er musste es tun, wenn er nicht in aller Öffentlichkeit über sie herfallen wollte.

Lilys Augen waren ganz verhangen, als er sie losließ, ihre Lippen geschwollen von seinem Kuss, ihre Haut gerötet.

»Womit hatte ich den jetzt verdient?«, fragte sie belustigt.

Er lächelte, um den Aufruhr zu überdecken, der in ihm tobte. »Ich neige zu unkontrollierten spontanen Gefühlsausbrüchen. Hatte ich das nicht erwähnt?«

Ihr Lächeln war umwerfend. Sie öffnete den Mund, um zu antworten, aber Jaden kam ihr zuvor.

»Tut mir leid, wenn ich euch stören muss«, rief er über die Schulter. »Aber ich glaube, wir werden erwartet.«

So lief es die ganze Zeit mit Ty: Momente voller Glückseligkeit, Stunden voller Ärger und gelegentlich ein lebensgefährliches Ereignis.

Und jetzt schien ihr mal wieder eins der Letzteren bevorzustehen.

Lily drehte sich zu Jaden um, der stocksteif mitten auf dem Bürgersteig stand. Der Blick, den er ihnen über die Schulter zuwarf, ließ keine Überraschung erkennen, höchstens eine Spur von banger Vorahnung. Sie fragte sich, ob das wohl typisch für die Cait Sith war oder für Vampire im Allgemeinen oder ob nur Jaden und Ty so seltsam drauf waren.

»Sie kommen«, rief er Ty und ihr zu, und dann grinste er.

Es war bezeichnend, dass Lily ihn ausgerechnet jetzt zum ersten Mal, seit sie ihn kennengelernt hatte, lächeln sah.

Weiter vorne auf dem Bürgersteig lösten sich drei Vampire von der Wand, an der sie gelehnt hatten, und kamen auf sie zu. Zwei von ihnen waren große, breitschultrige Männer, die dritte eine kleine Frau mit kantigen Gesichtszügen. Alle drei trugen schwarz, ganz wie Lily sich das bei Vampiren immer vorgestellt hatte. Wobei sie annahm, dass es auch in der Vampirgesellschaft Mitglieder gab, die diesen Aspekt ihrer Existenz in den Vordergrund rückten.

Diese drei sahen wie Kämpfer aus, ein Eindruck, der von dem blutrünstigen Funkeln in ihren Augen noch verstärkt wurde. Doch Lily wich nicht zurück. Sie hatte sich den ganzen Nachmittag lang Gedanken darüber gemacht, was sie tun könnte, wenn sie nochmals in solch eine Situation käme, was sie für ziemlich wahrscheinlich hielt. Ihr Traum war ihr wieder in den Sinn gekommen, vor allem das, was die Leute der rothaarigen Vampirin angerichtet hatten. Wenn das nicht nur ein Traum, sondern eine Vision war, dann wäre sie vielleicht in der Lage, das, was in ihr steckte, in gleicher Weise einzusetzen wie gegen Damien.

Es war ein Experiment, und ein riskantes dazu. Aber wenn es klappte, hätte sie endlich einen Beweis dafür, woher sie stammte, so verrückt das auch klingen mochte. Wenn Lily das hinbekam, dann gab es zwischen der Frau in Grün, die das »Haus der Mutter« angeführt hatte, und ihr eine direkte Verbindung.

Sie drückte den Rücken durch und holte tief Luft.

»Halt dich hinter mir«, befahl Ty, der zu Jaden aufschloss und dann neben ihm stehen blieb. Sie warf ihm einen vernichtenden Blick zu, aber er beachtete sie gar nicht. Seine ganze Konzentration galt den drei Vampiren, die auf sie zugeschlendert kamen und dann direkt vor ihnen stehen blieben. Was sie ausstrahlten, war eine Mischung aus Kompetenz und Selbstvertrauen.

Lily stellte sich neben Ty und konnte sofort spüren, wie sehr ihm das missfiel. Aber damit konnte sie sich jetzt nicht abgeben.

»Guten Abend, alle miteinander«, sagte der größere der beiden Männer. Seine Haut war olivfarben, sein lockiges Haar genauso dunkel wie seine Augen. Er sprach mit einem leichten ausländischen Akzent, den Lily allerdings nicht einordnen konnte. Auch die komplizierte Tätowierung, die offensichtlich irgendwo unter seinem T-Shirt begann und sich über seinen Hals hinaufzog, sagte ihr nichts. Ein bisschen sah sie wie eine Blume aus. Oder wie eine Fledermaus.

Jetzt fiel ihr wieder ein, was Ty über Tiergestaltwandler gesagt hatte und darüber, wer sich in was verwandeln konnte. Das hier waren Dracul. Und die Gegend war ihr Territorium.

»Können wir irgendwas für euch tun?«, fragte Ty. »Oder macht ihr nur einen Abendspaziergang?«

Lily war überrascht, wie gelassen er klang. Andererseits war es für ihn vermutlich alltäglich, dass Leute ihn umbringen wollten. Sie selbst würde wohl noch eine Zeit lang brauchen, bis sie sich daran gewöhnte.

Der Mann lächelte, und seine Begleiter kicherten. »Wir machen genauso unseren Abendspaziergang wie ihr auch. Dass es dafür mitten in der Nacht bessere Stadtteile gibt, wisst ihr ja sicher. Außer ihr hättet exotischere Pläne für die Nacht als die meisten Leute.«

Er warf Lily einen kurzen Blick zu, und sie spürte, wie er in ihren Kopf einzudringen versuchte. Wenn Ty das machte, war es einfach nur ärgerlich. Aber bei diesem Mann fühlte es sich wie ein Vergewaltigungsversuch an. Sie schauderte und wehrte das Gefühl reflexartig ab, indem sie es ihm zurückschleuderte.

Als Lily sah, wie seine Augen triumphierend aufblitzten, wusste sie sofort, dass sie genau das getan hatte, was er von ihr erwartet hatte. Offensichtlich verriet die Undurchdringlichkeit ihrer Gedanken sie jedes Mal mit tödlicher Sicherheit. Jetzt war ein Kampf unausweichlich, wobei sie annahm, dass er das von Anfang an gewesen war.

»Was willst du, Ludo?«, fragte Jaden gelangweilt. »Wirklich nett, euch zu treffen, aber ich nehme mal an, ihr habt Besseres zu tun. Bei uns jedenfalls ist das so.«

»Eigentlich tue ich gerade genau das, was mir aufgetragen wurde«, erwiderte Ludo. »Vlad hat schon vor einiger Zeit gehört, dass du in der Stadt bist, Jaden. Blöd gelaufen – er hätte dich nämlich in Ruhe gelassen, wenn du dir nicht MacGillivray hier als Verstärkung geholt hättest. Die Dracul haben kein Interesse an Ptolemy-Deserteuren. Im Gegenteil, ich hätte sogar gesagt: gute Entscheidung. Aber du hast ein schlechtes Gespür dafür, wen du als Freund wählst.«

»Anders als du natürlich«, erwiderte Jaden beiläufig.

Die Frau ließ ihre Fangzähne sehen.

»Ich fühle mich geehrt, dass ich solches Interesse hervorrufe«, sagte Ty. »Aber ich wüsste nicht, was Vlad von mir wollen könnte. Ich arbeite zwar für die Ptolemy, aber letztlich bin ich doch nur eine Katze.«

»Eine Katze, die etwas sehr Interessantes besitzt«, erwiderte Ludo und sah Lily so lange an, bis sie seinen Blick erwiderte.

»Vlad interessiert sich sehr für diese Frau. Und dafür, was sie hier tut, wo man doch annehmen sollte, dass du sie auf schnellstem Weg zu Arsinöe bringst. Denn darum geht es doch, oder? Darum, eine menschliche Seherin zu finden, die die Ursache für das Leid der Ptolemy herausfinden kann?«

»Da haben wir schon ein paar ziemlich klare Vorstellungen«, knurrte Ty.

Ludos Gesicht verfinsterte sich. »Deine Vorstellungen interessieren mich nicht, zumal sie offensichtlich falsch sind. Aber klar, deine hochgelobte Arsinöe sieht das natürlich ganz anders. Wir sind eine Beleidigung für sie. Tiere. Wie du.«

»Wir haben nichts gemeinsam«, fuhr Ty ihn an.

Die beiden Männer traten aufeinander zu und machten sich kampfbereit. Lily spürte, wie sich ihre Muskeln anspannten. Gewalttätigkeit lag in der Luft, und die Frage war nur noch, wer als Erster angreifen würde.

»Wir haben mehr gemeinsam, als du glaubst«, sagte Ludo mit gefährlich leiser Stimme. »Aber das ist egal. Du bist eben blind. Warum bist du nicht nach Süden, an den Hof der Königin, gefahren? Wieso hast du Anura aufgesucht?«

»Warum stellst du mir Fragen, wenn du genau weißt, dass ich sie nicht beantworten werde?«, gab Ty zurück.

Wieder richtete Ludo den Blick auf Lily, und diesmal zischten Ty und Jaden ihn warnend an. Aus irgendeinem Grund, der ihr selbst nicht recht klar war, wollte Lily allerdings gern hören, was der Dracul zu sagen hatte. Hier ging es um mehr, als sie gedacht hatte.

»Um was geht es hier eigentlich?«, fragte sie Ludo. »Was weißt du?«

»Er weiß gar nichts«, knurrte Ty.

Aber Ludo wandte den Blick nicht von ihr ab. »Unser Führer, Vlad, interessiert sich außerordentlich für Geschichte und Wissen der Vampire. Wusstest du das?«, fragte er mit samtweicher Stimme.

»Offensichtlich gibt es da eine ganze Menge, was ich nicht weiß«, erwiderte Lily. »Ich bin kein Vampir.«

»Eine Seherin bist du aber auch nicht. Jedenfalls sagt Anura das.«

»Verdammt!«, fauchte Jaden ihn an. »Was habt ihr mit Anura gemacht?«

»Sie ist aus freien Stücken zu uns gekommen«, fauchte die Frau zurück. »Ihren eigenen Leuten mag sie vielleicht gleichgültig sein, aber Vlad respektiert sie. Diese Frau da soll als Waffe gegen unsere Dynastie eingesetzt werden. Anuras Entscheidung, zu uns zu kommen, war richtig. Und ihr lasst eure Beute jetzt gehen, wenn ihr nicht einen Kopf kürzer gemacht werden wollt.«

Lily sah zwischen den beiden Lagern hin und her. Es war klar, dass keins von beiden nachgeben würde. Sie wusste, Blutvergießen war unvermeidbar. Und das war schade, denn was Ludo gesagt hatte, war mehr als faszinierend. Natürlich konnte es eine Lüge sein. Andererseits war der Mann, der ihr erklären konnte, was sie war, vielleicht auch derjenige, vor dem Ty die Ptolemy zu beschützen versuchte.

Verdammt, warum war bloß alles immer so kompliziert? Eins allerdings war klar: Sie musste bei Ty bleiben. Die Dracul kannte sie nicht. Solch ein Risiko konnte sie nicht eingehen.

»Wenn dieser Vlad mit mir reden möchte«, sagte sie, »dann soll er sich gefälligst selbst auf den Weg machen und mich suchen.«

»So läuft das nicht, *gadje*«, erwiderte Ludo. »Und selbst wenn es so liefe, glaub mir, du würdest nicht von Vlad Dracul gejagt werden wollen.«

»Wer weiß. Wenn es ihm wirklich so wichtig wäre, wäre er jetzt jedenfalls hier. Also bleibe ich, wo ich bin.«

Ludo seufzte. »Du weißt doch, dass ich mir dich sowieso schnappe.«

»Hör auf mit ihr zu reden«, fuhr Ty dazwischen. »Kein Wort mehr. Sie bleibt bei uns. Vlad Dracul soll zur Hölle fahren.«

»Wie du willst.«

Ludo und seine Kumpane fingen an, sie zu umkreisen, und Lily sah, wie viel Vergnügen ihnen das bereitete. Ihr wurde klar, wie sehr Ludo darauf gehofft hatte, dass es zu einem Kampf kommen würde. Und er musste gewusst haben, dass Ty und Jaden sie nicht kampflos aufgeben würden. Lily drängte sich dicht an Ty. Er und Jaden standen reglos wie Statuen da, aber ihren Augen entging nichts. Von ihnen kam auch nicht das geringste Geräusch, obwohl Lily Tys Stimme plötzlich laut und deutlich in ihrem Kopf hörte.

Halte dich dicht hinter mir. Ich werde dich beschützen.

Offensichtlich kannte er einen Trick, wie sie ihn hören konnte, auch wenn das umgekehrt nicht funktionierte. Lily versuchte gar nicht erst, ihm zu antworten, dass sie selbst auf sich aufpassen konnte. Sie würde es ihm schon zeigen, allerdings war sie gerade ein einziges Nervenbündel. Konnte sie sich wirklich selbst verteidigen? Ließen sich ihre Fähigkeiten dafür einsetzen?

Wenn sie das herausfinden wollte, war dies der perfekte Zeitpunkt.

Sie hatte gerade angefangen, ihre Kräfte zu sammeln, als Ludos Hand plötzlich vorschoss und Ty die Wange aufkratzte. Ty gab keinen Laut von sich, obwohl der Kratzer tief war und blutete und sicher höllisch wehtat. Ludo kicherte.

»Die ersten Blutstropfen, Katze. Mach dich drauf gefasst, dass es noch deutlich mehr werden.«

Und schon war Lilys Kraft da, einfach so.

Bevor sie sich in die Schlacht warf, wurde ihr gerade noch bewusst, dass sie, um diese Kraft zu entwickeln, nur wütend sein musste. Das hätte sie vielleicht ein klein wenig geängstigt, wäre sie nicht völlig auf das Blut fixiert gewesen, das Tys Wange hinablief.

»Rühr ihn ja nicht an«, brüllte Lily, und schon stieg ihre Kraft wie eine Flutwelle höher und höher, bis Lily kurz vorm Explodieren stand. Es war furchterregend und berauschend, und oh Gott … sie konnte es nicht mehr aufhalten, selbst wenn sie gewollt hätte.

Als der zweite Vampir nach ihr griff, brauchte sie nur sein T-Shirt zu packen und ihm mental einen Schubs zu geben. Ein Lichtblitz, ein Schrei, und schon flog er durch die Luft und krachte ein ganzes Stück weiter die Straße hinunter auf den Asphalt. Dass sich die anderen allesamt ihr zuwandten und sie verblüfft anstarrten, nutzte Lily sofort zu ihrem Vorteil. Sie schnappte sich die Vampirin, vergrub die Fäuste in ihrem T-Shirt, hob sie hoch und ließ sie genauso durch die Luft segeln wie den ersten Vampir, der sich gerade wieder aufrappelte. Sie konnte nur noch an ihren Traum denken und daran, wie die Tempelvampire gekämpft hatten.

In ihren Ohren klangen die Schreie der Verdammten, und vor ihren Augen verschwamm alles zu einem dunklen Rot. Ihre Leute … ihre Leute …

Lily roch Feuer.

Sie sah Ludo an und wusste nur noch, dass er der Feind war. In ihrem Kopf hörte sie, wie die Frau aus ihrem Traum ihr etwas zurief, und sofort kamen ihr diese Worte über die Lippen, mit einer Stimme, die zugleich ihre eigene und nicht ihre eigene war.

»Du wirst dir nicht nehmen, was mir gehört«, schrie sie. Licht schoss aus ihren Händen, als sie sie nach Ludo ausstreckte. Aber ihn schleuderte sie nicht durch die Luft, sie ließ einfach nur die Kraft durch ihn hindurchströmen, dass sein Kopf vor und zurück wippte. Aus dem Nichts blies auf einmal ein heftiger Wind und heulte zu ihren Worten. Lily fing an, in einer Sprache zu reden, die nicht die ihre war und die ihr bewusster Teil nicht verstand.

Und dieser bewusste Teil von ihr konnte, obwohl er noch funktionierte, nur in Schweigen erstarrt zusehen.

Ich verfluche dich im Namen der Mutter.

Ich verfluche dich im Namen des ewigen Blutes.

Sie beherrschte die Welt, und in ihr öffnete sich die Nacht wie eine dunkle Blume, voller Möglichkeiten und ganz und gar ihr gehörig. Sie war ein Kind der Mutter, das Lieblingskind. Das einzige, das es noch gab.

Das Pentagramm und die Schlange brannten weißglühend auf ihrer Haut.

»Lily!«

Von irgendwoher hörte sie Ty ihren Namen brüllen, und schon flaute der Sturm ab, innerlich wie äußerlich. Schlagartig war Lily wieder sie selbst, und das war ein überwältigendes Gefühl, nachdem sie in einem dunklen, aufgewühlten Meer aus purer Kraft und Wut umhergetrieben war.

Lily blickte sich um und blinzelte erstaunt. Die Straße war leer, abgesehen von dem Müll, der überall verstreut lag, als wäre ein besonders heftiger Sturm darüber hinweggefegt. Jaden und Ty starrten sie an und sahen sogar noch blasser aus als sonst.

Noch immer hatte sie Ludos T-Shirt fest gepackt. Der Vampir hielt sich kaum noch auf den Beinen, und Lily spürte, wie er zitterte. Als er langsam in sich zusammensackte, trat Lily ohne zu überlegen noch näher an ihn heran, um ihn aufzufangen. Beschämt musste sie miterleben, wie er vor ihr zurückzuckte.

»Nein!«, heulte er. »Geh weg!«

Lily starrte ihn hilflos an, doch in dem Moment trat Jaden hinzu und nahm ihn ihr ab.

»Ich habe ihn«, sagte er und sah sie dabei misstrauisch an. Was zum Teufel war da bloß gerade mit ihr geschehen? Lily schlang die Arme um ihren Körper, aber nicht, um sich vor der Kälte zu schützen. Ty starrte sie mit Sicherheit entsetzt an, und sie wollte seinem Blick lieber gar nicht erst begegnen.

»Alles okay mit dir?«, hörte sie Jaden den Dracul fragen. Ludos Stimme klang zunächst noch schwach, wurde aber rasch wieder kräftiger. Das zumindest machte ihr schon mal Mut.

»Alles okay«, knurrte Ludo und schüttelte Jadens Hand ab. Er sah Lily so böse an, dass seine dunklen Augen Feuer spuckten. »Du hast recht. Vlad Dracul kann dich selbst suchen. Ich will nichts mehr damit zu tun haben.« Dann richtete er den Blick auf Ty, der direkt hinter ihr stand. »Bring sie zu den Ptolemy. Ich hoffe, sie ermordet jeden Einzelnen von dieser verdammten Bande!«

Und dann war er weg. Ein kleines Flügelwesen stieg gen Himmel und verschwand. Lily starrte ihm schweren Herzens hinterher. Selbst unter diesen Launen der Natur betrachtete man sie noch als Missgeburt. Und hier, unter ihnen, schien sie ihre Kräfte auch kaum kontrollieren zu können. Sie entglitten ihrem Willen, und sie wusste nicht, warum.

Aber wohin auch immer es sie in ihrem Kraftrausch verschlagen hatte, Tys Stimme hatte sie zurückgeholt.

»Heilige Mutter Gottes, gute Frau«, hörte sie Jaden sagen. »Was ist bloß in dich gefahren?«

Sie öffnete den Mund, aber es kam kein Wort heraus. Was hätte sie auch sagen sollen? Langsam und unwillig drehte sie sich zu Ty um. Er sah sie mit unbewegter Miene an, aber sie wusste genau, dass er sie bei erstbester Gelegenheit bei Arsinöe abliefern und sich aus dem Staub machen würde. Genau wie das bisher jeder getan hatte, der einmal eine ihrer »Episoden« miterlebt hatte.

Sie konnte es niemandem verübeln. Aber das machte die Sache auch nicht einfacher.

»Lily«, murmelte er. »Was ist passiert?«

Allmählich wurde ihr die Tragweite dessen, was geschehen war, vollends klar. Vor ihren Augen begann alles zu verschwimmen. Die Kraft war ein unglaubliches Hochgefühl, ihr Nachlassen allerdings die Hölle. Sie schwankte, wagte es aber nicht, sich an Ty festzuhalten. Sie wusste, dass er sie nicht mehr würde anfassen wollen.

»Die rothaarige Frau aus meinen Träumen«, flüsterte Lily, die sich Mühe geben musste, nicht zu lallen. »Die Priesterin oder was immer sie war.«

Ty zog die Stirn in Falten. »Priesterin?«

Lily schüttelte den Kopf, bereute es aber sofort, denn bei der Bewegung wurde ihr gleich noch schwindeliger. Himmel, so schlimm war es noch nie gewesen. Aber sie hatte auch noch nie mit so viel Kraft um sich geschleudert. »Vampirpriesterin. Ich weiß es nicht. Ich konnte sie in meinem Kopf hören. Und dann war ich nicht mehr ich.«

Lily konnte es kaum fassen, als sie Tys Hände spürte, nahm allerdings an, dass er sie nur stützen wollte. Sie verlor rasch an Kraft. Zu viel davon hatte sie eingesetzt, und jetzt blieb ihr kaum noch Energie übrig.

Mist.

»Wer ist diese Frau, Lily? Wovon redest du? Was hast du gesehen?« Er klang fast schon verzweifelt, aber es gab nicht viel, was sie ihm hätte sagen können, und erklären konnte sie noch viel weniger. Außerdem glitt sie immer mehr der warmen, sie willkommen heißenden Dunkelheit entgegen. Für Smalltalk blieb ihr keine Zeit mehr.

»Sie herrscht über das Haus der Mutter«, sagte Lily und sah, wie sich Tys Gesichtsausdruck schlagartig veränderte. »Aber sie ist vor langer Zeit gestorben. Ihre Leute wurden bestialisch ermordet. Und sie sagt, ich sei die Einzige, die noch übrig ist. Ich habe ihr Blut in mir. Irgendwie …«

Ty starrte sie fassungslos an. Aber damit konnte Lily sich jetzt nicht auseinandersetzen.

»Das ist unmöglich«, sagte Ty.

»Ja, das ist es«, stimmte Lily ihm zu. Sie spürte, wie ihre Beine unter ihr nachgaben, und war erleichtert, dass sie dem Ganzen gleich würde entfliehen können, wenn auch nur für eine gewisse Zeit. »Aber du musst mich auffangen, auch wenn du gerade versuchst, das zu begreifen, okay?«

Sie spürte noch, wie er sie fest in die Arme nahm, dann verlor sie das Bewusstsein.

17

Lily hatte keine Ahnung, wie lange sie geschlafen hatte. Sie wusste nur, dass sie in einem bequemen Bett lag und ihr angenehm warm war.

Langsam öffnete sie die Augen. Das Zimmer war ihr unbekannt. Es war klein und ordentlich und wurde von einer einzelnen, flackernden Kerze erleuchtet, die fast völlig heruntergebrannt war. Die Schuhe waren ihr ausgezogen worden, ansonsten war sie vollständig bekleidet. Irgendjemand hatte sorgfältig eine weiche, ausgeblichene Decke über sie gebreitet. Und die Wärme stammte von einer riesigen schwarzen Katze, die eng an sie gekuschelt neben ihr lag.

Ty. Sie wusste sofort, dass er es war. Er schlief, wie sie an seinen tiefen, gleichmäßigen Atemzügen feststellen konnte. Lily nahm an, dass es bereits Tag war, bewegte sich aber trotzdem sehr vorsichtig, um ihn nicht zu stören.

Das war also die Gestalt, die ihn zu einem Vampiraußenseiter machte. Lily war fasziniert, dass dieses Tier, das da neben ihr lag, der Mann sein sollte, mit dem sie die vergangene Woche verbracht hatte. In ihrer Gegenwart hatte er noch nie die Gestalt gewechselt, allerdings wusste sie nicht, ob er das nicht vielleicht tat, wenn er auf Nahrungssuche ging. So wie jetzt hatte sie ihn nur einmal gesehen, und das war nur ein flüchtiger Eindruck gewesen.

Eins aber stand fest: Genauso wenig, wie man ihn jemals für einen gewöhnlichen Mann halten würde, würde man ihn mit einer Hauskatze verwechseln.

Er war groß, etwa halb so groß wie sie, und schlank. Sein Fell glänzte schwarz im flackernden Licht, und er wirkte sehr muskulös, eher wie eine Wildkatze, die zum Jagen geboren war. Und so war Ty ja auch, das wusste Lily durchaus. Sie streckte die Hand aus, hielt jedoch mitten in der Bewegung verunsichert inne.

Ach was, er schläft doch, als wäre er bewusstlos. Er wird gar nicht mitbekommen, dass ich ihn streichle.

Vorsichtig ließ Lily die Finger durch sein samtenes Fell gleiten, erst ganz zaghaft, dann schon etwas selbstsicherer. Es beruhigte sie, ihn zu berühren, und so konnte sie sich noch einmal in Ruhe durch den Kopf gehen lassen, was alles passiert war. Sie ließ die Hand über seine Flanke gleiten, über sein Gesicht, und kraulte ihm dann die samtigen Ohren.

Als sie unter ihren Fingern ein leichtes Vibrieren spürte, musste sie lächeln. Sie wusste nicht, wie er bei anderen war – bei ihr war er jedenfalls ein Schnurrer.

Dann dachte sie daran, was in jener Straße passiert war, und ihr Lächeln erlosch. Sie hatte die Kontrolle verloren. Wie sie jemals hatte glauben können, diesen Tiger in ihr beim Schwanz packen und zähmen zu können, war ihr völlig rätselhaft. Wie hätte sie aber auch auf etwas gefasst sein sollen, das sich so anfühlte, als hätte etwas Fremdes von ihr Besitz ergriffen? Eigentlich hätte es ihr egal sein können, aber Ludos schreckgeweitete Augen würden sie noch lange verfolgen.

Genauso hatte ihre Adoptivmutter sie angeschaut, wenn … wenn …

Lily schob die Erinnerung beiseite. Es war zwecklos, etwas so lange Zurückliegendes wieder aufleben zu lassen. Was geschehen war, war geschehen. Sie musste sich überlegen, wie es weitergehen sollte. Alles war schiefgegangen. Anura war zum Anführer der Dracul übergelaufen. Damien war noch immer irgendwo da draußen auf der Suche nach ihr. Und Ty schien nach wie vor fest entschlossen, sie zu Arsinöe zu bringen, die vermutlich ziemlich enttäuscht sein würde, wenn Lily nicht die Visionen liefern konnte, die sie erwartete.

Gedankenverloren streichelte sie weiter Tys Fell.

Um plötzlich festzustellen, dass es gar nicht mehr Fell war, das sie unter ihren Fingern spürte, sondern straffe, samtweiche Haut.

Lily schnappte nach Luft und zog instinktiv die Hand weg. Ty lag in der ihr bekannten Gestalt neben ihr, bekleidet nur mit einer Jeans, und betrachtete sie mit schläfrigem Blick, der in ihr sofort das Bedürfnis weckte, ihn aufs Kissen hinunterzudrücken und auf ihn zu klettern. Schlagartig kamen ihre Grübeleien zur Ruhe, wurden nahtlos ersetzt von ihrer Lust auf seinen Körper und von einer Sehnsucht, die sie gar nicht recht in Worte hätte fassen können, die aber weit über das Körperliche hinausging.

»Du solltest mich vorwarnen, bevor du das machst«, sagte sie. Sie hörte selbst, wie zittrig ihre Stimme klang, und wusste genau, dass das nichts mit dem zu tun hatte, was vorhin passiert war. Der Auslöser war allein er.

Ty lag auf der Seite, hatte sich auf den Ellbogen gestützt und beobachtete sie aus seinen silbernen Augen. Der verschlafene Ausdruck war fast im selben Moment verschwunden, in dem sie ihn bemerkt hatte, und jetzt war sein Blick wieder so durchdringend wie immer. Er lächelte nicht, stattdessen schien er in ihrem Gesicht nach irgendeinem Hinweis zu suchen.

»Dir geht es gut«, stellte er fest. In seiner Stimme schwang etwas Seltsames mit, das sie noch nie gehört hatte.

Lily nickte zögernd. »Ja. Offensichtlich richtet es keine bleibenden Schäden an, wenn man von einem Geist besessen ist.«

Der Witz schien an ihn verschwendet zu sein.

»Ich war mir nicht sicher, wann du wach werden würdest. Und

ob du überhaupt wach werden würdest. Jaden und ich haben dich hierhergetragen. Glücklicherweise war es nicht weit.«

Lily fiel es schwer, den Blick von Ty abzuwenden, aber die Neugier war schließlich doch stärker, und sie sah sich noch einmal in dem Zimmer um. Es war klein, hatte einen Holzfußboden und war nur mit einem Metallbett und einem Nachttisch möbliert. Es gab zwei Türen, beide waren geschlossen, die eine sogar verriegelt.

»Und wo ist dieses ›Hier‹ genau?«

»Das hier ist ein Sicheres Haus, ein Unterschlupf für Vampire. Die gibt es in jeder größeren Stadt, und auf dem Land gibt es auch noch ein paar davon. In diesen Sicheren Häusern kann man sich gut verstecken, wenn man ein Unterschichtvampir ist und in Schwierigkeiten steckt. Wir waren übrigens auf dem Weg hierhin, als wir Ludo begegnet sind. Das Haus wird von einem alten Freund von mir geführt. Ebenfalls ein Cait Sith.« Ty wandte den Blick ab. »Ich dachte, er wüsste vielleicht, wohin Anura gegangen ist, aber die Antwort auf diese Frage kennen wir ja inzwischen.«

Lily nickte. »Wieso sollte sie zu den Dracul übergelaufen sein? Ich verstehe noch immer nicht, warum sie diesem Vlad Dracul von mir erzählt haben sollte. Sie schien so …« Lily vollendete den Satz nicht, obwohl ihr eine Reihe von Wörtern einfielen. *Warmherzig* und *weise* waren zwei davon. Beschreibungen, die in krassem Gegensatz zu dem standen, was sie getan hatte.

Ty schien das deutlich weniger zu überraschen als sie. »Sie vertritt einfach ihre Interessen. Vlad Dracul ist ein mächtiger Vampir, wenn auch nicht der beliebteste. Die Empusae leben zwar hier, aber im Grunde ist es Vlads Dynastie, die ihre duldet, und nicht umgekehrt. Sie hat das Gefühl, dass es Krieg geben wird, Lily, und vermutlich hat sie recht damit. Anura verstärkt einfach gerade ihre Schutzmauern. Es gefällt mir nicht, aber es ist nicht gegen uns gerichtet. Selbst wenn sie sich auf die falsche Seite geschlagen hat.«

»Und du bist auf der richtigen Seite?«

Ty seufzte. »Auf der Seite, die gewinnen wird. Damit ist es für mich auch die richtige Seite. Aussitzen kann ich das Ganze nicht, also schlage ich mich lieber auf die Seite der Ptolemy.« Er schüttelte den Kopf. »Das ist im Moment aber auch unwichtig. Wichtig ist, dass wir ganz schön in der Patsche sitzen.« Er sah sie aufmerksam an, zögerte kurz, dann strich er ihr eine Locke aus der Stirn, und das mit einer Zärtlichkeit, die sie völlig verblüffte.

»Geht es dir wirklich wieder gut?«

»So gut wie eben möglich. Ich bin mir nicht ganz sicher, was da passiert ist.«

Ty kniff die Augen zusammen. »Bevor du ohnmächtig geworden bist, hast du noch etwas vom Haus der Mutter gesagt. Weißt du, was das ist?«

Lily schüttelte den Kopf und schob die Erinnerungen an Feuer und Rauch und Schreie beiseite. Diese Erinnerungen waren dort in der Straße völlig unerwartet über sie hergefallen und hatten sie überwältigt. »Keine Ahnung. Aber ich glaube, die Frau, die ich in meinen Träumen sehe, in meinen … na ja, man könnte das vermutlich Visionen nennen, ist wahrscheinlich dessen Anführerin. Sie hat rotes Haar, im gleichen Farbton wie ich. Und immer trägt sie dieses eine Schulter freilassende grüne Kleid, das irgendwie griechisch oder römisch aussieht. Immer steht sie in einem Tempel, in dem sich gerade ein übler Kampf abspielt. Es wirkt wie ein Überfall, und die Gegner tragen rot.« Lily schloss die Augen, und sofort sah sie alles wieder deutlich vor sich. »Es ist ein Blutbad, zumindest am Anfang. Die Angreifer sind so unglaublich schnell.«

»Wie der Blitz«, murmelte Ty, aber sie hörte ihn kaum.

»Aber dann wendet sich das Blatt. Noch nie habe ich Menschen so kämpfen sehen. Sie setzen Dinge durch bloße Berührung in Bewegung. Und mit Lichtblitzen. Es ist ein einziges Chaos.« Lily hatte das Gefühl, sich wieder mitten in der Kampfszene zu befinden, in der sie schon so oft gestanden hatte. »Jedes Mal glaube ich, sie könnte es schaffen, könnte die Angreifer besiegen. Aber jedes Mal stirbt sie.«

»Sie stirbt?« Tys Stimme klang beruhigend, schien aber von weit her zu kommen. Wieder roch Lily den Rauch, und die Stimmen der Verdammten hallten in ihren Ohren wider. Obwohl sie sich dagegen wehrte, spürte sie, wie sie tiefer hineinglitt, hinein in den dunklen Ort, wo jemand auf der Lauer lag, jemand, der sich bereits einmal ihres Körpers und ihrer Stimme bemächtigt hatte. Jemand mit unglaublichen Kräften. Ihr Mal kribbelte bedrohlich.

»Eine Frau taucht auf, schön und dunkel. Sie hat ein Messer.« Lily kämpfte sich aus der Dunkelheit zurück, die sie immer tiefer einzusaugen schien. Sie öffnete die Augen, um die Vision zu verbannen, die schon wieder von ihr Besitz ergreifen wollte. »Sie taucht auf einmal wie aus dem Nichts hinter der Frau in Grün auf und beschimpft sie ganz fürchterlich. Und nach … du weißt schon … will sie wissen, wo das Baby ist. Das ist immer das Letzte, was ich höre, wie diese dunkelhaarige Frau wissen will, wo das Baby ist.«

Ty beobachtete sie genauestens, aber seinem Gesichtsausdruck war nichts zu entnehmen. Eigentlich wollte sie ihm das alles gar nicht erzählen, weil sie Angst hatte, er würde sie genauso für verrückt halten wie früher ihre Familie. Aber sie wusste, dass ihr keine Wahl bleib. Diesmal war es wichtig.

»Lily«, sagte Ty. »Sind die Leute, die du da siehst, Vampire?«

Sie nickte. »Ja. Ich konnte ihre Zähne sehen. Und die Fähigkeiten, über die sie verfügen, sind auf keinen Fall normal.«

»Dann dürfte es da eigentlich kein Kind geben. Vampire können keine Kinder bekommen. Und alles in allem ist das vermutlich auch besser so.«

Lily zuckte mit den Schultern und wandte frustriert den Blick ab. »Ich weiß. Vielleicht hatten sie das Baby entführt.« Aber sie wusste, dass das nicht stimmte. Sie hatte gesehen, wie zärtlich die rothaarige Frau das Baby angeschaut, wie sie es in den Armen gewiegt hatte. Es war ihr Kind. Irgendwie war es ihr Kind.

»Wie auch immer, das Baby war wichtig. Aber sie hat es einer anderen Frau übergeben, bevor man sie ihr wegnehmen konnte.«

»Sie? Es war ein weibliches Baby?«

Lily runzelte die Stirn. »Ich … ja, es war ein Mädchen.« Sie wusste, dass das stimmte. Es fühlte sich einfach stimmig an, obwohl ihr in dem Moment bewusst wurde, dass in ihrem Traum nie jemand das Geschlecht des Kinds erwähnt hatte. Trotzdem. Sie wusste es.

Lily richtete den Blick wieder auf Ty, der im Gegensatz zu ihrer Aufgewühltheit wie eine Oase stiller Kraft wirkte, und versuchte, sich an seiner zumindest äußerlichen Ruhe ein Beispiel zu nehmen. »Ich verstehe es nicht, Ty. Was da draußen passiert ist … es war, als wäre ich nicht ich selbst. Im Laufe der Jahre gab es den einen oder anderen Vorfall, aber diesmal war es viel schlimmer.« Ihr fiel wieder ein, wie großartig es sich angefühlt hatte, als die Kraft wie eine Droge durch sie hindurchgerast war, wie verführerisch dieser Machtrausch gewesen war. »Schlimmer ist vielleicht nicht das richtige Wort«, verbesserte sie sich. »Eher: gefährlicher.« Sie hätte Ludo beinahe umgebracht. Sie hatte gespürt, dass sie sein Leben in der Hand hatte. Warum sie schließlich losgelassen hatte, wusste sie nicht. Aber sie war dankbar, dass sie das getan hatte, denn sie hatte ihn nur zu berühren brauchen, um zu wissen, dass er kein Gegner für sie war.

Die einzige Erbin des Hauses der Mutter. Was immer das war.

»Ist dir das vorher auch schon mal passiert?« Tys Stimme klang ruhig, aber sie sah ihm an, dass er sich Sorgen machte. »Vielleicht sogar vor Damien?«

Lily zögerte kurz. Wenn sie ihm sowieso schon alles erzählte, kam es darauf wohl auch nicht mehr an. Wenigstens würde Ty sie nicht für verrückt halten, wobei sie eigentlich gar nicht wusste, was er denken würde.

Sie nickte. »Ja. Ich bin adoptiert worden. Ich glaube, das habe ich mal erwähnt oder vielleicht wusstest du es auch schon. Wie auch immer, sie waren jedenfalls sehr wohlhabend und total stolz auf sich, dass sie es geschafft hatten, so ein hübsches Baby zu adoptieren. Zu kaufen, sollte ich besser sagen. Jeder weiß, dass für die Reichen hierzulande andere Gesetze gelten, auch bei Adoptionen. Sie – meine Mutter, Elizabeth – hat allen erzählt, sie könne nicht schwanger werden, aber in Wirklichkeit wollte sie sich nur nicht ihre Figur ruinieren. Das hat sie mir mal erzählt, als ich noch klein war. Wer sagt so etwas zu seinem Kind?«

Beim Gedanken daran, wie es gewesen war, in diesem Haus aufzuwachsen, schnürte sich Lily die Kehle zu. Sie hatte nichts anfassen dürfen, und man hatte sie nie vergessen lassen, dass sie anders war, eine Außenseiterin.

»Quinn«, murmelte Ty und sah sie mit schief gelegtem Kopf an. »Bist du etwa die Tochter von Ellis Quinn? Ellis Quinn, der große Filmproduzent?«

Lily lächelte, aber sie wusste, es war ein bitteres Lächeln. »Genau der. Er und seine entzückende Frau, Elizabeth Raines, die Schauspielerin, die nie ganz den großen Durchbruch geschafft hat. Immer nur Rollen im Fernsehen. Das hat sie vielleicht angekotzt! Dass sie mich adoptiert haben, hat großes Aufsehen erregt – jedenfalls haben sie mir das erzählt. Wie großartig, dass dieses unermesslich reiche Paar einem armen, elternlosen Kind ein Zuhause gab, statt selbst ein Kind in die Welt zu setzen! Ich war eine Requisite, und sie haben mich benutzt. Eine Zeit lang hatte ich Kindermädchen und so viel Spielzeug, wie ich mir nur wünschen konnte. Ich bin um die Welt gereist. Aber Eltern hatte ich nie so richtig. Und dann ist es ihnen doch passiert.«

»Sie wurde schwanger«, sagte Ty. »Die Tochter, die habe ich gesehen. Die hat als Teenager bei einer grauenvollen Fernsehserie mitgespielt.«

»Du bist doch seit … bestimmt dreihundert Jahren kein Teenager mehr. Und ein Mädchen bist du auch nicht. Woher kennst du *Totally Galactic*?« Beim Namen dieser Show zuckte Lily noch immer zusammen. Ihre Schwester hatte darin eine Erdenbewohnerin gespielt, die herausfand, dass sie eine Halbaußerirdische war, und dann in einem riesigen Raumschiff auf die Highschool ging. Eine lächerliche Geschichte, aber eine Zeit lang war ihre Schwester ein Star gewesen.

»Ich bin die ganze Nacht auf, falls du das vergessen hast«, sagte Ty und zog eine Augenbraue hoch. »Manchmal laufen im Fernsehen nur noch Wiederholungen von alten Serien. Jedenfalls habe ich sie dort gesehen. Sie ist niedlich. Aber kein Vergleich mit dir.«

Lily lief vor Freude rot an. Es war armselig, dass diese Wunden sie nach all der Zeit noch schmerzten, aber Tys Worte bedeuteten ihr eine Menge.

»Nun ja«, erwiderte sie. »Danke. Aber Ellis und Elizabeth sahen das nicht so. Vielleicht war das zu dem Zeitpunkt schon unvermeidlich.« Sie seufzte. »Sie waren nie da, dabei habe ich mir das immer so sehr gewünscht. Und wenn sie da waren, haben sie mich meistens an das Kindermädchen weitergereicht. Und dann haben sie mir erzählt, dass Elizabeth – ich durfte sie nie Mom nennen, sie meinte, dann käme sie sich nicht nur alt, sondern auch altmodisch vor – ein Kind erwartete. Ich wusste sofort, was das hieß. Ich wusste, dass es ein Mädchen werden und dass es meinen Platz einnehmen würde. Dieser Eindringling würde all die Liebe bekommen, die sie mir verweigert hatten. Ich erinnere mich noch, ich war fünf Jahre alt und spielte im Kinderzimmer, als die beiden hereinkamen, um mir die großartige Neuigkeit mitzuteilen. Ich war derart wütend! Und diese Wut wurde immer größer, und die beiden saßen da und meinten, ich müsste total begeistert sein.«

»Und du hast ihnen vermutlich gezeigt, dass du das nicht warst.«

»Es ging einfach mit mir durch.« Lily wurde blass bei der Erinnerung. »Ich bin so was von völlig und komplett ausgerastet! Vermutlich kannst du dir die Szene in etwa vorstellen.«

»Kaputtes Spielzeug, Löcher in den Wänden. Dinge, die durchs Zimmer fliegen und mittendrin ein außerordentlich zorniges kleines Mädchen?«

Das Verständnis, das in seinen Worten mitschwang, war Balsam für ihre Seele.

»Ja. Es war schrecklich. Kein Vergleich mit heute Nacht, weil ich niemandem wehgetan habe, obwohl ich das damals schon gekonnt hätte, und das habe ich auch gespürt. Aber das wussten sie nicht. Und zur Krönung des Ganzen habe ich auch noch in einer fremden Sprache geschrien, derselben Sprache, die heute aus meinem Mund kam. Ich wusste, dass ich sie verfluche, aber sie wussten das nicht. Sie waren … nun ja, wenn ich sage, völlig schockiert, ist das eigentlich noch untertrieben. Nach dieser Szene haben sie nicht mal mehr so getan, als sei ich ihre Tochter. Die Psychofritzen gaben sich die Klinke in die Hand. Immer wieder haben meine Eltern versucht, mich einweisen zu lassen. Leider war ich ansonsten todlangweilig, also hat das nie geklappt. Dann bekamen sie Rainey, meine Schwester. Sie wurde zum Zentrum des Universums. Daddy zog die nötigen Fäden, damit sie ins Showgeschäft einsteigen konnte, und Mommy hat sie nach allen Regeln der Kunst beeinflusst, weil sie in ihrer Tochter noch mal ihre eigenen Jugend leben wollte.«

»Klingt wie ein richtiges Monster.«

Wieder lächelte Lily, und diesmal war das Lächeln auch nicht mehr schmerzhaft. »Das kann man wohl sagen.«

»Und als sie größer wurde, sah sie aus wie ein riesiger Chihuahua.«

Lily musste laut und schallend lachen. Sie sah, wie sehr ihn das verblüffte, und ihr wurde klar, dass er sie noch nie befreit lachen gehört hatte. Sie konnte nur hoffen, dass ihm das keine Angst machte, denn sie hätte nicht aufhören können, selbst wenn sie das gewollt hätte. Rainey, der riesige Chihuahua. Wie treffend! Und das Lachen tat so gut, sie fühlte sich plötzlich herrlich lebendig. Richtiggehend normal, wenn auch nur einen Moment lang. Sie lachte, bis ihr der Bauch wehtat und ihr die Tränen hinunterliefen.

Endlich konnte sie aufhören zu lachen und musste nur noch gelegentlich kichern. Sie wischte die Tränen weg und sah, dass Ty sie verwirrt anstarrte. Sein Blick war dabei so liebevoll und warm, dass ihr die Luft wegblieb. Sie bezweifelte, dass er wusste, wie er gerade aussah. Aber sie würde das nie mehr vergessen.

Er schaute sie an wie ein Mann, der sie lieben könnte. Der sie vielleicht bereits ein bisschen liebte. Und obwohl Lily wusste, dass es dumm und völlig realitätsfremd war, prägte sich sein Anblick ihrem Kopf und ihrem Herzen tief ein. So wollte sie ihn in Erinnerung behalten, egal was noch kommen würde.

Niemand hatte sie je wirklich geliebt. Doch wäre die Lage anders gewesen, hätte Ty das vielleicht getan. Damit konnte sie sich trösten.

»Also hast du alle Brücken hinter dir abgebrochen und bist

deinen eigenen Weg gegangen. Du bist so weit wie möglich weggezogen und bist Dozentin geworden, statt in die gleiche Falle zu tappen wie der Rest der Familie. Und ich bin sicher, sie haben nicht die geringste Ahnung, dass dich das zu etwas ganz Besonderem macht.«

Lily schnaubte. Was er sagte, machte sie traurig, aber es belustigte sie auch. »Hmm. Was Besonderes. Das ist sehr freundlich ausgedrückt.« Sie schüttelte den Kopf. »Ist ja auch egal. Ich hätte dort nicht hingehört, selbst wenn das damals nicht geschehen wäre. Das hätte nicht viel geändert, außer dass Elizabeth mich als Kind vielleicht auch zu ein paar miesen kleinen Fernsehrollen gedrängt hätte.« Sie zuckte mit den Schultern. »Ich habe das alles hinter mir gelassen. Mir blieb keine andere Wahl.« Dann grinste sie ihn an. »Aber die ganzen Jahre mit den Psychofritzen haben mir schon was gebracht. Dafür, dass ich eine Hollywood-Göre bin und meine Eltern mich gehasst haben, komme ich überraschend gut zurecht.«

»Ich kann mir nicht vorstellen, dass sie dich hassen.«

»Nein. Über das Stadium sind sie schon seit einiger Zeit hinaus. Inzwischen bin ich ihnen nur noch gleichgültig.«

»Lily.« Er sagte ihren Namen auf eine Art, die in ihrem Herzen die Sehnsucht weckte nach etwas, das nicht sein konnte. Wieder strich er ihr über das Haar, und diesmal war von Unsicherheit nichts mehr zu spüren.

»Deine Eltern sind Idioten. Glaub mir, ich habe noch nie jemanden wie dich getroffen.«

»Tja, und ich habe noch nie jemanden getroffen, der Blut trinkt und sich in eine Riesenkatze verwandelt, also dürfte sich das wohl ausgleichen.«

Er lächelte, was seine kantigen Gesichtszüge gleich sehr viel weicher wirken ließ. Jedes Mal, wenn Lily dieses Lächeln sah, wünschte sie sich, sie würde es öfter zu sehen bekommen.

»Was ist das denn nun, Ty? Als ich gesagt habe, ich hätte Visionen vom Haus der Mutter, da hast du mich angeschaut, als wüsstest du, wovon ich rede.«

Sein Lächeln verschwand so rasch, wie es gekommen war, und das machte Lily traurig. Andererseits hatte sie auch gewollt, dass er aufhörte zu lächeln, denn ihre Gefühle für Ty und ihr Verlangen wurden immer intensiver, und sie kämpfte verzweifelt darum, sich nicht zu tief darauf einzulassen.

»Ich habe erzählen hören, dass die ursprüngliche Dynastie von der Mutter selbst begründet wurde. Lilith. Die Urmutter aller Vampire, geschaffen von einem Dämon.«

Lilys Kehle war plötzlich wie zugeschnürt. *Lilith. Lily.*

»Das ist … eine interessante Übereinstimmung. Was ist mit der Dynastie passiert?«

»Angeblich sind ihre Mitglieder verrückt geworden. Vielleicht hatte das was mit dem Dämon zu tun, der der Mutter das dunkle Gift verabreicht hatte. Ich weiß es nicht. Darüber redet keiner. Angeblich bringt es Unglück, ihren Namen auszusprechen.«

Lily runzelte die Stirn. »Vampire sind abergläubisch?«

Ty zuckte mit den Schultern. »Wir sind ein seltsamer Haufen, falls du das noch nicht bemerkt hast. Unsere gesamte Existenz ist so etwas wie schwarze Magie. Wieso sollten wir also nicht abergläubisch sein?

»Auch wieder wahr.«

»Jedenfalls … was du beschreibst, könnte durchaus bedeuten, dass du das Ende der Lilim siehst, der ersten Vampirdynastie. Aber wie ich schon sagte: Niemand redet über sie. Ich kenne die Umstände nicht, und über diese Frau, die da zu dir spricht, kann ich dir nichts sagen. Vielleicht ist es Lilith selbst. Kaum zu glauben, aber … wer weiß. Als du anfingst, in einer anderen Sprache und mit einer anderen Stimme zu sprechen, hatte ich keinen blassen Schimmer, was los war. Was war der Auslöser?«

»Ich … also ich glaube, es war das Blut. An deiner Wange.« Wenn sie Ty erzählte, dass sie wegen seiner Verletzung so ausgeflippt war und in irgendeiner toten Sprache gezetert hatte, niemand würde ihr jemals wieder wegnehmen, was ihr gehörte, dann würde er sich ihr vermutlich nicht unbedingt freudig und dankbar in die Arme werfen. Vieles von dem, was passiert war, war ihr inzwischen wieder eingefallen. Allerdings war diese Erinnerung eher so, als würde in ihrem Kopf ein Film ablaufen und sie sei nur die Zuschauerin. Genau wie sie nur hatte zusehen können, wie die Dinge ihren Lauf nahmen, während jemand anders das Steuer an sich riss.

Das war noch erschreckender als die Kraft selbst.

Und irgendwie wusste sie, wenn sie Ty alles erzählte, würde er genauso auf Abstand zu ihr gehen wie ihre Familie. Sie wusste nicht, ob ihre Eltern jemals fähig gewesen wären, sie zu lieben, und sie war alt genug, um das Ganze rückblickend relativ gelassen zu sehen. Aber dadurch, dass sie damals ihr Kinderzimmer verwüstet hatte, hatte sie sich der Chance beraubt, dass ihre Eltern sie eines Tages wider Erwarten doch schätzen gelernt hätten.

Plötzlich packte sie das schier unwiderstehliche Bedürfnis, einfach davonzulaufen, und sie konnte es nur mühsam unterdrücken.

»Wieso vergessen wir das nicht einfach?«, fragte sie rasch. Daran, wie Ty die Augen zusammenkniff, merkte sie, dass er ihre Frage falsch verstanden hatte. »Ich meine, diesen Aspekt des Ganzen«, korrigierte sie sich. »Anura ist eingeknickt, und wenn wir in Chicago bleiben, werden sie uns aufmischen. Wieso gehen wir nicht einfach zu deiner Königin und bringen es hinter uns? Ich nehme an, Damien schafft es nicht, in ihren Hof zu kommen. Auf die eine oder andere Art wird sich schon rausfinden lassen, wer für die Massaker an den Ptolemy verantwortlich ist, jedenfalls wenn mir irgendjemand beibringt, wie ich sehe, was ich sehen soll. Was dann hoffentlich auch klappt. Und dann fahre ich nach Hause.« Sie lächelte ihn an, auch wenn ihr das schwerfiel. »Vielleicht können wir uns mal zusammen einen Film ansehen. Oder zusammen essen. Gern nach Einbruch der Dunkelheit, falls du dann noch Lust hast, mich zu sehen.«

Die tiefe Sehnsucht in seinen Augen, fremd und vertraut zugleich, verschlug ihr schier den Atem.

»Lily ...«, hob er an.

So viel Sehnsucht und so viel Bedauern, wie in diesem einen Wort mitschwangen, waren ihr noch nie untergekommen. Sie war sich ziemlich sicher, dass sie wusste, wie er fortfahren würde: dass sie das Jetzt genießen sollten, weil man ihm mehr nicht zugestehen würde. Im Stillen verfluchte sie die Blaublute dafür, wie sie ihr Gesellschaftssystem gestaltet hatten, feudalistisch wie in uralten Zeiten. Sie brauchte kein Vampir zu sein, um sich vorstellen zu können, dass sich ein Unterschichtvampir gegen dieses System auflehnte. Entweder im Kleinen, zum Beispiel mit der Schaffung Sicherer Häuser, oder gleich im großen Stil, indem man ein gewalttätiger und amoralischer Shade wurde.

Ihre eigene Abstammung hatte ihr in ihrer Jugend auch oft genug im Weg gestanden. Und jetzt sah es so aus, als würde ihr wegen Tys Abstammung der einzige Mann vorenthalten werden, mit dem sie jemals eine derart innige Verbindung gespürt hatte. Sie hätte sofort dagegen angekämpft, wenn sie nur gewusst hätte, wie.

Er strich ihr über den Handrücken, eine zärtliche Geste, die sie am ganzen Körper erschauern ließ.

»Lily«, wiederholte er. »Ich ...«

Es klopfte an der Tür, und sie zuckten beide erschrocken zusammen.

Tys Kopf fuhr herum. »Wer ist da?«, fragte er ungehalten, und Lily wusste, dass der Moment unwiderruflich vorbei war.

»Ich bin's, Jaden«, ertönte die vertraute Stimme. Obwohl es nur drei Worte waren, hörte Lily die Spannung, die darin lag. »Rogan will dich sprechen. Und er hat einen ziemlich … seltsamen Begleiter dabei, mit dem du vermutlich gern reden würdest.«

Fragend sah Lily Ty an, der genauso verblüfft wirkte wie sie selbst. Er schüttelte den Kopf.

»Würdest du das bitte mal genauer ausführen?«

Gereizt antwortete die Stimme: »Nein. Ich denke, du solltest einfach runterkommen. Rogan ist ungeduldig, und du weißt ja, wie er dann immer auf und ab rennt. Er treibt mich in den Wahnsinn, wozu es gerade nicht viel braucht. Komm einfach runter.«

Dann war es wieder still. Jaden war offensichtlich genauso schnell verschwunden, wie er aufgetaucht war. Erst jetzt fiel Lily auf, dass Tys Hand noch immer auf ihrer lag, und das fühlte sich außerordentlich beruhigend an.

»Jetzt weißt du über mich Bescheid«, sagte sie, weil sie das Gefühl hatte, dass dies ihre letzte Chance war, das Thema noch einmal anzuschneiden. »Wirst du mir jemals erzählen, was mit dir geschehen ist?«

»Das spielt keine Rolle. Das liegt lange zurück.« Sanft drückte er ihre Hand, aber sie spürte, wie er sich verschloss, und hätte vor Enttäuschung am liebsten losgeheult. Näher würde er sie nicht an sich heranlassen. Welch Ironie, dass er der einzige Mann war, bei dem sie je das Gefühl gehabt hatte, ihm nahekommen zu wollen.

Ty stand auf und zog sich ein T-Shirt über. Dann ging er barfuß zur Tür, drehte sich dort aber noch einmal zu Lily um. In diesem Moment sah er atemberaubend schön aus. Und er sah aus, als würde er sie verlassen.

An irgendeinem Punkt würde er das tatsächlich tun. Damit musste sie fertig werden.

»Bist du so weit?«, fragte er.

Lily nickte. Aber innerlich sehnte sie sich nach dem, was niemals sein konnte. Ty hatte der Liebe abgeschworen. Und die Mauern, die er um sein Herz errichtet hatte, würde sie nicht niederreißen können, auch nicht mit übersinnlichen Kräften.

18

Was für ein hässliches Gebäude, dachte Ty, als sie die schmutzige, abgetretene Treppe hinuntergingen, die so schmal war, dass er fast schon Platzangst bekam. Dennoch war das Sichere Haus einfach genial.

Es stand an einer Straße mit heruntergekommenen Reihenhäusern, vor denen Autowracks abgestellt waren und wo sich in den Abflussrinnen der Abfall sammelte. Eine Straßenecke weiter waren mehrere Abbruchhäuser, und dort gab es auch jede Menge Kriminelle. In diese Gegend wagte sich niemand, dem sein Geld oder sein Leben etwas wert waren, außer er gehörte zu den Unsterblichen. Ty musste zugeben, dass Rogan ein Meister seines Fachs war. Er verbarg Flüchtlinge und schleuste sie weiter, und daneben machte er – aus Spaß oder wegen des Profits – noch das ein oder andere Illegale. Die Konstruktion dieses speziellen Sicheren Hauses war zweifellos perfekt: Von außen sah es aus wie eine Reihenhaussiedlung, aber innen erstreckte sich ein Labyrinth von miteinander verbundenen Zimmern und Fluren über den gesamten Block. In das Haus hineinzugelangen, war für den gelegentlichen Besucher nicht schwierig, aber nur der Besitzer selbst kannte sich im gesamten Komplex aus. Und Rogan teilte sein Wissen um die irrgartenartige Anlage mit niemandem, was, wie Ty fand, ganz der Geschäftsphilosophie seines alten Bekannten entsprach: »Wenn es hart auf hart kommt, ist jeder auf sich selbst gestellt.«

Ty vertraute ihm nicht. Das hatte er nie getan und würde es auch nie tun. Aber heute Abend brauchte er ihn.

Das würde dem alten Mistkerl einen Riesenspaß machen.

Hinter sich hörte Ty Lilys Schritte auf der knarrenden Treppe. Mehr noch, er hörte jeden ihrer Atemzüge und spürte jeden Schlag ihres menschlichen Herzens.

Ihre Geschichte war seiner sehr ähnlich, allerdings würde sie das nie erfahren. Wenn er ihr davon erzählen wollte, würde er sich ernsthaft öffnen müssen, und er hatte sich geschworen, das niemals wieder zu tun. Am Ende würde sie nichts von ihm wissen, außer dass er ein Cait Sith war und die Gefühle, die sie an ihn verschwendet hatte, nicht wert war.

So war nun mal das Leben der Unterschichtvampire, die ihren Meistern dienten.

Am Fuß der Treppe, von der aus man in einen langen Gang trat, blieb Ty stehen. Das Licht der Kerzen in den Wandleuchtern fiel auf verblichene, abblätternde Tapeten. Die meisten Zimmer waren dunkel, aber eins weiter hinten im Flur war von vielen Kerzen erhellt. Heiseres Lachen klang ihnen entgegen, und Ty wappnete sich für das, was auf ihn zukam.

Seit ihrer letzten Begegnung waren hundert Jahre vergangen, und noch länger lag es zurück, dass Ty verkündet hatte, er wolle lieber in einer angesehenen Dynastie dienen, als sein eigener Herr zu sein, sich dabei aber kaum über Wasser halten zu können. Er bezweifelte, dass Rogan ihn das vergessen lassen würde.

Ty drehte den Kopf, um Lily anzusehen, die ein Stück hinter ihm stand und mit auf die Seite gelegtem Kopf intensiv lauschte. Ihr Haar glänzte in dem gedämpften Licht, und ihre Haut wirkte fast schon durchsichtig. Als sie seinen Blick erwiderte, tanzten in ihren Augen winzige Lichter.

Meine Güte, wie schön sie war!

Aber dafür gab es schließlich auch einen Grund. Sie hatte ein Mal, das die Grundfesten des Regelwerks der Dynastien zu erschüttern drohte, jedenfalls wenn es wirklich das der Mutter war. Sie war ein Mensch, das schon, aber in ihren Adern floss adeliges Blut.

Ihre bloße Existenz würde einen Aufstand verursachen, falls man sie am Leben ließ. Und so wie Ty Lily in dem Kampf mit Ludo erlebt hatte, konnte er sich immer weniger vorstellen, dass Arsinöe das zulassen würde.

Sein Blick wanderte zu ihrem Hals hinab, und es versetzte ihm einen durchaus angenehmen Schock, dass sie seinen Schal wieder umgebunden hatte. Das löste Schuldgefühle in ihm aus, gleichzeitig aber auch Begierde. Sein Schal. Seine Frau.

»Rogan wird wissen, dass du nicht meine *sura* bist, Lily«, sagte er so liebevoll wie möglich. Trotzdem konnte er es sich nicht verkneifen, über den flauschigen Samt zu streichen und die Finger kurz auf ihrem Puls unten an ihrer Kehle ruhen zu lassen. Bei seiner Berührung beschleunigte er sich, und sofort sah Ty sie vor sich, wie sie nackt unter ihm lag und er seine Zähne in ihren Hals versenkte, während er gleichzeitig wie wild in sie hineinstieß. Für Vampire war das das Höchste der Gefühle, und er wusste, mit ihr würde es ganz besonders gut sein. Besser als alles, was er sich in seinem langen Leben je erträumt hatte.

Es kostete ihn große Anstrengung, die Hand wegzuziehen und so zu tun, als würde ihn gerade nur die Begegnung mit Rogan beschäftigen. »Es ist nicht ganz einfach, die Wahrheit vor ihm zu verbergen. Er hat überall Augen und Ohren.«

»Ich weiß«, erwiderte Lily. »Aber dies ist doch ein Sicheres Haus, nicht wahr? Vampire kommen und gehen. Sie haben keine Ahnung, wer ich bin. Und es reicht, wenn sie wissen, dass ich keine Vampirin bin. Also dachte ich, wir können genauso gut so tun, als wäre ich deine *sura*. Es sei denn, dir wäre das unangenehm.«

Ty spürte die Verletzlichkeit, die in diesen Worten mitschwang, und gleich wurden seine Schuldgefühle noch größer. Natürlich waren sie schon seit dem Moment ständig gewachsen, als die

Euphorie, mit ihr geschlafen zu haben, allmählich verflogen war, spätestens aber, seit Jaden ihm seine Dummheit unter die Nase gerieben hatte.

»Nein, natürlich nicht«, erwiderte Ty, der spürte, wie ihm immer enger um die Brust wurde. »Du hast recht.« Dann versuchte er es mit einem Witz, in der Hoffnung, damit das ihn beinahe erstickende Verlangen nach ihr dämpfen zu können. »Versuch einfach, niemanden zu töten und nicht in fremden Zungen zu sprechen, dann wird schon alles gut gehen.«

Lily prustete los, dann lächelte sie ihn an. »Keine Bange.«

»Dann ist ja alles gut«, sagte Ty und zwang sich, seine Gedanken wieder auf die heikle Situation zu lenken, mit der er jetzt fertig werden musste. »Rogan und ich kennen uns schon sehr lange. Lass dich nicht von ihm einschüchtern, falls er das versucht. Und lass dich auch nicht von ihm befummeln, das könnte er nämlich ebenfalls versuchen. Der Mann ist ein Schwein, aber ein cleveres, und er müsste eigentlich in der Lage sein, uns zu helfen.«

»Und wieso steigen wir nicht einfach in deinen Wagen und hauen ab?«, fragte Lily.

»Wenn das ginge!« Ty seufzte. »Aber dafür ist es längst zu spät. Du warst … ich meine, ich war … ich konnte mir nicht sicher sein, ob mit dir alles in Ordnung war. Wir mussten dich schnell irgendwohin bringen, wo du in Sicherheit warst. Die Gegend hier hat vermutlich schon vor dem Zwischenfall von Dracul nur so gewimmelt. Sie sind normalerweise nie ohne Rückendeckung unterwegs. Ohne Rogans Hilfe kommen wir hier nicht raus. Er kennt die Stadt wie seine Westentasche. Ich bin hier ein Fremder, er nicht.«

Sie kniff die Augen zusammen. »Und du bist sicher, dass wir ihm vertrauen können?«

Als ob das eine Rolle gespielt hätte! Sie hätte nicht mal ihm vertrauen sollen. Er hatte sie gewarnt. Aber das hatte nichts geändert, und wie hätte es das auch tun sollen, wenn sie sich auch nur halb so sehr zu ihm hingezogen fühlte wie er sich zu ihr? Immerhin, er hatte sie gewarnt. Ein wirklicher Trost war das zwar nicht, aber mehr hatte er nicht zu bieten.

Er war selbstsüchtig genug, um darüber im Moment nicht weiter nachdenken zu wollen. Es war einfacher, so zu tun, als wären sie beide, solange es dauerte, Teil einer Einheit.

»Nun ja«, erwiderte er. »Rogan arbeitet nur auf eigene Rechnung. Normalerweise steht er zu seinem Wort, und wenn wir zahlen, was er verlangt, wird er sich an die Abmachung halten.«

»Er ist also ein ehrenhafter Mann.«

Ty musste lachen. »Ja, so könnte man das wohl nennen. Aber sag das ja nicht zu ihm, es würde ihm ganz und gar nicht gefallen. Jetzt komm.«

Sie wusste nicht recht, was sie von einem mit allen Wassern gewaschenen Vampirverbrecher erwartet hatte, aber jedenfalls nicht das. Rogan McCarthy saß mitten in einem schäbigen, höhlenartigen Wohnzimmer auf einem kaputten Lehnstuhl und hielt Hof. Zwischen seinen Knien war eine Flasche mit einer roten Flüssigkeit eingeklemmt. Er war klein und mager, aber genauso übernatürlich gut aussehend wie offensichtlich alle Vampire. Sein Haar war dunkelbraun und lockig, seine Gesichtszüge waren beinahe schon elfenhaft, seine riesigen, dunklen Augen leicht mandelförmig. Er sah aus, als wäre er einem Märchen entsprungen, vielleicht ein schelmischer Geist oder ein nicht so recht einschätzbares Mitglied der Feengesellschaft. Es war irritierend. Andererseits hatte Lily rasch gelernt, dass das Äußere von Vampiren nichts zu bedeuten hatte. Sie waren alle wunderschön, jeder auf seine Weise.

Man konnte sie nur nach ihren Taten beurteilen. Aber dafür brauchte man ein bisschen mehr Zeit.

So, wie sich die wenigen Leute im Zimmer aufführten, nahm Lily an, dass in Rogans Flasche mehr als nur Blut war. Das Gelächter war ein klein wenig zu laut und zu ausgelassen, außerdem glänzten ihre Augen im Licht der Kerzen rötlich, und diese Farbe hatten Tys Augen noch nie angenommen. Sie hörte, wie er leise fluchte.

»Vorsicht«, murmelte er. »Sie sind hungrig. Der Alkohol macht es nur noch schlimmer.«

Obwohl Lily vage wahrnahm, dass auch noch andere Leute im Zimmer waren, galt ihre ganze Aufmerksamkeit sofort den beiden Männern rechts und links von Rogan. Der eine war außerordentlich groß, das weiße Haar hatte er zu einem kurzen Pferdeschwanz zusammengebunden, was sein wunderschön geschnittenes Gesicht betonte. Er sah atemberaubend gut aus, aber kalt, wie eine Marmorstatue, die irgendwie zum Leben erwacht und aus einem Museum entflohen war und jetzt ziemlich mies drauf war, weil sie so lange hatte still stehen müssen. Der andere Vampir war das genaue Gegenteil, schlank und dunkel, kaffeebraune Haut, das widerspenstige Haar schwarz wie Ebenholz, unter den lebhaften, faszinierenden Augen dunkle Schatten.

Beide drehten sich um, als Ty und sie eintraten, und hörten abrupt auf zu lachen. Lily ließ den Blick rasch durch das Zimmer schweifen: hässliche Holzverkleidung an den Wänden, verblichene und abgenutzte Möbelstücke, die aussahen, als hätte man sie vom Sperrmüll aufgeklaubt. Jaden stand in der hintersten Ecke und verschmolz fast schon mit der Wand. Lily versuchte, ihm ermutigend zuzulächeln. Bei ihm hatte sie immer das Gefühl, er könne gar nicht genügend Zuwendung bekommen. Doch Jaden hatte nur Augen für eine Person, die ebenfalls versuchte, möglichst wenig aufzufallen, statt sich mit den anderen zu amüsieren.

Lily folgte Jadens Blick und entdeckte zu ihrer Überraschung eine Frau, die lässig in einem dick gepolsterten Sessel mit Blumenmuster saß und so leise war wie die anderen laut. Ihr Haar hatte die Farbe dunkler Schokolade, durch die sich Strähnen hellen Platinblonds zogen. Der Blick ihrer leuchtend goldenen Augen war aufmerksam auf Lily gerichtet. Sie war lange nicht so betrunken wie die anderen, wenn überhaupt, das sah Lily sofort. Davon abgesehen war irgendetwas an ihr anders, aber Lily hätte es nicht benennen können. Und das Misstrauen in den Augen der Frau machte sie nervös.

Allerdings nicht so sehr wie der Mann im Mittelpunkt des Geschehens. Rogan, das war ihr sofort klar, war stocknüchtern, und seine ausgefahrenen Fangzähne zeigten, dass er mordsmäßig hungrig war. Sein Lächeln wirkte, als wolle er im nächsten Moment zubeißen.

»Tynan, da bist du ja«, sagte er in einem Ton, als würde ihn irgendetwas ganz außerordentlich freuen. »Das habe ich mir doch immer gedacht, dass du deine Worte noch mal bereuen würdest. Wolltest du nicht erst dann zu mir zurückgekrochen kommen, wenn das Ende der Welt naht, die Hölle zufriert und dir die vier apokalyptischen Reiter auf den Fersen sind?«

Ty zog eine Augenbraue in die Höhe. »Warst du heute Nacht noch nicht draußen?«

Rogan lachte laut auf, und Lily fand sein Lachen überraschend ansteckend. Er stand auf und ging auf Ty zu, ohne sich auch nur im Geringsten davon einschüchtern zu lassen, dass er fast dreißig Zentimeter kleiner war als dieser. Er gab Ty die Hand und klopfte ihm dann auf den Arm.

»Immer noch derselbe Klugscheißer. Trotzdem, schön, dich zu sehen. Noch lieber würde ich allerdings ein bisschen von der Ptolemy-Knete sehen, die dir zweifellos die Taschen ausbeult. Du Glückspilz! Wie läuft's denn so im Land der Mächtigen und Schönen?«

Dann richtete er den Blick auf Lily, und sie spürte, wie er sofort berechnete, wie viel sie wohl wert sein mochte. »Gentlemen, darf ich euch meinen alten Freund Tynan MacGillivray vorstellen, gebürtig aus Edinburgh, seit einiger Zeit am Hof der Ptolemy.« Er blinzelte Lily zu. »Und das dürfte seine entzückende *sura* Lily sein. Den Cait scheint es bei den Ptolemy gut zu gehen, offensichtlich dürfen sich die Lieblingshaustiere jetzt schon *suri* halten. Noch dazu solche wie diese.« Gewandt nahm er ihre Hand und küsste sie. Seine Lippen fühlten sich kühl an auf ihrer Haut.

»Ich bevorzuge Rothaarige, das muss ich zugeben. Das erinnert mich an zu Hause.«

»Und wo ist dieses Zuhause?«, fragte Lily, die sich alle Mühe gab, seinem Charme nicht zu erliegen, schließlich hatte Ty sie gewarnt. »Irland?« Sein Dialekt war eindeutig, aber sie war neugierig auf seine Abstammung. Ty hatte keine Lust, ihr seine Geschichte zu erzählen, und Jaden machte sowieso kaum den Mund auf, dabei faszinierte sie der Gedanke, wie viel die beiden schon erlebt haben mussten.

»Ich bin in Dublin geboren, meine Schöne«, erwiderte Rogan und schenkte ihr ein teuflisches Grinsen. »Allerdings habe ich längere Zeit in Edinburgh gelebt. Den dortigen Dialekt habe ich mir aber glücklicherweise nicht angeeignet. Am Anfang habe ich Ty kaum verstanden. All diese gerollten R und die ineinander verschmolzenen Wörter! Außerdem hat er überwiegend gälisch gesprochen. Dumm und unpraktisch, sogar damals schon. Aber seine Familie hielt stur an ihrem Highlander-Erbe fest, dabei lebten sie bloß in einer armseligen, dreckigen Hütte.«

Er lachte schallend. Lily warf Ty einen Blick zu und sah, wie angespannt er war und wie grimmig er Rogan anschaute. Dennoch hoffte sie, Rogan würde fortfahren, denn endlich erfuhr sie etwas über Tys frühe Jahre.

Dass das für ihn schmerzhaft war, musste sie leider in Kauf nehmen.

Rogan, der offensichtlich genau wusste, welche Wirkung seine locker dahingesagten Worte hatten, fuhr fröhlich fort: »Weißt du noch, als du wieder zurückgegangen bist, Tynan? Die alte Hexe, die dich in die Welt gesetzt hat, hat doch glatt auf das Geld gespuckt, das du ihr geben wolltest. Abergläubisches altes Nachtgespenst! Sogar mit dem bösen Blick hat sie es versucht. Vermutlich sind sie irgendwann einfach verhungert oder irgendeine Krankheit hat ihnen den Garaus gemacht. Was von beiden war es?«

»Pocken«, erwiderte Ty so leise, dass es kaum zu verstehen war.

»Wie passend«, sagte Rogan spöttisch. Dann drehte er sich um, ging zu seinem Lehnstuhl zurück, ließ sich auf den Sitz fallen und nahm einen Schluck aus seiner Flasche. »Gott sei Dank, die bist du los.«

Lily hätte nicht sagen können, warum sie näher an Ty herantrat, seine Hand nahm und sie sanft drückte. Ihr war Rogans hämisches Grinsen nicht entgangen, und sie spürte Tys Schmerz, als wäre er ihr eigener.

Ty hatte recht gehabt. Hinter der charmanten Fassade verbarg sich ein Mann, vor dem man auf der Hut sein musste. Er hatte genau gewusst, wie er Ty treffen konnte. Ty war bitterarm gewesen, und seine Familie war an Pocken gestorben. Zudem hatte sie nichts mehr mit ihm zu tun haben wollen, nachdem er zum Vampir geworden war. Kein Wunder, dass er immer so vorsichtig war. Kein Wunder, dass er sich so an seine Stellung an Arsinöes Hof klammerte. Dort wurde er wenigstens ansatzweise respektiert. Immerhin brauchten ihn die Ptolemy.

Trotzdem glaubte Lily, dass er den falschen Leuten die Treue hielt. Aber selbst das bisschen an Information, das Rogan ihr geliefert hatte, half ihr, das alles ein wenig besser zu verstehen.

Ty lehnte sich leicht an sie, offensichtlich war ihre Nähe tröstlich für ihn. Als er den Druck ihrer Hand erwiderte, machte Lilys Herz einen Satz. Sanft strich er mit dem Daumen über ihre Handfläche, dann ließ er ihre Hand los, rückte aber nicht von ihr ab.

»So gerne ich mit dir in alten Erinnerungen schwelge, Rogan, ich bin gerade zeitlich etwas unter Druck. Du weißt, dass wir aus der Stadt rausmüssen. Nenn mir deinen Preis, und ich zahle.«

Rogan riss entsetzt die Augen auf. »Ich werde doch von einem alten Freund kein Geld nehmen«, sagte er und sah Ty mit unschuldiger Miene an.

»Das hast du bisher doch auch immer«, entgegnete Ty. Es klang, als würde ihm das nicht sonderlich viel ausmachen. »Sag einfach, wie viel. Ich möchte so bald wie möglich los. Wir sind in Chicago nicht mehr sicher.«

Der dunkelhaarige Vampir lachte. »Das Gefühl kenne ich, mein Freund.«

Rogan achtete nicht auf ihn. Er legte den Kopf auf die Seite und musterte Lily und Ty abschätzend. »Nein«, murmelte er nachdenklich. »Hier seid ihr nicht mehr sicher. Und ich bin es auch nicht, wenn sie euch finden. Was sie allerdings nicht werden. Ich verstehe was von meiner Arbeit.«

Ty nickte. »Ja, das war schon immer so.«

»Du arbeitest noch für die Ptolemy, oder?«

»Ich trage noch immer ihr Mal«, erwiderte Ty. Lily hörte, wie angespannt das klang.

»Hm«, sagte Rogan. »Seltsam, dass du dich mit Jaden rumtreibst, der auf der Fahndungsliste der Ptolemy steht … und dann auch noch so weit von Arsinöes Hof entfernt.«

Ty kniff die Augen zusammen. »Wie viel, Rogan? Hör endlich auf, um den heißen Brei herumzureden, und spuck es aus.«

Rogan knurrte verärgert und ließ seine Zähne aufblitzen, für Lily ein eindeutiges Zeichen, dass der Mann nicht nur ein loses Mundwerk, sondern auch das dazugehörige Temperament hatte.

»Hör auf, mit mir zu reden, als seist du was Besseres, Junge. Ich war für dich da, als du halbverhungert durch die Straßen geschlichen bist. Ich war derjenige, der dich aufgenommen hat, bis du kapiert hattest, wie unsereins überlebt. Ich habe dafür gesorgt, dass du was zum Anziehen und genug zu essen hattest.«

»Aber nicht ohne Gegenleistung. Außerdem war es einer von deinen Leuten, der mich verwandelt hat.«

»Ja, ich erinnere mich noch an ihn. Oswalt. Nutzloser Idiot. Wurde Anfang des Jahrhunderts einen Kopf kürzer gemacht, wenn ich mich recht erinnere. Hat mich nicht überrascht. Ich glaube, es war einer von denen, die er verwandelt hatte. Ehrlich gesagt habe ich mich sogar gefragt, ob du das nicht warst.«

»Oswalt ist tot?«, fragte Ty überrascht.

Rogan schien zu gefallen, dass er Dinge zu berichten wusste, die Ty noch nicht bekannt waren. Er grinste, aber es war kein freundliches Grinsen. »Mausetot. Dann warst du das wohl doch nicht? Vielleicht war es Damien. Ihr beide wart ja damals dicke Freunde. Und die wildesten Draufgänger, nachdem ihr mal kapiert hattet, wie der Hase läuft. Die Cait Sith konnten stolz auf euch sein.« Rogan richtete die Aufmerksamkeit wieder auf Lily. »Dein Typ hier war von Anfang an ein ausgezeichneter Jäger. Manche werden einfach mit diesem Jagdinstinkt geboren. So wie er. Allerdings musste er erst mal aufhören, seiner Familie hinterherzuheulen. Ich nehme an, er hat dir erzählt, wie er zu den Ptolemy kam. Eine glanzvolle Tat, mit der man sich echt brüsten kann.«

Er sah sie herausfordernd an, und Lily zuckte unangenehm berührt zusammen. Meine Güte, hoffentlich artete das hier nicht wieder in einen Kampf aus! Sie spürte, dass Ty bis zum Äußersten angespannt war.

»Nein … jedenfalls nicht in allen Einzelheiten«, erwiderte sie, um Rogan den Wind aus den Segeln zu nehmen. »Er redet nicht gern über sich. Er ist … sehr bescheiden.«

Tys wütender Blick war schlimmer als Rogans Lachanfall.

»Sie lügt«, sagte der große weißhaarige Mann mit gelangweiltem Gesichtsausdruck. »Sie weiß nichts von dir.«

Rogan sah ihn genervt an und bleckte die Zähne. Lily und Ty drehten beide den Kopf in Richtung des Sprechers. Sie hatte sich schon gefragt, ob der schweigsame und beeindruckende Vampir des Sprechens mächtig war.

»Halt die Klappe, Sammael«, knurrte Rogan. »Du bringst unsere neuen Gäste noch in Verlegenheit.«

Den weißhaarigen Vampir schien das nicht sonderlich zu beeindrucken. »Tut mir leid. Alte Gewohnheit.«

Er sah Lily tief in die Augen, und einen Moment lang hatte sie das Gefühl, jegliche Orientierung zu verlieren. Es war, dachte sie später, als würde man in die Weite des Universums blicken und plötzlich feststellen, welch unbedeutende Rolle man im großen Weltenplan spielte. Glücklicherweise legte sich ihre Verwirrung schnell wieder, und sie merkte, dass es dem Mann nicht im Geringsten peinlich war, sie so anzustarren.

»Nehmt es ihm nicht übel«, sagte Rogan ein wenig steif. »Sammael ist ein Grigori, und die sind nicht unbedingt für ihre guten Manieren bekannt.« Mit einem hämischen Grinsen fügte er hinzu: »Jedenfalls war er mal ein Grigori. Wir wissen nicht, ob sie ihn behalten wollen, wenn sie ihn erst mal gefunden haben. Vielleicht wollen sie ihm auch lieber den Bauch aufschlitzen. Taj und ich haben schon Wetten abgeschlossen.«

Der dunkle Vampir lachte. Sammael schien das allerdings nicht unbedingt lustig zu finden. Ty sah ihn neugierig an.

»Was um Himmels willen hast du bloß verbrochen?« fragte er den riesigen Vampir. »Ich kann an einer Hand abzählen, wie oft mir jemand von eurer Dynastie über den Weg gelaufen ist. Und von einem Deserteur habe ich auch noch nie was gehört. Was muss man bei euch anstellen, um rausgeschmissen zu werden?«

Taj öffnete den Mund, aber ein Blick des Grigori reichte, und er schloss ihn wieder. Sammaels Augen blitzten eiskalt, als er sich wieder Ty zuwandte. Lily wusste instinktiv, dass sie jemanden vor sich hatte, der vermutlich niemals wirklich ein Mensch gewesen war.

»Kümmere dich um deine eigenen Angelegenheiten, Katze. Ich glaube, da bist du ausgelastet genug.« Dann richtete er den Blick auf Lily. In seinen rot-violetten Augen lag ein Wissen, das nicht nur allumfassend, sondern auch beängstigend war. Wieder war es, als würde sie in einen Abgrund starren. Dann wandte er den Blick ab, und der Bann war gebrochen.

»Da magst du wohl recht haben«, entgegnete Ty, der seine Verblüffung noch nicht ganz überwunden zu haben schien.

»Entzückend. Die Kameradschaft zwischen Ausgestoßenen ist wirklich herzerwärmend. Aber zurück zum Geschäftlichen.« Jetzt, wo es ans Verhandeln ging, war von Humor bei Rogan nichts mehr zu spüren.

»Einen Moment noch«, sagte Jaden.

Lily sah ihn überrascht an. So still, wie er dort drüben in der Ecke stand, hatte sie ihn beinahe schon vergessen gehabt.

Jaden betrachtete die Frau noch immer mit einer Mischung aus Argwohn und Abscheu. »Ich will nicht, dass sie dabei ist.«

Die Frau zog eine Augenbraue hoch und legte den Kopf auf die Seite. Jadens Worte schienen sie weder zu überraschen noch zu beunruhigen. Mit einer Frau wie ihr hätte Lily sich nicht gern anlegen mögen.

»Wie altmodisch«, sagte die Frau mit rauer, verführerischer Stimme. »Wenn ich dich fangen wollte, Miezekatze, hätte ich das längst getan. Vampirangelegenheiten interessieren mich nicht.«

»Du bist kein Vampir?«, rutschte es Lily spontan heraus.

Die Frau, deren funkelnde goldene Augen außergewöhnlich schön, aber auch außerordentlich seltsam waren, richtete den Blick auf Lily, die sich sofort wünschte, sie hätte den Mund gehalten. Die Frau strahlte zwar keine Bösartigkeit aus, aber in ihr schlummerte eine Wildheit, die die von Ty und Jaden locker in den Schatten stellte.

»Nein. Und du weißt offensichtlich nicht, wie beleidigend diese Frage ist, sonst hättest du sie nicht gestellt.«

»Jetzt komm schon, Jaden«, sagte Rogan gelangweilt. »Ich behandle meine Gäste immer anständig. Lyra hat kein Interesse an dir. Sie hat genug mit sich selbst zu tun.«

Jaden verzog angewidert den Mund. »Ich wusste gar nicht, dass du neuerdings auch Wölfen Unterschlupf gewährst. Wahnsinn, auf die Art das Einkommen zu verbessern. Läuft das Geschäft dermaßen schlecht?«

»Jaden!«, rief Lily, die sich schämte, dass er derart unhöflich war. Aber Lyra seufzte nur genervt und stand auf. Sie sah umwerfend aus, wenn auch nicht im klassischen Sinn. Groß war sie ebenfalls, selbst dann noch, wenn man die Stiefel mit den hohen, dünnen Absätzen abzog.

»Vergiss es, Süße. Ich bin das gewohnt. Vampis halten sich für den Nabel der Welt. Aber ich behalte lieber mein warmes Blut und meine Freiheit, als dass ich so ein kaltes Etwas werde und mich mit dem ganzen Dynastien-Quatsch rumärgern muss.« Mit diesen Worten drehte sie sich zu Jaden um und entblößte ihre Zähne, die genauso scharf aussahen wie die der Vampire. »Du willst mich nicht dabeihaben? Kein Problem, wenn dir das hilft, dich am Ende der Vampirnahrungskette besser zu fühlen. Ich habe Wichtigeres zu tun, als mir dein Gejammer anzuhören.«

Sie wandte sich zur Tür und ging aus dem Zimmer. Alle schauten ihr schweigend hinterher.

Rogan sah Jaden stirnrunzelnd an. »Ihr Geld ist hier genauso viel wert wie deins, Jaden. Vertreib sie mir nicht, sonst verpasse ich dir eine Abreibung. Sie wird eines Tages Rudelführerin werden, jedenfalls, wenn sie lange genug lebt.«

Jaden schnaubte verächtlich. »Mit der Einstellung bestimmt nicht. Außerdem haben die Wölfe in der Stadt nichts zu suchen.«

»Genau wie du. Eigentlich solltest du bei den Ptolemy sein, aber wir sehen ja, dass dem nicht so ist. Lyra ist wichtig für ihre Spezies. So etwas nehme ich durchaus ernst. Ich habe nicht mehr so viele Möglichkeiten, Leute zu verstecken, die nicht gefunden werden wollen. Menschen sind einfach neugieriger, als ihnen gut tut. Sei froh, dass ich dich aufgenommen habe, lebend bist du nämlich keinen Pfifferling wert. Für deine Leiche, ja, da gibt es eine Belohnung. Denk dran, bevor du das nächste Mal das Maul aufreißt.«

Mit diesen Worten wandte Rogan sich von Jaden ab, der ihn verdrossen anstarrte, und richtete seine Aufmerksamkeit wieder auf Ty. Sein Grinsen erinnerte Lily an einen Hai kurz vor dem Angriff.

»Gehen wir doch in mein Büro.« Rogan wirkte äußerst zufrieden mit sich. »Nur du und ich. Das wird dich eine Stange Geld kosten, MacGillivray. Und ich werde es genießen.« Er stand auf, trat auf Ty zu und gab ihm einen Klaps auf die Wange, so fest, dass es fast schon eine Ohrfeige war.

»Willkommen zu Hause.«

19

Bis die beiden sich geeinigt hatten, war es fast schon Tag. Ty hatte – gegen viel Geld – die Zusage für einen Wagen samt Eskorte bis vor die Stadt bekommen. Zusätzlich zu dem Geld hatte Rogan eine Liste mit Gefallen aufgestellt, die er von der Königin der Ptolemy erwartete, als Gegenleistung dafür, dass er ihre kostbare Fracht sicher ans Ziel brachte. Ein leeres Konto, verletzter Stolz und rasende Kopfschmerzen waren das Einzige, was Ty noch geblieben war.

Für eine Nacht war das mehr als genug. Er wankte die Treppe hinauf, müde wie immer kurz vor Sonnenaufgang. Zu wissen, dass Lily im Zimmer auf ihn wartete, war auch nicht gerade tröstlich, zumal sie ihn sicher mit Fragen bombardieren würde, die er nicht beantworten wollte. Verdammt, was musste Rogan auch von seiner Familie anfangen! Und wieso war er bloß so blöd gewesen, sich ausgerechnet hierhin zu flüchten?

Das kam davon, wenn man nicht tat, was einem befohlen worden war. Über Lilys Mal wussten sie jetzt kaum mehr als bei ihrer Ankunft, dafür hatte er jetzt einen flüchtigen Cait Sith im Schlepptau sowie eine Frau, die Vlad Dracul höchstpersönlich »sehen« wollte, vermutlich als Dauerzustand. Die Götter mussten ihn zutiefst hassen, falls sie sich überhaupt jemals die Mühe gemacht hatten, ihn wahrzunehmen.

Was er manchmal, in Nächten wie diesen, durchaus bezweifelte.

Ty bemerkte den anderen Vampir erst, als er schon fast in ihn hineingelaufen war. Er konnte den Zusammenstoß mit dem

Grigori, der offensichtlich im Flur auf ihn gewartet hatte, gerade noch verhindern. Trotz seiner gut ein Meter neunzig musste Ty den Kopf in den Nacken legen, um dem bestimmt dreißig Zentimeter größeren Vampir ins Gesicht sehen zu können.

»Meine Güte, Mann!«, fauchte er ihn an. Es ärgerte ihn, dass er sich so hatte überrumpeln lassen. Diese ganze Sache machte ihn fertig, verwirrte seine Instinkte, auf die er sich normalerweise immer verlassen konnte. »Was soll das? Soll ich noch mal sterben, diesmal vor Schreck?«

Der Grigori – Sammael, wie Ty wieder einfiel – zog lediglich eine Augenbraue hoch und sah ihn verächtlich an. Tys zugegebenermaßen begrenzte Erfahrungen mit dieser Dynastie hatten ihn gelehrt, dass das genau der Blick war, den ihre Angehörigen perfektioniert hatten.

»Für einen Cait bist du nicht sonderlich clever«, sagte Sammael.

»Interessante Gesprächseröffnung«, erwiderte Ty. Verdammt, er war müde. Er wollte auf sein Zimmer, wollte sich an die Frau kuscheln, mit der er nicht schlafen durfte, und diesen ganzen Mist für ein paar Stunden vergessen.

»Ich muss mit dir über die Frau reden«, sagte Sammael.

»Wo immer ich mit ihr hinkomme, gibt es Ärger.« Ty seufzte. Er hatte ein flaues Gefühl in der Magengegend.

»Du musst vorsichtig mit ihr sein.« Sammaels Stimme war tief und volltönend, und trotz seines völlig ausdruckslosen Gesichts vermittelte sie eine gewisse Dringlichkeit. »Auch ohne ihr Mal zu sehen, weiß ich, was sie ist. Ich kannte diejenige, von der sie abstammt. Sie hat viel von Lilith an sich, trotz der vielen Generationen, die dazwischenliegen. Das Blut ist stark.«

Einen Moment lang konnte Ty ihn nur völlig geplättet anstarren. Der Grigori erwiderte seinen Blick, als hätte er etwas ganz und gar Belangloses von sich gegeben. Woher konnte er das gewusst haben? Andererseits gab es Gerüchte über die Grigori, über ihre Herkunft. Sie waren nicht sehr zahlreich, aber sie waren mächtig. In der Öffentlichkeit sah man sie nur selten, sie blieben lieber für sich. In Amerika bewohnten sie vor allem die Wüstengegenden, aber ob das wirklich ihr Hauptsitz war, darüber konnte man nur Vermutungen anstellen. Manche glaubten zu wissen, dass bedeutend mehr von ihnen auf einer Insel im Mittelmeer lebten, während andere darauf beharrten, dass es auf irgendeinem Berg in Europa eine große Grigori-Festung gab. Manche behaupteten, die Grigori könnten fliegen, andere wieder bestanden darauf, sie seien gar keine Vampire, sondern Dämonen. Niemand schien es wirklich zu wissen, genau wie niemand wusste, wer ihr Anführer war, wenn es denn einen gab. Jedenfalls sahen sie alle aus wie Sammael: groß, einschüchternd, gefühllos. Und alle trugen sie als Mal zwei schwarze Flügel.

»Du kanntest Lilith? Die Mutter?«

Jetzt zeichnete sich auf Sammaels Gesicht doch noch ein Gefühl ab: Ärger.

»Habe ich das nicht gerade gesagt? Hör auf, mir blöde Fragen zu stellen. Was ich dir zu sagen habe, ist wichtig.«

»Na dann, worum geht's?« Ty musste sowohl gegen seine Müdigkeit ankämpfen als auch gegen seine wachsende Angst, der Himmel würde ihm auf den Kopf fallen, bevor er es zu Arsinöe schaffte.

»Nur dies eine, undankbare Katze. Sie ist Liliths Nachfahrin, und sie ist für Höheres bestimmt als das, was du mit ihr vorhast. Die Ptolemy werden sie umbringen, sobald sie rausfinden, wer sie ist. Die Geschichte wird sich wiederholen. Aber diesmal wird Liliths Dynastie endgültig zugrunde gehen. Sie war es wert, erhalten zu werden, auch wenn wir nicht versucht haben, das, was passiert ist, zu verhindern.«

»Um was geht es hier? Redest du von dem Tempelfeuer, das Lily immer wieder sieht? Und ihr hättet diesen ganzen Irrsinn aufhalten können?«

»Wir sind Beobachter. Uns geht das nichts an.«

»Typisch«, schnaubte Ty wütend. »Ihr Blaublute glaubt immer, euch geht das alles nichts an, bis ihr selbst unter Beschuss geratet. Und selbst dann überlasst ihr das meiste noch euren Dienern.«

Sammael sah ihn durchdringend an. »Manche denken so. Vielleicht sogar die meisten. Aber nicht alle. Auch bei uns gibt es noch so etwas wie Ehrenhaftigkeit, selbst wenn sie sich manchmal an seltsamen Stellen äußert. Lilith war anders. Diese Erbin ihrer Dynastie ist ebenfalls anders.«

Tys Kopfweh wurde noch eine Spur schlimmer, obwohl er das nicht für möglich gehalten hätte. Müde rieb er sich mit den Fingerspitzen die Schläfen. »Schau, Sammael, ich bin dir wirklich dankbar für die motivierenden Worte. Aber mit dem, was du erzählst, kann ich nicht viel anfangen. Was ist eigentlich der Sinn dieses Gesprächs? Willst du mit mir um sie kämpfen?«

Das entlockte dem riesigen Grigori doch wahrhaftig ein Lächeln, eine Reaktion, die Ty ihm gar nicht zugetraut hätte.

»Leider nein. Du wärst zwar eventuell ein ernstzunehmender Gegner, Ty aus der Dynastie der Cait, aber überleben würdest du so einen Kampf trotzdem nicht. Außerdem bin ich neugierig, was du mit dem, was dir da in den Schoß gefallen ist, tun wirst.«

»Ich werde genau das tun, wozu man mich ausgebildet hat: jagen und abliefern.« Er seufzte und rieb sich ein letztes Mal über die Schläfen. Selbst für seine eigenen Ohren klangen seine Worte herzlos und kalt. »Schau, ich weiß deine Hilfe zu schätzen, wobei … Hilfe kann man es ja nicht direkt nennen. Aber ich habe keine Wahl. Die Ptolemy sterben. Und ich bin an sie gefesselt, ob ich das nun will oder nicht. Lily ist die Schlüsselfigur, die alles wieder in Ordnung bringen kann.«

»Hm«, sagte Sammael, dessen Gesicht zu seiner alten Ausdruckslosigkeit zurückgefunden hatte. »Man kann nur hoffen, dass du noch zur Vernunft kommst, bevor es zu spät ist. Aber tu, was du nicht lassen kannst, Katze. Die Grenzen zwischen unseren Dynastien waren nicht immer so undurchlässig. Vielleicht verwischen sie bereits wieder, während ich Luft hole. Ich werde das Ganze zusammen mit meinen Brüdern und Schwestern beobachten.«

»Ja. Dass ihr das üblicherweise so macht, hast du bereits erwähnt.« Ty verlagerte das Gewicht auf die Fersen. Er wollte endlich weiter. Die Unruhe, die ihn vorwärtstrieb, würde ihn vermutlich sein ganzes Leben lang begleiten, egal wie sehr er dagegen ankämpfte.

Als der Grigori keine Anstalten machte, zur Seite zu gehen, kratzte Ty seinen letzten Rest Geduld zusammen und versuchte es zur Abwechslung mit Höflichkeit. »Nun ja. Dann also gute Nacht, Sammael. War nett, dich kennenzulernen. Ich hoffe, der Ärger, wegen dem du hier bist, wird sich bald legen.«

Wieder erschien auf Sammaels Gesicht dieses rätselhafte Lächeln. »Rogan steht auf gute Geschichten. Aber mach dir keine Sorgen. Ich bin nicht in Schwierigkeiten. Das, weshalb ich hergekommen bin, habe ich erledigt.«

Ty kam plötzlich ein schlimmer Verdacht. Würde er denn nie mehr sein als eine Schachfigur in einem Spiel, das viel Mächtigere als er kontrollierten?

»Willst du etwa sagen, du bist hierhergekommen und hast Rogan ein Lügenmärchen aufgetischt, nur um mir diese nette kleine Ansprache zu halten?« Er musterte den weißhaarigen Riesen mit dem wie gemeißelt wirkenden Gesicht. »Was bist du eigentlich, Sammael? Was ist dran an den Gerüchten über deine Art?«

»Nichts natürlich«, erwiderte Sammael. »Ein paar von den Gerüchten, die ich gehört habe, könnten allerdings ein Körnchen Wahrheit enthalten. Aber das spielt keine Rolle. Wir werden die Sache im Auge behalten, Katze. Zeig dich ihrer würdig, und unsere Welt wird sich erneut verändern.«

»Ich wünschte wirklich, du würdest mir das erklären.«

»Ja, das glaube ich sofort. Gute Nacht, Tynan MacGillivray. Möge die Dunkelheit dich schützen.« Sammael neigte leicht den Kopf, drehte sich um und verschwand.

Ty überlegte kurz, ob er ihm hinterhergehen und ihn so lange verprügeln sollte, bis er mit der Wahrheit herausrückte, aber er bezweifelte, dass er damit weit kommen würde. Außerdem klang Sammaels Bemerkung, Ty würde einen Kampf mit ihm nicht überleben, durchaus überzeugend. Ty war ein Wahnsinnskämpfer, aber die Grigori waren einfach ... unheimlich. Schlimmer, als er sie in Erinnerung hatte.

Verdammt. Er hatte auch so schon genug Sorgen, ohne dass er sich von so einem uralten, gruseligen Vampir irgendwelche blödsinnigen Prophezeiungen um die Ohren hauen lassen musste. Er wusste, dass es wegen Lilys Mal Ärger mit den Ptolemy geben würde, und sei es nur, weil Arsinöe es noch nie gemocht hatte, wenn anderen mehr Aufmerksamkeit zuteil wurde als ihr, noch dazu, wenn ihre Rivalinnen schöner waren als sie. Trotzdem wollte er einfach nicht glauben, dass Arsinöe nicht auf ihn hören, über seine Bitte nicht zumindest nachdenken würde.

Denn jetzt, nachdem Rogan ihm den letzten Cent aus der Tasche gezogen hatte, hatte Ty ausnahmsweise das Gefühl, die Ptolemy schuldeten ihm eine gerechte Belohnung für seine Dienste. Er wollte lediglich eins: sein Wort halten, nur dieses eine Mal. Er wollte, dass Lily wieder zurück nach Hause konnte. Es gab bestimmte Kräuter, die sie alles vergessen lassen würden, nachdem sie den Ptolemy geholfen hatte. Sie würde vergessen, dass sie jemals einen Vampir kennengelernt hatte … würde ihn, Ty, vergessen. Und das war außerordentlich wichtig, wie er genau wusste. Sie durfte sich auf keinen Fall an ihn erinnern, denn was er gespürt hatte, als sie vorhin miteinander geredet hatten, hatte bei ihm sämtliche Alarmglocken zum Klingeln gebracht.

Lily war dabei, sich in ihn zu verlieben, so unfassbar das auch nach wie vor für ihn war. Und auch wenn Sammael gesagt hatte, da sei ihm etwas in den Schoß gefallen, wusste Ty tief im Inneren, dass so etwas nicht möglich war. Er war ein Vampir der Unterschicht, ein Lügner und ein Mörder, und zu etwas anderem würde er niemals taugen. Er konnte die Vampirgesellschaft nicht einfach umkrempeln, genauso wenig wie er sich den Einschränkungen entziehen konnte, die sie Vampiren wie ihm auferlegte. Aber er konnte versuchen, Lily dort heil wieder herauszubekommen und alle ihre Erinnerungen zu löschen.

Und dann konnte er weiter den langsamen Tod leben, der ewig währte.

Ty wurde richtig elend, als er die Treppe hinaufging und sich eine Ewigkeit ohne Lily vorstellte.

Lily lief in dem kleinen Zimmer auf und ab wie ein Tiger im Käfig. Sie konnte ihre Verbitterung nur mühsam beherrschen, und ihre Sorge um Ty machte die Sache auch nicht gerade besser. Wie hatte das alles nur kommen können? Vor ein paar Tagen hatte sie noch ein angenehmes, ereignisloses Leben als Dozentin geführt, und jetzt saß sie in einem Sicheren Haus für Vampire fest, auf der Flucht vor einer ganzen Dynastie von Wesen, die sie wegsperren und nie mehr gehen lassen wollten.

Dass man sie gerade vorsätzlich von den Verhandlungen ausschloss, bei denen es um ihre Zukunft ging, war mehr als ärgerlich. Okay, Ty kannte die Regeln, die Gepflogenheiten und diese seltsamen Schattenwesen. Dennoch wäre es schön gewesen, nicht über eine Stunde in diesem kahlen kleinen Zimmer hocken zu müssen, allein mit ihren Gedanken, die sie allmählich in den Wahnsinn trieben. Selbst Jaden hatte sie im Stich gelassen und sich wortlos in sein Zimmer verkrochen. Er hatte ausgesehen, als würde ihm einiges durch den Kopf gehen, und vermutlich war dem auch so.

Ihnen allen ging einiges durch den Kopf.

Sie blieb mitten im Zimmer stehen und verbarg den Kopf in den Händen. Erst jetzt, ohne das Geräusch ihrer Schritte, hörte sie die leisen Geräusche, die aus dem angrenzenden Zimmer – Jadens Zimmer – herüberdrangen.

Vielleicht würde er sie hinauswerfen. Vielleicht hatte er die Tür von innen zugesperrt, und ihr Versuch war von vornherein zum Scheitern verurteilt. Dennoch, der Versuchung, ein bisschen Ablenkung zu finden, konnte sie einfach nicht widerstehen.

Lily ging zur Tür, die die beiden Zimmer miteinander verband, und drehte leise und langsam den Knauf.

Sie brauchte die Tür nur wenige Zentimeter zu öffnen, um zu sehen, dass Jadens Zimmer das Spiegelbild ihres eigenen war: klein, zweckmäßig eingerichtet, erhellt von einer Kerze, keine Fenster. Mitten im Zimmer stand ein Mann, der lediglich eine verwaschene Jeans trug. Er drehte Lily den Rücken zu und wühlte in einer kleinen Tasche herum, die auf dem Bett stand. Seine Füße und sein Oberkörper waren nackt. Lily wusste allein anhand seines Körperbaus und seiner pechschwarzen Haare, dass es sich um Jaden handelte.

Aber nichts, was sie über ihn wusste, nichts, was er gesagt oder getan hatte, hätte sie auf den Schock beim Anblick seiner nackten Haut vorbereiten können.

Sein Rücken war mit Narben übersät, manche bereits verblasst, andere noch ganz rosa. Die kreuzweise Anordnung ließ nur einen Rückschluss zu: Er war ausgepeitscht worden. Kaum eine Stelle seiner hellen Haut war verschont geblieben, und Lily konnte sich nicht mal ansatzweise vorstellen, welche Schmerzen er hatte aushalten müssen. Kein Wunder, dass er Ty gegenüber so verschlossen und seltsam gewesen war; kein Wunder, dass er den Ptolemy davongelaufen war.

Lily brauchte nur an diese Dynastie zu denken, schon gefror ihr das Blut in den Adern. Nur ein Monster würde anderen Wesen so etwas antun. Und Ty brachte sie zu genau den Monstern, die dafür verantwortlich waren. Zum ersten Mal fragte sie sich, wie viel Tys Versprechen wohl wert sein mochte, nicht von seiner Seite aus, sondern von der Seite derjenigen, die ihm dieses Versprechen an sie zugestanden hatten. Wenn diese Ptolemy so etwas sogar ihren eigenen Leuten antaten, würden sie dann ihr Wort halten und sie gehen lassen?

»Es ist unhöflich, jemanden so anzustarren.« Jadens Stimme, leise aber eindringlich, ließ sie zusammenfahren.

»Äh … tut mir leid, ich war nur …«

Als er sich zu ihr umdrehte, war ihm nicht die geringste Überraschung anzumerken. Er wirkte einfach nur resigniert und gequält, aber so sah er eigentlich schon die ganze Zeit aus. Wenigstens wusste sie jetzt, warum, aber das Wissen allein machte es auch nicht besser.

»Nein«, sagte er, deutlich freundlicher jetzt. »Ich hatte gehofft, dass ich dich noch sehe, bevor … komm doch einfach rein.« Er winkte sie herein und kramte dann weiter in seiner Tasche. »Der Tag bricht bald an, und ich muss vorher noch hier wegkommen.«

Lily starrte ihn ungläubig an. »Du gehst? Jetzt?«

»Wenn man fliehen will, ist das die beste Zeit. Kurz bevor die Sonne aufgeht. Man muss sich nur vorher drum kümmern, wo man als Nächstes Unterschlupf findet und dass es nicht zu weit weg ist. Aber ich habe Kontakte. Wenn du willst, kannst du mitkommen.«

Sein angedeutetes, fast ein wenig ironisches Lächeln zeigte ihr, dass er genau wusste, sie würde nicht mit ihm davonlaufen. Allerdings war sie sich sicher, dass die Einladung vollkommen ernst gemeint war.

»Warum haust du ab?«, fragte sie. »Ich dachte, du wolltest uns helfen.«

»Wobei soll ich helfen? Anura ist zu den Dracul übergelaufen. Keine Ahnung, warum, aber das ist ihr gutes Recht. Also wäre es bescheuert, in die Wohnung zurückzukehren. Irgendjemand wird dort auf uns warten und garantiert niemand, dem wir gern begegnen möchten. Ty gibt die Hoffnung nicht auf, dass er von den Ptolemy für das, was er für sie tut, Anerkennung bekommt und für uns andere Katzen dabei auch noch der eine oder andere Knochen abfällt. Schön wär's, aber das ist nur ein Tagtraum. Und du …« Er legte den Kopf auf die Seite und musterte sie.

Es war entnervend, wie er sie anstarrte, ähnlich wie bei Ty. Lily wurde bewusst, dass auch Jaden umwerfend gut aussah. Allerdings lächelte er noch seltener als Ty. Diese Cait Sith hatten wirklich kein leichtes Leben. Sie hätte ihnen so gern geholfen, aber es gab nichts, was sie hätte tun können.

»Spreng seine Ketten …«, flüsterte die Stimme der Priesterin in ihrem Kopf.

Aber wie? Eine ganze Dynastie aus der Sklaverei zu befreien, war nichts, was ein Einzelner schaffen konnte. Und schon lange kein einzelner Mensch.

»Ich kann dich irgendwie nicht richtig einordnen, Lily Quinn. Du steckst voller Widersprüche.« Jaden nahm ein dunkles T-Shirt vom Bett und streifte es über. »Den einen Moment denke ich, du bist nur ein naives Mädel, das mit einer Fähigkeit geschlagen ist, mit der es nicht umgehen kann. Im nächsten Moment sehe ich eine Frau, die eine Naturgewalt sein könnte, wenn sie es nur versuchen würde.«

Die Überzeugung, mit der Jaden das sagte, versetzte ihr einen Stich. »Das klingt beides nicht sehr schmeichelhaft.«

Jaden zuckte mit den Schultern. »Ich sage das nicht, um dich zu kränken. In dir steckt viel mehr, als man am Anfang meint, da bin ich mir ganz sicher. Aber ein bisschen naiv musst du auf jeden Fall sein, sonst würdest du nicht mit Ty schlafen. Was den Umgang mit deiner Kraft angeht, dafür kannst du nichts. So etwas habe ich noch nie gesehen. Ich habe keine Ahnung, wie es sich anfühlen würde, wenn man diese Kraft unter Kontrolle zu bringen versuchte.«

»Es ist, als würde ich versuchen, einen Blitz mit den Händen festzuhalten.«

»Hm.« Inzwischen war er mit seiner Tasche fertig und trat auf sie zu. »Zeig mir doch mal dein Mal. Ty wollte offensichtlich nicht, dass ich einen Blick auf deine jungfräuliche Haut werfe. Keine Ahnung, warum.«

Sie brauchte einen Moment, bis sie begriff, dass er sie aufzog. Als sie es schließlich kapierte, zog sie ihr T-Shirt so weit herunter, dass das Mal bloß lag.

»Seit wann hast du eigentlich Humor?«, fragte sie und legte den Kopf in den Nacken, damit er das Mal besser sehen konnte. Vorsichtig fuhr er mit den Fingerspitzen darüber, und sie erschauerte unter der kalten Berührung.

»Schon immer. Nur dass es im Moment nicht viel zu lachen gibt.« Er schwieg einen Moment, dann fuhr er fort: »Seltsam und schön. Wie die, der es eingebrannt ist.«

Die Bemerkung überraschte sie. Sie beugte den Kopf wieder vor und sah ihn an, verblüfft, was für eine Energie in seinen Augen aufblitzte. Jaden war zwar eher der stille Typ, aber wie alle

Vampire, die sie bisher getroffen hatte, steckte viel mehr in ihm, als man auf den ersten Blick dachte. Jaden starrte sie so intensiv an, dass es sich fast anfühlte, als würde er tief in ihrer Seele nach etwas suchen. Schließlich trat er einen Schritt zurück und seufzte.

»Ich verstehe, wieso er dich will. Er wäre ein Idiot, wenn er dich nicht wollen würde, und wenn du so weitermachst, wird er nicht der Letzte sein. Aber du machst einen Fehler, wenn du bleibst, Lily. Bei uns gibt es vieles, was du nicht verstehst. Und das gilt auch für ihn.«

»Du glaubst gar nicht, wie satt ich es habe, das immer wieder zu hören.«

Jaden kicherte – auch das etwas selten Gehörtes –, aber dieses Kichern klang nicht gerade fröhlich. »Dann hat Ty also immerhin versucht, dir das klarzumachen, wenn auch offensichtlich nicht eindringlich genug.« Sein Gesichtsausdruck wurde wieder ernst. »Ich nehme mal an, du hast heute Abend zum ersten Mal von seiner Familie gehört. Er redet nicht darüber, was ich ihm nicht verübeln kann. Er hatte von Anfang an nicht gerade ein leichtes Leben, und nach seiner Verwandlung war es eine Zeit lang noch um einiges schwieriger. Hat er dir erzählt, wie er zu den Ptolemy kam?«

»Nein«, erwiderte Lily unangenehm berührt. »Nur, dass die Königin der Ptolemy ihn gerettet hat und er in ihrer Schuld steht.«

Jaden schnaubte. »Ja. Allerdings haben die Ptolemy das Lager der Cait Sith überfallen, sonst wäre er gar nicht in die Situation gekommen, gerettet werden zu müssen.« Er schüttelte den Kopf. »Aber die Geschichte soll er dir lieber selbst erzählen.«

Ihr Interesse war geweckt, aber sie weigerte sich, nach dem Köder zu schnappen. Sie selbst hatte Ty über ihre Vergangenheit auch nicht gerade viel erzählt, wobei Ty sie danach auch erst gefragt hatte, nachdem sie beinahe die Straße mit Vampirinnereien gepflastert hätte. Was ganz in Ordnung war, versicherte sie sich, völlig in Ordnung. Sie wollte nicht darüber reden, er wollte nicht darüber reden. Was sollte man daraus schließen?

»Die Vergangenheit spielt keine Rolle«, sagte Lily und reckte kämpferisch das Kinn vor. »Und ich erwarte mir nichts, Jaden. Er hat mir keine Lügen aufgetischt und so getan, als hätten wir eine Zukunft. Und ich rede mir auch nichts dergleichen ein. Wenn du meinst, ich wäre naiv, weil ich trotzdem mit ihm zusammen bin, na gut, dann bin ich das eben.«

Sie hätte nie gedacht, dass es so wehtun würde, es auszusprechen. Es gab keine Zukunft für Ty und sie. Aber sie hätte nie damit gerechnet, dass Jaden ihren Schmerz so deutlich spüren würde. Er sah sie so mitleidig an, dass sie zusammenzuckte. Oft genug schon war sie in ihrem Leben bemitleidet worden, aber sie hatte dieses Mitleid nie gewollt und wollte es auch jetzt nicht. Dennoch konnte sie sich nicht verkneifen hinzuzufügen: »Ty ist anders. Er ist ein guter Mann, auch wenn er das selbst nicht glaubt.«

»Und genau deshalb wirst du dafür büßen, dass du dich mit ihm eingelassen hast, Lily«, erwiderte Jaden düster. »Du hast recht, Ty ist kein schlechter Mann. Im Gegenteil, er ist einer der besten, die ich kenne. Er hat mich unter seine Fittiche genommen, als ich mich vorne und hinten nicht auskannte und alle und alles nur hasste. Aber er ist ein Unterschichtvampir. Schlimmer noch, er ist ein Cait Sith im Besitz der Ptolemy. Sein Leben gehört ihm nicht, und was er tut, tut er, um zu überleben.«

»Ja, das verstehe ich«, sagte Lily unglücklich. »Es gefällt mir nicht, aber ich kann es akzeptieren.«

Jadens Wutausbruch kam für sie völlig überraschend. »Jetzt tu doch nicht so, als würde es dir nichts ausmachen, wenn er dich bei dieser Natter abliefert und dann geht!« Seine Augen blitzten unnatürlich hell auf. »Und genau das wird er tun, Lily.

Was anderes kennt er nicht. Außerdem geht es hier nicht nur um ihn. Die Cait Sith sind seine Familie, und sie sind immer die Ersten, an die er denkt: wie sich das, was er tut, wohl auf ihre Behandlung durch die Ptolemy auswirken wird, wie wichtig es ist, sich Arsinöes Gunst zu erhalten, um den rangniederen Dienern der Ptolemy helfen zu können. Sie lässt ihm mehr Freiraum als anderen, das muss ich zugeben. Andererseits habe ich selbst mal zu ihren Lieblingsschoßtieren gehört. Und was mir das gebracht hat, hast du ja gesehen.« Er schüttelte den Kopf, und dann war sein Ärger plötzlich so schnell verraucht, wie er gekommen war. »Ty ist so etwas wie der Fahnenträger für die Cait Sith, die unter dem Joch der Ptolemy leben müssen, Lily. Bis zu einem gewissen Grad hilft die Tatsache, dass Arsinöe ihn schätzt, allen Cait am Hof. Und für die, die frei herumlaufen und versuchen, sich irgendwie durchzuschlagen, ist er eine Legende. Diese Cait Sith können nur hoffen, dass die Blaublute sie sich nicht schnappen wie so viele von uns.«

Lily zog die Stirn kraus. Ihr fiel die Szene in ihrer Küche wieder ein, und sie fragte: »Damien, der Shade, der hinter mir her ist, hat Ty quasi einen Verräter genannt. Ich hatte gedacht, dass man ihn allgemein so einschätzt.«

Jaden verdrehte die Augen. »Damien. Typisch für ihn, so etwas zu sagen. Glaube niemals einem Shade, Lily. Das sind professionelle Mörder, die sich für Götter halten. Er glaubt, er trifft seine Entscheidungen selbst? Wohl kaum. Er hat Chefs, für die er arbeitet, genau wie wir alle. Aber vielleicht fühlt er sich besser, wenn er sich das einredet … Im Übrigen wirst du in dieser Gegend schwerlich einen Cait Sith finden, der dir erzählen kann, was er von Ty hält. Die Cait Sith leben vor allem in den Ptolemy-Hochburgen, und dazu gehört diese Gegend nun wirklich nicht. Typisch, dass ihre Königin eine Ägypterin ist – verdammte Katzenbesessenheit. Wenigstens geben sie uns Arbeit, wenn das sonst schon keiner tut, aber wenn man sie nicht annimmt, zahlt man einen hohen Preis. Die Ptolemy sehen Vampire wie uns nur als Sklaven oder als Beute. Ich werde zusehen, dass ich so weit wie möglich aus ihrem Einflussbereich wegkomme, damit ich keins von beiden sein muss.«

»Was ist passiert? Hat Arsinöe dir das angetan?« Lily musste es unbedingt wissen.

Jadens Augen wurden eisig blau, dann wandte er rasch den Blick ab. »Sie hätte es genauso gut selbst getan haben können. Aber es ist egal. Ich gehe nicht zurück. Lieber sterbe ich.«

»Jaden.« Lily legte ihm die Hand auf den Arm. Sie spürte, wie angespannt er war, und empfand plötzlich Mitleid mit ihm. Jaden richtete den Blick wieder auf Lily.

»Du musst es Ty erzählen. Bitte.«

»Was soll er mir erzählen?«

Lily fuhr herum. Ty, der in der Tür stand, klang nicht nur abweisend, müde und reichlich verärgert, er sah auch genauso aus. Wie immer war ihr erster Impuls bei seinem Anblick, sich ihm in die Arme werfen zu wollen. Als sie sah, wie seine Augen aufblitzten, wusste sie sofort, dass nicht nur sie dieses schier überwältigende Verlangen verspürte.

Jadens Seufzer holte sie in die Wirklichkeit zurück.

»Ich würde euch ja raten, nehmt euch ein Zimmer, aber ihr habt ja schon eins. Die Sonne geht bald auf, Bruder. Leg dich schlafen.«

»Ich glaube nicht, dass ich schlafen kann. Rogan hat mich ausgenommen wie eine Weihnachtsgans.« Ty trat ins Zimmer und stellte sich neben Lily. Obwohl er sie nicht berührte, begann jede einzelne Faser ihres Körpers zu vibrieren. Ty warf einen Blick auf die Tasche, die auf dem Bett lag, dann auf die Kleidung, die Jaden jetzt trug. Sein Gesichtsausdruck verhärtete sich.

»Du gehst?«

»Na und? Ich habe doch gesagt, ich gehe nicht zurück zu den Ptolemy. Wie ich auch schon deiner hübschen Freundin angeboten habe, kannst du gern mitkommen. Ich bezweifle, dass dieses Sichere Haus wirklich sicher ist, und bleibe bestimmt nicht hier, um das rauszufinden. Ich muss raus aus Chicago und mir eine neutralere Gegend suchen, wo ich mich verkriechen kann, bis sich der Sturm gelegt hat.«

»Habe ich nicht genau dafür gerade bezahlt? Dass wir hier rauskommen?«

Lily hörte, wie unglaublich wütend Ty war, und er schien von Sekunde zu Sekunde immer noch wütender zu werden. Trotzdem machte Jaden keine Anstalten, seine Trotzhaltung aufzugeben.

»Allein habe ich bessere Chancen. Im Moment sind alle hinter euch her, nicht hinter mir. Du hast etwas, was sie wollen, und dadurch ist die Gefahr, entdeckt zu werden, für mich gleich doppelt groß. Ich kann nicht riskieren, dass die Ptolemy mich finden, versteh das doch, Ty. Und ihr würdet mit einem Deserteur zusammen auch nicht gerade einen guten Eindruck machen. Es ist besser, wir gehen getrennte Wege.«

»Jaden, wenn sie die Suche nach dir sogar bis hierher ausgedehnt haben, dann werden sie dich überall jagen. Was hast du angestellt?«

Jaden verschränkte die Arme vor der Brust und starrte Ty wütend an. »Spielt das irgendeine Rolle? Du gehst ja doch zurück, egal, was ich sage.«

»Sie haben ihn ausgepeitscht«, platzte Lily heraus. Jetzt war sie diejenige, auf die Jaden seinen wütenden Blick richtete, und sie spürte, wie sie rot anlief. »Er hat überall am Rücken Narben, Ty. Ich habe sie gesehen.«

Tys finstere Miene verschwand. »Jaden. Nein!«, sagte er, und es klang zutiefst traurig.

Jaden fletschte die Zähne und ließ seine Fänge aufblitzen. »Und trotzdem wirst du zu ihr zurückgehen. Weißt du, womit ich mir das eingehandelt habe, Ty? Ich habe es gewagt, ihrer geschätzten Hoheit gegenüber zu erwähnen, dass ihr Liebhaber jedem, der es hören wollte, erklärte, wir stünden kurz vor einem Krieg mit den Dracul. Ich wollte einfach nur wissen, ob das stimmt. Wieso hätte ich das nicht fragen sollen? Wenn es irgendwo Ärger gibt, werden die Cait immer an die vorderste Front geschickt. Kannst du dir vorstellen, wie das erst bei einem richtigen Krieg wäre? Ich fand, wir hätten ein Recht, zu wissen, ob die Gerüchte stimmen, damit ich die anderen entsprechend hätte vorbereiten können.« Er schüttelte den Kopf. »Sie hat es Nero erzählt. Ich wurde wegen Ungehorsam ausgepeitscht, und zwar mit einer giftgetränkten Peitsche, damit es auch ja Narben gibt. Sie hat nicht ein Wort gesagt. Wenn ich geblieben wäre, hätten sie mir ein Halsband angelegt.«

Ty presste die Zähne aufeinander, und Lily sah, wie an seiner Wange ein Muskel zuckte. »Sie arbeiten wieder mit Halsbändern?« Bevor Lily fragen konnte, fügte er erklärend in ihre Richtung hinzu: »Vor tausend Jahren, unsere Dynastie war gerade erst entstanden, haben die Ptolemy Halsbänder entwickelt, die verhinderten, dass die Cait Sith menschliche Gestalt annehmen konnten. Damals waren wir für sie kaum mehr als intelligente Vampirkatzen, Wächter und Jäger, deren menschliche Anteile nur insofern interessant waren, als wir zuhören und verstehen, denken und gehorchen konnten. Viele sind an diesem Halsband verrückt geworden, so viele, dass man diese Praxis schließlich aufgegeben hat.«

»Eine Zeit lang«, warf Jaden ein. »Aber das ist vorbei. Die Grenzposten tragen inzwischen alle Halsband und Ketten, Ty. Die Einzigen, die noch auf zwei Beinen herumlaufen dürfen, sind die, die zum Dienen ihre Hände brauchen.« Sein Gesichtsausdruck verhärtete sich. »Ich weiß, was du denkst. Aber du kannst sie nicht retten. Du kannst Arsinöe nicht umstimmen. Am Hof läuft es jetzt komplett anders als früher, und daran wirst auch du nichts ändern können. Für die Ptolemy gibt es nur noch Oberschicht- und Unterschichtvampire. Ohne Ausnahme. Das wirst du am eigenen Leib zu spüren bekommen, wenn du zurückgehst. Lass sie doch krepieren.«

»Dann krepieren aber auch viele Cait Sith.« Ty seufzte und fuhr sich mit der Hand durch das Haar. »Ich weiß nicht, Jaden. Ich hätte nie gedacht, dass alles schon so aussichtslos ist.«

»Tja, das ist es aber«, erwiderte Jaden tonlos. »Sie ist nicht die, für die du sie gehalten hast. Ich habe sie übrigens auch falsch eingeschätzt. Aber sie ist auch nichts anderes als ein blaublütiges Miststück, das sich über die niederen Massen erhebt.«

Ty schüttelte traurig den Kopf. »Nein. Sie war schon mal anders.«

»Das stimmt nicht. Das bildest du dir nur ein.«

Jadens wutschnaubende Stimme und seine vor Zorn funkelnden Augen jagten Lily einen Schauder über den Rücken. Jaden hatte Seiten an sich, das sah sie jetzt deutlich, die nicht unbedingt angenehm waren. Im Moment wirkte er wie ein rasender Mörder. Sogar Ty schien von diesem Wutausbruch überrascht zu sein. Wortlos starrte er Jaden an, der nicht aufhörte, ihn anzubrüllen.

»Was müssen sie noch tun, damit du endlich den Glauben in sie verlierst, Ty? Sie werden uns alle umbringen. Und die wenigen, die sie vielleicht am Leben lassen, werden nur noch bemitleidenswerte Schatten ihrer selbst sein. Und trotzdem verteidigst du sie, rätst mir und jedem, der es hören will, dem System zu vertrauen, weil alles bestimmt wieder besser wird. Manchmal wird es das ja sogar, Ty, aber nie für lange. Und dann wird es wieder richtig schlecht. Jedes verdammte Mal.«

Ty, der sich von seiner Überraschung erholt zu haben schien, trat so dicht an Jaden heran, dass sie sich fast berührten. Lily spürte, wie angriffslustig beide waren, und hoffte verzweifelt, sie würden sich einfach in Ruhe lassen.

»Alle spucken nur auf uns!«, knurrte Ty. »Alle! Arsinöe hat wenigstens eine Verwendung für uns gefunden, anstatt uns einfach in irgendeiner dreckigen Gosse krepieren zu lassen.«

»Es wäre besser – «

Im Bruchteil einer Sekunde hatte Ty Jaden vorne am T-Shirt gepackt und ihn hochgestemmt, sodass seine Füße ein paar Zentimeter über dem Boden baumelten. Lily riss entsetzt den Mund auf. So von Sinnen hatte sie Ty noch nie erlebt.

»Ty!«, rief sie eindringlich. »Hör auf!« Aber er schien sie gar nicht zu hören.

»In dieser Gosse war ich schon mal, Bruder«, zischte er Jaden ins Gesicht. Er hatte die Zähne gebleckt und die Fangzähne ausgefahren, die bedrohlich funkelten. »Ich wurde in der Gosse geboren. Ich bin dort gestorben. Meine gesamte Familie ist dort gestorben. Wag es ja nie wieder zu behaupten, dass unser Leben schlechter ist. Du hast nie im schlimmsten Dreck dahinvegetieren müssen, ohne irgendwelche Hoffnung. Wenn ich schon leben muss, dann ist es am Hof immer noch am besten.« Er ließ Jaden fallen, der geschmeidig auf den Füßen landete, obwohl Ty ihn so plötzlich losgelassen hatte. »Hau ruhig ab. Ich hoffe, du findest, wonach du suchst.« Ty spuckte ihm die Worte regelrecht entgegen, bevor er auf dem Absatz kehrtmachte und das Zimmer verließ. Lily versuchte noch, ihn am Arm zu packen, aber er wich ihr aus. Es gelang ihr allerdings, einen Blick auf sein Gesicht zu erhaschen. Der Schmerz, der sich darauf abzeichnete, raubte ihr schier den Atem.

Die Tür zwischen den beiden Zimmern flog krachend zu. Lily und Jaden schauten sich an. Sein Blick war wachsam und misstrauisch, genau wie an dem Abend, als sie ihn kennengelernt hatte. Hilflos starrte sie ihn an. Wie gern hätte sie eine Brücke über den Abgrund gebaut, der sich zwischen den beiden aufgetan hatte! Aber damit würde sie einen neuen Abgrund aufreißen, zwischen Ty und sich, das war ihr durchaus klar.

»Es tut mir leid«, sagte sie leise, während sie langsam rückwärts auf die Tür zuging. »Ich muss – «

»Es braucht dir nicht leid zu tun«, erwiderte Jaden kühl. »Er wird es schon noch kapieren. Und wenn nicht, kann ich ihm auch nicht helfen. Jede Katze kämpft für sich. Das war schon immer so.«

Lily machte einen weiteren Schritt auf die Tür zu, die sie von Ty trennte. Alles in ihr sehnte sich nach ihm, wollte Balsam für diese uralten, tiefen Wunden sein.

»Vielleicht könntet ihr beide die Cait dazu bringen, sich zusammenzuschließen.« Sie hörte selbst, wie verzweifelt das klang. »Wenn ihr einen Aufstand macht, wenn ihr fordert, in Ruhe gelassen zu werden … So etwas gab es in der Geschichte doch immer wieder!« *Und dann könnten Ty und ich zusammenbleiben …*

»Nein, Lily«, entgegnete Jaden leise. Er klang traurig. »Sie sind zu stark. Und sie haben zu viele von uns gefangen. Außerdem kommen Cait Sith allein besser klar. Ich bin das so gewohnt … und Ty ebenfalls.« Er zögerte einen Moment, dann wandte er sich ab. »Alles Gute, Lily Quinn. Ich hoffe, irgendein Gott oder wer auch immer beschließt, dich zu beschützen, sobald Ty das nicht mehr kann.«

»Jaden.«

Er drehte sich noch einmal zu ihr um, vielleicht einfach, weil er seinen Namen hörte, vielleicht aber auch wegen des Tons, in dem sie ihn sagte. Es war eine impulsive Reaktion, aber Lily hatte sich schon in Bewegung gesetzt, bevor ihr Verstand protestieren konnte. Rasch nahm sie ihn in die Arme, wie Bay das oft mit ihr getan hatte, um sie zu trösten, auch wenn sie selbst diese Art von Trost nie beherrscht hatte. Sie spürte, wie er sich versteifte, und drückte ihn rasch an sich, bevor er sie wegstoßen konnte. Dann ließ sie ihn los und trat einen Schritt zurück. Verwirrt sah er sie an, und das tat ihr richtig weh. Sie wusste, wie es war, wenn einen niemand liebte und eine freundliche Geste nur Misstrauen in einem weckte.

»Mach es gut, Jaden«, sagte sie leise. »Pass gut auf dich auf.«

Dann drehte sie sich um, ging rasch auf die Tür zu, öffnete sie und ließ Jaden so im Zimmer zurück, wie er angeblich sein wollte.

Allein.

20

Leise schloss Lily hinter sich die Tür.

Ty stand mit dem Rücken zu ihr reglos und mit gesenktem Kopf mitten im Zimmer, die Hände zu Fäusten geballt, die Schultern hochgezogen. *Geschlagen*, dachte Lily. *Vernichtend geschlagen.* Es machte ihr Angst. Sie hatte es völlig ernst gemeint, als sie ihm gesagt hatte, er sei der stärkste Mann, den sie je kennengelernt hatte. Wie hatte er trotz allem, was er hatte durchmachen müssen, sein Leben so gut meistern können? Wie hatte er so viel – eigentlich alles – verlieren können, ohne daran zu zerbrechen?

Vorsichtig machte sie einen Schritt auf ihn zu, dann noch einen.

»Jaden ist fort«, sagte sie.

»Ich weiß«, erwiderte er leise. Seine Stimme zitterte leicht.

»Es tut mir leid, dass er gegangen ist.« Lily spreizte die Finger, die am liebsten seine steifen Schultern massiert hätten. »Es tut mir leid, dass ihr so auseinandergegangen seid.«

Ty lachte auf, aber es klang alles andere als fröhlich. »So ist das immer bei uns Cait Sith. Jeder geht seiner eigenen Wege. Uns zusammenzuschließen, liegt uns nicht, fürchte ich.«

Wäre Lily stärker oder zumindest tapferer gewesen, hätte sie Arsinöe und ihre nichtsnutzigen Höflinge eigenständig aufgesucht und sie büßen lassen für das, was sie Ty und seinen Artgenossen angetan hatten. Stolze, kraftstrotzende Wesen hatten sie in Sklaven verwandelt, hatten ihnen so übel mitgespielt, dass sie mit Freundlichkeit nichts mehr anzufangen wussten. Und sie hatten ihnen so viele Selbstzweifel eingeimpft, dass sie sich nicht einmal mehr zutrauten, außerhalb ihres vertrauten Gefängnisses klarzukommen. Es war abscheulich.

»Er hat einfach nur Angst«, erwiderte Lily. »Und ehrlich gesagt, Ty – nachdem ich gesehen habe, was die Ptolemy ihm angetan haben, geht es mir nicht anders.« Vorhin, als sie im Zimmer auf und ab getigert war und auf ihn gewartet hatte, war ihr eine Idee gekommen, und damit sprudelte sie nun heraus, denn es schien ihr die einzige Lösung zu sein.

»Ich glaube, wir sollten zu Vlad Dracul gehen.«

Jetzt drehte er sich zu ihr um, aber sobald sein Blick auf ihr ruhte, wünschte sie sich, er hätte das nicht getan.

»*Was* glaubst du?«

»Hör mir einfach erst mal zu«, sagte Lily und hob beschwichtigend die Hände. »Anura ist zu Vlad gegangen, stimmt's? Dafür muss sie einen guten Grund gehabt haben. Und es gibt keinen Beweis, dass es die Dracul sind, die die Initiationsfeierlichkeiten der Ptolemy angreifen, habe ich recht? Nur die Geschichte deutet auf sie hin.«

Ty sah sie an, als hätte sie den Verstand verloren. »Wir sind unsterblich, Lily. Wenn die Geschichte auf sie hindeutet, ist das keine Kleinigkeit. Was Anura angeht – die betreibt ihr Geschäft auf Dracul-Gebiet, und ihr Club wurde gerade in Brand gesetzt und fast völlig zerstört. Ich weiß, dass sie dich schwer beeindruckt hat, aber wie ich dir bereits sagte, muss sie ihre eigenen Interessen vertreten.«

»Wieso hast du mich zu ihr gebracht, wenn du ihr nicht vertraust?«

»Ich vertraue niemandem«, erwiderte Ty.

Auch wenn er das nicht sagte, um sie zu verletzen, bohrten sich seine Worte wie ein Messer in ihr Herz. Er schien das gar nicht zu bemerken, so sehr war er damit beschäftigt, Lilys Argumente zu widerlegen.

»Die eigentliche Frage ist doch«, fuhr er fort, »wieso du unbedingt einer Frau vertrauen willst, die du gerade erst kennengelernt hast? Sie ist eine gute Frau, Lily, das will ich gar nicht leugnen. Aber Vampire sind, wie du vielleicht bemerkt hast, von Natur aus in erster Linie an sich selbst interessiert.«

Du nicht, wollte sie schon sagen, schluckte die Worte jedoch hinunter. Sie wusste, dass er das nicht gelten lassen würde. Er schien wild entschlossen, nur schlecht über sich zu denken.

Stattdessen blieb sie beim Thema Anura. »Von ihr ging irgendetwas aus. Das mag jetzt vielleicht verrückt klingen, aber es war fast so, als würde etwas in mir sie kennen. Und etwas in ihr mich.« Lily schüttelte den Kopf, weil sie nicht wusste, wie sie sich das Ganze erklären sollte. »Ich verstehe das alles nicht. Ich kann doch unmöglich von einer Vampirgöttin abstammen. Ich kann doch nicht solch eine Verbindung zu Anura spüren, wenn ich sie nie im Leben gesehen habe.« Sie legte die Hände an den Kopf und rieb sich die Schläfen, in der Hoffnung, die sich ankündigenden Kopfschmerzen aufhalten zu können.

»Ich wünschte, ich hätte Antworten auf deine Fragen«, sagte Ty. »Wie ich dir schon sagte: Vampire können keine Kinder bekommen. Aber du bist eine Sterbliche mit dem Mal einer uralten – und mausetoten – Dynastie. Du verfügst über Kräfte, wie ich sie noch nie gesehen habe. Ich bin alt, Lily, aber nicht mal ansatzweise alt genug, vermute ich, um dir Antworten liefern zu können.«

»Ist Anura das denn?«

Ty seufzte, und Lily sah, wie sein Ärger zurückkehrte. »Schon wieder Anura. Ja, Lily, sie ist sehr alt. Vermutlich hat sie einige Lilim gekannt. Deswegen sind wir ja zu ihr gefahren. Und offensichtlich stellt das Mal solch ein Problem dar, dass sie gleich zu Vlad Dracul gelaufen ist und ihm davon berichtet hat.« Er schloss einen Moment die Augen, als müsse er sich sammeln, dann fuhr er fort: »Ist ja auch egal. Unsere Zeit hier ist abgelaufen. Sobald die Sonne untergeht, müssen wir die Stadt verlassen.«

»Und wo fahren wir dann hin?«, fragte Lily, die die Arme vor der Brust verschränkt hatte und zu Ty hinaufstarrte. Tys wachsamer Blick bestätigte ihr, was sie bereits befürchtet hatte. Sie kannte die Antwort, auch wenn sie einfach nicht glauben wollte, dass er das wirklich tun würde.

»Lily«, hob Ty an, und die Müdigkeit und die Resignation in seiner Stimme brachen ihr schier das Herz.

»Bitte nicht. Bring mich nicht zu den Ptolemy, Ty. Du weißt, was sie Jaden angetan haben. Bitte, lass uns zu den Dracul gehen, zu Anura, und die Wahrheit herausfinden.«

»Die Wahrheit«, erwiderte Ty und verzog den Mund zu einem traurigen Lächeln, »ist etwas, wozu sämtliche Dynastien kein sonderlich gutes Verhältnis haben. Jeder erzählt dir was anderes, aber was davon stimmt? Und da ist keine Dynastie besser als die andere, Lily. Das ist zwecklos.«

Schlagartig wurde ihr klar, was das bedeutete.

»Sogar jetzt, nach allem, was passiert ist, obwohl du weißt, dass sie deinen Freund gefoltert haben, dass sie deinen Artgenossen schreckliche Dinge antun, willst du mich zu ihnen bringen?« Ihr Herz flatterte wie ein eingesperrter Vogel. »Du würdest es wirklich fertigbringen, mich ihnen einfach … auszuhändigen?«

Ja, er hatte ihr gesagt, dass es für sie keine gemeinsame Zukunft gab. Aber sich bewusst zu machen, was das hieß, riss ihr den Boden unter den Füßen weg.

»Ich werde schon mit ihnen fertig, Lily. Niemand wird dir etwas tun. Ich weiß, wie man mit Arsinöe umgehen muss, egal, was Jaden sagt. Ich –«

»Sie wird mich umbringen, Ty.« Lily machte ein paar Schritte nach hinten, als könne er sich jeden Moment auf sie stürzen und sie zu den Ptolemy schleppen. »Sie wird mich nie und nimmer gehen lassen. Ich bin keine Seherin. Ich bin nicht, was sie erwartet, und wenn sie das herausfindet … Tu es nicht!«

Sie schrie auf, als Ty plötzlich ihre Handgelenke packte und in einen Schraubstockgriff nahm. Sie versuchte, sie ihm zu entziehen, aber er ließ sie nicht los. Stattdessen zog er sie an sich und schlang die Arme so fest um sie, dass sie sich kaum noch rühren konnte. Trotzdem kämpfte sie wie besessen darum, sich seiner Umarmung zu entwinden, bis ihr auf einmal klar wurde, dass Ty sie festhielt wie ein Ertrinkender, der sich an das Einzige klammert, das ihn noch über Wasser hält.

Erschöpft gab Lily es auf, sich gegen ihn zu wehren. »Ich lasse dich nicht im Stich, Lily«, sagte er liebevoll. »Ich werde eine Möglichkeit finden, wie ich dich retten kann, uns beide retten kann. Vertrau mir einfach. Ich muss versuchen, die Dinge wieder ins Lot zu bringen. Aber ich lasse nicht zu, dass dir irgendjemand wehtut. Bitte vertrau mir.« Seine Stimme klang immer verzweifelter.

Sie konnte sich gut vorstellen, wie schwer ihm diese Bitte fallen musste, und das ging ihr so nahe, dass sie nicht nur jeglichen Widerstand aufgab, sondern sich sogar ganz eng an ihn schmiegte. Sie vergrub den Kopf an seiner Brust, weil sie das Gefühl hatte, unbedingt seinen Herzschlag hören zu müssen.

»Ty«, sagte sie. »Lass mich nur nicht allein.«

Sie spürte, wie das Verlangen nach ihm wieder erwachte und sich mit ihrer Verzweiflung mischte. *Wir sind ganz allein in dieser Welt*, dachte sie. *Wir haben nur uns.* Sie hatte beinahe alles verloren. Sie konnte ihn nicht auch noch verlieren. Nicht jetzt.

Ty lockerte seine Umarmung gerade so weit, dass er auf ihr Gesicht hinuntersehen konnte. In seinen Augen, die so silbern funkelten wie der Mond, spiegelte sich eine fürchterliche Qual. Er presste den Mund auf ihren, und die Wildheit dieses Kusses raubte ihr schier den Atem. Fordernd und heiß lagen seine Lippen auf ihren, während er die Hände in ihren Haaren vergrub.

Lily wurde schwindelig vor Begierde, die wie eine Flutwelle durch ihren Körper wogte. Er konnte ihr nicht sagen, dass er sie brauchte. Aber er ließ sie genau spüren, was er für sie empfand. Es war überwältigend. Es war unwiderstehlich.

»Ich lasse dich nicht allein«, murmelte er, um sogleich wieder den Mund auf ihren zu pressen. Alles in ihr verdichtete sich zu einer Welle aus heißem Begehren, etwas, das sie so noch nie erlebt hatte.

Als sie Anstalten machte, die Beine um ihn zu schlingen, hob er sie hoch und legte die Hände unter ihren Hintern. Sie spürte, wie sein Schwanz pulsierte, und sofort wurde ihre Möse feucht. Ihre Küsse wurden immer leidenschaftlicher, und während ihre Zungen einen wilden Tanz aufführten, stolperte er mit ihr durch das Zimmer, bis er sie an einer der Wände abstützen konnte.

Ihr T-Shirt war verschwunden. Sie hatte keine Vorstellung, wie das hatte passieren können, jedenfalls hatte er es ihr nicht über den Kopf gezogen. Auch ihr BH war fort, und Ty hatte die Hände um ihre Brüste gelegt, während sie sich mit Oberschenkeln und Armen an ihn klammerte. Sie warf den Kopf in den Nacken und stöhnte vor Lust, als seine schwieligen Hände über ihre steifen Brustwarzen strichen.

»Meine Güte, Lily, ich brauche –«

»Ja«, hauchte sie noch, bevor sie anfing, an seinem Ohr zu knabbern und mit der Zunge über die empfindliche Haut an seinem Hals zu fahren. »Nimm mich.«

Ty stöhnte und löste sich gerade lange genug aus ihrer Umarmung, um sich die Kleidung vom Leib zu reißen. Sein T-Shirt hatte mehrere Risse, und Lily fragte sich, ob sie wohl schuld daran war. Sie öffnete ihre Jeans, streifte sie rasch hinunter und trat sie zur Seite. Und dann standen sie sich nackt gegenüber.

Die Lust flutete durch Lily Körper und mischte sich mit einer Kraft, die wie ein Blitz durch ihr Blut schoss. Trotzdem musste sie erst einen Moment innehalten und ihn anschauen, seine katzenhafte Schönheit genießen: lange Glieder, geschmeidige Muskeln, dunkel, schön und wild. In seinen Augen tobte ein Gefühlssturm, und Lily spürte, wie sie unter seinem Blick sämtliche Hemmungen verlor.

Die Hitze, die er ausströmte, ließ sie schaudern. Er knurrte etwas auf Gälisch, das ihre Begierde nur noch mehr anheizte.

»Du siehst aus wie eine Göttin.«

»Ich will nur eins: mit dir zusammen sein.« Das war zwar nur die halbe Wahrheit, aber mehr traute sie sich nicht zu sagen, aus Angst, er könne sich abwenden.

Sie sah, wie jetzt auch durch ihn ein Schauder hindurchlief, als hätten ihn ihre Worte zutiefst berührt.

»Du glaubst gar nicht, wie sehr ich mir das ebenfalls wünsche«, erwiderte er.

»Heute Nacht gehöre ich dir«, sagte Lily und streckte ihm die Arme entgegen.

Sie spürte, wie sie sich ihm öffnete, spürte überrascht, wie mühelos ihre Kraft sich sammelte, ohne dass sie etwas dazu getan hätte, und dass diese Kraft zum ersten Mal nichts Bedrohliches hatte. Sie floss durch sie hindurch wie ein glitzernder Fluss aus Lust und Vertrautheit, und Lily gab sich ihr ohne zu zögern hin. Sie schloss die Augen, legte den Kopf in den Nacken und genoss die Magie, die sich in ihr entfaltete. Solch eine Magie hatte sie bisher ausschließlich mit Ty erlebt.

Teile deine Magie. Sprenge seine Ketten, flüsterte die Stimme in ihrem Kopf, diese Stimme allumfassender Weisheit. Und die Worte klangen richtig.

Sie hatte nie versucht, diesen Teil von sich mit jemand anderem zu teilen, aber abgesehen von ihrem Herzen war dies alles, was sie Ty geben konnte. Ihr Herz gehörte ihm bereits – das war ihr inzwischen völlig klar –, auch wenn sie es ihm niemals aufzwingen würde. Aber das hier konnte sie mit ihm teilen, und sie tat es nur zu gern. Wenn er es denn wollte.

Diese Magie war ein Teil von ihr.

Sie öffnete die Augen. Ausnahmsweise war sie einmal im Einklang mit dem Sturm, der in ihr wütete.

»Nimm mich einfach«, sagte sie.

Sein Blick war hungrig, schrecklich hungrig. »Ich kann heute Nacht nicht sanft sein«, erwiderte er. »Ich bin nicht der sanfte Typ, Lily. Es wäre besser, du würdest mich aussperren. Ich will dich, wild und schnell. Ich will dich reiten, bis du schreist.«

Die Muskeln in ihrem Unterleib zogen sich vor Lust zusammen.

»Zeig es mir«, sagte sie und winkte ihn heran. Ihre Haut glänzte nicht nur im Licht der Kerzen, sondern auch von innen heraus. Sie wusste nicht, woher das kam, hinterfragte es aber auch nicht. Alles in ihr war nur noch Begehren.

Er zog sie an sich. Sie schnappte entzückt nach Luft, als sie seine kühle, samtige Haut an ihrer heißen spürte. Trotz allem, was er gesagt hatte, war zu spüren, dass er sich zurückhielt. Aber das war nicht, was sie wollte.

Lüstern strich sie über seine Haut, beider Lippen fanden einander, und gierig küssten sie sich, unterbrochen nur von lustvollem Seufzen und Stöhnen. Lilys Hände glitten über sehnige Muskeln und über den festen Hintern, den sie jedes Mal bewunderte, sobald er sich umdrehte. Schließlich schlang sie die Finger um seinen Ständer und begann, ihn fest zu reiben.

»Bitte«, sagte sie, als er erzitterte. »Ich will alles von dir. Jetzt sofort.«

»Die Wand«, erwiderte er. Seine Stimme war kaum mehr als ein Knurren. »Dreh dich um.«

Sie tat wie geheißen, und als er ihre Hände gegen die Wand drückte, beugte sie sich leicht vor.

»Spreiz die Beine.«

Mit einem einzigen Stoß war er in ihr und füllte ihren gesamten Schoß aus. Lily schrie auf und presste ihren Hintern gegen seine Lenden. Sie wollte mehr. Ihre Muskeln zogen sich um ihn zusammen wie eine heiße, nasse Faust, was ihn wie eine Katze fauchen ließ. Dann begann er, sich in ihr zu bewegen. Seine Hände glitten nach unten, bis sie an ihren Hüften lagen. Er packte sie fest, während Lily den Hintern immer wieder nach hinten stieß, um ihn zu noch schnellerem Tempo anzufeuern. Alles in ihr zog sich mehr und mehr zusammen, während Ty in sie hineindonnerte und dabei Lustschreie ausstieß, die ihre eigene Lust noch mehr anstachelten. Und in den Rhythmus ihrer Vereinigung mischte sich jetzt die Magie, die aus ihr herausfloss und in ihn hinein. Sie spürte seine Lust, als wäre sie ihre eigene, als würden die beiden ineinander verschmelzen, um etwas Neues zu schaffen. Lily dachte, dass es sie glatt in den Wahnsinn treiben könnte, falls es zu lange dauern würde. Ihr Herz schlug im gleichen Rhythmus wie seins, jeder Atemzug erfolgte synchron. Und noch immer stiegen sie höher, zu irgendeinem funkelnden, weit entfernten Gipfel, der versprach, das Paradies auf Erden zu sein.

Wieder presste Lily sich gegen ihn. Sie hörte seine Stimme in ihrem Kopf, hörte seine Worte, die er vor Lust nur mehr stammeln konnte. *Gib es mir, oh ja, gib es mir, gib mir alles, süße Lily, ich will, ich will, ich brauche, meine Lily, meine, meine, oh meine …*

Als sie kam, war es wie ein blendender Blitz. Sie schrie seinen Namen, ihre Muskeln zuckten um seinen Schwanz, und schon hörte sie, wie auch er im Orgasmus aufschrie. Ein Lichtstrahl schoss aus ihr heraus, als wäre sie eine gerade erst angezündete

Kerze, hell genug, um sie beide einzuhüllen. Wieder kam sie, intensiver noch als beim ersten Mal. Der Orgasmus fegte so wild durch sie hindurch, dass sie sich aufbäumte. Ty krallte die Finger in ihre Hüften, um ihn mit ihr auszureiten, und der hilflose Schrei, den er dabei ausstieß, war Musik in ihren Ohren. Ty packte ihre Haare, zog ihren Kopf nach hinten und pumpte weiter seinen Samen in sie hinein. Ihr war klar, was kommen würde, was er tun wollte.

Irgendwie wusste sie, dass dies alles andere übertreffen und sie eine Lust spüren würde, wie kein Mensch sie je erleben konnte. Und sie hieß es willkommen, begrüßte voller Begeisterung die Verbindung zu ihm, die niemals würde gelöst werden können.

»Ja«, flüsterte sie. Sie war schon wieder kurz vor dem nächsten Höhepunkt. »Tu es.«

Aber er stöhnte nur gequält auf und ließ die Stirn auf ihren Hinterkopf sinken. Lily blieb kaum Zeit, enttäuscht zu sein, denn schon explodierte ihr letzter Höhepunkt in ihr wie ein dunkler Stern. Es war so überwältigend, dass ihre Knie nachgaben. Sie spürte, wie Ty ebenfalls in sich zusammensackte, aber es gelang ihm, nicht den Halt zu verlieren. Ineinander verschlungen verharrten sie, während die Wellen der Lust langsam abebbten. Lilys Kraft hüllte sie beide ein wie ein warmer Kokon. Sie spürte Ty mit jedem Atemzug, spürte ihn in jeder Zelle ihres Körpers.

Etwas hatte sich verändert. Etwas Grundlegendes, das Lily nicht verstand, obwohl sie es mit jeder Faser ihres Ichs spürte. Aber egal, was es war, damit würde sie sich erst später beschäftigen können. Ty sank langsam hinter ihr zu Boden. Als er aus ihr herausglitt, fühlte sie sich sofort seltsam unausgefüllt.

Du bist so nahe dran, Tochter … so nahe an allem, das sein könnte …

»Lily«, murmelte er, als sie sich umdrehte, ihn hochzog und ihn mühsam zum Bett schleifte. Er zog sie mit sich auf die Matratze, schlang die Arme um sie und vergrub den Kopf in ihrem Haar. Dann rührte er sich nicht mehr, und in dem Sicheren Haus waren nur noch seine tiefen, gleichmäßigen Atemzüge zu hören.

»Ich liebe dich, Tynan«, murmelte sie, und schließlich erlaubte sie sich, ebenfalls in den Schlaf zu sinken.

Draußen war es Tag geworden.

21

Er träumte von Lily.

Sie stand in einem vom Mond erhellten Garten, gehüllt in ein einfaches weißes Kleid, das so hell funkelte wie die Sterne über ihr. Ty ging auf sie zu. Sein Herz war so sorgenfrei wie nur jemals in seinem langen Leben. Sein einziger Wunsch war, mit ihr zusammen zu sein. Sie lachte fröhlich, als sie ihn sah, dann wirbelte sie herum, dass sich der Rock ihres Kleids bauschte, und stürmte davon in die Rosen, die rot wie Blut glänzten.

»Sei gut zu ihr, Bruderkatze. Sie ist sehr kostbar für mich.«

Beim Klang der Stimme blieb er wie angewurzelt stehen. Er drehte sich nach der Sprecherin um, die im Schutz der Dunkelheit stand und ihn beobachtete. Er erhaschte einen Blick auf ihre alabasterfarbene Haut, ihr flammend rotes Haar und ihre Augen, die grün wie Jade funkelten. Mehr war in der Dunkelheit nicht zu erkennen.

»Lilith«, sagte er. Tief im Innersten wusste er, dass sie es war.

»Die bin ich, auch wenn die meisten mich vergessen haben. Sie haben mich als Monster bezeichnet, damals, als ich die Erste war, als sie ohne mich nicht existieren konnten.«

Er hörte die Wut, die in ihrer Stimme mitschwang, eine uralte, schreckliche Wut, aber er hörte auch die Liebe, die sie ihren Artgenossen gegenüber empfand.

»Was wollt Ihr von mir?«, fragte er. Lilys Lachen ertönte von immer weiter her, und es erfüllte ihn mit unbeschreiblicher Sehnsucht.

Liliths kluge Augen funkelten. Sie sahen mehr, als ihm lieb war.

»Sie hat dich auserwählt, diese letzte all der vielen Töchter, die vor ihr kamen. Ich hatte mich schon gefragt, ob das Blut jemals wieder stark genug sein würde, um das Mal meiner Dynastie hervorzubringen, das Mal, das mir von meiner einzigen Liebe geschenkt wurde. Und nun endlich ist es geschehen. Lily, als Einzige von ihnen, ist wirklich meine Erbin. Deshalb interessiere ich mich natürlich sehr für dich. Du wirst helfen, wiederaufblühen zu lassen, was vor ewig langer Zeit zerstört wurde.« Sie schwieg einen Moment, dann fuhr sie fort: »Wenn du stark genug bist.«

Er wusste, dass er vor solch einem Wesen auf der Hut sein musste. Dennoch – so viele Fragen waren noch unbeantwortet. Obwohl sein Herz schmerzte, als Lilys Stimme sich immer weiter entfernte, wollte er diese Gelegenheit nicht ungenutzt verstreichen lassen.

»Wie kann das sein?«, fragte er. »Wie kann in einer sterblichen Frau wie Lily Euer Blut fließen?«

Trotz der Dunkelheit, die sie umgab, konnte Ty sehen, wie sie den Mund zu einem bitteren Lächeln verzog.

»Willst du wirklich etwas über das Ritual wissen? Das bezweifle ich. Aber was davor und danach geschah, das kann ich dir erzählen. Ein schöner Dämon, einer der Gefallenen, verliebte sich in mich. Von ihm bekam ich das dunkle Geschenk der Unsterblichkeit, damit ich für immer mit ihm zusammen sein konnte. Und so«, fügte sie seufzend hinzu, »bin ich. Nicht mehr am Leben, aber auch nicht wirklich tot. Nicht einmal jetzt.«

»Wie konnten die anderen Euch dann zerstören? Und warum? Niemand redet darüber.« Ty wusste, dass dies nicht länger ein Traum war. Er wollte unbedingt die Antworten bekommen, die nur Lilith ihm geben konnte.

Lilith machte eine elegant abwehrende Geste. »Eifersüchteleien. Gier nach Macht und Kontrolle. Angst vor meinem gefallenen Liebsten, Seth, obwohl er nie jemandem etwas zuleide getan hat. Damals habe ich meine Feinde unterschätzt, wie das auch so viele andere in den Jahren danach getan haben. Immerhin war ich vorausschauend genug, etwas aus der Vergangenheit herüberzuretten. Egal zu welchem Preis.«

»Dann habt Ihr also von diesem Seth ein Kind bekommen«, sagte Ty. Vielleicht hatte Lilith recht. Das dämonische Ritual, mit dem ein Vampir geschwängert wurde, wollte er sich lieber gar nicht erst vorstellen. So etwas würde enorme Kraft erfordern, und es müssten außerordentlich dunkle Mächte am Werk sein.

»Genau. Aber leider konnte es keinen Anteil von ihm haben. Manche Dinge sind wirklich nicht möglich. Natürlich war ein sterblicher Mann beteiligt, aber er war durchaus willig, zumindest am Anfang.« Über ihr Gesicht huschte ein Ausdruck, der vielleicht Bedauern war. »Das spielt keine Rolle. Über all die Jahrhunderte hinweg vererbte sich die Anlage immer nur an das älteste Kind, immer ein Mädchen. Sie schlummerte und wartete darauf, erweckt zu werden. Als Lily geboren wurde, wusste ich, dass sie diejenige war. Die Erste, bei der sich jemals ein Mal bildete. Mein Mal.«

»Ihr habt sie die ganze Zeit im Auge behalten?«

»Viel mehr, als alles im Auge behalten, konnte ich in all diesen langen Jahren nicht tun.« Liliths Stimme klang jetzt schroff. »Aber wie du gesehen hast, kann ich die Meinen, wenn es drauf ankommt, durchaus beschützen. Selbst wenn es mich alles kostet, was ich noch habe«, fügte sie, sanfter jetzt und erschöpft, hinzu. Ty wurde bewusst, wie alterslos diese Frau war. In gewisser Weise empfand er Mitleid mit ihr, obwohl sie durchaus viel Ähnlichkeit mit den Blaubluten hatte, die er kannte. Sie strahlte eine gewisse Rücksichtslosigkeit aus, eine gnadenlose Entschlossenheit, zu erhalten, was Ihres war. Sie würde jeden aus dem Weg räumen, der sich ihr zu widersetzen wagte.

Diese Einstellung kannte Ty nur zu gut. Ihm wurde klar, wie anders Lily war, wie sehr der menschliche Anteil ihrer Abstammung sie geprägt hatte. Nur deshalb war sie so sanft und mitfühlend.

Lily verfügte über so viel mehr als ihre Vorfahren, das wurde Ty immer mehr bewusst. Lilith wusste das ebenfalls. Vielleicht war das sogar von Anfang an ihr Plan gewesen.

Lilith nickte. »Ja. Ich weiß, was du denkst. Du hast recht. Sie ist mehr, als ich je war. Das meiste, was menschlich an mir war, verlor ich, als ich der erste Vampir überhaupt wurde. Nicht dass ich das bereue, aber ich werde mich immer nach jenen Teilen von mir sehnen, die verloren gingen. Dieses Kind, meine Lily, verfügt über die Stärken und die Schwächen beider Welten.« Lilith legte den Kopf auf die Seite und musterte ihn prüfend. Selbst hier, an diesem Ort, der weder Schlaf noch Wachen war, sah Ty, dass das Licht des Monds einfach durch sie hindurchglitt.

»Ihr werdet euch gegenseitig ergänzen«, sagte sie. »Ihr passt gut zusammen, wenn du sie halten kannst. Wenn du dich meines Geschenks als würdig erweist.«

All die Jahre, in denen man sich über ihn nur lustig gemacht hatte, lagen wie ein Gewicht auf ihm und drohten ihn zu ersticken. Würdig? Er, eine Katze aus der Gosse?

»Meine Abstammung –«

»Ist eine, auf die du stolz sein kannst«, unterbrach Lilith ihn ungeduldig. »Genau wie alle anderen auf ihre. Andere Götter, andere Dämonen, sie alle sahen, was Seth getan hatte, und schufen ihre eigene Vorstellung von unsterblicher Perfektion. Gefährten, Rivalen, Freunde für mich, und ich war dankbar. Wie hätte diese Vielfalt auch nicht großartig sein sollen? Die Unterschiede zwischen uns machten uns gemeinsam stärker. Jene, die lieber teilen und herrschen, wird es immer geben. Meine

Lily wird immer Schutz brauchen. Aber Verbündete lassen sich überall finden, auch dort, wo man sie am wenigsten erwartet – wenn du nur willens und klug genug bist, nach ihnen Ausschau zu halten.«

Die Last, die sie auf seine Schultern laden wollte, war mehr, als er tragen konnte. Lilys Beschützer sein, ihr Liebhaber, ihr Kamerad, alles wieder aufbauen, was unter schrecklichen Umständen zerstört worden war … Dabei stammte er aus einer Dynastie, über die die Blaublute nur spotteten.

Andererseits – was sonst hätte er tun sollen? Für ihn gab es keine andere als Lily. Er liebte sie.

Er liebte sie. Kaum hatte er dies akzeptiert, loderte in ihm ein Feuer auf, und plötzlich war alles klar. Er wusste, was er zu tun hatte, egal wie verrückt das schien.

Lilith lächelte. »Wecke ihr Blut, Tynan von den Cait Sith. Dir steht es zu, und niemandem sonst. Erweise dich des Geschenks, das ich dir gebe, würdig. Und sei auf der Hut. Die Gefahr lauert ganz in der Nähe, näher als du denkst.«

Der nächtliche Garten verschwand, und plötzlich befand sich Ty in dem Tempel, den Lily beschrieben hatte, voller Feuer und Tod. Vor ihm, auf einer Art Bühne, stand Lilith, eine Göttin, Anführerin eines verlorenen Kampfs. Und hinter dieser Göttin, die ihn mit verzweifelter Hoffnung ansah, tauchte jetzt ein Gesicht auf, mit dem Ty niemals gerechnet hätte. Nicht hier. Nicht in diesem Zusammenhang.

»Ich habe sie gewarnt, dass mein Haus wiederauferstehen würde«, sagte Lilith. Ihre Stimme war deutlich über das Kampfgetöse hinweg zu hören. »Meine Tochter wird heilen, was vor so langer Zeit tödlich verletzt wurde. Sie hat bereits damit begonnen. Deine Abstammung ist keine Schande, Tynan von den Cait Sith. Die Kraft der Vampire, die Magie der Feen, die Schönheit der Katzen. All das würde ich willkommen heißen, wenn meine

Dynastie wieder zum Leben erwacht. Zögere nicht. Folge deinem Herzen.«

Entsetzt musste er mit ansehen, wie Arsinöe mit wütend gebleckten Zähnen und fast schon irrsinnigem Blick Liliths Kopf mit einem einzigen Hieb ihres gebogenen Dolchs abtrennte.

»Was für ein entzückendes Bild ihr beide doch abgebt!«

Ty, in dessen Ohren noch die Schreie nachhallten, riss die Augen auf. Lily lag nach wie vor warm und sicher in seinen Armen.

Nur dass sie nicht mehr allein waren.

Damien hockte am Fußende des Betts und betrachtete ihn derart kalt und distanziert, wie Ty ihm das nie zugetraut hätte. Aber Damien schien inzwischen sämtliche Gefühle in sich abgetötet zu haben. Jetzt war er durch und durch ein Shade. Und es war ihm endlich gelungen, Ty und Lily zu stellen.

»Wie kannst du bloß so blöd sein, dich so tief einzulassen? Aber du warst ja schon immer ein unglaubliches Weichei.«

Ty versuchte, so schnell wie möglich richtig wach zu werden und einen Plan zu entwickeln, wie er am besten mit dieser Situation umgehen, wie er reagieren sollte. Einer von ihnen beiden würde den bevorstehenden Kampf nicht überleben, und derjenige wollte er möglichst nicht sein.

»Rogan hat mich verraten«, sagte Ty. Vielleicht konnte er Damien in ein Gespräch verwickeln und so noch ein bisschen Zeit schinden. Er mochte vielleicht zu weich sein, aber auch Damien hatte seine Schwächen. Schon immer hatte er gern damit geprahlt, was für ein kluger Bursche er war. Das schien auch diesmal nicht anders zu sein.

»Aber nicht doch«, erwiderte Damien und zog spöttisch die Mundwinkel hoch. »Rogan, oder besser gesagt, Rogans kopfloser Körper, liegt noch immer im Bett und hat nicht die geringste Ahnung, dass sein Kopf für alle sichtbar aufgespießt ist, als Warnung an Unterschichtvampire, die glauben, sich ihrer gerechten Strafe entziehen zu können. Das wird bestimmt für eine Menge Aufregung sorgen. Und für mich bedeutet es netterweise, dass ich gleich zwei Jobs miteinander verbinden und entsprechend mehr Geld verdienen kann. Rogan war vielen Leuten ein Dorn im Auge. Wichtigen Leuten. Und dieser Mistkerl hat nie etwas für uns getan, also spar dir deine Tränen. Rogan ist kein Verlust. Und wer danach sucht, findet immer irgendwo ein rattenverseuchtes Sicheres Haus.«

Von unten ertönte ein Krachen, gefolgt von lautem Schreien und dem Klang eiliger Schritte.

»Was zum Teufel ist da los?«, fragte Ty, der allmählich von Panik erfasst wurde. »Hast du diesmal das gesamte Haus der Schatten mitgebracht?«

Damiens Gesichtsausdruck ließ darauf schließen, dass er nicht nur außerordentlich verärgert, sondern auch völlig überrascht war. »Mist«, zischte er. »Ptolemy.«

Ty starrte ihn fassungslos an. Lily, die gerade aufwachte, lächelte Ty liebevoll an, doch dann entdeckte sie Damien und erstarrte.

»Oh Gott«, hauchte sie.

»Wohl kaum«, fuhr Damien sie an und richtete seinen anklagenden Blick dann wieder auf Ty. »Das verdankst du deiner kleinen Missgeburt da. Irgendeine Freundin aus diesem Dreckskaff drüben in Massachusetts war gestern in allen Fernsehsendern und hat erzählt, dass ihre vermisste Freundin sie angerufen hat, um ihr zu sagen, es gehe ihr gut, sie stecke allerdings in Schwierigkeiten. Das technische Wunder der Anruferidentifizierung hat ihnen verraten, dass der Anruf aus Chicago kam. Nicht dass ich diese Information gebraucht hätte. Ich bin eurer Spur quer durch diese gottverlassene Stadt gefolgt. Aber für alle Ptolemy, die wussten, weshalb du in Massachusetts warst, dürfte dein derzeitiger Aufenthaltsort doch eine Überraschung gewesen sein.«

Ty fluchte so laut, dass er den Namen, den Lily flüsterte, nur noch am Rande mitbekam.

»Bay? Du hast deine beste Freundin angerufen?«

Lily sah ihn kläglich an. »Sie hat geglaubt, ich wäre tot. Das … das konnte ich doch nicht zulassen. Ich wollte ihr nur sagen, dass ich irgendwann zurückkomme. Es tut mir schrecklich leid, Ty. Ich wusste nicht, dass sie die Polizei anrufen würde. Ich habe ihr extra gesagt, sie soll das lassen.«

Ihre ehrlich gemeinte Entschuldigung konnte seine hilflose Wut auch nicht verringern, nur dass sie sich jetzt mehr gegen sein ewiges verdammtes Pech richtete. Dass solch eine blödsinnige Kleinigkeit ihm alles zunichtemachen sollte – ihnen beiden –, empfand er als himmelschreiende Ungerechtigkeit. Und dass sie es ihm verschwiegen hatte, wurmte ihn mehr, als er je gedacht hätte.

Er brauchte mehr Zeit. Er musste so schnell und so weit wie möglich weg, bevor die Ptolemy merkten, was er getan hatte. Denn inzwischen hatte er nicht mehr die Absicht, Lily zu ihnen zu bringen. Nicht nach allem, was Lilith ihm gesagt und gezeigt hatte.

Damiens Lachen riss ihn aus seinen Gedanken. Der Shade grinste Lily höhnisch an.

»Glaubst du immer noch, er bringt dich hinterher zurück? Also Lily – echt! Bist du wirklich so naiv?« Wieder lachte er, dann richtete er die Aufmerksamkeit erneut auf Ty. »Das hast du echt prima hingekriegt, alter Freund, das muss ich dir lassen. Mit der Beute schlafen und ihr einreden, dass alles wieder wird wie früher, wenn sie nur brav ihre Rolle spielt – Mann, du hättest wirklich mit mir zu den Shades kommen sollen. Leute wie dich können wir brauchen.«

Der Lärm, der von unten heraufdrang, wurde lauter, und jetzt waren auch auf der Treppe Schritte zu hören.

»Du hast mir die Wahrheit gesagt, nicht wahr?«, fragte Lily leise.

Den Bruchteil einer Sekunde fürchtete Ty voller Verzweiflung, sie würde ihm nicht glauben, würde ihm genauso wenig Vertrauen entgegenbringen wie alle anderen, mit denen er in seinem langen Leben zu tun gehabt hatte. Dann dachte er daran, wie viel Vertrauen sie ihm allein schon dadurch geschenkt hatte, dass sie bei ihm geblieben war und sich ihm rückhaltlos hingegeben hatte. Er sah ihr tief in die Augen.

»Nein, Lily. Ich kann dich vorläufig nicht nach Hause bringen. Aber wenn du bei mir bleibst, werde ich alles in meiner Macht Stehende tun, damit dir nichts passiert.« Nach einer kurzen Pause setzte er hinzu: »Und wenn ich dich ans Ende der Welt bringen muss, damit sie dich nicht kriegen – jedenfalls lasse ich nicht zu, dass die Ptolemy Hand an dich legen.«

Es gab so vieles, was er ihr unbedingt erzählen musste – aber nicht in Damiens Anwesenheit. Nicht, bevor sie hier raus waren. Inzwischen dröhnten die Schritte über den Flur ihres Stockwerks. Die Ptolemy durchsuchten das Sichere Haus Zimmer für Zimmer.

Die Erleichterung und das Vertrauen in Lilys Augen beschämten ihn.

Lily nickte langsam. »Okay«, sagte sie.

Könnte sie mich wirklich lieben?, fragte Ty sich. Vielleicht, wenn man ihnen Gelegenheit geben würde, es zu versuchen. Für solch eine Chance würde er Damien, wenn nötig, eiskalt umbringen.

Damien beobachtete die beiden voller Abscheu.

»Eigentlich sollte ich euch einfach den Ptolemy überlassen«, sagte er. »Das ist ja ekelhaft.«

Ty sah Lily an. »Wenn es Cait Sith sind, die sie uns auf den Hals gehetzt haben, kann ich sie vermutlich überreden, uns zu helfen, hier rauszukommen.«

»Also bitte«, sagte Damien verächtlich und stand mit einer eleganten Bewegung vom Bett auf. »Glaubst du wirklich, sie schicken deine Blutsbrüder und -schwestern los, um ihren Helden zu jagen? Das da draußen sind Blaublute, Ty. Du weißt doch genauso gut wie ich, dass sie von Zeit zu Zeit gern eine kleine Katzenjagd veranstalten.«

Ty bleckte die Zähne, warf die Decke zur Seite, sprang aus dem Bett und griff nach seiner zerknitterten Jeans.

»Willst du jetzt mit mir kämpfen?«, fragte er Damien, während er die Jeans rasch überstreifte. Lily war seinem Beispiel gefolgt und zog sich ebenfalls gerade an. »Dann sollten wir nämlich langsam anfangen, bevor die Tür auffliegt und wir Gesellschaft bekommen.«

Damiens Gesichtsausdruck war wie immer undurchschaubar. *Er hat sich nicht sonderlich verändert*, dachte Ty, der gerade sein T-Shirt über den Kopf zog. Bei Damien musste man auf alles gefasst sein. Er konnte einem plötzlich an die Gurgel gehen, genauso gut konnte er aber auch aus heiterem Himmel beschließen, einem zu helfen.

Vielleicht geschah es aus Hass auf Blaublute im Allgemeinen oder auf die Ptolemy im Speziellen, vielleicht lag es auch an ihrer lange zurückliegenden Freundschaft – jedenfalls entschied Damien sich für das Letztere.

»Hm. Ich habe eine ganz schöne Summe dafür kassiert, dass ich euch beide umbringe. Und wenn die Ptolemy jetzt mit euch abziehen, ist der Deal geplatzt. Wie wär's damit: Wir fliehen zusammen, und ich versuche erst, euch umzubringen, wenn wir einen besseren Ort gefunden haben. Das klingt doch fair, oder?«

»Du bist wirklich ein durchgeknallter Mistkerl, Damien. Seit wann interessiert es dich, ob etwas fair ist?« Ty griff nach Lilys Hand.

Damien zuckte mit den Schultern. »Folgt mir, wenn ihr wollt. Wenn nicht, verzieht euch. Viel Spaß dabei, Arsinöe alles zu erklären.« Er verwandelte sich in seine Katzengestalt und sprang auf die Tür zu Jadens Zimmer zu.

Ty sah Lily an. »Uns bleibt wohl keine Wahl.«

Ganz in ihrer Nähe wurden Türen aufgerissen. Das Sichere Haus war so gut wie leer gewesen, und der Suchtrupp der Ptolemy hatte es schnell durchkämmen können. Wenn Damien einen anderen Weg nach draußen kannte, war es wohl am besten, ihm zu folgen.

»Wie kommen wir hier raus?«, flüsterte Lily ängstlich. Inzwischen waren die Schritte schon ganz in der Nähe zu hören – die Ptolemy waren mit ungewöhnlicher Schnelligkeit gesegnet.

»Miez, Miez, hierher! Wir wissen, dass du da drin bist!«

Lautes Klopfen. Das Geräusch von Möbeln, die umgestoßen wurden.

»Komm.« Ty zog Lily hinter sich her durch die Tür zu Jadens Zimmer. Allmählich bekam er es wirklich mit der Angst zu tun. Wenn sie erwischt wurden … Das durfte nicht passieren, *verdammt, nicht jetzt!*

Damien, nach wie vor in Katzengestalt, saß mitten im Zimmer, leckte eine Pfote und sah sie an, als wolle er sagen: *Wusste ich doch, dass ihr kommt.* Er lief zu der gegenüberliegenden Wand, legte eine Pfote auf eine Stelle weit unten, und schon glitt ein Teil der Wand zur Seite. Die Öffnung, die so entstand, war gerade groß genug, dass ein Mensch hindurchschlüpfen konnte. Damien sprang hindurch. Die Ptolemy standen bereits vor der Tür.

Ty zog, aber Lily rührte sich nicht von der Stelle. Ihr Gesicht hatte einen Ausdruck angenommen, wie er ihn noch nie bei ihr gesehen hatte.

»Komm raus, Mieze, sonst droht dir Schlimmeres als nur das Halsband! Vielleicht sollten wir dich bei lebendigem Leib häuten, und die Frau darf zuschauen. Wie würde dir das gefallen?« Ein Schlag. Krachen.

»Jetzt werden sie nie mehr aufhören, uns zu jagen«, flüsterte Lily. »Meinetwegen wirst du nie mehr nach Hause zurückkehren können. Ich wollte nicht, dass das –«

Es beschämte ihn, dass sie sich so schuldig fühlte. »Das ist mir egal, Lily. Wir fliehen so lange, bis sie aufgeben, oder wir denken uns etwas anderes aus. Ich weiß, was wir jetzt tun müssen. Du bist das Einzige, was ich brauche. Komm jetzt, sie sind schon fast da.«

»Sie sind viel zu nah. Sie werden dich töten, und ich bin schuld.« Sie sah aus, als würde sie gleich in Tränen ausbrechen.

»Du bist das alles wert«, erwiderte Ty. Er wollte nur noch weg und sie verstecken, also zog er sie einfach hinter sich her. Als er jedoch die hinter der Wand verborgene Treppe betrat, riss Lily sich los und rief ihm etwas zu, das ihn sein Leben lang verfolgen würde.

»Ich bin es nicht wert, dass du für mich stirbst. Es ist zu spät. Bitte, versteh mich … ich liebe dich.«

Die Wand hinter ihm wurde zugeschoben. Entsetzt drehte Ty sich um. Im nächsten Moment hörte er, wie die Tür zu dem Zimmer aufgerissen wurde und laute Stimmen durch den kleinen Raum hallten.

»Mein Name ist Lily Quinn«, hörte er Lily sagen. »Bringen Sie mich sofort zu Königin Arsinöe. Ich bin die Seherin, nach der sie sucht.«

Ty stand wie gelähmt da. Seine Gedanken rasten. Was zum Teufel tat sie da?

Sagte ihm, dass sie ihn liebte, und dann …

Rettete sie ihm das Leben. Womit sie quasi ihr eigenes opferte. Und das wusste sie genau. Eine wilde, aus Angst geborene Wut erfüllte ihn. Lily war kaum einen Meter von ihm entfernt auf der anderen Seite der Wand, umzingelt von mächtigen Blaubluten, die ihn im Bruchteil einer Sekunde überwältigen würden, sobald sie ihn sahen, und dennoch hätte er sich am liebsten mitten unter sie geworfen.

»Sei kein Idiot, Tynan«, kam Damiens Stimme aus der Dunkelheit. »Sie hat dafür gesorgt, dass du eine echte Überlebenschance bekommst, weiß der Teufel, wieso. Ich würde sagen: Nutze sie. Wenn du bleibst, bringen sie dich vermutlich noch hier vor Ort um. Wie ich gehört habe, haben die Dinge während deiner viel zu langen Abwesenheit eine interessante Entwicklung genommen. Bei mir bist du sicher. Vorläufig jedenfalls.«

Obwohl sich alles in ihm dagegen sperrte, war Ty klar, dass Damien recht hatte. Hier konnte er nicht bleiben. Er nahm seine Katzengestalt an und zwang sich, die gewundene Treppe hinunterzulaufen und in der Dunkelheit zu verschwinden.

Von der pechschwarzen Straße aus warf Lily einen letzten Blick auf das Sichere Haus. Sie hoffte, dass Ty sich hatte in Sicherheit bringen können und dass er ihr vielleicht eines Tages vergeben konnte, was sie getan hatte. Nur das Wissen darum, dass sie ihm Zeit für seine Flucht verschafft hatte, dämpfte ein wenig ihren Schmerz, ihn verlassen zu müssen.

In jenen letzten Momenten, die sie zusammen verbracht hatten, war es ihr plötzlich klar geworden: Die Ptolemy waren bereits zu nah, als dass ihnen die Flucht noch hätte gelingen können. Also hatte sie Ty das Einzige gegeben, was sie ihm geben konnte.

Ihre Liebe. Und – das hoffte sie zumindest – seine Freiheit.

Lily ließ es geschehen, dass man sie in eine von einer ganzen Flotte langer schwarzer Limousinen schob, solche, wie sie normalerweise Politikern und Würdenträgern vorbehalten waren.

Sie lehnte sich auf dem Ledersitz zurück und versuchte, sich zu entspannen. Sie war froh, dass der Fahrer schwieg und sonst niemand im Auto saß. Aber als der Wagen anfuhr, musste sie einfach noch einmal einen Blick zurückwerfen.

Sie hatte seine Ketten gesprengt, genau wie die Frau, die offensichtlich ihre Vorfahrin war, gesagt hatte. Aber wie es aussah, stand sie nun trotzdem allein da.

Tränen liefen ihr die Wangen hinab. Sie konnte nur hoffen, dass sie das Richtige getan hatte.

Hoffnung war alles, was ihr jetzt noch blieb.

22

Ty, der sich hinter einem stinkenden Müllcontainer verkrochen hatte, beobachtete, wie Lily in einen der Wagen der Ptolemy geschoben wurde. Sie wirkte grimmig und entschlossen, und sie sah umwerfend schön aus.

»Tu das nicht. Steh nicht hier rum und suhl dich in deinem Selbsthass. Das ist reine Energieverschwendung. Außerdem geht es mir auf die Nerven.«

Damiens Stimme erklang laut und deutlich in Tys Kopf, steigerte aber eher noch die hilflose Wut, die ihn packte, als der Wagen anfuhr, gefolgt von einer Reihe identisch aussehender Wagen. Man hätte den Eindruck bekommen können, als hätte ein Staatsoberhaupt absurderweise ausgerechnet dieser gottverlassenen Ecke Chicagos einen Besuch abgestattet.

»Ich muss sie befreien.« Er schob den Gedanken Richtung Damien, der als Antwort mit dem Schwanz auf den Boden klopfte, sich aber nicht zu ihm umdrehte.

»Sei kein Idiot. Es ist vorbei. Du wirst sie niemals kriegen. Vor allem nicht, wenn sie erst mal merken, dass sie das Mal der Lilim trägt. Außerdem scheinst du zu vergessen, dass wir beide noch eine Rechnung offen haben. Sollen wir?«

Sobald der letzte Wagen fort war und die Straße wieder im Dunkeln lag, glitt Ty hinter dem Müllcontainer hervor und nahm seine menschliche Gestalt an. Damien tat es ihm nach. Es war ein Moment großer Verletzlichkeit, wenn Fell sich in Haut verwandelte, und genau auf solch einen Moment hatte Ty gewartet, seit er den Shade am Fuß seines Betts entdeckt hatte.

Blitzschnell, wie er es im Laufe der Jahre perfektioniert hatte, sprang er Damien an. Eine diebische Freude erfasste ihn, als seine Faust in Damiens Gesicht landete.

Damien stolperte nach hinten, fing sich aber sofort wieder. Er bleckte die Zähne und fauchte.

»Miese Tricks. Gar nicht dein Stil.« Er versuchte einen rechten Haken, aber Ty, der darauf gefasst gewesen war, konnte sich problemlos wegducken.

»Du kennst mich schon lange nicht mehr«, knurrte Ty. All die Qual, die ihm Lilys Entscheidung, sich für ihn zu opfern, bereitete, und all die Wut, die er auf diejenigen hatte, die sie mitgenommen hatten, verdichteten sich zu einer Blutrünstigkeit, die keine Grenzen kannte. Und Damien, der Lily und ihn gnadenlos gejagt hatte, war das perfekte Opfer.

Die beiden Vampire umkreisten sich. Damien sprang ihn an, aber Ty packte ihn am T-Shirt und schleuderte ihn mit unglaublicher Wucht gegen eine Hauswand. Dann warf er ihn zu Boden und trat abwartend einen Schritt zurück. Damien schnappte verzweifelt nach Luft.

»Steh auf. Steh auf, du Hurensohn.«

Damien wischte sich das Blut von der Lippe und kam geschmeidig auf die Beine.

»Heute Abend sind wir ja ein richtig wütendes Kätzchen, was?«

Der spöttische Ton machte Ty rasend. Er stieß einen wütenden Schrei aus und warf sich auf Damien. Dieser versuchte, sich wegzuducken, aber Ty, dessen Reflexe geschult waren von seinem langen Leben unter Vampiren, die bei seinem Anblick sofort Mordgelüste bekamen, war schneller. Er packte Damiens Haare, zog seinen Kopf nach hinten, entblößte seinen Hals und brachte ihn mit einem wohl gezielten Tritt auf die Knie hinunter. Damien ging grunzend zu Boden, und schon hatte Ty seinen Dolch gezückt.

»Bring mich nur um, wenn du dich dann besser fühlst«, knurrte Damien und sah mit funkelnden Augen zu Ty hoch. Ty bog Damiens Kopf noch weiter zurück und drückte den Dolch gegen seine Kehle. Noch immer bleckte Damien die Zähne, vor Schmerz, aber auch aus Aufsässigkeit.

»Nichts könnte mir mehr Genugtuung bereiten«, knurrte Ty zurück. »Du hast sie direkt zu uns geführt. Sie müssen dir gefolgt sein.«

»Unmöglich«, widersprach Damien. Er zuckte zusammen, als die Spitze des Dolchs so weit in seine Haut eindrang, dass ein einzelner, rot schimmernder Blutstropfen hervorquoll. »Er hätte sie nicht –«

Er brach mitten im Satz ab, aber er hatte bereits zu viel gesagt. Ty kam sofort ein böser Verdacht. Er stieß die Klinge ein bisschen tiefer in Damiens Haut hinein und grinste boshaft, als dieser leise aufstöhnte.

»Hätte sie dir nicht hinterhergeschickt? Arbeitest du für einen der Ptolemy?«

Damiens Schweigen war für Ty Antwort genug. Die bittere Wahrheit jagte ihm einen Schauder über den Rücken. Der Terror kam aus den eigenen Reihen der Ptolemy. Zwar hätten es selbst die verachtenswertesten Blaublute, die Ty kannte, für undenkbar gehalten, die eigenen Leute reihenweise zu ermorden – aber einen gab es, dem Ty solche Taten durchaus zutraute. Einen, der sich nie mit einer untergeordneten Stellung zufrieden geben würde, egal, wie weit er sich hinaufgestrampelt hatte.

Auf einmal war alles sonnenklar.

Als Ty den Mund öffnete, kam nur noch ein heiseres Flüstern heraus, und die Hand, die den Dolch hielt, zitterte vor Anstrengung, ihn Damien nicht auf der Stelle in den Hals zu jagen.

»Du blöder Hurensohn. Nero kennt keine Loyalität. Der ist nur einem treu, und zwar sich selbst. Und Vertrauen oder Geduld kennt er ebenso wenig. Hast du wirklich geglaubt, er lässt dich nicht beobachten?«

Damiens verblüfftes Gesicht sprach Bände. Ty lachte bitter auf und beugte sich weiter zu dem Shade hinunter.

»Die ganze Arbeit – umsonst. Du hast mein Leben ruiniert, ihres vermutlich beendet, und du hast nicht mal Geld dafür bekommen. Und Letzteres ist vermutlich das Einzige, was dir wirklich zu schaffen macht, du abgehalftertes Stück Scheiße!«

Damiens Atem ging stoßweise. »Jetzt stich endlich zu. Bringen wir es hinter uns.«

»Das glaube ich dir gern, dass dir das am liebsten wäre. Ist ja auch viel angenehmer als das, was deine Chefs mit dir machen werden, sobald sie herausfinden, dass du so einen Riesenauftrag versaut hast.« Trotzdem war Ty kurz davor, Damien zu geben, was er verlangte. Ein bisschen mehr Druck, und Damiens Kopf wäre sauber von seinem Körper abgetrennt. Das perfekte Ventil für seine Wut … Aber Ty war klar, dass ihn das nur kurzfristig befriedigen würde.

Ihm war deutlich bewusst, dass da ein Leben in seiner Hand lag. Schon oft hatte er Leben genommen und hinterher nichts empfunden. Dann sah er auf das Gebäude, auf die dunklen Fenster, hinter denen Rogans lebloser Körper lag.

So viele Tote. Aber Lily war noch am Leben. Und solange sie lebte, gab es für ihn die Chance, etwas wiedergutzumachen, noch einmal von vorn anfangen zu können. Als er den Blick wieder auf Damien richtete, lag darin noch immer grenzenlose Wut, aber dahinter verbarg sich auch eiskalte Berechnung. Vielleicht würde er seinem Blutsbruder heute Abend eine zweite Chance geben.

Ob er sie nun wollte oder nicht.

»Nein. Du wirst mir helfen, Lily zu befreien«, knurrte Ty.

Damien lachte spöttisch auf. »Den Teufel werde ich tun.«

Ty riss den Dolch von Damiens Kehle weg und schlitzte ihm den Oberarm auf. Blut spritzte auf den Boden. Damien knurrte vor Schmerz und versuchte, aus Tys Reichweite zu kommen, aber Ty packte sein Haar nur noch fester.

»Und ob du das tust! Entweder das, oder ich liefere dich bei deinen Chefs ab und erzähle ihnen in allen Einzelheiten, wie blöd du dich angestellt hast. Die Strafe wird mit Sicherheit ein langsamer, qualvoller Tod sein. Und Lily befreie ich trotzdem. Nichts wird mich aufhalten. Aber mit deiner Hilfe wäre es leichter. Und wenn du mir hilfst, sorge ich dafür, dass du am Leben bleibst.«

»Und wie?«, fragte Damien verächtlich. »Mein Ruf ist so oder so ruiniert. Du schiebst das Unvermeidliche nur raus, verhindern kannst du es nicht. Die Meister der Shades dulden keine Fehler.« Die Wunde hatte bereits wieder aufgehört zu bluten, aber Ty hatte seinen Standpunkt klargemacht. Und wenn es nötig werden sollte, hatte er keine Hemmungen, erneut zuzustechen.

»In dem Punkt wirst du mir leider einfach vertrauen müssen«, sagte Ty tonlos. Er hatte da durchaus ein paar Ideen, aber nichts davon würde sich in die Tat umsetzen lassen, wenn sie nicht bald in die Gänge kamen.

»Vertrauen«, zischte Damien. »Ich vertraue höchstens darauf, dass du es schaffst, dass sie uns beide umbringen. Selbst wenn ich bei dieser Idiotie mitmache – so was kriegen zwei Cait Sith einfach nicht hin.«

Ty ließ sich alles noch einmal kurz durch den Kopf gehen, aber seine Entscheidung stand fest. Damien war ziemlich unerträglich, aber er war auch eine unschätzbare Quelle an Wissen für das, was Ty vorhatte. Und wenn er ihn verraten würde, was durchaus geschehen konnte, würde er ihn ohne einen Funken von Reue töten.

»Zwei Cait Sith müssen reichen. Wirst du jetzt brav sein, oder muss ich dir erst den Arm abschneiden?«

Damien zog eine Grimasse und versuchte noch einmal, Ty abzuschütteln, doch dann gab er auf. »Na gut. Aber nur weil das ein angenehmerer Tod ist, als mir bei meinen Meistern blüht. Du bist ein elender Mistkerl, MacGillivray. Viel schlimmer, als ich dich in Erinnerung hatte. Und das ist nicht als Kompliment gemeint. Lass mich endlich los.«

Ty gab ihn frei, und Damien stand langsam auf, wobei er Ty misstrauisch im Auge behielt.

»Was hast du vor?«, fragte er. »Oder darf ich das nicht wissen?«

»Wir gehen zu Vlad Dracul und überreden ihn, uns zu helfen, Nero aus dem Verkehr zu ziehen und Lily zu retten.« Das klang verrückt, aber etwas Besseres fiel ihm nicht ein.

Damien stöhnte. Er sah aus, als müsse er sich gleich übergeben, was Ty eine gewisse Befriedigung verschaffte.

»Verdammt, Ty, wieso liegt dir überhaupt so viel an dem Ganzen? Sie werden uns umbringen, und Lily ebenfalls. Nero wird kriegen, was er will. Und glaub mir, er will alles. Ein Monster wie er ist mir noch nie begegnet, und das will was heißen. Das ist sinnlos!«

»Ich liebe sie.« Da waren sie, die Worte, die er nicht hatte sagen, die Wahrheit, die er sich nicht hatte eingestehen können, bis es zu spät war. Dabei war es das Einzige, dessen er sich in seinem ganzen Leben jemals sicher gewesen war. Damien sah ihn entgeistert an. »Wegen so eines jämmerlichen Gefühls muss ich sterben? Hör mir zu, Ty. Zwei Katzen können so etwas nicht bewerkstelligen. Wir brauchen mindestens noch eine dritte, und selbst dann stehen die Chancen gleich Null.«

Neben Ty ertönte eine Stimme, vertraut und willkommen zugleich. »Dann ist es ja nur gut, dass wir zu dritt sind.«

»Jaden!« Ty wäre vor Erleichterung beinahe in die Knie gegangen. Zu dritt konnten sie schaffen, was er sich überlegt hatte. Ja, mit zwei Cait an seiner Seite hatte er eine reelle Chance. Wenn sein Plan gelang, würde sich alles ändern, und zwar drastisch. Er war fertig mit den Ptolemy. Aber so viel mehr wartete auf ihn, wenn er nur stark genug war, es sich zu erobern. Sein Blutsbruder starrte ihn aus schwarz umrandeten Augen düster an.

»Ich habe von der Razzia gehört«, sagte Jaden. »Ich bin so schnell gekommen, wie ich konnte.«

»Das war Nero«, erwiderte Ty. Der Name schmeckte wie Gift auf seiner Zunge. »All das war Nero.«

Jaden schaute grimmig, aber nicht überrascht. Er nickte. »Was hast du vor?«

»Selbstmord will er begehen«, fuhr Damien dazwischen. »Und du sollst zweifellos das gleiche Schicksal erleiden wie wir.«

Jaden starrte Damien mit gerunzelter Stirn an, dann richtete er den Blick fragend auf Ty.

»Damien begleitet uns«, sagte Ty. »Ich erkläre es dir unterwegs. Uns bleibt nicht viel Zeit.« Er war dankbar, dass Jaden sich auch diesmal mit einem Nicken begnügte. Damien seufzte resigniert, für Ty das Zeichen, dass er sich auch auf dessen Hilfe verlassen konnte. Jetzt brauchte er nur noch Glück – und ausreichend Zeit.

Er hoffte, dass die Götter ihm ausnahmsweise, nur dieses eine Mal, beides schenken würden.

Vlad Dracul gehörte nicht zu denen, die sonderlich viel Wert auf Gesellschaft legten. Und dieser Tage schon gar nicht, wo ihn die meisten seiner Besucher entweder umbringen wollten oder ihm Botschaften von Leuten überbrachten, die selbiges vorhatten. Insofern war er nicht gerade begeistert, als Marco, sein Butler, in der Tür der Bibliothek auftauchte und ihm mitteilte, vor der

Haustür stehe ein Cait-Sith-Trio und weigere sich zu gehen, ohne eine Audienz erhalten zu haben.

»Schon wieder eine Nachricht von Arsinöe, nehme ich an?«, sagte Vlad, legte das Lesezeichen zwischen die Seiten des Buchs, mit dem er sich zu seiner Abendlektüre niedergelassen hatte, klappte es zu und legte es zur Seite. Seit ein paar Wochen war er ziemlich nervös, da er täglich mit der Kriegserklärung rechnete, die – wie er genau wusste – über kurz oder lang kommen musste. Die Königin der Ptolemy hatte ihn schon immer gehasst, aber bis vor Kurzem hatte er nicht geahnt, wie abgrundtief dieser Hass war.

»Ich glaube nicht, Sir. Sie sind ein bisschen ... abgerissener als die Boten, die sie sonst schickt. Einer sieht aus, als wäre er in eine Schlägerei geraten. Ich habe mir ihre Male zeigen lassen. Der mit dem blauen Auge ist ein Shade, stellen Sie sich das mal vor! Die beiden anderen sind Ptolemy-Katzen, aber irgendetwas stimmt mit ihnen nicht.«

»Eine Frau haben sie nicht dabei?«, fragte Vlad und versuchte, nicht allzu interessiert zu klingen. Als Anura zu ihm gekommen war, hatte er kaum glauben können, was sie ihm erzählte. Die Legenden, die sich um die vor langer Zeit ausgestorbenen Lilim rankten, hatten ihn schon immer fasziniert. Vielleicht, weil er immer die Vorstellung gehabt hatte, Lilith wäre bestimmt eine Verbündete für ihn gewesen. Wieso sollte ihre Erbin das dann nicht auch sein? Und zurzeit brauchte er verlässliche Verbündete mehr denn je.

Aber wer auch immer diese Frau war, die Anura kennengelernt hatte, sie war ihm durch die Lappen gegangen.

»Haben sie gesagt, was sie wollen?«, fragte Vlad.

Marco schüttelte den Kopf. »Nein, Sir. Der Große, eine der Ptolemy-Katzen, sagte, er würde nur mit Ihnen reden. Normalerweise hätte ich sie vom Grundstück gejagt, aber unter den gegebenen Umständen …« Vlad wusste, worauf Marco anspielte. Ludo hatte überall herumposaunt, was an jenem Abend passiert war, bis Vlad ihn schließlich hatte kommen lassen und ihm befohlen hatte, den Mund zu halten.

»Nur gut, dass Sie das nicht versucht haben«, ertönte eine unbekannte Stimme.

Interessiert beobachtete Vlad, wie in einer der dunklen Ecken des nur schwach erhellten Zimmers ein hochgewachsener, dunkelhaariger Mann auftauchte, der ihn aus silberfarbenen Augen durchdringend anstarrte.

Marco stieß einen Fluch aus und stürzte auf den Eindringling zu, doch Vlad hob die Hand, und sofort blieb der gut geschulte Butler stehen. Allerdings sah man ihm deutlich an, dass er über den Befehl seines Arbeitgebers nicht gerade glücklich war.

»Lass uns allein, Marco. Das ist schon in Ordnung.«

Sein Möchtegern-Leibwächter zögerte. »Aber Sir, die anderen –«

»Sind mit Sicherheit auch irgendwo im Haus. Lass dir das eine Lehre sein, Marco. Wenn man Katzen vor der Haustür sitzen lässt, finden sie meistens einen anderen Weg nach drinnen.« Er winkte den Butler aus dem Zimmer. »Geh nur. Ich melde mich, wenn ich etwas brauche.«

Sobald sich die Tür hinter Marco geschlossen hatte, richtete Vlad seine ungeteilte Aufmerksamkeit auf seinen ihn noch immer anstarrenden Besucher. Vlad war wider Willen beeindruckt, wie leicht dieser in sein Haus eingedrungen war. Andererseits – was es hieß, unterschätzt zu werden, wusste gerade er nur zu gut.

»Setz dich. Und sag deinen Freunden, sie sollen sich ebenfalls setzen. MacGillivray, nicht wahr?«

Die anderen beiden tauchten hinter zwei Möbelstücken auf.

Einer von ihnen hätte durchaus MacGillivrays Bruder sein können; der andere sah wahrhaftig so aus, als sei er in eine Schlägerei geraten, allerdings waren die Wunden schon fast verheilt. Beide schauten fragend zu MacGillivray, der offensichtlich ihr Anführer war.

Interessant.

Der Cait Sith mit dem mürrischen Blick schüttelte den Kopf. »Danke, aber so viel Zeit haben wir nicht. Mein Name ist Tynan MacGillivray. Die beiden sind meine Blutsbrüder Jaden und Damien. Wir sind hier, weil die Ptolemy Lily Quinn entführt haben, die Frau, von der Anura Euch erzählt hat.« Er schwieg einen Moment, dann fuhr er fort: »Sie ist Liliths Erbin.«

Vlads Aufregung wuchs, aber er hatte sich so viele Jahre in Beherrschung geübt, dass es ihm leichtfiel, sich nichts anmerken zu lassen. »Sei mir nicht böse, aber das klingt doch sehr unglaubwürdig«, sagte er mit gespieltem Desinteresse. »Außer natürlich, du hättest Beweise.«

Tynan kniff die Augen zusammen. »Anura habt Ihr geglaubt und Lily Eure Schläger auf den Hals gehetzt. Und mir glaubt Ihr nicht?«

Vlad zuckte mit den Schultern. Aus den Augenschlitzen seines Gegenübers funkelten ihm Wut und Stolz entgegen. »Ich kenne dich nicht. Ich weiß nur, dass dein Haus kurz davor steht, mir den Krieg zu erklären. Wieso sollte ich dir glauben?«

Jemanden wie Vlad konnte so leicht nichts und niemand in Erstaunen versetzten, aber Tynan schaffte es. Mit einem einzigen, geschmeidigen Satz war er bei ihm, packte ihn an der Gurgel und drückte ihn in seinen ledernen Ohrensessel. So etwas hatte seit Ewigkeiten niemand mehr gewagt. Vlad hielt verblüfft still, hin- und hergerissen zwischen Wut und Belustigung. Er hätte das Blatt wenden und diesem Schnösel in Sekundenbruchteilen den Kopf abreißen können … da war er sich ziemlich sicher.

Dieser letzte Rest Unsicherheit war es, der sein Interesse wach und seine Hand ruhig bleiben ließ.

»Vorsicht, Katze. Ich bin nicht ohne Grund Anführer einer Dynastie geworden.«

»Für Vorsicht bleibt mir ebenfalls keine Zeit«, knurrte Ty, löste aber seinen Griff und trat einen kleinen Schritt zurück. »Lily ist echt. Ich habe ihre Kraft erlebt, und sie hat mir von ihren Visionen über das Ende der Lilim erzählt. Außerdem …« Ty zögerte. »… hatte ich heute Nachmittag ebenfalls eine Vision von Lilith. Es war wie ein Traum, aber dann auch wieder nicht. Ich verstehe, was da gerade vor sich geht, aber das ändert nichts. Die Ptolemy haben Lily entführt. Arsinöe hält sie bloß für eine Seherin und möchte, dass sie ihr eine Vision liefert, wie Eure Leute den Mulo gegen ihre einsetzen. Sie braucht einen Beweis, weil sie Krieg gegen Euch führen will.«

Vlad fluchte leise. »Darum geht es? Um einen Mulo? Hält sie mich wirklich für so blöd, einen rumänischen Fluch gegen ihre Dynastie auszusprechen? Da könnte ich ja gleich ein Neonschild raushängen, auf dem ich meine Pläne bekanntgebe!«

»Sie hasst die Dracul«, mischte sich jetzt der ein, der sich Jaden nannte. »Am liebsten würde sie die Dracul allesamt umbringen. Sie hat ein paar Blaublute um sich geschart, die sie nur zu gern in ihrer Paranoia bestätigen.« Er richtete den Blick auf Tynan. »Vor allem ein bestimmtes Blaublut.«

»Ihre Leute sterben«, sagte Tynan. »Es war nicht schwer, ihr etwas einzureden. Das entschuldigt nichts von dem, was sie getan hat, aber sie ist nicht die eigentliche Verursacherin. Wenn Ihr vermeiden wollt, dass es Krieg gibt, brauchen wir Eure Hilfe.«

Verblüfft betrachtete er die drei Unterschichtvampire, die da vor ihm standen. Sie hatten den Mut, sich gegen das Haus aufzulehnen, das sie traditionell versklavt hatte – und das, obwohl sie sich kaum Hoffnung auf Erfolg machen konnten.

»Nehmen wir mal an, ich würde euch glauben«, sagte Vlad langsam. »Was würdet ihr mir als Gegenleistung für meine Hilfe bieten? Denn wenn ich euch helfe, die Sache aber schiefgeht, dann steht meine Dynastie schwer unter Beschuss.«

»Das tut sie auch, wenn Ihr Euch weigert, uns zu helfen«, erwiderte Tynan. »Nero, der Ptolemy, der hinter alldem steckt, wird schon dafür sorgen. Er ist nicht der Typ, der irgendwas dem Zufall überlässt. Er hat sich mit Sicherheit einen Ersatzplan für den Fall zurechtgelegt, dass Lily wahrhaftig auftaucht. Ich weiß nicht, was er ihr antun wird, jetzt, wo er weiß, was sie ist.«

Vlad, dem die Besorgnis in Tys Stimme nicht entgangen war, zog eine Augenbraue hoch. »Dann tust du das also für die Frau.«

»Meine Gründe können Euch egal sein. Helft uns, dann könnt Ihr den Krieg verhindern, und Ihr findet einen wichtigen neuen Verbündeten.«

»Du kannst mir also versichern, dass sich die Lilim mit mir verbünden werden?«

»Ja«, erwiderte Ty ohne zu zögern.

»Und wenn ich Nein sage?«, fragte Vlad, schlug lässig die Beine übereinander und lehnte sich in seinem Sessel zurück.

Die Augen des Katers blitzten auf. »Dann werdet Ihr Euch – sollte Eure Dynastie überleben, was ich stark bezweifle – jemanden zum Feind gemacht haben, der sehr viel mächtiger ist als die Ptolemy. Das kann ich Euch ebenfalls versichern.«

Die Spannung im Raum war mit Händen zu greifen. Vlad war sich sicher, dass die drei notfalls auch auf ihn losgehen würden. Und er war sich ebenfalls sicher, dass es Ty bitter ernst war, wenn er sagte, er würde die Frau mit oder ohne Vlads Hilfe zurückbekommen. Aber natürlich würde Vlad ihn dabei unterstützen. Er war begeistert, dass ihm eine derartige Möglichkeit einfach so in den Schoß fiel, ließ sich das aber nicht anmerken.

Langsam verzog er den Mund zu einem Lächeln, steckte Tynan MacGillivray die Hand entgegen und genoss heimlich die Überraschung, die sich auf dessen Gesicht abzeichnete.

»Nun denn«, sagte Vlad. »Sei mir willkommen, Bruderkatze. Gehen wir die Sache an.«

23

Noch nie hatte Lily ein so schönes Zimmer gesehen wie das, in das man sie eingesperrt hatte. Der Ptolemy-Wärter, der sie hergebracht hatte, hatte ihr mit freundlichem Lächeln erklärt, dass – solle sie wahrhaftig eine Möglichkeit zur Flucht finden – es für sie bei Anbruch der Nacht äußerst unangenehm werden würde. Was »äußerst unangenehm« genau bedeutete, ließ er offen, aber eine Erklärung war auch nicht nötig. Lily hatte drei Nächte lang miterlebt, wie die Ptolemy vorgingen.

Sie verstand vollkommen.

Als sie angekommen war, hatte auf ihrem Bett ein Stapel ausgesucht edle Kleidung gelegen, alles Designermarken, alles in der richtigen Größe.

Es war ein wenig beängstigend.

Vielleicht hätte sie sich geschmeichelt gefühlt von so viel Aufmerksamkeit, hätte sie nicht gewusst, was sie nun mal wusste. Aber egal, wie warmherzig Arsinöe sich gab – Lily konnte nur an die Narben auf Jadens Rücken denken und an die inneren Narben, die Ty so offensichtlich davongetragen hatte. Sie wusste nicht, ob Arsinöe persönlich dafür verantwortlich war, auf jeden Fall war sie mit Sicherheit nicht ganz unschuldig daran.

Lily lag auf dem Bett, starrte an die Decke und wartete darauf, dass irgendetwas geschah. Sie befand sich in einem wunderschönen alten Haus irgendwo in der Einöde im ländlichen Maryland, das offensichtlich der Hauptsitz der Ptolemy war. Aus ihrem Fenster konnte sie einen breiten Fluss sehen, dessen sandiges Ufer nicht weit vom Haus entfernt lag. Friedlich. Ein schöner

Anblick. Trotzdem ließ ihre Anspannung nicht im Geringsten nach, auch wenn man sie bisher sehr zuvorkommend behandelt hatte.

Heute Nacht stand ein größeres Ereignis bevor. Lily spürte, unter welchem Druck die Ptolemy standen, die regelmäßig nach ihr sahen, was ihre inzwischen bis zum Äußersten gereizten Nerven auch nicht gerade beruhigte. Man hatte sie angewiesen, sich zu waschen, schöne Kleidung anzuziehen und sich für eine Audienz bei der Königin herzurichten.

Trotz ihrer Aufgewühltheit bekam Lily das irgendwie hin. Sie duschte, benutzte die parfümierten Seifen und Shampoos, die man für sie bereitgestellt hatte, faszinierende Geruchsmischungen in handgeschliffenen Flacons. Die Düfte waren ein bisschen intensiver als die, die sie sonst bevorzugte, und gingen vor allem in Richtung Moschus. Dennoch waren sie eindeutig besser als die billigen Proben oder – schlimmer noch – das Männershampoo, das sie in den letzten Tagen benutzt hatte, sobald ihr mal eine Dusche zur Verfügung gestanden hatte.

Also duschte sie und zog sich an, und dieses alltägliche Ritual tröstete sie ein wenig. Sie rieb eine Stelle des Spiegels blank und betrachtete ihr Mal. Es wirkte irgendwie lebendiger als sonst, wie es da auf ihrer hellen Haut glitzerte. Sie seufzte und zog sorgfältig das Oberteil ihres Kleids darüber. Sie wusste, es würde Probleme geben, sobald jemand dieses Mal sah. Ernsthafte Probleme. Möglicherweise sogar lebensbedrohliche Probleme. Und dass sie auch diesmal ein Ausbruch übernatürlicher Besessenheit retten würde, wagte sie kaum zu hoffen.

Alle Gedanken an Ty schob sie beiseite, obwohl sie wusste, dass er zeitweilig hier gelebt haben musste, durch diese Flure gegangen war, mit diesen Leuten geredet hatte. Aber an ihn zu denken, tat einfach zu weh. Und Tränen – das spürte sie – würde man hier mit Sicherheit missbilligen.

Es würde bestimmt lange, sehr lange dauern, bis der Schmerz nachlassen würde, der ihr schier das Herz zerriss. Aber – dachte sie niedergeschlagen – selbst wenn er in dem Sicheren Haus bei ihr geblieben wäre, wäre sie jetzt allein. Im besten Fall hätte man ihn wieder auf seinen Posten als Diener zurückgeschickt. Und im schlimmsten Fall …

Nein, das wollte sie sich gar nicht erst vorstellen. Zu wissen, dass er irgendwo dort draußen unterwegs war, musste reichen.

Nachdem sie etwa zehn Minuten über den teuren Teppich getigert war, klopfte es plötzlich laut an der Tür.

»Ich komme«, rief sie und ging auf die Tür zu. Sie wusste, dass draußen Wachen standen, aber immerhin ließ man ihr im Zimmer ihre Privatsphäre. Am Anfang war sie reichlich verunsichert gewesen, als sie die beiden sehr großen und sehr Furcht einflößenden Männer gesehen hatte, die man zu ihrer Begleitung abgestellt hatte. Aber sie nahm an, dass man ihr dennoch ein gewisses Maß an Gastfreundschaft zeigen und ihr das Gefühl geben wollte, man vertraue ihr.

Niemand hatte sie nach Ty gefragt, was Lily ziemlich merkwürdig fand. Und einmal, als sie einem der freundlicheren Wachmänner gegenüber Tys Namen erwähnt hatte, hatten dessen warme, honigfarbene Augen wütend aufgeblitzt.

»Sein Name ist tabu«, hatte er gesagt.

Lily war nichts anderes übrig geblieben, als zu nicken. Sie hatte sich außerstande gesehen, sich mit einer alten ägyptischen Vampirin anzulegen.

Und daran hatte sich bis jetzt nichts geändert.

Kurz fragte sie sich, was sie wohl tun würde, wenn auf der anderen Seite der Tür auf einmal Ty stünde. Ty, der gekommen war, um sie zu retten, um ihr seine Liebe zu gestehen, um sie in das Leben zu entführen, das sie sich wünschte – ein Leben mit ihm. Angewidert zog sie die Mundwinkel nach unten. Ein schöner Traum. Aber aus ihrer jetzigen Situation konnte sie sich nur selbst retten. Diese Entscheidung hatte sie bewusst getroffen, und damit musste sie jetzt leben.

Als Lily die Tür öffnete, lief ihr sofort ein Angstschauder über den Rücken. Der Mann, der vor ihr stand, musterte sie, als sei sie ein schmackhafter Bissen, den es gleich zum Abendessen geben würde. Lily wurde mal wieder bewusst, dass wirklich jeder Vampir, den sie bisher gesehen hatte, übernatürlich schön war. Aber fast alle hatten sie kaltgelassen, und keiner hatte solch eine Begierde in ihr entfacht wie Tynan an jenem ersten Abend, als sie sich kennengelernt hatten.

Verdammt. Sie musste sich auf das Hier und Jetzt konzentrieren. Hatte Ty das nicht auch getan, um sich so lange Jahre unter diesen Wesen aufhalten zu können?

»Hallo«, sagte sie und hoffte, dass sie freundlich und entspannt klang. »Kommen Sie rein.«

Der Vampir war schön, und beim Anblick seines goldfarbenen Haars und seines makellosen Gesichts wäre jeder Renaissance-Bildhauer vor Freude in Tränen ausgebrochen. Er trug einen schicken Kurzhaarschnitt und war ganz in Schwarz gekleidet: elegante Hose, passendes Hemd, alles maßgeschneidert. Lily war keine Expertin für teure Klamotten, aber seine Schuhe hatten vermutlich mehr gekostet, als sie jeden Monat für ihr Haus abbezahlte.

Ihr stellten sich die Nackenhaare auf. Ihr Mal, das durchgehend geprickelt hatte, seit sie das Gelände betreten hatte, fing an zu brennen. Dieser Mann war ihr auf Anhieb unsympathisch.

»Lily«, sagte er und lächelte kalt. »Wie nett, dich endlich kennenzulernen. Ich habe schon viel über dich gehört. Ich hoffe, wenigstens ein Teil davon stimmt. Du selbst solltest das übrigens auch hoffen.«

Er schwieg, als warte er auf eine Reaktion von ihr. Da Lily am liebsten auf dem Absatz kehrtgemacht und sich im Schrank versteckt hätte, zog sie es vor, zu schweigen. Je länger er dort stand, desto aufgewühlter fühlte sie sich. Mit ihm bekam der Begriff »unangenehme Ausstrahlung« gleich eine ganz neue Dimension.

Der Vampir wirkte ein wenig verärgert, dass er ihr keine Antwort entlocken konnte. »Wie es aussieht, liegt eine lange Nacht vor uns«, fuhr er fort. »Die Königin wünscht dich jetzt zu sehen.«

Lily riss die Augen auf, obwohl sie sich fest vorgenommen hatte, sich nichts anmerken zu lassen. »Sie … jetzt gleich?«

Ihr Besucher kniff misstrauisch die länglichen grünen Augen zusammen. »Ja. Du hast meinen Männern gegenüber doch behauptet, du seiest Lily Quinn, die Seherin. Stimmt das etwa nicht?«

»Doch, natürlich. Das ist mein Name. Und ja, ich bin eine Seherin.« In ihre Angst mischte sich allmählich auch immer mehr Wut. Sie mochte es nicht, wenn man sie herablassend behandelte.

»Nun, dann dürfte das hier ja keine übermäßigen Ansprüche an dich stellen. Außer du verbirgst irgendetwas, von dem sonst niemand etwas wissen soll.« Er kicherte. »Aber so dumm wärst du bestimmt nicht, da bin ich mir ganz sicher. Obwohl du doch ein Mensch bist.«

Lilys Haut fing an zu kribbeln. Sie konnte nur noch an ihr Mal denken, das jetzt nicht mehr brannte, sondern pulsierte wie ein zweites Herz. *Oh … das ist neu.* Aber irgendwie fühlte es sich seltsam beruhigend an.

»Nein«, erwiderte Lily tonlos. »Ich bin nicht dumm.«

Er hob ganz leicht eine seiner goldenen Augenbrauen. »Arsinöe ist verständlicherweise schon sehr gespannt, kleine Seherin. Inzwischen sind mehr als zweihundert Mitglieder unserer Dynastie niedergemetzelt worden. Wenn wir noch länger warten, werden zweifellos noch mehr ums Leben kommen. Sie ist überzeugt, dass du die Lösung des Problems bist.« Sein Gesichtsausdruck ließ keinen Zweifel daran, dass er das ganz anders sah. »Dann komm, wenn du so weit bist.«

»Ja, ich bin so weit«, erwiderte Lily. Ein hässliches Lächeln huschte über das Gesicht ihres Begleiters, als er ihr den Arm bot. Dennoch zwang sie sich, die Hand in seine Armbeuge zu legen. Sie beschloss, sich brav zu fügen und zu tun, was man von ihr erwartete. Letztlich konnte sie nur hoffen, dass sie für diese Leute irgendetwas Visionsähnliches hinbekam – und dass dabei nichts Verrücktes passierte und keine Möbel durch die Luft flogen. Vielleicht würde sie dann etwas aushandeln können, das ihr Weiterleben garantierte.

Sie gingen den Flur entlang, an den Türen zu Arsinöes Gemächern vorbei und eine prachtvolle Wendeltreppe hinunter.

»Vergiss nicht, dass es die Königin der Ptolemy ist, der du gegenübertrittst, der letzten noch lebenden Pharaonin«, sagte ihr Begleiter und sah sie dabei durchdringend an. »Dumme Menschen erträgt sie nicht, und die sollte man ihr auch gar nicht erst zumuten.«

»Mit anderen Worten: Ich soll mich anständig benehmen?«, erwiderte Lily. Nein, diesen Typen konnte sie ganz und gar nicht ausstehen.

Ihr Begleiter schürzte verächtlich die Lippen. »Genau.«

»Ich werde mein Bestes tun«, entgegnete Lily. Sie gingen einen langen Flur hinunter, an dessen Ende eine zweiflügelige Tür glänzte. Aus dem dahinterliegenden Raum erklang das auf- und abschwellende Gemurmel vieler Stimmen. Ihr Begleiter klopfte kräftig gegen einen der Flügel. Die Türen wurden von zwei Vampiren geöffnet, die mit den reich gekleideten Ptolemy, die sie bisher hier angetroffen hatte, nichts gemeinsam hatten. Sie trugen schlichte schwarze Kleidung, einer hatte hellblondes

Haar, der andere braunes. Beide waren so dünn, dass sie fast schon ausgemergelt wirkten, und in ihren rötlichen Augen lag ein Glanz, den Lily nur allzu gut kannte.

Ihre Male konnte sie nicht sehen, aber das brauchte sie auch nicht. Die beiden waren Cait-Sith-Diener, und wie es aussah, ließ man sie absichtlich hungern. Vielleicht wurden sie dadurch angriffslustiger – Lily vermutete, dass man sie als Wachen einsetzte. Aber man merkte ihnen an, wie elend ihnen zumute war.

»Danke«, sagte sie zu jedem der beiden, was sie sehr zu überraschen schien.

»Also ehrlich!«, zischte ihr Begleiter. »Das sind doch nur Diener!«

»Komm herein, Lily Quinn. Wir haben schon auf dich gewartet.«

Die Stimme klang warm und angenehm. Trotzdem war Lily auf der Hut, als sie den Raum betrat, der offensichtlich ein Ballsaal war. Der Boden war mit Parkett ausgelegt, die hohen Fenster waren beschlagen von der kühlen Nachtluft. Unter der Decke hing ein riesiger Kronleuchter voller flackernder Kerzen. Überall standen Ptolemy, die sie neugierig ansahen. Sie alle trugen formelle Kleidung, und jeder hatte mindestens ein Kleidungsstück oder ein Accessoire in Purpurrot. Lily nahm an, dass das ihre Farbe war – die Farbe des Bluts. Sie erinnerte sich an die Tempelvampire aus ihrem Traum. Plötzlich wurde ihr bewusst, in was sie hier hineingeraten war, und sie stolperte.

Die Angreifer im Tempel der Lilim hatten purpurrote Kleidung getragen. Es waren die Ptolemy, die so viel unschuldiges Blut vergossen hatten. Das Blut von Lilys Vorfahren. Sie befand sich mitten unter den Angehörigen der Dynastie, die die Lilim ausgemerzt hatte.

Und das bedeutete …

»Pass auf, wo du hintrittst, tollpatschige dumme Kuh! Die Königin beobachtet dich.«

Arsinöe stand auf einer erhöhten Bühne am anderen Ende des Saals. Obwohl Lily bereits so manches über das Hässliche hinter dieser Schönheit erfahren hatte, obwohl sie wusste, dass diese Frau mit einem einzigen Schlag die gesamte Dynastie der Lilim ausgelöscht hatte, war sie beim Anblick der Vampirkönigin völlig hingerissen.

Arsinöe sah atemberaubend schön aus. Sie trug ein einfaches, schulterfreies, strahlend weißes Kleid. Ihre ebenholzschwarzen Locken fielen sanft auf ihre Schultern herab. Ihre Haut war mit Gold bestäubt, ihre Augen waren mit schwarzem Kajalstrich umrandet. Ihr Mal, das allererste Mal der Ptolemy, war einzigartig, ein Ankh, das schwarz und golden glänzte, geschmückt mit gewundenen, ineinander verschlungenen Linien, die aus purem Licht zu bestehen schienen. Sie streckte Lily grüßend die Arme entgegen, wobei ihre Armbänder und Ringe im Licht der Kerzen funkelten.

»Willkommen, Seherin. Komm zu mir.«

Ihre Stimme war wie warmer Honig, besänftigend und befehlend zugleich. Einer Stimme wie dieser konnte man sich nicht widersetzen. Diese Stimme hatte Heerscharen von Vampiren befehligt, und das länger, als irgendein Mensch sich vorstellen konnte. Lily verstand auf einmal sehr gut, warum so viele, die unter ihrem Einfluss standen, niemals aufbegehren würden.

In Lilys Visionen war Arsinöe überwältigend gewesen, aber wenn man ihr gegenüberstand, war die Königin der Ptolemy eine Naturgewalt. Lily sank der Mut. Und mit dieser Frau hatte sie geglaubt, verhandeln zu können? Ihr etwas entgegensetzen zu können?

Lily sah vor ihrem geistigen Auge, wie Arsinöe den Dolch schwang, das schöne Gesicht wutverzerrt. Plötzlich fühlten sich

Lilys Füße schwer wie Blei an, und das Herz klopfte dumpf in ihrer Brust.

Mutter, dachte sie und sprach so zum ersten Mal den Geist an, der ihr keine Ruhe ließ. Aber die einzige Antwort war der Hauch eines Gedankens, der sich in ihrem Kopf formte.

Befreie unser Blut.

Offensichtlich war der Anblick so vieler Ptolemy selbst für einen hitzigen Geist wie Lilith zu viel.

Entweder das oder es war an der Zeit, dass Lily selbst Stellung bezog.

Oder – was wahrscheinlicher war – dass sie die endgültige Niederlage kassierte.

Die Katzen schlichen im Schutz einer mondlosen Nacht über das Gelände. Ty und Jaden hatten Damien in die Mitte genommen, um zu verhindern, dass er sich verdrückte, sobald er gebraucht wurde. Ihr Besuch beim Anführer der Dracul hatte Ty wieder Hoffnung gemacht, dass sich ein Krieg vielleicht doch noch verhindern ließ. Vlad war genauso gewieft, wie man ihn Ty beschrieben hatte, und nicht leicht zu durchschauen. Aber er war auch deutlich vernünftiger als jedes andere Blaublut, das Ty jemals über den Weg gelaufen war, mit Ausnahme vielleicht von Anura.

Ty starrte über den Rasen hinweg auf eine Baumgruppe, durch die ein silbriger Nebel glitt. Anura hatte darauf bestanden, mitzukommen. In ihr steckte sehr viel mehr, als Tynan je geahnt hatte. Lily hatte das gespürt, aber auch sie würde vermutlich überrascht sein, wie eng die Verbindung zwischen Anura und ihr war. Deshalb war Anura auch zu den Dracul gegangen. Sie war sich vollkommen sicher gewesen, dass ein Mann, der sich so intensiv mit der Geschichte der ausgestorbenen Dynastie beschäftigte, erkennen würde, wie viel hier gerade auf dem Spiel stand.

Inzwischen verstand Ty Anuras Entscheidung und nahm sie

ihr auch nicht mehr übel. Es beschämte ihn, dass er wie immer sofort von Verrat ausgegangen war. Anura würde sich als sehr wichtig für Lily erweisen, falls sie den Weg einschlug, den ihre Vorfahrin vor langer Zeit für sie vorgesehen hatte.

Es war an der Zeit, die Lilim wieder zum Leben zu erwecken, und zwar so, dass es die gesamte Blaubluthierarchie durcheinanderwirbeln würde. Dafür hatten sie auch den Rückhalt der Dracul, und der war nicht zu unterschätzen. Anura hatten sie ebenfalls. Und bald, wenn sie es geschickt anstellten, würden sie auch die Cait Sith auf ihrer Seite haben, die hier lebten.

Ein leises Knurren war die einzige Warnung, dass ein Angriff direkt bevorstand. Ty blieb wie angewurzelt stehen, und die beiden anderen folgten seinem Beispiel.

»Wer ist da?«

Diese Stimme kannte Ty. *»Duncan. Friede, Bruder. Ich bin's, Ty, und Jaden ist auch bei mir.«*

Sofort veränderte sich der Ton der Stimme, die Ty in seinem Kopf hörte. *»Tynan? Wahnsinn! Hau bloß ab, Bruder! Hier ist es grauenvoll. Am besten kommst du nie mehr hierher. Und du, Jaden … wenn du da reingehst, bringen sie dich um. Hier wimmelt es heute nur so von Ptolemy. Sie haben ihre Seherin gefunden, und wir wissen ja alle, was das bedeutet: Schon bald dürfen wir für sie die Köpfe hinhalten.«*

Eindringlich schob Ty ihm seine Gedanken zu.

»Die Seherin ist meine Frau, und sie ist viel mehr, als sie glauben. Aber sie braucht unsere Hilfe. Wir werden dem hier ein Ende setzen. Ich werde euch und die anderen befreien. Jaden hat mir von den Halsbändern erzählt. Es wird höchste Zeit, dass wir uns wehren. Das alles dauert schon viel zu lange.«

»Du bist wohl wahnsinnig«, ertönte eine andere Stimme in Tys Kopf. Aus der Dunkelheit der Bäume traten zwei Cait Sith. Einer von ihnen war Duncan, der andere ein jüngerer Cait namens Jake.

»Die bringen uns um, bevor wir richtig im Ballsaal sind«, fuhr Jakes Stimme fort. *»Hast du nicht gehört, wie viele gerade hier sind? Und selbst wenn es nur die üblichen Verdächtigen des inneren Kreises wären, hätten wir keine Chance. Sie würden uns jagen wie Wölfe. Uns befreien? Und welches Schicksal blüht uns dann, Ty? Wie viele seid ihr? Drei?«*

»Leider«, dachte Damien mürrisch, ohne den Gedanken an jemand Bestimmten zu richten, was nichts anderes bedeutete, als dass sie ihn alle empfingen.

»Bring mich zu den anderen.« Ty knurrte leise, um seine Gedanken zu unterstreichen. *»Wir haben Verstärkung. Nach der heutigen Nacht wird die Entscheidung nie wieder lauten: Ptolemy oder Gosse.«*

»Verstärkung?« Duncan und Jake schickten diesen Gedanken in fast perfekter Gleichzeitigkeit los, genau in dem Moment, als über ihnen ein Schwarm Fledermäuse auftauchte, der auf die Lichter des Herrenhauses zuflog. Sie waren vor dem dunklen Himmel so gut wie unsichtbar, und nur ihr sanfter Flügelschlag verriet ihre Anwesenheit.

Duncan riss die gelben Augen auf, dann folgte sein Blick dem silbernen Nebel, der ebenfalls auf das Herrenhaus zuhielt.

»Götter im Himmel, Bruder! Was hast du getan?«

»Die anderen«, wiederholte Ty, durch dessen Adern ein weiterer Adrenalinschub raste. *»Ich erkläre es euch auf dem Weg. Nach dieser Nacht werden wir keine Sklaven mehr sein.«*

Lily stand mit Arsinöe auf der Bühne und spürte, wie ihr der kalte Schweiß zwischen den Brüsten hinablief. Bis zu diesem Abend hatte sie gar nicht gewusst, dass sie unter Lampenfieber litt, zumal sie sich noch nie in solch eine Situation begeben hatte; aber offensichtlich war sie äußerst anfällig dafür.

Zumindest, wenn Lampenfieber die Erklärung für ihre Übelkeit und ihren Schwindel war. Andererseits war sie auch noch nie von Hunderten hungriger Vampire angestarrt worden.

Arsinöe stand hinter ihr und hatte ihr die Hände auf die Schultern gelegt. Lily konnte an nichts anderes als an die gebogene silberne Klinge denken, die – aus einer ähnlichen Position heraus – Liliths Kehle durchschnitten hatte. Ihr Mal hörte nicht mehr auf zu pulsieren, und ihre Kraft, dunkel und ziellos, tobte bedrohlich durch sie hindurch. Lily hatte Angst, dass sie sich auf irgendeine fürchterliche Art einen Weg nach außen suchen würde. Und dann würde sie von einer wütenden Horde Ptolemy im Stücke gerissen werden.

»Heute Abend werden wir den Ursprung des Mulo finden«, rief Arsinöe, und die Menge brach in lauten Jubel aus. »Heute Abend beginnen wir den Krieg, der unsere Feinde vom Antlitz der Erde tilgen und den anderen Dynastien zeigen wird, dass nichts, wirklich nichts, den Ruhm schmälern kann, der der ältesten, mächtigsten und am meisten verehrten Dynastie gebührt!«

Die Gesichter der Anwesenden verschwammen vor Lilys Augen zu einem einzigen Monster mit funkelnden Augen und scharfen Zähnen. Was zum Teufel erwarteten die eigentlich von ihr? Sollte sie sich in eine Feuersäule verwandeln und sie zu Vlad Dracul führen? Und wenn ihre Vision nun keinen Sinn ergab?

Oder wenn sie gar nicht erst eine Vision bekam?

Lilys Magen zog sich schmerzhaft zusammen.

Dann wurde die Menge auf einmal mucksmäuschenstill, ohne dass die Königin auch nur ein Wort zu sagen brauchte. Es war, als wüssten sie, dass der richtige Zeitpunkt gekommen war. Die Luft knisterte vor Erwartung. Lilys schlimmster Albtraum wurde wahr: Sie war allein, Ty war fort, und sie hatte keine Ahnung, was sie tun sollte.

Warm und sanft ertönte die Stimme der Königin an ihrem Ohr.

»Es ist so weit. Brauchst du meine Hilfe?«

»Was immer Sie für mich tun können«, erwiderte Lily ganz ehrlich. »Ich habe so etwas noch nie versucht. Könnten Sie mich unterstützen?«

»Natürlich. Ich kann zwar selbst keine Visionen hervorbringen, aber ich habe so etwas schon oft genug miterlebt; um zu wissen, wie es geht. Lausch einfach meiner Stimme. Ich werde dich führen.«

»Gut«, erwiderte Lily. Was hätte sie auch sonst sagen sollen? Wenn sie sich nicht darauf einließ, bedeutete das ihren sicheren Tod. Sie betete, dass ihr irgendetwas erscheinen würde, aber alles, was sie sah, alles, woran sie denken konnte, war der Mann, den sie doch am besten vergessen sollte.

Tys Gesicht. Tys Augen. Tys Stimme.

»Entspann dich«, sagte Arsinöe mit fester, wenn auch warmer und sanfter Stimme.

Es war überraschend einfach, dieser Stimme nachzugeben, sobald Lily sich nicht mehr dagegen sträubte. Überraschend einfach, zu vergessen, dass sie nicht nur zu zweit hier in diesem Raum waren.

»Konzentrier dich auf meine Stimme. Lass einfach alles los.«

Die Königin führte sie durch jenen langsamen Prozess, bei dem man jedes einzelne Glied entspannt, und leitete sie an, sich ganz auf ihren Atem zu konzentrieren. Es erinnerte Lily ein wenig an das, was sie über Hypnose wusste, nur dass es hier nicht um innere Einsichten und Suggestionen ging. Schließlich glitt sie in jenen Zustand zwischen Wachen und Schlafen, wo das Bewusstsein zwar noch wach, man mit sich aber im tiefsten Frieden ist, die quirligen Gedanken zur Ruhe gekommen sind und das Gehirn für Anweisungen zugänglich ist. Als Arsinöe ihr diese Anweisungen gab, sprach sie laut genug, dass die anderen im Saal sie gut verstehen konnten.

»Ich suche den Körper, in dem der Fluch gegen meine Leute geboren ist, die Leiche, aus der der Mulo herrührt, entstanden auf Befehl eines anderen, um die große Dynastie der Ptolemy zu zerstören. Öffne dein Auge, Seherin, und sieh, wo der Mulo rastet.«

Lily konnte es kaum glauben, aber sie spürte, wie sich etwas in ihr, etwas, das zwischen ihren Augen zu liegen schien, öffnete wie eine Blume. Ihr drittes Auge. Das Geschenk und der Fluch eines echten Mediums.

Und dann sah sie, wie sie noch nie gesehen hatte. Sie flog über Bäume und Berge, Felsen und Erde, schwebte in großer Höhe über allem, was war und was gewesen war und was jemals sein würde. Diese plötzliche Freiheit ließ ihre Brust anschwellen. Ein Gefühl wie dieses hatte sie noch nie erlebt.

»Such den Mulo, Seherin. Heute Nacht fliegst du nicht zu deinem Vergnügen.«

Die ungehaltene Zurechtweisung holte Lilys Gedanken wieder auf das eigentliche Thema zurück. Sie schwebte über die Welt und wartete auf einen Hinweis, wohin sie sich wenden solle, konzentrierte sich ganz auf das, wonach sie laut Arsinöes Anweisung Ausschau halten sollte. Sofort spürte sie, wie etwas sie durch den nächtlichen Himmel nach unten zog, vorbei an einer Ansammlung von Häusern, deren Lichter gespenstisch funkelten, über weite Felder, über die ein frischer Wind strich, und schließlich hinein in die massiven, halb verfallenen Überreste eines Hauses, einer dunklen Mauerhülle ohne Lichter. Lily wollte dort nicht hinein, wusste aber, dass ihr nichts anderes übrig blieb, und so gab sie dem Sog widerstandslos nach. Sie erhaschte einen kurzen Blick auf mit Tüchern verhängte Möbel, auf leere Flure, dann wurde sie in einen versteckten Raum im moderigen Keller gezogen, der ganz anders war als die verblassende Schönheit des restlichen Hauses.

Dort, auf einer Steinplatte, lag eine verwesende Leiche. Bei dem Gestank, der von ihr ausging, drehte sich Lily schier der Magen um. Sie würgte und schnappte nach Luft, als ihr der Fäulnisgeruch in die Nase drang.

»Bist du dort?«, fragte Arsinöe drängend. »Siehst du ihn?« Aus weiter Ferne hörte Lily das aufgeregte Murmeln der Vampire.

»Ja«, hörte Lily sich flüstern, allerdings klang ihre Stimme ebenfalls seltsam weit entfernt. Alles in ihr wollte nur fort hier, wollte davonfliegen, und dennoch zog es sie immer näher, zwang sie, die sterblichen Überreste eines Dings zu betrachten, in dem die gequälte Seele hauste, die die Königin suchte. Verrottendes Fleisch hing von bleichen Knochen, gelbe Zähne ragten zwischen geschrumpften Lippen hervor, die geschlossenen Augen waren tief in die Höhlen hineingesunken.

Dann flogen die Augenlider plötzlich auf, und zwei Flammen schlugen ihr entgegen. Das Ding sah sie an ... es war hungrig.

Will dich ... essen ...

Etwas stieg aus der Leiche empor, etwas wie schwarzer Nebel mit bösartigen roten Augen, etwas, das zeitweise die Form eines Mannes annahm und dann wieder nur eine formlose Masse aus Hass war. Das Ding griff nach ihr.

Mit einem gequälten Schrei riss Lily die Augen auf. Sie stolperte nach hinten, noch immer in dem verzweifelten Versuch, dem Ding zu entkommen, und fiel der Königin ungelenk vor die Füße. Erst ganz allmählich begriff sie, wo sie sich befand. Dennoch versuchte sie nicht aufzustehen, sondern blieb einfach zitternd auf dem Boden sitzen. Von diesem Ding war ein entsetzlicher Hunger ausgegangen, eine ungeheure und schreckliche Macht, und sie war ihr gerade noch entkommen.

»Du hast es gesehen!«, rief Arsinöe.

Lily blickte hoch. Die Königin starrte aus ähnlich hungrigen Augen auf sie hinunter wie das Ding, dem sie gerade entflohen war. »Sag mir, was du gesehen hast und wo es war! Nun sag schon!«

Finger bohrten sich in ihren Arm, und sie wurde hochgezogen, als würde sie nichts wiegen. Dann stand sie leicht schwankend vor Arsinöe.

»Es war so schrecklich«, murmelte Lily und schlang schützend die Arme um sich. »Es hat versucht, mich zu packen.«

Arsinöe gab ihr blitzschnell eine Ohrfeige. »Du dummes kleines Ding, mich interessiert nicht, was es versucht hat. Sag mir, was ich wissen will!«

Lily war so schockiert, dass ihr die Tränen in die Augen schossen, aber irgendwie gelang es ihr, sie zurückzuhalten. Sie würde vor diesem Wesen keine Schwäche zeigen.

»Da war ein Haus«, brachte Lily mühsam heraus. »Ein großes, altes, viktorianisches Haus auf dem Land. Wie ein Gutshaus, aber schon ziemlich zerfallen. Verlassen. Die Möbel waren alle mit Tüchern abgedeckt. Die Leiche … lag auf einer Steinplatte. Im Keller. In einem geheimen Raum.«

»Und? Ist das alles?«

Lily wollte es nicht sagen, wollte es nicht denken, aber sie musste ihren Bericht zu Ende bringen.

»Die Leiche … hat mich angesehen. Dann kam es aus ihr heraus.« Wieder fing Lily an zu zittern. »Es hat gesagt, es will mich. Es war hungrig …«

Die Türen am anderen Ende des Ballsaals wurden so heftig aufgerissen, dass Lily einen Moment lang fest überzeugt war, es sei der Mulo, auf der Suche nach der Frau, die ihn in seiner Ruhe gestört hatte. Und das Kreischen und Schreien der Vampire hielt sie zunächst für Angst.

Dann wurde ihr klar, dass es Wutschreie waren.

»Was soll das bedeuten? Raus mit dem Gossenblut!«

Bis zu diesem Moment hatte Lily nicht gewusst, was die Leute meinten, wenn sie sagten, das Herz gehe ihnen auf. Auch ohne ihn zu sehen, wusste sie, dass Ty gekommen war, um sie zu retten. Instinktiv wollte sie auf ihn zustürzen, doch Arsinöe packte sie am Arm und hielt sie fest.

»Das wird nichts«, sagte sie sanft, aber als Lily sich umdrehte, sah sie, dass die Augen der Königin vor Wut funkelten.

»Arsinöe, Königin der Ptolemy! Vlad, Anführer der Dracul, wünscht eine Audienz. Und zwar jetzt sofort!«

Schreie und Flüche begleiteten die selbstbewusst vorgetragene Forderung der lauten, kehligen Stimme, die britisches Englisch mit leichtem rumänischen Akzent sprach. *Das ist nicht Ty*, dachte Lily, und ihre Hoffnung verblasste so schnell, wie sie aufgekeimt war. Immerhin – das hier war etwas Unvorhergesehenes, und sie konnte ihre Neugier nicht unterdrücken. Außerdem war es eine großartige Ablenkung von ihrem schrecklichen Erlebnis.

Lily verrenkte sich schier den Hals, um endlich den Mann zu sehen, den Arsinöe so sehr hasste. Aber am anderen Ende des Raums hatte sich eine Vampirtraube gebildet, und sie konnte nichts erkennen.

»Er soll herkommen«, rief Arsinöe und atmete zischend aus. »Vielleicht will er sich schon vorab ergeben.«

Nervöses Gelächter tönte durch den Raum, und die Menge teilte sich. Lily beobachtete fasziniert, wie der am meisten verunglimpfte Vampirführer lässig auf Arsinöe und sie zuschlenderte. Bei einem Vampir mit seinem Namen hatte sie eigentlich mit dem aus Filmen bekannten Klischee gerechnet: spitz zulaufender Haaransatz in der Stirnmitte, schräg stehende Augenbrauen, vielleicht eine Fliege und ein Umhang. Stattdessen kam da ein großer, durchtrainierter Mann mit hellblondem Haar auf sie zu, dessen eisblaue Augen intensiv funkelten. Er trug einen teuer aussehenden grauen Anzug, dazu ein schwarzes Hemd und eine pflaumenfarbene Krawatte. Die dunklen Farben bildeten einen faszinierenden Kontrast zu seiner hellen Haut, und das wusste er mit Sicherheit auch.

Seine edlen, aristokratischen Gesichtszüge, das leicht vorspringende Kinn und die tiefliegenden Augen verrieten nicht die geringste Gefühlsregung, als er auf die Bühne hinaufkam. Er warf kurz einen Blick auf Lily, dann richtete er seine Aufmerksamkeit auf Arsinöe.

»Ich kann mich nicht erinnern, dich eingeladen zu haben, Vlad. Die einzigen hier zugelassenen Tiere sind Diener.«

Ein flüchtiges Lächeln huschte über Vlads Gesicht. »Wie witzig. Wie ich sehe, unterbreche ich gerade deinen Versuch, die Probleme deiner Dynastie auf meine Leute zu schieben.«

Arsinöe machte einen Schritt auf Vlad zu, und Lily nutzte die Chance, rasch einen Schritt zurückzutreten. Was immer das hier werden würde, es war sicher besser, aus der Schusslinie herauszukommen. Während Arsinöe in das Gesicht ihres Erzfeindes hinaufstarrte, machte Lily gleich noch einmal einen Schritt nach hinten.

»Du kommst leider ein klein wenig zu spät. Die Seherin hat mir gerade ein Haus beschrieben, das ich nur zu gut kenne. Immerhin hat es mir gehört, bevor du es gekauft und dann verfallen lassen hast. Dort liegt die Leiche des Mulo. Ein Zigeunerfluch, den nur deine Dynastie kennt, versteckt in einem Haus, das dir gehört. Alle Zweifel, die eventuell noch daran bestanden, dass du dafür verantwortlich bist, sind damit ausgeräumt. Was für ein mieser Trick, Vlad Dracul!«

Als Lily einen weiteren Schritt in Richtung des Vorhangs machte, hinter dem sich ein Teil der Bühne verbarg, spürte sie etwas an ihren Knöcheln entlangstreifen.

»Also bitte!«, erwiderte Vlad empört. »Du magst mich ja hassen, Arsinöe, aber ich bin schließlich kein Idiot. Wirklich faszinierend, dass dieser Mulo in einem verlassenen Haus hockt, das natürlich mir gehört, und nur darauf wartet, dass du ihn dort entdeckst. Welch Zufall, dass es ein Fluch ist, bei dem jeder sofort an meine Leute denkt. Wenn du ein schlecht getipptes Geständnis mit einer Unterschrift bekommen hättest, die meiner vage ähnelt, hätte dir das dann auch als Beweis gereicht? Dir wäre doch jede Entschuldigung recht, um uns loszuwerden!«

Wieder strich etwas an Lilys Knöcheln entlang, und diesmal sah sie nach unten. Beim Anblick der großen schwarzen Katze, die sich an ihren Beinen rieb, hätte sie beinahe laut nach Luft geschnappt.

Natürlich konnte das irgendeiner von den Cait Sith sein – aber die silberfarbenen Augen waren eindeutig Tys.

Am liebsten hätte sie ihn sofort in die Arme genommen. Doch er schüttelte kurz, aber eindringlich den Kopf. *Nein.* Sie musste sich zwingen, den Blick von ihm abzuwenden. In ihre Angst mischte sich jetzt ein Hochgefühl, und sie sah sich vorsichtig um, nach anderen Cait Sith, nach anderen Dracul, nach … irgendwem. Die beiden konnten doch unmöglich ganz allein gekommen sein!

Arsinöe brüllte Vlad wütend an, und die Menge bewegte sich unruhig hin und her. Manche versuchten zu hören, was auf der Bühne gesprochen wurde, andere diskutierten, ob man den Anführer der Dracul nicht einfach gleich hier umbringen solle.

»Du schlachtest meine Leute ab!«, schrie Arsinöe gerade, und Lily stellte fest, dass ihr das Sterben ihrer Leute wirklich große Sorgen bereitete. Ihre Leute lagen ihr durchaus am Herzen. Alle anderen aber stellten offensichtlich nur ein Problem für sie dar.

»Lügen! Ich bin heute Abend hierhergekommen, weil ich Beweise habe, dass deine Leute von einem aus ihren eigenen

Reihen niedergemetzelt werden. Gebiete diesem Wahnsinn Einhalt, bevor noch mehr Unschuldige ihr Leben lassen müssen. Hör mich an, Arsinöe.«

Das brachte Arsinöe kurzfristig zum Schweigen. Mit offenem Mund starrte sie Vlad an, während die Menge ungläubige Schreie ausstieß.

»Du Mistkerl«, sagte sie dann leise. »Dein falsches Spiel kannst du mit jemand anderem spielen. Raus hier. Keiner meiner Leute ist so mächtig oder so krank im Kopf, dass er so etwas tun könnte.«

Vlad seufzte, und für einen kurzen Augenblick wurde sein Gesicht ganz weich, sodass seine scharf geschnittenen schönen Züge das Aussehen eines Engels annahmen. Seine Worte überraschten Lily, aber da sie ihm gegenüber nicht solche Vorurteile hatte wie Arsinöe, fand sie die Vorstellung, jemand aus der Dynastie der Ptolemy stecke hinter dem Ganzen, durchaus nicht so abwegig. Tatsächlich … sie fragte sich …

Suchend richtete sie den Blick auf die Umgebung der Bühne, wo Nero gestanden hatte, doch er war verschwunden, und das verstärkte ihr ungutes Gefühl noch.

»Ich habe den Shade mitgebracht, der den Auftrag hatte, Tynan MacGillivray und Lily Quinn zu töten«, sagte Vlad. »Komm her, Damien.«

Eine Katze tauchte wie aus dem Nichts auf und sprang auf die Bühne, was sofort Beleidigungen und Buhrufe heraufbeschwor. Die Katze schien das jedoch unbeeindruckt zu lassen. Sie starrte einen Moment lang in die Menge, dann richtete sie sich auf und verwandelte sich mit einer anmutigen Bewegung in einen Menschen.

Lily schnappte nach Luft. Sie hatte gehofft, Damien niemals wiedersehen zu müssen. Aber sie spürte, wie Ty sich beruhigend an ihre Beine schmiegte, und so blieb sie ruhig stehen und konzentrierte sich auf sein warmes Fell und den Trost, den er ihr zu spenden versuchte.

»Damien Tremaine, Eure Majestät«, sagte Damien und verbeugte sich grinsend vor Arsinöe. »Beauftragt von Nero von den Ptolemy, die Seherin umzubringen, bevor sie hierhergelangen konnte, zusammen mit dem Jäger, der sie eingefangen hatte.« Mit einem spöttischen Lächeln fügte er hinzu: »Offensichtlich ist mir das nicht ganz gelungen.«

Arsinöe wirkte nicht überzeugt – im Gegenteil, sie raste vor Wut. »Wie kannst du es wagen, diese Kreatur an meinen Hof zu bringen und sie dafür zu bezahlen, dass sie hier ihre Lügen verbreitet!«, tobte sie los. »Ich glaube doch einem Cait nicht mehr als meinen eigenen Leuten! Wo ist Nero? Er soll sofort hier heraufkommen und die Sache klarstellen!«

Einen Moment lang hörte man nur Gemurmel und Füßescharren. Damien zog eine seiner wohlgeformten Augenbrauen nach oben. »Hm. Der hat wohl plötzlich was Besseres zu tun.«

Die Königin sah Damien angewidert an, den es genauso anzuwidern schien, sich in ihrer Nähe aufhalten zu müssen.

»Du ziehst Neros Ehre in Zweifel und die Ehre meines Hauses.«

Laut und deutlich, damit es auch ja alle hören konnten, erwiderte Damien: »Verschont mich mit dem Quatsch. Wahrscheinlich ist er gerade dabei, Giftgas in den Raum hier zu leiten. Und dann schlägt er uns allen die Köpfe ab und behält sie als Trophäen. Für den Fluch hat er eine Zigeunerin umgebracht und sie dann entsorgt wie Müll. Und sie war nicht die Erste. Er wollte Eure Seherin sogar als Haustier behalten und sie vor Euch verstecken, um mit ihr wer weiß was anzustellen. Ihr habt keine Ahnung, wie er wirklich ist.«

»Falls er versucht zu fliehen, wird er nicht weit kommen«, sagte Vlad und deutete mit dem Kopf auf Lily. »Und du, Arsinöe, hältst die Erbin einer alten Dynastie gegen ihren Willen fest. Aber jetzt musst du sie gehen lassen. Sie muss dem Rat vorgestellt werden.«

Arsinöe brach in lautes Lachen aus, das angenehm geklungen hätte, wenn nicht eine Spur von Irrsinn darin mitgeschwungen hätte. »Das kleine Menschenwesen? Sie ist ein Nichts. Sogar für eine einfache Vision brauchte sie meine Hilfe. Du irrst dich, Vlad. Und falls du so dumm warst, deine Soldaten mein Haus umstellen zu lassen, dann gibt es Krieg, egal wer für den Mulo verantwortlich ist – das verspreche ich dir!«

»Arsinöe. Er hat recht.«

Noch nie hatte Lily sich so sehr gefreut, eine Stimme zu hören. Und schon stand er neben ihr, groß und schlaksig. Er hatte den Blick fest auf die Königin gerichtet, die ihn anstarrte, als hätte er ihr gerade einen Dolch ins Herz gejagt. Lily wurde klar, dass Ty ihr wirklich etwas bedeutete. Der Schmerz, der sich auf ihrem Gesicht abzeichnete, war ein deutlicher Hinweis, dass Arsinöe nicht aus Stein war.

»Du … du hast den Dracul hierhergebracht?«, fragte sie heiser.

Ty nickte. »Ja.«

»Aber warum?«

»Weil ich nicht möchte, dass Euch diese Geschichte zerstört«, erwiderte Ty. »Und weil ich die Frau liebe, die Ihr hier eingesperrt habt. Bitte, Arsinöe, hört den Dracul an. Die Dracul sind Euch nicht feindlich gesonnen.«

Lily hätte sich nicht rühren können, selbst wenn sie das gewollt hätte. Sie fühlte sich wie am Boden festgenagelt und konnte nur noch hören, dass er sie liebte. Hatte er das wirklich gesagt? Sie wollte es noch einmal hören. Und noch einmal.

»Tynan«, sagte Arsinöe leise. »Du bist zu Vlad gegangen? Du gestehst mir deine Liebe zu diesem unbedeutenden Ding da?

Einem menschlichen Wesen? Du verrätst mich.« Anklagend und zugleich schmerzerfüllt sah sie ihn an. »Du verrätst uns alle.«

»Nein«, sagte Lily und trat vor. »Sie sind die Verräterin. Sie haben Lilith verraten. Und ich bin Liliths Tochter.«

Lily entblößte ihr Mal. Arsinöe wurde kreidebleich. »Dämonenkind«, murmelte sie und machte wahrhaftig ein paar Schritte nach hinten. »Saat des Dämons, Abscheulichkeit!« Voller Entsetzen deutete sie mit ausgestrecktem Arm auf Lily.

Ganz ähnlich hatte sie in Lilys Vision auf Lilith eingeschimpft.

In dem Moment tauchte neben Lily eine Rauchsäule auf, die langsam die Gestalt einer Frau annahm. Einer schönen, dunkelhaarigen Frau mit leuchtenden Augen, die so alt waren wie die Sterne.

»Hört mir zu, ihr alle«, rief Anura, und beim Klang ihrer vollen Stimme wurde es schlagartig ruhig im Saal. »Lilith, die Mutter, war kein Dämon, und ihr Kind ist es ebenso wenig. Es ist richtig, dass Lilith den Dämon dafür gewann, sie bei der Befruchtung zu unterstützen. Aber ihre Nachfahren haben nicht die geringste Spur von Dämonenblut in sich. Das war eine Lüge, die verbreitet wurde, um sie und alle ihre Nachfahren umzubringen.«

Arsinöe starrte Anura entgeistert an.

»Hat sich denn wirklich jedes Gossenblut aus der Umgebung hier eingeschlichen?«, fragte sie zutiefst schockiert. »Anura, du hast deine eigene Dynastie verraten. Du hast dein Blut vorsätzlich mit dem eines Manns vermischt, der kaum mehr war als ein Tier, und trotzdem erwartest du, dass ich dir diesen Blödsinn abnehme!«

»Genau«, erwiderte Anura ruhig. »Denn ich war damals dort. Ich habe geholfen, das Kind zur Welt zu bringen, das Lilith von einem sterblichen Mann empfangen hatte, mithilfe ihres dämonischen Liebhabers und um einen Preis, den sie auf ewig wird zahlen müssen. Diesen Weg hätten sicher nicht viele gewählt, aber das war nun mal ihre Entscheidung. Und dies hier ist die Nachfahrin jener Tochter, das Kind ihres Bluts. Sie ist keine Dämonen-Nachfahrin. Sie ist halb Mensch, halb Vampir. Dafür hat das Ritual gesorgt.«

»Du warst das«, sagte Lily leise, der soeben ein Licht aufgegangen war. »Du hast das Baby aus dem Tempel gebracht.«

Anura lächelte sie strahlend an. »Lilith war für mich wie eine Schwester. Unsere Dynastien haben weit zurückreichende Verbindungen, Kleines. Ich habe versprochen, das Baby zu beschützen. Das war das Versprechen, das die Empusae gegeben haben: für das menschliche Kind zu sorgen, bis die Dynastie wieder zum Leben erweckt wurde. Aber Zeit und Nachlässigkeit sorgten dafür, dass die Träger von Liliths Blut in Vergessenheit gerieten. Dennoch bin ich überzeugt, dass dich dieses Blut wieder zu mir geführt hat.«

»Blut ist Schicksal«, murmelte Lily.

»Bei der Liebe Sekhmets!«, entfuhr es Arsinöe.

Ihre Leute waren in Aufruhr, riefen Lily und den Cait Sith Schimpfnamen zu und drohten den Dracul an, ihnen langsam und schmervoll die Glieder auszureißen. Arsinöe schubste Vlad zur Seite und trat auf Lily zu, die nicht von der Stelle wich. Sie hatte keine Angst mehr. Egal, was passieren würde – diese Leute standen hinter ihr.

Wenn Blut wirklich das Schicksal bestimmte, dann hatte es sie zu denen gebracht, von denen sie umgeben sein sollte. Aber eine ganze Dynastie wieder zum Leben zu erwecken, etwas derart Wichtiges zu erschaffen, wo sie doch nur ein Mensch war, wenn auch einer mit einem auf dieser Welt einzigartigen Mal … wie sollte sie das bloß bewerkstelligen?

Doch im selben Moment, als sie sich diese Frage stellte, wurde es ihr klar:

Spreng seine Ketten. Befreie unser Blut.

»Kein Haus kann für sich allein existieren«, sagte Lily leise, während Liliths Stimme in ihrem Kopf flüsterte. Ihr Blut mochte vielleicht ihr Schicksal bestimmen – trotzdem blieb ihr eine gewisse Entscheidungsfreiheit.

Arsinöe packte Lilys Kleid und riss es mit einem Ruck vorne auf. Lily blieb gar keine Zeit mehr, zu reagieren, so plötzlich stand Arsinöe vor ihr und starrte auf das Mal, das im Licht der Kerzen seltsam glitzerte.

Die Königin fletschte die Zähne. »Sie hätte uns alle ins Chaos gestürzt. Sie hat ein Kind mit einem Dämon gezeugt, ob nun sein Blut in dir fließt oder nicht. Wo wir versuchten, unser Blut reinzuhalten, genoss sie es, ihres zu verderben. Lilith forderte mit ihren Aktionen den Tod heraus. Und ich werde nicht zulassen, dass ihr Wahnsinn weitergeht.« Wütend starrte sie Ty an, der sich gerade vor Lily schieben wollte.

Lily hielt ihn mit einer Handbewegung und einem bedeutungsvollen Blick davon ab. Auf seinem so innig geliebten Gesicht zeichneten sich die Gefühle, die er empfand, deutlich ab.

»Diesmal brauchst du mich nicht zu retten, Ty.«

»Wenn ich das aber will?«, fragte er mit rauer Stimme.

»Ich bringe euch beide um«, zischte Arsinöe. »Damit dürften dann alle unsere Probleme gelöst sein.«

In dem Moment sah Lily es, sah, wie es sich wie der Schatten des Todes höchstpersönlich hinter Arsinöe erhob. Es war ein Fleck aus tiefstem Schwarz, der in etwa die Gestalt eines Mannes hatte, mit roten Augen, aus denen ein uralter Hunger leuchtete. Und außer ihr konnte ihn niemand sehen.

Nero hatte den Mulo geschickt, der die allgemeine Verwirrung dazu nutzen sollte, die Königin zu töten.

Lily stieß einen Warnschrei aus, im selben Moment, in dem Arsinöe jenen funkelnden, geschwungenen Dolch zückte, den Lily seit ihrer Kindheit in ihren Träumen sah. Der Mulo riss sein Maul sperrangelweit auf und zeigte seine verfaulten spitzen Zähne, die in einem halb verrotteten Loch saßen, in dem noch Reste von Blut und Haut hingen. Den Bruchteil einer Sekunde, bevor er angriff, stieß er ein hungriges Heulen aus, aber diese Warnung kam viel zu spät.

Doch der Mulo war nicht hinter ihr her, stellte Lily fest.

Sie überlegte gar nicht erst, brauchte das auch nicht. Zum ersten Mal in ihrem Leben brach die Kraft so natürlich und einfach aus ihr heraus, wie sie atmete. Es gab keinen inneren Kampf, kein Zurückhalten hinter unsichtbaren Mauern.

In diesem Moment war sie durch und durch eine Lilim. Sie hörte keine Stimmen mehr, hatte nicht mehr das seltsame Gefühl, ihren Körper mit irgendjemand zu teilen. Sie war ganz sie selbst.

Mit einem gellenden Schrei stieß sie Arsinöe zur Seite. Ein heftiger Schmerz zuckte durch sie hindurch, aber sie hatte keine Zeit, sich darüber Gedanken zu machen. Der Mulo mit all seiner Wut und Niedertracht war nur wenige Zentimeter von ihr entfernt, und jetzt, wo man ihm sein eigentliches Opfer weggenommen hatte, richtete er die Aufmerksamkeit auf das nächstbeste Ziel: Lily.

Genau das hatte sie gewollt. Lily wich nicht zurück, als der Mulo nach ihr griff. Sie packte ihn, obwohl er keine sichtbare Substanz hatte, packte ihn einfach an den Seiten seines verfaulten Mauls. Aus ihren Händen drang weißglühendes Licht. Der Mulo kreischte bei ihrer Berührung auf und versuchte verzweifelt, sich ihr zu entziehen. Doch Lily, die plötzlich über eine Kraft verfügte, die sie immer gespürt, aber nie wirklich gekannt hatte, packte ihn nur noch fester. Sie pumpte ihre Energie in den Mulo, riss den Schatten in zwei Hälften und setzte ihn in Brand.

Entsetzte Schreie gellten durch den Ballsaal. Sie stammten von dem sterbenden Wesen, dem dieses zweite Leben niemals hätte geschenkt werden dürfen.

Mit einem letzten ohrenbetäubenden Brüllen ergab sich der Mulo in das Unvermeidliche. Ein Blitz zuckte auf, es roch plötzlich nach Ozon, und die zerfetzten Schattenreste, die von Lilys Händen herabhingen, flatterten rasch mit einer unsichtbaren Brise davon und verschwanden schließlich ganz.

Sie hatte es geschafft. Endlich hatte sie das, was in ihr steckte, für einen guten Zweck eingesetzt. *Auch wenn mir das nur dieses eine Mal gelungen sein sollte*, dachte Lily, *gelungen ist es mir jedenfalls.*

Dann brach um sie herum die Hölle los. Die Ptolemy stürzten auf die Ausgänge zu, während Dutzende Männer und Frauen, die Lily noch nie gesehen hatte, durch Fenster und Türen hereindrangen. *Ich habe einen Krieg verhindert*, dachte Lily. Sie hatte die Ptolemy gerettet, auch wenn die Frage offen blieb, ob das wirklich so gut war. Sie verstand jetzt, was sie war und woher sie kam. Und sie hatte einen Mann, der sie liebte. Der sich vor einer der furchterregendsten Vampirinnen überhaupt öffentlich zu seiner Liebe zu ihr bekannt hatte.

Viel besser hätte er seine Liebe kaum zeigen können. Lily wollte sich nur noch an ihn schmiegen und mit ihm irgendwohin gehen, wo es still und dunkel war, wollte ihm sagen, was sie für ihn empfand und dass sie mit diesem ganzen Dynastien-Kram nichts zu tun haben wollte, es sei denn, er bliebe an ihrer Seite.

Lily drehte sich um und bemerkte erstaunt, dass sich der Raum mit ihr drehte. Alles schien sich auf einmal in Zeitlupe zu bewegen. Sie sah, wie Jaden – *Jaden!*, dachte sie voller Freude – Nero zu Boden warf und mit wildem Knurren seinen Dolch hob. Sie sah, wie Vlad auf Arsinöe zueilte, die auf ihren Dolch hinabstarrte, von dem Blut herabtropfte. Damien betrachtete sie mit fast schon mitfühlendem Blick.

Lily wankte und spürte, wie Ty sie auffing. *Selbst in der undurchdringlichsten Dunkelheit würde ich seine Berührung im-*

mer erkennen, dachte Lily und lächelte. Wieso wurde es bloß plötzlich so dunkel?

»Lily«, hörte sie ihn sagen. Sie blickte hinauf in seine Augen. »Bleib bei mir, Lily, bitte … bitte …«

Seine Augen waren die Sterne, der Mond am Himmel.

Dann verlor sie das Bewusstsein.

24

Er beobachtete ihre tiefen, gleichmäßigen Atemzüge, überwachte sie sorgfältig, immer in der Angst, jeden Moment könne ihre Brust sich nicht mehr heben, jeden Moment könne sie ihn genauso verstohlen verlassen wie der Geist, der sie einst gequält hatte, und nie mehr zurückkehren.

Hinter ihm wurde die Tür geöffnet, und ein Lichtstrahl fiel in das Zimmer, das mit einem reich verzierten Himmelbett mit taupe- und cremefarbenen Bettbezügen möbliert war, außerdem mit einer geschnitzten Truhe und einem hohen Kleiderschrank, in den die Gesichter von Cherubim geschnitzt waren. Für Tys Geschmack war das alles ein bisschen zu viel, aber er erkannte Antiquitäten, wenn er sie sah, und diese Möbel waren ein Vermögen wert. Doch im Moment interessierte ihn das nur am Rande, genau wie die hochrangige Person, die sich jetzt leise neben ihn stellte und Lilys Gesicht betrachtete.

»Sie hat Glück gehabt. Ich weiß nicht, wie es Arsinöe – ausgerechnet Arsinöe – gelingen konnte, keins der inneren Organe zu verletzen. Dann wäre alles sofort vorbei gewesen. Trotzdem – sie hat eine Menge Blut verloren. Ein Glück, dass solch ein Chaos herrschte. Der eine oder andere hätte dem Geruch sonst sicher nicht widerstehen können.«

Ty sah zu Vlad hoch.

»Lily hat der Frau das Leben gerettet, und trotzdem ist Arsinöe davongerannt, als wären sämtliche Höllenhunde hinter ihr her. Kein Wort. Nur dieser merkwürdige Gesichtsausdruck.« Er seufzte und fuhr sich mit der Hand durch das Haar. »Zumindest hat keiner auch nur mit der Wimper gezuckt, als alle Cait Sith davongestürmt sind. Die Ptolemy werden sich zur Abwechslung eine Zeit lang selbst bedienen müssen. Vielleicht tut ihnen das mal ganz gut.«

Zweifelnd blickte Vlad auf Lily hinunter. »Glaubst du wirklich, sie wird sie nehmen?«

Ty nickte. »So schlecht sind die Cait Sith gar nicht für die Gründung einer Dynastie. Natürlich gäbe es auch was Besseres, nehme ich an, aber Lily scheint Streuner zu mögen. Außerdem brauchen die Cait Sith Lily. Und sie würde sie niemals abweisen. Sie hat ein großes Herz.«

Für seine Brüder und Schwestern war gesorgt. Zumindest das hatte er erreicht. Unter Neros schlechtem Einfluss war es am Hof wirklich immer unerträglicher geworden. Nero hatte Arsinöes schlechte Seiten zum Vorschein gebracht, aber deshalb war die Königin nicht weniger schuldig. Ihre schlechten Seiten waren schon immer da gewesen. Ty hatte sie nur nicht sehen wollen. Er verstand nicht, wie er die Königin so falsch hatte einschätzen können. Jetzt erschien sie ihm auf einmal so schrill, so gekünstelt. So ganz anders als das warmherzige Wesen, das hier vor ihm lag und für das er abwechselnd Wut und Verliebtheit empfunden hatte. Erst jetzt, wo es zu spät war, begriff er den Unterschied.

Die eine hatte ihn trotz seines Mals für wertvoll erachtet.

Die andere hatte ihn für wertvoll erachtet, ohne auch nur einen Gedanken an sein Mal zu verschwenden.

Und jetzt war es vielleicht zu spät. Trotz der Worte, die sie zu ihm gesagt hatte, bevor sie sich den Ptolemy ergeben hatte, wusste Ty viel besser als sie, wie sehr sich alles verändert hatte. Sie würde eine große Verantwortung tragen müssen, die Geschichte tausender Jahre würde auf ihr lasten. Würde eine Frau, die jetzt dringend einen Mann brauchte, einen Partner, mit dem sie die älteste und größte Vampirdynastie wieder zum Leben erwecken konnte, wirklich einen einfachen Cait Sith in Betracht ziehen? Zumal, wenn jedes einzelne Ratsmitglied versuchen würde, ihr das auszureden?

Vlad würde das vielleicht nicht versuchen. Andererseits wären die Dracul bestimmt nicht traurig, wenn Lily Ty zurückwies und sich ihnen damit eine Chance eröffnete.

Vlad zog einen Stuhl heran, ohne sich darum zu scheren, dass Ty offensichtlich in Ruhe vor sich hin brüten wollte. Anura hatte er damit bereits so genervt, dass sie freiwillig das Zimmer verlassen hatte.

»Wie geht es ihr denn nun?«

»Lily?« Ty schüttelte den Kopf. »Keine Veränderung. Ich bin froh, dass Ihr einen Arzt dabeihattet, der sie gleich genäht hat. Aber wie Ihr schon sagtet – sie hat sehr viel Blut verloren.«

»Er hätte ihr gern etwas von unseren Vorräten gegeben. Aber ihr Blut ist nicht ... normal.« Er schwieg einen Moment. »Du musst eine Entscheidung treffen, Ty. Wir sind uns alle einig: Du hast das Recht dazu.«

Ty seufzte tief und fuhr sich mit den Händen über das Gesicht. »Ja. Ich weiß.« Verdammt, er hatte seine Zähne sogar dann noch in ihren Hals schlagen wollen, als sie halbtot in seinen Armen gelegen war. Ihr Blut hatte sein T-Shirt rot gefärbt, hatte seinen Durst geweckt, hatte schier darum gebettelt, getrunken zu werden. Noch immer hing dieser Blutgeruch in der Luft, obwohl der Arzt die Wunde gesäubert und genäht und einen Verband angelegt hatte. Ihre Kleidung war verbrannt worden.

Ty spürte, dass Vlads Blick auf ihr ruhte. »Ihr Mal ist wunderschön«, sagte Vlad. »Ich hätte mir nie träumen lassen, dass ich mal ein echtes Lilim-Mal zu sehen bekommen würde, egal wie intensiv ich diese Male studiert habe. Deine Lily sieht Lilith übrigens ziemlich ähnlich.«

Das stimmte. Und Vlad war ganz offensichtlich vom ersten Moment an völlig hingerissen von ihr gewesen, so sehr, dass Ty schon ernsthaft überlegt hatte, selbst einen Krieg gegen den Mann vom Zaun zu brechen. Aber … Vlad hatte Ty und seine Brüder wie Ebenbürtige behandelt, nicht wie dahergelaufene Gossenblute. Er hatte ihnen zugehört. Und dann hatte er sich auch noch als fabelhafter Stratege herausgestellt.

Ty nahm an, dass er offiziell als Verräter galt. Komisch, dass sich das, was er getan hatte, nach all den Jahren am Hof dennoch richtig anfühlte.

»War Lilith eigentlich wirklich nur eine machtbesessene Dämonenkönigin?«, fragte Ty. Er hatte sich den Kopf zerbrochen über die Anschuldigungen, die hin- und hergeflogen waren, und sich gefragt, wo wohl die Wahrheit lag. Nicht dass es ihm wichtig gewesen wäre. Lily war perfekt, fand er, dämonisches Ritual hin oder her. Aber den Kopf zerbrochen hatte er sich trotzdem.

»Den gängigen Legenden zufolge schon«, erwiderte Vlad und setzte sich bequemer hin.

Nach zwei Nächten in Vlads Gesellschaft wusste Ty, wann der Dracul sich bereit machte, eine Vorlesung über eins seiner Lieblingsthemen zu halten. Vlad war ein großartiger Vampir, aber auch ein bisschen verschroben. Damien schien ihn zu mögen – Damien mit seinem enzyklopädischen Wissen über so ziemlich alles. Obwohl er eigentlich so schnell wie möglich zu seinem Leben voller Intrigen und Morde hatte zurückkehren wollen, machte er keine Anstalten, abzureisen. Dabei hatte Vlad ihm das Doppelte der Summe gezahlt, die Nero Damien noch schuldete. Sein Ruf war nicht in Gefahr. Die Meister der Shades würden ihn mit offenen Armen empfangen … falls er jemals zurückging.

Mehr als einmal hatte Ty das Bedürfnis verspürt, den beiden ein riesiges Buch auf den Kopf zu hauen und sie so zum Schweigen zu bringen.

»Ich selbst habe das nie geglaubt«, fuhr Vlad fort. »Außer Liliths Feinden gab es niemanden mehr, der darüber hätte berichten können. Wie ich dir schon sagte, hat mich die Art und Weise, wie sie ihre Dynastie geführt hat, immer fasziniert. Wie sie alle immer mit einbezogen hat. Damals gab es noch nicht so viele verschiedene Vampire der Unterschicht, ein paar Arten sind vermutlich seither auch ausgestorben. Aber sie hatten alle einen Platz an ihrem Hof und wurden auch bei Entscheidungen eingebunden. Die Lilim waren mehr als nur ihr Mal. Das Mal war eher ein Teil der Identität der Dynastie, und nicht unbedingt ein notwendiges. ›Kein Haus kann für sich allein stehen‹, wird sie in einigen der ältesten Texte zitiert, die ich habe, aber das würdest du von niemand anderem hören. Die Vampire lieben ihr Kastensystem. Zumindest die, die davon profitieren. Aber Liliths Worte haben in mir nachgeklungen. Die Dracul sind nicht perfekt, aber ich versuche immer wieder, die Grenzen ein bisschen zu verschieben – so gut das eben geht, ohne dass ich den Kopf riskiere, weil ich zu weit gegangen bin. Kleine Schritte.« Er grinste. »Und jetzt, eine neue Verbündete. Frisches Blut. Genau das brauchen wir, auch wenn sich die anderen Dynastien dagegen sträuben werden.«

Ty richtete den Blick wieder auf Lily. Sie rührte sich nicht, aber ihr Atem ging gleichmäßig. Doch sie war blass, unglaublich blass. Er seufzte.

»Sie wollte nur eins: wieder nach Hause.«

»Wir wissen doch beide, dass das so oder so nicht möglich ist«, sagte Vlad mitfühlend, und sein Lächeln erlosch. »Vermutlich wird sie sowieso nicht wieder aufwachen, außer sie wird verwandelt. Sie wird nicht aufwachen und dich bitten, sie zu beißen, Ty.«

Ty riss den Kopf hoch und sah in Vlads grimmiges Gesicht. Vlad nickte.

»Sie hat zu viel Blut verloren. Morgan, mein Arzt, hat dir

bereits gesagt, dass sie nicht schläft – sie liegt im Koma. Daraus kann sie nur erwachen, wenn sie verwandelt wird, und nur so kann auch ihr vampirischer Anteil voll geweckt werden. Wenn die Situation eine andere wäre, würde ich sie selbst nehmen, aber …« Er schwieg einen Moment, dann fuhr er fort: »Aber sie hat sich für dich entschieden.«

Ty zog eine Grimasse. »Sie hat sich von mir abgewandt. Und damit hat sie vermutlich das Richtige getan.«

Vlad zog eine seiner blonden Augenbrauen nach oben. »Wenn ich das richtig verstanden habe, glaubte sie, sie würde dir damit das Leben retten. Aber ich bin sicher, das wird sie dir schon noch in deinen Sturschädel einhämmern, falls du ihr die Möglichkeit gibst.« Er lächelte Ty an. »Ich fürchte, mehr an guten Beziehungsratschlägen kann ich nicht aus dem Hut zaubern.«

»Und die Tatsache, dass ich nur ein Cait Sith bin, ein Gossenblut? Seht Ihr denn kein Problem darin, wenn ich sie … beschmutze?«

Vlad stöhnte und stand auf. »Du redest wie ein Ptolemy. Hör zu, Ty. In einer halben Stunde komme ich zurück. Wenn das Mädchen dann immer noch an der Schwelle zum Tod steht, werfe ich dich auf die Straße und nehme sie mir selbst. Und wenn du darauf bestehst, weiterhin deine Abstammung mieszumachen, werde ich dich auch noch ein bisschen foltern lassen, damit du mal eine Zeit lang andere Sorgen hast. Alles klar? Gut. Ich bin in meinem Büro, falls du mich brauchst.«

Vlad drehte sich um, ging aus dem Zimmer und schloss leise die Tür hinter sich. Ty starrte ihm lange hinterher und versuchte zu entscheiden, ob dieser Mann eher amüsant oder eher ein Mistkerl war oder vielleicht auch beides. Ty neigte zu letzterer Annahme.

Aber in einigen Punkten hatte der Mann recht.

Ty wandte sich wieder zu Lily um, die still und regungslos dalag, und musste feststellen, dass ihr Atem flacher geworden war. Er nahm ihre Hand. Sie war eiskalt. Lily verließ ihn. Er konnte es spüren, hatte er doch selbst auf dem Weg in sein neues Leben am Tor zum Tod gestanden. Panik erfasste ihn und raubte ihm den Atem.

»Lily«, flüsterte er. »Bleib bei mir. Bitte, *mo bhilis*, bleib bei mir.« Er schwieg einen Moment, obwohl ihm die Worte bereits auf der Zunge lagen. Schließlich sprach er sie aus, denn er wusste, er hatte nichts zu verlieren. Sie war alles, was er hatte – und alles, was er brauchte.

»Ich will nicht ohne dich leben. Ich liebe dich, Lily. Bitte bleib. Ich liebe dich.«

In dem Moment spürte er, wie sie ganz leicht seine Hand drückte. Und trotz ihres geschwächten Zustands konnte er – zum ersten Mal – hören, was sie dachte.

Ty … liebe dich.

Endlich hatte er seine Antwort. Vielleicht hatte er sie vom ersten Moment an gekannt. Schon an jenem ersten Abend hatte etwas in ihm gewusst, dass sie die Seine war.

Er schlüpfte neben sie ins Bett und kuschelte sich an sie. Ihre Wärme, diese wundervolle Wärme, schwand zusehends. Er konnte spüren, wie sie aus ihr herausfloss. Ein Teil davon würde niemals mehr zurückkehren … aber doch genug. Und sie würde mit ihm zusammen sein.

Er konnte nur hoffen, dass sie ihm verzeihen würde, was er im Begriff war zu tun – ihr das dunkle Gift zu geben, um das sie nie gebeten hatte. Ihr Geburtsrecht, auch wenn es beinahe ihr Leben ruiniert hätte. Ein ewiger Kuss von einem Vampir, der sie niemals verdienen würde.

Ty beugte sich über sie und strich sanft ihr Haar zur Seite. Selbst jetzt noch konnte er ihr Blut riechen, obwohl es immer träger durch ihre Adern floss, diesen betäubenden Duft, der ihn nicht mehr losließ. Seine Fangzähne verlängerten sich und wurden schärfer. Er hatte nicht gewollt, dass sie diesen Teil von ihm sah, aus Angst, sie würde dann nicht mehr so viel von ihm halten. Aber sie hatte ihm ihr Innerstes entblößt, also verdiente sie auch, alles von ihm zu wissen.

Sanft strich er mit dem Mund über ihren Hals und genoss es, wie weich sich ihre Haut anfühlte. Er roch Arsinöes Seife an ihr, wie den Geist einer unangenehmen Erinnerung. Aber der natürliche Geruch von Lilys Haut vermischte sich so mit dem der Seife, dass er irgendwie ihr ganz eigener wurde.

Dann tat Ty, was er bereits hatte tun wollen, seit er sie damals unter dem Sternenhimmel hatte stehen sehen: Er öffnete den Mund, bohrte die Zähne in ihre zarte Haut und trank.

Der Geschmack ihres Bluts, wild und süß, breitete sich in seinem Mund aus, raste durch seinen Körper und erweckte schlagartig den alten, nicht zu leugnenden Hunger – jenen Drang, zu trinken, bis nichts mehr übrig war. Aber mehr noch, es erfüllte ihn mit Lilys Wesen, mit diesem einzigartigen Etwas, das von allen Menschen nur sie hatte. Von ihr zu trinken, war ein himmlisches Gefühl, wie er es noch nie erlebt hatte. Er zog sie zu sich hoch, vergrub die Hände in ihren Haaren und schwelgte in diesem Genuss.

Er spürte, wie ihr Herz unregelmäßig schlug, kurz aussetzte und kaum wahrnehmbar wieder anfing zu schlagen.

Die Zeit war gekommen.

Widerstrebend zog Ty die Zähne aus ihrem Hals. Er musste gegen den Instinkt ankämpfen, sie leer zu trinken, doch ein Blick auf sie brachte seine Gier schlagartig zum Erlöschen. Lily war weiß wie ein Bettlaken, und das einzig Farbige an ihrer Haut waren die zwei kleinen roten Bissmale, die seine Zähne hinterlassen hatten. Rasch ließ Ty einen seiner Fingernägel zu einer Klaue wachsen und riss damit das zarte Fleisch an seinem Handgelenk auf. Dunkles Blut quoll heraus. Ty presste das Handgelenk an Lilys blutleere Lippen.

»Trink, mein Schatz«, sagte er drängend. Er fühlte sich ein wenig schuldig, denn noch nie hatte er sich so lebendig gefühlt, während Lily dem Tod gefährlich nahe war. Alles, was sie brauchte, war ein einziger Tropfen. »Trink. Bleib bei mir, Lily. Kannst du mich hören? Bleib für immer bei mir. Ich liebe dich.« Inzwischen war es ganz einfach, das zu sagen. Aber sie konnte ihn nicht hören.

Oder etwa doch? Wenn er sich nicht täuschte, hatte sie gerade geschluckt. Und dann spürte er es noch einmal.

Ty war so erleichtert, dass er beinahe geweint hätte wie ein Kind. Sie würde ihn nicht verlassen. Nicht heute Abend, niemals, wenn er es irgendwie verhindern konnte.

Jetzt spürte er auch, wie sie an seinem Handgelenk saugte. Das Blut war in ihren Kreislauf gelangt und stärkte sie. Damit begann die eigentliche Umwandlung. Überrascht stellte Ty fest, wie viel Vergnügen ihm das bereitete. Es begann mit einem Prickeln an den Rändern der Wunde, die er sich zugefügt hatte, einem Prickeln, das immer intensiver wurde, bis die Wunde schließlich mit jedem Saugen pulsierte. Lilys Zunge fuhr gierig über seine Haut, und Tys Atem beschleunigte sich.

Das ist jetzt nicht der richtige Zeitpunkt, sagte er sich. Sie war nicht kräftig genug. Außerdem wollte sie ihn so vielleicht gar nicht mehr.

Dann gab sie sein Handgelenk frei und zog seinen Kopf zu sich heran, bis ihre Lippen sich berührten.

Verblüfft gab er einen Grunzlaut von sich, der rasch in ein Stöhnen überging, als sie die Arme um ihn schlang.

»Lily … meine Frau … lagst du nicht gerade noch im Sterben? Langsam, Schatz, lang–«

»Ich will es nicht langsam. Ich will dich. Jetzt.«

Sie riss ihm die Kleidung vom Leib, mit einer Wildheit, die für ihn völlig überraschend kam.

»Aber meinst du nicht –«

»Halt einfach den Mund und lass mich machen. Hast du auch nur ansatzweise eine Ahnung, wie sehr du mir gefehlt hast?«

Es war schwer, ihr zu widersprechen. Ty half ihr dabei, die Kleidung loszuwerden, ließ sie aber das Tempo vorgeben. Er konnte das Ausmaß ihrer Energie kaum fassen. Dann spürte er ihre unglaublich zarte Haut an seiner. Sie war jetzt deutlich kühler, was aber durch die Hitze, die zwischen ihnen aufloderte, locker ausgeglichen wurde.

Lily richtete sich auf und beugte sich über ihn. In der Dunkelheit wirkte sie wie eine blasse Göttin mit Haaren wie Feuer und Augen, die wie blaue Sterne funkelten. Als Mensch war sie schön gewesen, aber jetzt, als Vampirin, war sie so umwerfend, dass Ty der Atem stockte. Und sie gehörte ihm!

Ihr Mal, das Pentagramm und die Schlange, glitzerte noch immer grün. Aber um das Mal herum, wie in einer schützenden Umarmung, lagen die Beine einer Katze. Vorsichtig berührte Ty das Mal, hin- und hergerissen zwischen Freude über das Symbol, das sie verband, und Bedauern, dass er ihr kein Mal hatte geben können, das auf dieser Welt von Bedeutung war.

Sie schien zu spüren, was ihm durch den Kopf ging.

»Deins ist jetzt genauso«, sagte sie und strich über sein Schlüsselbein. Dann grinste sie, und dass sie es mit so viel Humor nahm, rührte ihn zutiefst.

»Mein Blut war stärker. Dieses blöde Ankh ist weg. Jetzt gehörst du mir.«

Schönere Worte waren nie gesprochen worden.

»Ich liebe dich, Lily Quinn«, sagte Ty.

»Ich liebe dich auch, Ty. Es tut mir leid, wie ich dich verlassen habe. Ich wusste nicht, was ich sonst hätte tun sollen.« Sie schüttelte den Kopf. »Ich dachte, ich würde es allein schaffen. Aber ich habe dich gebraucht. Ich werde dich immer brauchen.«

»He«, sagte er sanft und ließ die Hand zärtlich über ihre Brust gleiten. »Dadurch sind wir jetzt hier. Und ich will dir alles erzählen. Alles, was du über mich wissen wolltest. Es soll keine Geheimnisse mehr zwischen uns geben.«

»Einverstanden«, erwiderte Lily. »Aber vorher gibt es noch etwas anderes zu tun.«

Bevor er antworten konnte, senkte sie das Becken und nahm seinen steifen Schwanz in sich auf. Schlagartig war Ty nicht mehr in der Lage, zu denken. Sie war so heiß, so eng. Mit einem erstickten Stöhnen wölbte er ihr die Hüften entgegen.

»Ja«, flüsterte sie und warf den Kopf in den Nacken.

Dann fing sie an sich zu bewegen. Lily ritt ihn, bis alles um sie herum an Bedeutung verlor und sie beide kurz vor dem Höhepunkt standen. Ty kam nur noch ein einziger, letzter klarer Gedanke: wie er sie am besten zum Höhepunkt bringen konnte. Er packte Lily, drehte sie auf den Rücken und stieß so fest in sie hinein, dass sie aufstöhnte.

»Beiß mich«, knurrte er und versenkte die Zähne in ihrem Hals, während er weiter in sie hineinstieß. Dann spürte er, wie ihre Zähne, die jetzt ebenfalls sehr scharf waren, die zarte Haut an seinem Hals durchbohrten, und er erbebte vor Lust. Es war wie eine Explosion aus reinsten, heißen Empfindungen. Wieder und wieder stieß er in sie hinein, nahm und wurde genommen. Sie waren so inniglich miteinander verbunden, dass er nicht hätte sagen können, wo er aufhörte und sie anfing.

Gemeinsam stürzten sie in dunkle, glückselige Wonne.

Später lagen sie ineinander verschlungen in dem großen Bett. Lilys Kopf ruhte auf Tys Brust, und Ty erzählte aus seinem Leben: von der Armut, die seine Kindheit geprägt hatte, und von seiner Familie, die ihn nach seiner Verwandlung abgelehnt hatte. Von seinen Kameraden und den unterschiedlichen Wegen, die sie eingeschlagen hatten, wobei keiner dieser Wege wirklich gut gewesen war. Und schließlich berichtete er, wieso er Arsinöe so ergeben gewesen war.

»Es war eine Razzia in einem Sicheren Haus der Cait Sith, ähnlich derjenigen, die wir vor ein paar Tagen erlebt haben. Allerdings haben die Katzen damals noch ein bisschen besser zusammengehalten als heute.« Abwesend strich er ihr über den Rücken, während sie aufmerksam seiner rauen Stimme lauschte. »Die Ptolemy machten immer mal wieder Jagd auf die Cait Sith, einfach so zum Spaß, nehme ich an. Manche Cait Sith wurden versklavt, andere getötet. Das Sichere Haus wurde niedergebrannt. Ich könnte nicht sagen, wie oft ich solchen Razzien im letzten Moment entkommen bin. Irgendwann war meine Glückssträhne dann zu Ende. Ich arbeitete damals für Rogan – schmuggeln, stehlen, dies und das. Er war natürlich nicht im Haus. Der Mistkerl war nie da, wenn es Ärger gab. Eine Stunde vor Morgengrauen standen die Ptolemy plötzlich vor der Tür. Nur eine kleine Gruppe, aber das reichte. Für sie war es ein netter Zeitvertreib – raufen und plündern und Frauen vergewaltigen, die nicht schnell genug fliehen konnten. Ich habe ihnen gesagt, was ich von ihnen halte.« Ty lächelte wehmütig. »Damals war ich noch überzeugt von mir. Ich habe geglaubt, ein paar Katzen, die sich auflehnen, könnten die Welt verändern.«

»Du hast sie bestimmt ganz schön fertiggemacht«, erwiderte Lily und kuschelte sich noch enger an ihn.

Ty schnaubte. »Mein Mundwerk war damals deutlich größer als meine Fähigkeiten. Keine Minute, und ich lag auf dem Rücken und hatte ein Messer an der Kehle. Ich dachte, mein letztes Stündlein hätte geschlagen. Ich war fast schon erleichtert, dass es so war.« Seine Stimme wurde tiefer. »Aber dann hörte ich plötzlich eine andere Stimme. Arsinöes Stimme, die ihnen befahl, das Haus zu verlassen. Man hörte, wie wütend sie war. Im Laufe der Jahre habe ich noch mehrfach miterlebt, dass sie sich über die Jagd auf Unterschichtvampire aufgeregt hat, aber meistens hat sie einfach die Augen davor verschlossen. Es hat nie ganz aufgehört.« Er schüttelte den Kopf. »Wie auch immer – sie hat dem Vampir, der mir das Messer gegen die Kehle drückte, Jeremy hieß er, befohlen, mich loszulassen. Sie hat mir geholfen aufzustehen. Hat mir wahrhaftig die Hand gereicht und mir geholfen. Hat sich für die Dummköpfe, für die sie verantwortlich sei, entschuldigt und mir einen Job angeboten. Hat den anderen unter Androhung der Todesstrafe verboten, mir auch nur ein Haar zu krümmen.«

Lily runzelte die Stirn. »Merkwürdig. Das klingt richtig mitfühlend.«

»Ja. Damals war sie noch so. Aber es hat sich einiges verändert, und das hat sie unzugänglicher gemacht. Dass die Dracul vom Rat akzeptiert wurden, war für sie ein harter Schlag. Sie hätte am liebsten, dass alles beim Alten bleibt. Mir war allerdings nicht klar, dass ihr das derart wichtig ist. Für mich hat nur gezählt, dass sie Jeremy dazu gebracht hat, das Messer von meinem Hals zu nehmen, und mir ein Leben angeboten hat, das besser war als alles vorher. Lange Zeit hat mir das gereicht.«

»Und jetzt?«, fragte Lily. Sie kannte die Antwort bereits, wollte sie aber unbedingt hören.

»Jetzt will ich mehr. Und ich habe bereits mehr.« Er drückte einen Kuss auf ihren Kopf. »Ich habe dich. Und du hast mich am Hals, ob du willst oder nicht.« Er seufzte. »Und den Rest der befreiten Cait Sith ebenfalls. Ich kann noch immer nicht glauben, dass du uns alle willst. Wir sind ein schwer zu bändigender Haufen.«

»Die Frage ist doch, ob die Cait Sith mich wollen, nicht umgekehrt«, stellte Lily klar. »Ich verstehe zwar, was ich jetzt zu tun habe, aber eine neue Dynastie aufbauen, das geht nicht von heute auf morgen. Ich werde jede Menge Hilfe brauchen, und sie werden Geduld mit mir haben müssen. Die Dinge werden sich nicht über Nacht ändern. Aber wenn sie wollen …«

»Die meisten wollen, Lily«, versicherte Ty ihr und strich dabei sanft über ihren Rücken. Sie spürte ihn in ihrem Blut, es war ihr gemeinsames Blut, und er würde immer Teil von ihr sein. Sie konnte sich nicht vorstellen, dass ihr diese Intimität jemals zu viel werden könnte. »Meine Leute sind lange Zeit immer nur von oben herab behandelt worden. Man hat uns benutzt und dann weggeworfen. Wir hatten nur uns. Aber Teil eines Größeren zu sein, geschätzt zu werden, nicht mehr als Gossenkatzen bezeichnet zu werden – das bedeutet ihnen mehr, als du dir vorstellen kannst. Und mir auch.«

»Solange du an meiner Seite bist«, erwiderte Lily leise, »werden wir das schaffen, denke ich.«

»Ja, wir schaffen es«, sagte Ty im Brustton der Überzeugung. »Ich werde an deiner Seite sein. Immer.«

Sie schmiegte sich an ihn und lauschte seinem langsamen, gleichmäßigen Herzschlag. Er konnte nicht wissen, nicht mal ansatzweise, wie viel er ihr gegeben hatte. Durch ihren Körper floss eine Kraft wie helles Licht. Als die Verwandlung in ihren Adern Funken geschlagen hatte, hatte Lily sich endlich begreifen können. Der innere Kampf, mit dem sie Tag für Tag hatte leben müssen, war schlagartig innerem Frieden gewichen. Durch Tys dunklen Kuss hatte die Nacht sich ihr geöffnet wie eine Blume, und in ihr sah sie, wer sie wirklich war. Sie war eine Lilim. Sie war eine Cait Sith. Sie war seine Frau.

Lilith hatte recht behalten, und Ty auf seine Art ebenfalls. Lily hatte seine Ketten gesprengt, und er hatte im Gegenzug ihre dunkelsten, großartigsten Geheimnisse enthüllt. Jetzt endlich war sie frei.

Beseelt von diesem Gedanken stützte sie sich auf ihren Ellbogen und sah ihren Geliebten zärtlich an.

Ihr Blut war ihr Schicksal. Genau wie er.

DIE WIEDERGEBORENEN LILIM

ANFÜHRERIN: Lily Quinn-MacGillivray
URSPRUNG: Lilith, die erste Vampirin,
jetzt vermischt mit dem Blut der Cait Sith
ORT: neu gegründet unter dem Schutz
und auf dem Territorium der Dracul
FÄHIGKEITEN: tödliche Ausbrüche übernatürlicher
Energie; können Katzengestalt annehmen

Danksagung

Folgenden Personen schulde ich unendlich viel Dank:

Selina McLemore und Latoya Smith – für euren Enthusiasmus, eure Unterstützung und dafür, dass es so viel Spaß gemacht hat, mit euch zusammenzuarbeiten. Mit diesem Buch sind eine Menge Träume in Erfüllung gegangen. Danke, dass ihr mir geholfen habt, es Wirklichkeit werden zu lassen!

Kevan Lyon – danke, dass du so eine einzigartige Agentin bist und dass du mir immer wieder gesagt hast: »Wir schaffen das.« Und nun haben wir es geschafft. Du bist die Beste!

Cheryl Brooks, Marie Force, Loucinda McGary und Linda Wisdom – was würde ich bloß ohne euch tun? Ihr bringt mich zum Lachen, wenn ich das dringend brauche, ihr versteht mich, wenn mich niemand sonst versteht, und natürlich – die fliegenden Affen. Eure Freundschaft ist Gold wert.

Und natürlich könnte ich all dies nicht ohne meine großartige Familie tun. Danke, jetzt und für immer, dass ihr es weiterhin mit mir aushaltet. Mir wird jeden Tag aufs Neue bewusst, wie glücklich ich mich schätzen kann, euch zu haben. Ich liebe euch!

Aus dem Nähkästchen geplaudert

Liebe Leserinnen und Leser,

alles begann mit dem History Channel.

Nein, wirklich. Als ich mich letztes Jahr eines Abends vor den Fernseher im Keller geflüchtet hatte, um dem Zombie-Schlachtfest zu entgehen, das mein Mann sich oben genüsslich reinzog, geriet ich beim Zappen in eine faszinierende Dokumentation über eine Frau, von deren Existenz ich noch nie gehört hatte: Arsinöe, Cleopatras jüngste Schwester. Die Sendung über Arsinöes kurzes und oft unglückliches Leben war so spannend, dass ich sie bis zum Ende sah. Und als sie aus war, als Arsinöe für Cleopatras Herrschaft keine Gefahr mehr darstellte, weil die Königin höchstpersönlich für eine sehr endgültige Lösung gesorgt hatte, da stellte ich mir die Frage, die sich jeder gute Schriftsteller stellen würde: Wie wäre es weitergegangen, wenn Arsinöe nicht wirklich gestorben wäre, sondern sich in einen Vampir verwandelt hätte?

Nun gut, die meisten Schriftsteller würden sich vermutlich nicht genau diese Frage stellen. Es hat schon seinen Grund, dass ich *Romantic Fantasy* schreibe. Aber jene einfache, wenn auch reichlich seltsame Frage war der Ausgangspunkt für mein Buch *Dunkler Fluch*. Allerdings ist Arsinöe nicht dessen Heldin. Sie ist eher das Damoklesschwert, das über dem Kopf meines Helden, Ty MacGillivray, schwebt, dessen Geschlecht ihrer blaublütigen Vampirdynastie seit Jahrhunderten quasi wie Sklaven dient. Aber Arsinöe war diejenige, die meine Fantasie angeregt und mich eine ganze Welt hat erschaffen lassen: Blaublütige Vampire, deren tattooartiges Mal sie als Nachkommen unterschiedlicher Göttinnen und Götter der Finsternis ausweist, bilden ein unsterbliches Adelsgeschlecht, das sich ein Vergnügen daraus macht, Vampire einfacherer Herkunft herumzukommandieren.

Vampire wie Ty, der aus dem ungewöhnlichen Geschlecht der Katzengestaltwandler-Vampire stammt, dem Geschlecht der Cait Sith.

Ich werde jetzt nicht in allen Einzelheiten erzählen, was geschieht, als Ty von Arsinöe höchstpersönlich losgeschickt wird, um eine Seherin zu finden. Diese Seherin soll die Fähigkeit besitzen, den Ursprung eines Fluchs herauszufinden, der Arsinöes gesamte Dynastie zu zerstören droht. Doch so viel sei verraten: Lily Quinn ist viel mehr, als Ty zu finden gehofft hatte. In ihr schlummern Geheimnisse, die die gesamte Welt der Nacht aus den Angeln heben könnten. Und glauben Sie mir, es ist mir wirklich nahegegangen, über einen Mann zu schreiben, den man so lange mit Füßen getreten hat, dass er sich nicht zu wünschen traut, was sein Herz so sehnsüchtig begehrt.

Ansonsten brauchen Sie eigentlich nur noch zu wissen, dass in *Dunkler Fluch* alles vorkommt, was für mich eine spannende Geschichte ausmacht: ein gequälter Bösewicht mit einem Herzen aus Gold, eine Heldin, die stark genug ist, es mit ihm aufzunehmen, und Katzen.

Wie bitte? Ich mag Katzen. Vor allem, wenn sie sich in fantastisch aussehende Unsterbliche verwandeln.

Die Geschichte von Ty und Lily ist die erste in meiner Serie *Erben des Blutes*. Sie handelt von der Brutstätte für Intrigen und Begierde, zu der das Reich der Vampire im 21. Jahrhundert geworden ist. Wenn Sie Lust auf einen Ausflug in eine düstere Welt haben, in der Sie auf beunruhigende Bösewichte treffen, die gern einmal ihre Fangzähne aufblitzen lassen, dann kommen Sie mit mir. Ich kenne da einen Helden mit silberfarbenen Augen, den Sie vielleicht gern kennenlernen würden …

Viel Spaß
Kendra Leigh Castle

www.kendraleighcastle.com

Thea Harrison

Die Welt der alten Völker

Romantic Fantasy

Pia, halb Mensch und halb Werwesen, zieht den Zorn eines gefährlichen Werdrachen auf sich. Als er auf ihre Spur kommt ist Rache jedoch das Letzte, woran er bei ihr denkt!
Der mächtige Tiago soll die Thronerbin der Dunklen Fae beschützen. Diese weckt schon bald ungeahnte Gefühle in dem abgebrühten Krieger.
Der Wyr-Krieger Rune riskiert alles, um das Leben einer kranken Vampirkönigin zu retten ...

Band 1: Im Bann des Drachen
ISBN 978-3-8025-8625-5

Band 2: Gebieter des Sturms
ISBN 978-3-8025-8650-7

Band 3: Der Kuss des Greifen
ISBN 978-3-8025-8651-4

je ca. 448 Seiten, kartoniert mit Klappe
€ 9,99 [D]

www.egmont-lyx.de

LYX
EGMONT

Jacquelyn Frank

Schattenwandler

Roman

Seit Anbeginn der Zeit gibt es die dämonischen Schattenwandler. Sie leben nach strengen Regeln, um ihr Volk zu beschützen. Doch nichts hat sie auf die Leidenschaft vorbereitet, die eine Seelengefährtin in ihnen zu entfachen vermag …

»Es hat schon viele Vampire, Gestaltwandler und Dämonen gegeben, aber noch nie wurde so einfallsreiche Romantic Fantasy geschrieben!« *Fallen Angel Reviews*

Jacob
ISBN 978-3-8025-8236-3

Gideon
ISBN 978-3-8025-8237-0

Elijah
ISBN 978-3-8025-8238-7

Damien
ISBN 978-3-8025-8329-2

Noah
ISBN 978-3-8025-8404-6

Adam
ISBN 978-3-8025-8883-9

---

www.egmont-lyx.de

LYX
EGMONT

Gefällt mir

Werde Teil unserer LYX-Community bei Facebook

Unser schnellster Newskanal:
Hier erhältst du die neusten Programmhinweise und Veranstaltungstipps

Exklusive Fan-Aktionen:
Regelmäßige Gewinnspiele, Rätsel und Votings

Bereits über **12.000** Fans tauschen sich hier über ihre Lieblingsromane aus.

JETZT FAN WERDEN BEI:
www.egmont-lyx.de/facebook